BASTEI
LÜBBE

LAWRENCE WATT-EVANS
ESTHER M. FRIESNER

DAS SCHWARZE WIESEL

oder

Der Erben drei verderben den Brei

Fantasy- Roman

Ins Deutsche übertragen
von Dietmar Schmidt

BASTEI
LÜBBE

BASTEI-LÜBBE-TASCHENBUCH
Band 20316

Erste Auflage: September 1997

Deutsche Lizenzausgabe 1997 by
Bastei-Verlag Gustav H. Lübbe GmbH & Co.,
Bergisch Gladbach
Originaltitel: Split Heirs
Lektorat: Christine Schläfer/Stefan Bauer
Titelbild: Richard Hescox
Umschlaggestaltung: QuadroGrafik, Bensberg
Satz: Fotosatz Schell, Hagen a.T.W.
Druck und Verarbeitung:
Brodard & Taupin, La Flèche, Frankreich
Printed in France
ISBN 3-404-20316-X

Unseren eigenen Erben gewidmet:
Mike, Annie, Amanda und Julian

Reglement für Militärpersonal im Dienste des Alten und Ehrenwerten Königreichs der Hydrangener

I. Ein Soldat ist ein Gentleman und er – beziehungsweise sie, in dem Sonderfall, daß eine Person weiblichen Geschlechts in den Streitkräften dient – wird sich wie ein Gentleman benehmen – oder, im vorher genannten Sonderfall, wie eine Dame. Während ein gewisses Maß körperlich-aggressiver Handlungen in der Ausübung der Pflichten eines hydrangenischen Soldaten erforderlich sein mag, bedeutet dies in keiner Weise, daß er – oder sie – sich jemals unkultiviert, rücksichtslos oder despektierlich verhalte. (Siehe Band I, Artikel 15 bis 224 für weitere Richtlinien angemessenen Verhaltens.)

II. Ein hydrangenischer Soldat hat, solange er (oder sie) im Dienst ist, vorschriftsgemäße Kleidung zu tragen. Während ein gewisser Grad individueller Abänderung der Standarduniform gestattet ist, verbietet sich hier jedes Übermaß. Die Tunika hat daher aus feiner Wolle zu bestehen und muß so weit über die Taille reichen, wie zur Wahrung der guten Sitten erforderlich ist, darf jedoch in gar keinem Fall die Knie bedecken.

Die Tunika muß in einer Couleur gefärbt sein, die der offiziellen Farbe des linken unteren Quadranten im Banner der Kompanie so weit als möglich gleicht.

Goldverzierungen dürfen nicht mehr als eine Handbreit Stoff an den Säumen und Schulternähten bedecken und weder Parolen, Mottos oder politische Kommentare noch die Namen von Offizieren oder persönlichen Bekanntschaften wiedergeben.

Kodex des Gorgorischen Kriegers

Erste Regel: Tu, was dein Kriegsherr dir befiehlt.
Zweite Regel: Stelle niemals Fragen.
Dritte Regel: Wenn dir etwas unklar ist – töte es.

Kapitel 1

»Drei?«

Der Aufschrei im Nordturm des *Palastes der Gottgegeben Müßigen Nachdenklichkeit* erklang so laut und schrill, daß in dem Bankettsaal weit darunter sieben Fenster aus bemaltem Glas zersprangen – sechs davon gehörten zu den wenigen verbliebenen Arbeiten des meisterlichen Kunsthandwerkers Oratio und waren rund vierzehn Jahrhunderte alt, bei dem letzten hingegen handelte es sich lediglich um eine billige Imitation, die während der Herrschaft Corulimus des Dekadenten vor nur einem Jahrtausend angefertigt worden war.

Als die Glassplitter über den Tisch klirrten und das Tageslicht plötzlich in die Halle strahlte, blickte König Bratz, Herrscher über Hydrangea, von seinem Wein auf und grollte: »Was im Namen aller fünf Techniken, einen Ochsen auszuweiden, war *das*?«

Neben dem Ellbogen seines Herrn antwortete Lord Polemonium: »Ich denke … ich *glaube,* Eure Allmächtige und Unerbittliche Majestät, es handelte sich um den fröhlich-überschwenglichen Jubelschrei Ihrer Höchst Selbstgenügsamen Hoheit, Königin Artemisia, Eurer Ehegefährtin, als sie den flüchtige Schmerz der Entbindung erfährt, die die augenblickliche Glückseligkeit, mit der Geburt Eures außerordentlich ersehnten Nachwuchses aufzuwarten, einleitet.«

König Bratz klaubte einen blauen Glassplitter aus seinem Weinkelch und kaute ihn sinnend, als er diese Antwort überdachte. Mit der bemerkenswerten Geschwindigkeit, für die er bekannt war, zückte er sein Schwert *Auslöscher,* schlug Lord Polemonium damit das Haupt von den Schultern und verschlimmerte so noch die Unordnung auf der Tafel.

»Nun, wer versucht's als nächster?« brummte der König, während er die bluttriefende Klinge am spitzenbesetzten Tischtuch sauberrieb und dabei die verbleibenden Minister betrachtete. »Ich frage nur noch einmal: Was war *das*?«

»Die Königin bekommt das Kind«, antwortete Lord Filago prompt mit einem Blick auf Lord Polemoniums Kopf, der immer noch durch die Halle kullerte.

»Oh.« König Bratz stieß *Auslöscher* wieder in die Scheide und ergriff den Weinkelch. »Wurde auch Zeit.« Er stürzte den Inhalt des Kelches hinunter, allerdings blieb das meiste im schwarzen Flechtwerk seines Bartes hängen.

Weiter unten am Ende der Tafel, außer Reichweite von Ohr und Schwert des Königs, gab Lord Croton Lord Filago einen sanften Stoß in die Rippen. »Kam es mir nur so vor, oder brüllte unsere königliche Dame tatsächlich *Drei!*?«

Lord Filago zuckte die Schultern und schenkte der Frage keinerlei Aufmerksamkeit. Wenn er zu den Ratssitzungen/Saufgelagen König Bratzens »eingeladen« wurde, hatte er nur für Seine Majestät Augen und Ohren. Vielleicht lag die Ursache hierfür in der gleichen morbiden Faszination, die das gemeine Volk anhalten und die Stätte eines besonders furchtbaren Unfalls anstarren läßt, oder aber in dem Umstand, daß jeder Minister, der ertappt wurde, keine Augen und Ohren für König Bratz zu haben, hinterher wirklich keine Augen und Ohren mehr hatte.

»Ich fragte«, quetschte Lord Croton gereizt hervor, »warum sollte sie *Drei!* schreien?«

»Vielleicht spielte sie mit ihrem Dienstmädchen eine Partie Tumpf«, spekulierte Lord Filago, ohne sich ihm zuzuwenden.

Lord Croton schnaubte still, aber verächtlich. »Filago, der korrekte Tumpf-Schrei lautet: *Fünf* auf der Flösselhecht-Seite und achtet auf die Pelikane! Jeder Idiot weiß das. Außerdem spielen schwangere Frauen niemals Tumpf.«

»Mein lieber Croton, Ihr wißt doch, wie Frauen sind, wenn sie niederkommen. Sie rufen allen möglichen Blödsinn aus. Hat Eure eigene Frau nicht …?« Er ließ die Frage unbeendet im Raum stehen.

»Ja, nun«, bekannte Lord Croton, »als sie in den Wehen lag, nannte meine liebe Ione mich einen hohlköpfigen, lustbesessenen, selbstsüchtigen, sklaventreibenden Pavian. Und sie schwor, daß ich sie nie wieder berühren würde, so lange ich lebte – was nicht sehr lang dauern könne, da sie mich zu töten beabsichtige, sobald sie wieder bei Kräften sei. Schön und gut, Filago, aber trotzdem hat sie nicht *Drei!* gebrüllt.«

»Nun, möglicherweise hat Ihre Majestät entschieden, unser neuer Souverän-durch-das-Recht-des-Eroberers wisse bereits, daß er ein hohlköpfiger, lustbesessener, selbstsüchtiger, sklaventreibender Pavian ist«, schlug Lord Filago vor.

»Es *wisse*! Er würde sich geschmeichelt fühlen!«

Filago nickte. »In der Tat. Daher laßt uns annehmen, daß Ihre Majestät nicht *Drei!* ausrief, sondern *Wei!*«

»*Wei!*?« echote Lord Croton voller Zweifel.

»Ein Aufschrei der Freude«, erklärte Filago, »der enthüllt, daß ihre Wehen erfolgreich abgeschlossen sind und sie nicht mehr in der Abgeschiedenheit des Nordturmes leben muß, in welche die althydrangenische Tradition schwangere Königinnen befiehlt.«

Lord Croton schüttelte den Kopf. »Ich weiß nicht, Filago. Daß der Säugling da ist und sie aus dem Nordturm heraus kann, bedeutet auch, daß sie wieder mit König Bratz schlafen muß. Ich kann mir nicht vorstellen, daß irgendeine geistig gesunde Frau dieser Aussicht mit Vorfreude entgegenblickt.«

»Jedenfalls macht es eine Menge mehr Sinn als *Zahlen*

daherzujaulen!« konterte Lord Filago. »Außerdem: Warum um alles in der Welt sollte Königin Artemisia denn *Drei!* rufen, erklärt mir das einmal!«

Lord Croton sann darüber nach. »Ihr habt recht«, gab er schließlich zu. »Dazu besteht überhaupt kein Grund. *Wei!*, das ist es. War es. Soll es sein.« Er schnitzte mit seinem Taschenmesser ein wenig am Ratstisch herum und fügte dann hinzu: »Wißt Ihr, Filago, es ist schon eine eigenartige Sache mit dieser alten hydrangenischen Tradition, Königinnen während der Schwangerschaft zu isolieren ...«

»Hä?«

»Ich hatte nie davon gehört, bevor Artemisia sie erwähnte.«

»*Drei?*« kreischte Königin Artemisia auf ihrem Bett. »O gnadenvolle Sterne, sag nicht, daß wir *drei* davon haben!«

Die alte Ludmilla stand an der königlichen Wiege und wirkte ratlos. »Ach, mein süßes Lämmlein, du weißt doch, daß ich dir nie auch nur ein klitzekleines bißchen sagen würde, das dir böse, böse Sorgen machen könnte.« Das Bündel aus grüner Seide in ihrer Armbeuge begann zu heulen. »Und ganz, ganz sicher nicht, nachdem mein kleines Fräuleinchen gerade *solche* Schmerzen durchgemacht und sich tapfer, tapfer geschlagen hat, wo andere Mädchen geweint und geheult und sich ganz, ganz unwürdig benommen ...«

»Drei!« heulte die Königin. »Drei, drei, *drei*, ach, die Pocken sollen die Gorgoren und alle Pferde holen, auf denen sie hergeritten kamen! Da ist – da ist mit absoluter Sicherheit – da muß noch ...«

Ganz aufgelöst legte die alte Ludmilla das gewickelte Neugeborene in die riesige Zeremonienwiege mit ihren scharlachroten Aufhängungen und dem Goldblattdrachen am Kopfende und hastete an das Bett ihrer Herrin. »Ja Himmel noch mal, süße Kleine, was keuchst du denn so? Und dein Gesicht! Es hat ja einen höchst unvorteilhaften Lavendelton angenommen! Oh, wurra-wurra und …«

»… ein drittes sein«, stieß Königin Artemisia zwischen verkrampften Kiefern hervor. Schweißtropfen bedeckten jeden Zentimeter ihres Leibes. »*Und da kommt es auch schon!*«

Kurze Zeit darauf hob die alte Ludmilla einen wunderschönen kleinen Jungen aus dem Becken der Harmonischen Versenkung – einem der ältesten Stücke königlich-althydrangenischer Geburtshilfeausstattung – und schlang eine grüne Seidenwindel um seine zitternden Glieder, bevor sie ihn seiner Mutter zeigte.

»Da nun, mein kleines Fräuleinchen«, sagte sie in einem so befriedigten Tonfall, als hätte sie das Wunder der Geburt selbst zustande gebracht, »gewaschen, sauber und ordentlich. Ist er nicht ein süßes Lämmlein?« Sie legte den Säugling mit triumphierender Geste in die Wiege, doch bevor sie ihn losließ, hielt sie inne und wandte sich ihrer Herrin zu. »Äh … da kommen doch nicht noch mehr, oder, meine Liebe?«

»Nein«, keuchte die Königin, die bleich und matt auf einem Riesenhaufen aufgebauschter rosafarbener Brokatkissen lag. Sie klang, als wäre sie dem körperlichen Zusammenbruch nahe. Sie klang außerdem mehr als nur ein wenig griesgrämig.

Die alte Ludmilla wandte den Kopf und hielt so ihr funktionierendes Ohr in Königin Artemisias Richtung. »Ganz sicher, ja?«

»Absolut sicher«, gab die Königin zurück.

»Du hast dich vorher auch schon geirrt, weißt du noch? Natürlich gehörte das Rechnen nie zu deinen Stärken. Ich erinnere mich, daß ich zu deinem armen, lieben, dahingeschiedenen, na, enthaupteten Papa, König

Fumarius dem Zweiundzwanzigsten gesagt habe, ich hab' zu ihm gesagt: Unser kleines Fräuleinchen hat gewiß ihre Reize, aber sie könnte keinen Wolf zu einer Schafhürde addieren und Lammkoteletts herausbekommen. Das hab' ich zu ihm gesagt.«

»Und *ich* sage ...«, Königin Artemisias klare blaue Augen verengten sich, » ... *ich* sage dir, wenn du mich noch ein einziges Mal dein kleines Fräuleinchen nennst, dann werde ich meinen Ehemann – möge sein Schädel bersten wie eine Eichel unter einem Mühlstein – bitten, mir deine Leber mit Knoblauch geröstet als Geburtsgabe zu servieren. Was sagst du *dazu*?«

Ludmilla schniefte indigniert. »Ich sage, daß du vielleicht ein wenig zu kleine Füße hast für die Stiefel, die du tragen willst, das würde ich sagen. Meine Leber mit Knoblauch geröstet, also wirklich! Wo du doch so gut wie ich weißt, daß Knoblauch bei stillenden Müttern ganz skandalöse Blähungen hervorruft.«

Sie legte das seidengewindelte Kind in die Wiege und wandte sich dann erbost ihrer Herrin zu. »Aber das ist ja wieder nur meine Meinung, nicht wahr? Und wer bin ich schon, hä? Nur die Amme, die dich aufgezogen hast, seit du ein widerborstiges kleines Biest von hydrangenischer Prinzessin warst, das ist alles! Nur die Frau, die an deiner Seite stand auf den königlichen Bollwerken der Stadt, als dein armer, lieber, dahingeschiedener, enthaupteter Papa König Fumarius der Zweiundzwanzigste sein Bestes gab, um die Invasion dieser verabscheuungswürdigen gorgorischen Barbaren abzuwehren! Lediglich die loyale Seele, die dich im königlichen Runkelrübenkeller versteckte, nachdem dieser fürchterlich ungehobelte *Bratz*-Kerl deinen armen Vater im *Audienzsaal des Verdeckten Antlitzes Der Sonne* umgebracht hat und all das Blut in die Teppiche sickerte, so schlimm, daß *drei* königliche Kammerfrauen entrüstet gekündigt haben! Nur ...«

»Drei«, grollte Königin Artemisia und riß ein Kissen

unter ihrem Kopf hervor, um es sich aufs Gesicht zu schlagen. Unter dem plüschigen Polster quoll gedämpft jämmerliches Wimmern hervor: »*Drei!*«

»Nun ... ja.« Ludmilla zügelte ihre Tirade, erstaunt über Königin Artemisias offenkundige Verzweiflung. Die Greisin ließ einen kurzsichtigen Blick über den Inhalt der Zeremonienwiege schweifen. »Und die standfeste Hebamme, die ihrem lieben kleinen Fräuleinchen bei der Geburt nicht von der Seite wich, der Geburt von drei wunderschönen, knuddeligen, perfekten ...«

»Todesstrafen«, sagte die Königin und warf mit dem Kissen nach Ludmilla.

Die uralte Dienerin seufzte. »Ich mache etwas Tee.«

Später, als die beiden Damen eine Kanne lange gezogenen Hautblütentee teilten, hatte Königin Artemisia einen Teil ihrer Selbstbeherrschung zurückerlangt. »Sie sind wunderschön«, gab sie zu, als sie die drei schläfrigen Bündel in der Wiege betrachtete. Aufmerksam und rücksichtsvoll, wie sie war, hatte Ludmilla das schwere zeremonielle Möbelstück an Artemisias Bett gerückt, so daß die frischgebackene Mutter entspannt ihre Kinder betrachten konnte. Doch statt des verträumten mütterlichen Gesichtsausdruckes überzogen Schatten das Antlitz der Königin. »Viel zu schön, als daß Bratz sie im Namen seines tierhaften gorgorischen Aberglaubens opfern dürfte!«

»Ja, nun, du weißt doch, wie diese Männer sind, Liebchen.« Ludmilla goß ihr noch mehr Tee ein. »Sie haben so ihre kleinen Torheiten. Einmal lassen sie ihre Kleider auf einem Haufen mitten im Zimmer liegen, und dann glauben sie, daß die Geburt von mehr als einem Säugling bedeutet, daß an der Zeugung mehr als ein Vater beteiligt war.«

»Es war schlimm genug, als ich noch dachte, ich trüge nur Zwillinge«, sagte Königin Artemisia und mümmelte an einem stärkenden Bissen Körnerkuchen. »Es war an diesem primitiven gorgorischen Feiertag, dem *Fest der Brünstigen Ziege*, daß ich bemerkte, wie ich in meinem Inneren von *zwei* Fußpaaren getreten wurde. Aber *drei*.« Niemals wieder wäre sie in der Lage, diese Zahl auszusprechen, ohne das feingeschnittene Gesicht zu einer höchst grotesken Grimasse zu verziehen.

»Ich habe nie begriffen, worum es bei dieser Feierlichkeit eigentlich ging«, gab Ludmilla zu. »Außer, allen Lehrbuben einen Tag zu geben, an dem sie unschuldigen Hühnchen mit Keulen den Schädel einschlagen dürfen. Und dann all diese Frauen, die völlig aus sich herausgehen und mit Bündeln aus getrockneten Farnen und Gurken wedeln ...«

»Frauenmagie.« Königin Artemisias volle Lippen kräuselten sich verächtlich. »Magie der gorgorischen Frauen. Soweit ich weiß, beschränkt auf niederes Wahrsagertum und den gelegentlichen Versuch, Liebe, Sexualität oder Fruchtbarkeit zu beeinflussen – zumindest behaupten sie das. Die gorgorischen Männer haben dafür absolut keine Verwendung, hat Bratz mir erzählt, aber solange es ihre Frauen beschäftigt und davor bewahrt, Dummheiten zu begehen, dulden sie es *großzügigerweise*.«

Ludmilla seufzte so tief, daß die diversen Schichten verzierter Goldspitze, die ihren flachen Busen im Kleid üppiger erscheinen ließen, raschelten wie Herbstblätter. »Ach, ich vermisse sie ja so.«

»Wen?«

»*Unsere* Magie. Unsere Zauberer, meine ich.«

Königin Artemisia konnte ihrer Magd nicht im geringsten zustimmen. »Zauberer? Zauderer! Sie waren völlig nutzlos, und das weißt du genau.«

»Oh! Eure Majestät!« Ludmilla schlug die eine dürre Hand vor den Mund und machte ein relativ kompliziertes und außerordentlich blödsinniges Schutzzeichen mit der anderen. »Solche Respektlosigkeit gegenüber den großen, mächtigen, den Meistern arkanen Wissens, den Gentlemen, deren mystische Studien sie dazu bringen, daß alles Übernatürliche ihnen seine Geheimnisse offenbart und abtritt ...«

»*Abtritt* ist das richtige Wort!« rief Artemisia. »In den königlichen Abtritt mit ihnen und ihren nutzlosen Zaubersprüchen und Zaubertricks! Ihre Magie war wie eine goldüberzogene Schweinsblase: hell und glitzernd, nur heiße Luft und wertlos. Was half denn ihr sogenanntes arkanes Wissen meinem Vater, als die Gorgoren angriffen? Wo waren da denn unsere Zauberer und ihre magischen Waffen?«

»Hmpf.« Ludmillas papierdünne Nasenflügel blähten sich indigniert. »*Einige* von uns wissen ja, daß man Magie nicht einfach wie einen Schäferhund herbeipfeifen kann, damit sie uns die Arbeit abnimmt. *Einige* von uns wissen, daß die Vorbereitungen für einen thaumaturgischen Angriff mit strategischer Bedeutung sehr sorgfältige, man könnte sogar sagen, peinlich genaue Vorbereitungen erfordern. Ja, ein einziges falsches Wort, eine einzige falsch ausgesprochene Silbe, eine Bewegung des Zauberstabes von links nach rechts und mit dem kleinen Finger ausgestreckt statt von rechts nach links und mit dem kleinen Finger eingezogen kann den Unterschied ausmachen, ob man die Schlacht gewinnt oder die Dämonen aus dem Abgrund einem die Eingeweide herausreißen. Throtteliar der Prachtvolle hat mir das selbst mitgeteilt, nur zwanzig Minuten, bevor er aus dem Palast floh – oder zu fliehen versuchte, um genau zu sein.«

Königin Artemisia machte ein Geräusch, das man bei einer Person geringeren Standes als Prusten bezeichnet hätte. »Also stümperten unsere mächtigen Magier mit einem Haufen überzüchteter Zauber herum, die zu kompliziert und verdammt noch mal zu *lang* sind, um irgendeinen Nutzen zu haben, anstatt etwas Sinnvolles zu unternehmen, und während sie sich gerade erst mit ihren einleitenden Gesängen aufwärmten, bekamen sie die Köpfe abgehackt von meinem königlichen Gemahl, mögen während des Winters Fledermäuse in seinen Ohren nisten. Hätten sie gezaubert und nicht gezaudert ...«

Seufzend nickte Ludmilla. »Wo die Zauberer dem Mann doch nie auch nur ein Härchen gekrümmt haben. Ich frage mich wirklich, warum er sie alle hinrichten mußte.«

Königin Artemisia reichte der Magd ihre leere Teetasse. »Du kennst doch Bratz. Und um so schlimmer, ich kenne ihn auch. Normalerweise würde man ja annehmen, daß ein Gedanke, der sich jemals in seinen dicken Schädel verirrt, an Einsamkeit und Verzweiflung zugrunde gehen müßte, doch diese Kreatur besitzt ein gewisses Maß an primitiver Verschlagenheit. Auch wenn unsere Magier ihre Zauberstäbe nicht schnell genug hochbekamen, um die Eroberung unseres Königreiches zu verhindern, betrachtete er ihre Kräfte dennoch als eine mögliche Bedrohung in der Zukunft. Mein lausgeplagter Lord ist ein einfacher, direkter und praktischer Mann: Er entschied, daß der beste Weg, seine eigene Zukunft zu sichern, darin bestand, ihre Zukunft zu eliminieren.«

»Ach je, wie traurig, wie traurig.« Ludmilla zog ein purpurnes Taschentuch aus dem Ärmel und tupfte sich die Augen. »Ich weiß, ich sollte nicht weinen – die öffentlichen Enthauptungen sind schließlich schon ein Jahr her, und die Tränen trüben meine Sicht –, aber ich kann nichts dagegen tun. Es war eine so bewegende Zeremonie.«

»Allerdings bewegend«, antwortete Königin Artemisia trocken. »Es war schon beeindruckend, daß sich die Körper einiger Zauberer nach der Enthauptung immer noch bewegten. Wahrscheinlich hat Bratz deshalb seinen Leuten befohlen, die zuckenden Teile zusammenzutreiben und sie alle zu verbrennen. Ich hörte, daß sie Meister Uriens Kopf den ganzen Weg bis zur Straße der Pilzhändler jagen mußten, bevor sie ihn einfangen und zum Scheiterhaufen zurückbringen konnten.«

Ludmillas Augen wurden mehr und mehr tränenverschleiert über den nostalgischen Erinnerungen an die Vergangenheit. »Weißt du noch, mein Lämmlein, wie Meister Uriens Kopf noch eine Prophezeiung sprach, bevor König Bratz ihn in die Flammen kickte? Dein Untergang, o du kriechende Plage gorgorischen Geißblatts, das die holde und edle Eiche des hydrangenischen Königtums erstickt, soll bereitet werden dir aus deinem eigen ...« Sie hielt inne und fing wieder an zu weinen. »So weit war er gekommen, und da hat dein Ehemann das arme Ding aus seiner Hand in die Flammen gekickt. Ich finde, es war sehr ungehobelt vom König, Meister Uriens Kopf nicht zu erlauben, zu Ende zu reden.«

»Dann hätte er Bratz eben nicht als Geißblatt bezeichnen sollen«, schloß Artemisia das Thema ab. »Alles, woran ich mich von dieser abstoßenden Geschichte noch erinnere, ist, daß der Rauch, der von den brennenden Zaubererteilen aufstieg, mich zum Erbrechen brachte. Da kam mir zum erstenmal der Gedanke, ich könnte schwanger sein.« Sie schloß die Augen und ließ sich tiefer in die Kissen sinken. »Nun, was geschehen ist, ist geschehen. Zumindest konnte ich verhindern, daß Bratz herausfand, wie schwanger ich wirklich war, indem ich mir den uralten hydrangenischen Brauch einfallen ließ, die zukünftige Mutter abzusondern. Nicht, daß es ihn sonderlich interessiert hätte.« Sie machte wieder das gleiche undamenhafte Geräusch. »Was Bratz betrifft, sind Frauen entweder besteigbar oder unsichtbar.«

»Mylady, soll ich mit dem Plan fortfahren?« fragte Ludmilla leise.

»Ja, ja, los.« Königin Artemisias Stimme klang schwächer. »Nur wirst du eben mit zwei Kindern anstelle von einem zu reisen haben. Schaffst du das? Du bist nicht mehr so jung wie einst.«

»Wer ist das schon, wenn ich fragen darf?« Das Gesicht der alten Ludmilla war bereits ein Netzwerk aus schaurigen Falten, doch es gelang ihr, zwei weitere Runzeln zwischen den Augenbrauen entstehen zu lassen, als sie Artemisia anfunkelte. Diese Mühe war auf die Königin allerdings verschwendet, weil sie die Augen geschlossen hatte. »Mach dir nur keine Sorgen um mich! Ich weiß, was ich zu tun habe, auch wenn *einige* Leute offenbar nicht wissen, wie sie gute und loyale Dienerinnen zu behandeln haben. Ich werde die Säuglinge geradewegs zu deinem königlichen Bruder, Prinz Mimulus bringen, und ...«

»Wiesel«, erklang der leise Kommentar.

»Hä?« Ludmilla hielt die Hand hinter ihr gutes Ohr.

Königin Artemisia seufzte matt. »Du wirst ihn niemals finden, wenn du in den östlichen Bergen ausplauderst, du suchst nach Prinz Mimulus. Bratzens Soldaten haben das schon so lange getan und sind immer mit leeren Händen zurückgekommen. Gerade deshalb tauchte er doch unter, um die geheime hydrangenische Widerstandsbewegung anzuführen, die auch geheim bleiben soll. Du willst nicht zu Prinz Mimulus von Hydrangea ...«

»Will ich nicht?« Ludmilla blinzelte verwirrt.

»Du willst zum Schwarzen Wiesel, dem tapferen, schneidigen, heldenmütigen Anführer der Wagemutigen Waldbewohner.«

»Also gut, mein Schätzchen«, nickte Ludmilla. »Ich gehe mit den Kleinen in die östlichen Berge und frage dort nach dem Schwarzen Wiesel.«

»Nach dem Schwarzen Wiesel, *dem tapferen, schneidigen, heldenmütigen Anführer der Wagemutigen Waldbewohner*«, verbesserte Artemisia sie. »Es ist nutzlos, mit anderen Worten nach ihm zu fragen, er hat seinen Anhängern die strikte Anweisung gegeben, niemandem auch nur ein Sterbenswörtchen über ihn zu verraten, wenn er nicht den kompletten Titel gebraucht. Erinnerst du dich an die erste Botschaft an ihn, damals, als ich befürchtete, Zwillinge zu tragen?«

»Ja natürlich, mein Cherub.« Ludmilla lächelte bei der Erinnerung daran – nicht so sehr, weil es eine besonders angenehme Erinnerung war, sondern weil sie in letzter Zeit froh war, wenn sie sich überhaupt noch an etwas erinnern konnte. »Wir haben den jungen Pringus Bryonium damit in die Berge geschickt. Auch so ein reizender junger Mann, dieser Pringus.«

»Aussehen ist eben nicht alles«, murmelte Artemisia. »Er hat vergessen, auf korrekte Weise nach dem Schwarzen Wiesel zu fragen, und zog immer noch von einem Bergdorf zum anderen, als Bratzens Patrouille ihn aufgriff. Zu meinem Glück war die Botschaft verschlüsselt und nicht unterzeichnet. Zu Pringus' Pech war Bratz so wütend darüber, die Botschaft nicht entschlüsseln zu können, daß er den armen Jungen an seine gorgorischen Leibwächter übergab, als ... Regimentsmaskottchen.«

»Oh.« Ludmilla erbleichte. »Jetzt, wo du davon sprichst, fällt mir ein, daß der junge Mann, als ich ihn das letzte Mal sah, nicht halb so fröhlich wirkte wie sonst. Aber mach dir keine Sorgen, mein Watschelentchen, deine Ludmilla macht schon alles richtig.«

»Hmmmmmm«, murmelte Artemisia schläfrig.

»Nun zuallererst, laß mich sehen ...« Ludmilla sammelte sich wieder. »Wo sind denn diese Portraits nur abgeblieben? Ach du je, da sind sie ja, genau da, wo ich sie hingelegt hatte. Schätzchen, auf mit dir, sei ein gutes Kind. Du mußt deine süßen Kinderchen benennen, bevor ich gehe, weißt du. Nun, hier habe ich die Miniatur von Prinz Helenium dem Weisen. Welchen willst du nach ihm benennen?«

»Meinen erstgeborenen Sohn«, antwortete die Königin mit matter Stimme.

»Nun, und welcher ist das?«

»Ach Ludmilla, natürlich der, der kein *Mädchen* ist!«

»Hmpf! Da sind zwei, die keine Mädchen sind, und sie gleichen sich wie ein Strohhalm dem anderen auf demselben Heuboden. Oder hast du etwa nicht achtgegeben?«

Artemisia öffnete ein kaltes, blaues Auge. »Ich werde bei deiner Hinrichtung genaustens achtgeben, wenn du nicht aufhörst! Hast du dem Erstgeborenen etwa nicht die geheiligte rote Schnur ums Handgelenk gebunden?«

»Ach herrjeh! Nun, da hab' ich ja gar ... ich bin *solch* eine Gans; natürlich hab' ich das! Laß mich die Kleinen einfach ein wenig auswickeln ... ah, da ist es, so rot wie Rot nur sein kann. So! Ich werd's einfach kurz aufbinden, damit ich diesen kleinen Glücksbringer an die Schnur binden kann, und wir alle – ach, ist die Ähnlichkeit mit Prinz Helenium nicht verblüffend?«

Prinz Helenium war seit zwei Jahrhunderten tot, doch wenn man in Betracht zog, wie alt Ludmilla wirkte, mochte es möglich sein, daß sie einander bekannt gewesen waren. Sie sprudelte munter die gesammelten Tugenden des alten hydrangenischen Prinzen hervor, bis ihre königliche Herrin sie ziemlich nörgelig anwies, sich zu sputen. »Wir werden die Säuglinge niemals offiziell benannt und in Sicherheit geschafft bekommen, wenn du so langsam weitermachst wie bisher.«

»Oh! Jetzt siehst du, wozu das führt, du starrsinniges Kind! Jetzt habe ich mich erschreckt und die Namensschilder in die Wiege fallen lassen. Guti guti, meine kleinen Täubchen, dann laßt uns euch ruckzuck benennen, als wärt ihr nichts weiter als ein Wurf junger Hündchen.«

Ludmilla war nun voll in Fahrt. Artemisia mußte darum kämpfen, beide Augen offenzuhalten, während ihre Dienerin in der Zeremonienwiege herumwühlte und finster vor sich hinmurmelte: »*Du* bist Prinz Helenium, und *du* kannst nach Lord Helianthus dem Rechtgeber benannt werden, und schert euch nicht um Taufrituale. Wir haben's schließlich eilig, nicht wahr! Wo habe ich denn jetzt die Schnur gelassen, um das Schildchen an dein kleines Handgelenkchen zu binden ...? Ach da. Ich werde demnächst noch beim Aufstehen den Kopf auf dem Kissen vergessen, wenn das so weitergeht. Und du da, dich nennen wir nach Königin Avena der Vielgeliebten ... ach, diese vermaledeiten Knoten, ich konnte noch nie einen anständigen ... *Aha*! So, das hätten wir. Alle tragen sie nun ihre schönen Namensschildchen und erfuhren nicht mehr Anständigkeit als drei Sack Mehl zum Verkauf auf dem Markt. Sonst noch irgend etwas, Eure Majestät?«

In Ludmillas letzten Worten klirrten die Eiszapfen, doch Artemisia war zu müde, um sich daran zu stören. »Zieh dir nur noch deine Verkleidung an und bringe Avena und Helianthus zu meinem Bruder. Und dann gönne mir etwas Ruhe, bevor ich dich erwürge«, sagte die Königin noch, bevor sie in wohlverdienten Schlummer sank.

Kapitel 2

Königin Artemisia konnte sich nicht erinnern, wann sie zum letzten Mal so gut geschlafen hatte. Seit der gorgorischen Invasion war dies ihre erste anständige Nachtruhe. (*Wobei man einwenden muß, daß du nicht allzu viele Nickerchen machen konntest, als du dich im Palastkeller vor den Barbarenhorden versteckt hieltest*, erinnerte sie sich, *und zuzusehen, wie dein eigener Vater geköpft wurde, versorgte dich noch Monate danach mit solch furchtbaren Träumen, daß du eigentlich gar nicht schlafen* wolltest.)

Und dann hatte Bratz sie geheiratet.

Der gorgorische Häuptling hatte sie unablässig Nächte hindurch wachgehalten, indem er auf der Teilnahme seiner neuen Frau an allen königlichen Ratssitzungen bestand. Er behauptete, ihre Anwesenheit zeige den Hydrangenern, daß er ihnen nichts nachtrug und sie noch immer Einfluß auf die Regierung hatten. Es wäre ein Geste der Versöhnung gewesen, wäre sie von einem geistig gesunden Mann gekommen – doch sie kam von Bratz.

Artemisia hatte rasch erkannt, daß das Regieren des Königreiches tagsüber stattfand. Für den Gorgoren bedeuteten Ratssitzungen in der Nacht lange, dumpfe Saufgelage mit seinen Kumpanen und denjenigen Mitgliedern des alten hydrangenischen Adels, die dumm oder gutgläubig genug waren, um zu erscheinen. Nur wenigen gebürtigen Aristokraten gelang es, Bratzens einfallsreichere »Spaß mit Bier«-Spielchen zu überleben, insbesondere jene, die Reptilien, Kürbisse und Atemanhalten miteinbezogen.

Nach dem Ende der Invasion hatte der frühere Premierminister des verstorbenen Königs Fumarius, Lord Desmodium, versucht, das Beste aus der schlechten Lage zu machen. Er hatte geäußert, auch in der gorgorischen Kultur *müsse* es etwas von Wert oder Interesse geben; man müsse nur die Augen danach aufhalten. Er hatte mehrere Monate damit verbracht, durch die Zelte der Gorgoren zu ziehen, die sich weigerten, innerhalb von Stadtmauern zu leben und sie gebeten, ihm ihre alten Legenden zu erzählen.

Darunter war nicht eine einzige Geschichte, die nicht davon erzählte, wie die Götter sich unglaublich betranken, um dann ein unaussprechlich obszönes und abstoßendes »Wunder« an der hilflosen Menschheit zu vollbringen. Ungefähr kurz nachdem er die dreiundsiebzigste gorgorische Greisin mit nasaler Stimme erzählen gehört hatte: »Die Welt entstand, als Skufa, die Urmutter, einen neuen Abort benötigte, um ihre Eingeweide zu entleeren, den geweihten Magen und die heilige Blase, nachdem sie mit ihrem Ehemann und Sohn Pog, dem Herrn des Vergorenen Getreidegebräus, ein Gelage ...«, begriff Lord Desmodium die zugrundeliegenden Gedanken und ging in aller Stille in Ruhestand, um sich auf seinem Landsitz der Aufzucht von Stieglitzen zu widmen.

Allem Anschein nach lebte Bratz in Einklang mit den Geboten seiner Götter.

Der Gerechtigkeit halber sollte erwähnt werden, daß er nur zu bereit war, neue Götter zu akzeptieren und sie in das Pantheon der alten aufzunehmen. Die alten Hydrangener hatten schon vor langer Zeit die hohe Kunst des Brauens zur Perfektion entwickelt. Bratzens erste fromme Handlung war, einen der Hofdichter mit dem Verfassen eines Epos zu beauftragen, in welchem der gorgorische Gott Pog, Herr des Vergorenen Getreidegebräus, sich unsterblich verliebte, als er die wunderschöne jungfräuliche hydrangenische Göttin Prunella erblickte, die Herrin der Fünfhundert Hiesigen Biere, und wie er sie dann vergewaltigte.

Bratz stellte seine Frömmigkeit auch dadurch unter Beweis, daß er während aller nächtlichen Ratssitzungen nichts begann, bevor er Prunella nicht hinreichende Huldigung erwiesen hatte. Dazu versuchte er, alle fünfhundert Biere zu kosten, die der Göttin heilig waren. Er brachte die übrigen Ratsmitglieder dazu, es ihm gleichzutun, und es dauerte nie lang, bis der Augenblick noch nie dagewesenen Schreckens einbrach, wenn Bratz unter dem Einfluß der Göttin zu der Überzeugung gelangte, die beste Singstimme in ganz Hydrangea zu haben und darüber hinaus ansetzte, das komplette Epos von Pog und Prunella zu singen, während er einen Bierkrug auf dem Kopf balancierte.

Artemisia entschuldigte sich so schnell wie möglich

von den nächtlichen Ratssitzungen, doch um ihren Schlaf wurde sie dennoch betrogen, sobald ihr Herr in die königliche Schlafkammer kroch und ...

Nun, wenn sich nicht eine Neuauflage von »Pog und Prunella« abspielte, dann ging es doch um nahe Blutsverwandte.

Es lohnte sich nicht, darüber nachzudenken. Ihre Schwangerschaft hatte sie willkommen geheißen als eine Möglichkeit, sich Bratzens ungeschliffener Aufmerksamkeit zu entziehen, doch besonders nach den ersten drei Monaten erwies die Schwangerschaft sich als ebenso großer Schlafräuber wie Bratz.

Wie wundervoll es ist, wieder auf dem Bauch liegen zu können! sann Artemisia zwischen zwei Träumen. Es waren angenehme Träume, die sich hauptsächlich um die Zukunft ihrer Kinder drehten.

Zuerst spiegelte ihre Phantasie ihr ein idyllisches Bild ihrer kleinen Tochter Avena vor, wie sie im idyllischen grünen Wald aufgezogen wurde. Das Schwarze Wiesel hätte selbstverständlich einen hydrangenischen Exilhof mit all den alten Riten und der Kultiviertheit, die ihr armer lieber dahingeschiedener enthaupteter Papa so geliebt hatte. Die einzigen Unterschiede wären, daß der Wohnpalast des Schwarzen Wiesels aus stämmigen Waldriesen ein undichteres Dach, viel mehr frische Luft und ein Problem mit Spechten hätte. Unter den Widerstandskämpfern wäre aber wenigstens eine Dame hoher Geburt, eine stolze, temperamentvolle Frau, die gegen die Invasoren ihrer Heimat kämpfte und sich nicht vor den Entbehrungen des Exils fürchtete. Dennoch entspräche eben diese Frau immer noch der Idealvorstellung hydrangenischer Kultur und Weiblichkeit, und in ihre Obhut gäbe das Schwarze Wiesel seine minderjährige Nichte.

Artemisia seufzte zufrieden, während sie von der süßen Avena mit den Wildrosen im Haar träumte, wie sie

Gänseblümchenkränze für die kleinen Häschen flocht und dem netten alten Gevatter Bär die unsterbliche »Ode an den Kuß einer Nachtigall« vortrug. Dann tanzte das Kind singend über die Wiese davon, um sich wieder dem Besticken von Kragen für die niedlichen Wölflein zuzuwenden. Es konnte sein, daß auch Zwerge mit ihr zu tun hatten.

Und der starke, hochgewachsene Beschützer und Behüter der Stickarbeiten seiner Schwester war Jung-Helianthus. Von der Sonne gebräunt, abgehärtet von einfachem, gutem Essen und gesunder Körperertüchtigung, ein unfehlbarer Bogenschütze, der Jäger mit den schärfsten Augen und den gewitztesten Kniffen, wurde er unter den Wagemutigen Waldbewohnern bald zur Legende. Das Schwarze Wiesel erkannte die Qualitäten des jungen Mannes und übertrug ihm die Führung des Widerstandes. Nach einer kurzen, doch ergreifenden Zeremonie sprang dann Helianthus auf einen Baumstumpf, um seine erste Rede an die Kämpfer zu richten. Beflügelt vom Kampfgeist des jungen Burschen marschierten die Wagemutigen Waldbewohner dann aus den Bergen herab und fanden Unterstützung, wohin auch immer sie kamen. Zuletzt stand ein riesiges Heer – ein hydrangenisches Heer! – vor den Toren der Stadt, begierig, die Gorgoren zu vernichten und den wahren König wieder auf den Thron zu setzen.

Aber sie kämen ein bißchen zu spät.

Artemisia kroch ein wenig tiefer unter die Decken und schnurrte, als sie sich das Schicksal ihres anderen teuren Sohnes, des Prinzen Helenium, ausmalte. Als Erstgeborener war er der einzige der drei, der bei ihr zurückblieb. Sie erzog ihn zu einem echten hydrangenischen Kronprinzen. Weder Kosten noch Mühe wurden gescheut, insbesondere, was die militärische Ausbildung anging. In Staatsangelegenheiten voll Weisheit, mußte Prinz Helenium auch mit den Waffen umgehen können. Und zum richtigen Zeitpunkt offenbarte seine bewundernde und bewunderte Mama ihm die schreckliche, abstoßende Wahrheit über seinen Vater. Artemisias Traum von der Wiedervereinigung ihrer Kinder endete damit, daß Helianthus und sein Heer aus Wagemutigen Waldbewohnern gerade rechtzeitig vor den Mauern der Stadt ankamen, um mit ansehen zu können, wie sein Zwillingsbruder Prinz Helenium unter dem Jubel der Menge Bratzens Haupt von der Brüstung warf.

Und dann umarmten sich die Zwillingsprinzen freudig und wandten sich der ernsten Angelegenheit zu, einen Ehemann für Avena zu suchen.

Artemisias perfekte Zukunftsvision wurde durch den durchdringenden Schrei eines hungrigen Säuglings zerschmettert. Mit einem Lächeln wie ein Hühnerhund erhob sie sich aus dem Bett und griff in die Wiege.

Als sie wieder im Bett lag und das Kind stillte, ließ ein donnerndes Pochen die Tür erzittern.

Das konnte unmöglich Ludmilla sein. Die Reise in die östlichen Berge dauerte mehrere Tage. »Wahrscheinlich einer von Bratzens dressierten Affen, der nachsehen soll, ob ich nun gestorben bin oder nicht«, murmelte Artemisia dem Kind zu, das an ihrer Brust nuckelte. Sie strich ihr seidiges Blondhaar so gut sie konnte zurück, setzte sich aufrecht gegen die Kissen gelehnt hin und befahl: »Tritt mit Unserer Erlaubnis ein!«

Die Tür öffnete sich einem gorgorischen Gardisten. Bratz hatte darauf bestanden, daß es eine gemischte Palastgarde gab, als Zeichen des guten Willens gegenüber seinem neueroberten Volk. Die Qualifikationen für einen Hydrangener, der in die Palastgarde eintreten wollte, bestanden darin, daß er keine andere Waffe als eine reich ornamentierte Lanze mit einer verwelkten Pfingstrose an der Spitze führte und hübsch aussah. Ein Gorgore, der Gardist werden wollte, mußte in der Lage sein, vierzig Pfund stählernen Todes in verschiedenen

Größen und Formen am Leib zu tragen und außerdem einwilligen, sich regelmäßig den Rücken rasieren zu lassen.

Der Gardist neigte vor der Königin das Haupt und sagte: »Schönen Gruß von König Bratz, und wie fühlt Ihr Euch?«

»Warum erscheint mein Herr nicht selbst und schaut, wie es mir geht, wenn er es wissen will?« neckte Artemisia den Wächter. Sie liebte es, die Gorgoren zu ködern; sie bissen niemals an. Deren Vorstellung subtiler Ironie bezog immer große Mengen wohlgereiften Schweinemist ein.

»Seine Majestät is jagen. – Tut mir leid«, fügte der Gardist seiner Auskunft zu.

»Ist das nicht nett von ihm? Ohne Zweifel fürchtete er, daß ihn Reue überkäme, müßte er meinen Schmerzensschreien noch länger lauschen, weiß er doch, daß seine Liebe der Quell meiner Pein war, und er sich darob kopfüber von den Befestigungen stürzen könnte. Das würde zu einem blutigen Erbfolgekrieg führen, und er, als der weise Monarch, der er ist, beschloß, sich so weit von den Lauten der Niederkunft zu entfernen, wie ein gutes Pferd ihn trägt.«

»Oh«, antwortete der Gardist. »Ja. Das is, was er sagte. Ganz genau. Genau diese Wörter hat er auch benutzt. Also ...« Er sah sich im Turmzimmer um. » ... mit Euch alles in Ordnung?«

»Mir ist es nie besser gegangen.«

»Und, äh ...« Er wies mit dem Kinn auf das trinkende Kind.

»Geh die Treppen hinab«, wies Königin Artemisia ihn an und betonte dabei jedes einzelne Wort mit großer Sorgfalt. »Geh schnell. Versuche, auszurutschen und dir auf dem Weg nach unten das Genick zu brechen. Sollte dir das nicht gelingen, geh in den Stall, nimm dir ein Pferd und reite darauf Seiner Majestät hinterher. Suche nach Möglichkeiten, auf möglichst schmerzhafte und vorzugsweise tödliche Weise von dem Tier zu fallen, bevor du den König findest. Gelingt dir das nicht, dann finde ihn und sage ihm, daß er der Vater eines Prinzen ist.«

»Ein Prinz?« wiederholte der Gardist. »Dann is es 'n Junge?«

»Das sind Prinzen im allgemeinen.«

»Richtig. Richtig, danke, ich mach' mich dann auch sofort auf den Weg. Äh ... kann ich noch was für Euch tun, bevor ich gehe, Hoheit?«

»Nein, nein, deinen Rücken zu sehen ist alles, was ich mir vom Leben noch wünsche.«

Der Gardist verbeugte sich erneut auf seine oberflächliche, bedeutungslose Art. »Ich hör', um zu gehorchen«, sagte er und ging. Kurz darauf drang das Geräusch galoppierender Hufe ins Turmzimmer und verklang in Richtung des königlichen Jagdreviers.

Als das Kind sich sattgetrunken hatte, wollte Artemisia es gerade in die riesige, verzierte Wiege zurücklegen, da drang ein unmißverständlicher Geruch an ihre Nase.

»Meine Güte«, sagte sie, schob den eingewickelten Säugling in die linke Armbeuge und betrachtete die feuchte rechte Hand. »Das ist zwar kaum etwas, worauf meine sieben Gouvernanten mich vorbereitet hätten, aber ich denke, ich kann es auf der Stelle lernen.« Sie trug das Kind zu der großen Truhe aus Walnußholz, die am Fenster stand und auf der Ludmilla vorausschauend alle erdenklichen Utensilien zur Säuglingspflege abgelegt hatte. Eine weiche Decke überzog die Hälfte des Truhendeckels.

Artemisia legte das Kind auf die Decke und entfernte die grünen Seidenwindeln. Das Kind zog ein häßliches Gesicht, und seine Glieder zitterten. »Na, na, ich mach doch so schnell ich kann«, gurrte die Königin beruhigend. »Gleich haben wir dich aus dieser feuchten Serviette befreit und in eine – meine Güte, lassen sich diese Nadeln schwer herausziehen! – trockene Windel gewikkelt und warm eingekuschelt und – diese Nadel kommt *überhaupt* nicht raus! – schön und – Aha! Na also! – und ... und ... und ... Aaaahhh!«

Diesmal erledigte der Schrei der Königin die verbleibenden sieben bemalten Glasfenster des Bankettsaals.

»Nein«, hauchte Artemisia und starrte auf das, was die geöffnete Windel enthüllte. »Da muß ein Irrtum vorliegen. Ein furchtbarer, grausamer Irrtum.« Der Säugling schien ihr zuzustimmen, denn er ließ ein durchdringendes Heulen erklingen. Die Königin ergriff vorsichtig das Handgelenk des Kindes und starrte intensiv auf das Miniaturportrait, das von der roten, daran geknüpften Schnur baumelte. »Aber das ist Prinz Heleniums Gesicht! Du mußt Prinz Helenium sein; du trägst sein Namensschild«, erklärte sie dem Kind.

Der Säugling erwiderte in der einzigen ihm bekannten Sprache, daß er überhaupt nichts sein müsse außer warm, satt und trocken, und daß nur *eins* davon zu sein ein, hinreichender Grund sei, das Dach vom Turm zu schreien.

Königin Artemisia zog rasch die besudelte Windel unter der schrillenden Sirene hervor und wickelte das Kind in die Decke. Beschwichtigt gab das Kleine einige behagliche ›Ich-werde-jetzt-schlafen-also-sieh-zu-daß-ich-nicht-gestört-werde-vielen-Dank‹-Laute in die Schulter der Königin ab. Der aufkommenden Erregung seiner Mutter war es sich glücklicherweise nicht bewußt.

»Wie konnte das nur geschehen?« wandte Artemisia sich an die Luft. »Wie? Ach, diese unfähige Närrin Ludmilla! So sehr mit ihrem kleinlichen Trotz beschäftigt und darüber hinaus halb blind – es ist schon ein Wunder, daß sie nicht *mir* eins dieser Namenschildchen ans Handgelenk gebunden hat! Sie hat alle drei in die Wiege fallen lassen und sie dann einfach irgendwo drangebunden. Es erstaunt mich, daß sie nicht zwei ans gleiche Kind gebunden hat. Aber man sollte doch annehmen, daß sie wenigstens so schlau wäre, Schnüre unterschiedlicher Farbe zu nehmen! Roter Faden – alle drei Namenschildchen waren mit rotem Faden angebunden, obwohl die geheiligte rote Schnur doch dem Erstgeborenen vorbehalten ist. Was soll ich nur tun?«

Wie ein eingesperrter Panther lief sie im Turmzimmer auf und ab. All die Erschöpfung der langen und schwierigen Geburt war von ihr abgefallen in dem Ausstoß der Nebennierenrinden, den die Erkenntnis hervorgebracht hatte, daß entweder Ludmilla alles über die wildesten Alpträume hinaus vermasselt hatte und daher beide Prinzenzwillinge zur Festung des Schwarzen Wiesels brachte, während ihre Schwester hier zurückblieb, oder daß sich eine sehr seltsame Sorte von unsichtbarem Dieb im Palast herumtrieb.

»Ach du je, ach herrjeh«, murmelte sie. »Der Bote ist bereits unterwegs zu Bratz, um ihm mitzuteilen, er habe einen Sohn. Wenn er zurückkommt und eine Tochter vorfindet, werden Köpfe rollen! Nicht nur Köpfe. Er ist ein Idiot, aber er ist gewiß kein Narr: Wenn ich gesagt habe, es ist ein Junge, und zeige ihm ein Mädchen, dann wird er wissen, daß es irgendwo noch einen männlichen Säugling gibt. Und *das* bedeutet, daß es mehr als einen Säugling gibt. *Das* wiederum heißt, daß ich Mutter von zumindest Zwillingen sein muß. Und *das,* o ihr Götter, beweist nach dem obskuren gorgorischen Aberglauben, daß ich mit mehr als einem Mann gelegen hätte.«

Unnötig zu sagen, was *das* bedeutete. Selbst vor der gorgorischen Invasion war Ehebruch in Hydrangea ein schwerwiegendes Verbrechen gewesen. Der Ehebruch einer Königin jedoch war Hochverrat, und es gab eine angemessen kreative Bestrafung, die zu der Schwere des Verbrechens paßte. Biber spielten darin eine entscheidende Rolle. Dies war einer der wenigen alten hydrangenischen Gebräuche, die Bratz ihres Unterhaltungswertes wegen komplett und unverändert übernommen hatte.

Artemisia schritt immer schneller und hektischer auf und ab. Immer und immer wieder legte sie das Kleine nieder und öffnete die Windel, um nachzusehen, ob etwas Fehlendes mittlerweile vielleicht doch wieder zurückgekommen war. Sie hatte auch schon ein Stoßgebet zu Uttocari gesandt, der *Göttin der Verlorenen Gegenstände, Die Die Nachbarn Entwendet Oder Sich Geborgt Haben*. Nichts davon änderte etwas. Der Säugling in ihren Armen blieb, was er – was *sie* war.

Schließlich ließ Artemisia sich erschöpft in einen reichverzierten Stuhl sinken, dessen Armlehnen wie Meerjungfrauen geschnitzt waren, mit Augen aus eingesetzten Saphiren und Brüsten aus weißem Porzellan mit Spitzen aus Koralle. In einem Arm barg sie ihre Tochter, die Finger der anderen Hand meißelten tiefe, gedankenverlorene Löcher in den Kopf einer Meerjungfrau.

»Nachdenken, Artemisia«, forderte die Königin sich auf. »Nur keine Panik; *denk nach*! Ludmilla hat wirklich alles durcheinandergebracht, aber noch ist nichts geschehen, was sich nicht rückgängig machen läßt. Bratz wird mitgeteilt, er sei der Vater eines Jungen. Das hier ist offensichtlich kein Junge.« Sie schaute ins Gesicht ihrer friedlich schlummernden Tochter und murmelte ohne jeden Grund ein automatisches »Dada«.

»Also gut«, fuhr sie fort. »Ludmilla ist unaufmerksam, aber nicht dumm. Schon bald wird sie die Kinder füttern und ihnen die Windeln wechseln müssen, und dann wird sie den Fehler bemerken. Sie wird gleich umkehren und zurückkommen, um einen der Prinzen gegen Prinzessin Avena auszutauschen, und alles wird so sein wie ursprünglich geplant. Gut. Sehr gut. Wenn Bratz also hierherkommt und hereinstürmt, bevor Ludmilla wieder da ist, muß ich ihm nur die Prinzessin als Prinzen präsentieren! Über der Gürtellinie sehen alle Säuglinge gleich aus, und solange Bratz sich nicht anbietet, dem Kind die Windeln zu wechseln, wird er niemals erfahren, daß sein Sohn in Wahrheit seine Tochter ist.«

Königin Artemisia lächelte. Eher würde die Sonne kariert im Westen aufgehen, einen purpurnen Fransensaum haben und wie ein Ochsenfrosch geformt sein, ehe Bratz auch nur in die Nähe einer schmutzigen Windel käme – oder genaugenommen auch einer sauberen.

»So, dann ist ja alles in Ordnung«, wandte sie sich wieder an das schlafende Kind. »Es ist gar nicht so schlimm, wie ich dachte. Alles wird gut, Aven ... ich meine, *Arbol*. Ja, Arbol, das ist ein guter Name für einen Prinzen.« Das Kleine wimmerte im Schlaf. »Ach, mach dir nur keine Sorgen, Liebchen, lange mußt du dich nicht mit diesem Namen plagen. Nur so lange, bis deine Amme Ludmilla zurückkommt. Wir können warten, nicht wahr? Ja, das können wir. Wir können warten ...«

Gut für Artemisias gegenwärtigen Seelenfrieden war nur, daß sie nicht wußte, wie lange sie würde warten müssen.

Kapitel 3

Ludmilla saß am Straßenrand, ruhte ihre müden Beine aus und blickte den Weg zurück, den sie gekommen war. Die untergehende Sonne beschien die Türme des Palastes der Gottgegeben Müßigen Nachdenklichkeit, die sich über die Mauern der Stadt erhoben, auf wunderschöne Weise von der Rückseite. Tauben kreisten um die Dächer und hockten auf den Befestigungen. Goldene Wimpel flatterten an den höchsten Spitzen. Diese Banner waren alle mit dem neuen Siegel des Königreiches bestickt: Auf einem goldenen Feld wurde der Sallet (ein altes hydrangenisches Wappentier, das zu einem Drittel Hirsch, zu einem Viertel Haselmaus und einem Achtel Kapaun war, und was übrigblieb, ging zu gleichen Teilen an Hase und Pudel) in einer höchst schmerzhaften und erniedrigenden Weise vom Großen Heiligen Ochsen der Gorgoren benutzt. Aber alles in allem war es ein herzergreifender Anblick.

»Hmpf!« sagte Ludmilla zu den königlichen Säuglingen. »Keinen Augenblick zu früh sind wir diesem Lotternest entkommen, meine teuren Koboldchen, kein Zweifel daran! Ach, was bedaure ich euren armen Bruder, der dort festsitzt, um inmitten der bösen, bösen Versuchungen des Palastlebens heranzuwachsen, während ihr zwei beiden all die Vorzüge einer Erziehung auf dem Lande genießt. Ach, ich kam ja selbst aus den Fraxinellabergen, da war ich noch ein junges Ding, vor gerade mal ... äh ... ist ja auch egal, wie lang das her ist.«

Sie griff in den großen Korb, der neben ihr im Gras stand und warf den beiden schlafenden Winzlingen liebevolle Blicke zu, während sie ihnen die Decken zurechtzupfte.

Ein kalter, schwarzer Schatten fiel auf die Kinder. Ludmilla hob den Kopf und blickte in das wahllose Arrangement aus gelbbraunen Augen, grünlichen gezackten Zähnen, mattem, schwarzem Haar und einer Nase wie einem Entenküken, das jemand auf den Fußboden des Klohäuschens hatte fallen lassen. Das Arrangement wurde als Gesicht benutzt, und eine gnädig gestimmte Person mochte es sogar als solches durchgehen lassen.

»Also, los, was hast'n da drin, Oma, hä?« wollte der gorgorische Waffenknecht wissen. Von einem im Sattel verbrachten Leben untersetzt und O-beinig wie er war, hatte man ihn offenbar zum Fußsoldaten in König Bratzens Bergpatrouille degradiert, und ebenso offensichtlich war er darüber überhaupt nicht glücklich. Gorgoren teilten gern mit ihren neueroberten Landsleuten, den Hydrangenern: solche Dinge wie Ungeziefer, Entzündungen, Blutergüsse und schlechte Laune. Dieser schieläugige Kerl sah nicht aus, als machte er eine Ausnahme, und hinter ihm gaben ihm vier ebenso unberittene und unglückliche Kameraden Rückendeckung. Sie scharten sich um die alte Ludmilla und die Säuglinge wie Haie um eine blutige Rinderhüfte.

Ludmilla straffte die Schultern. »Und wer will das wissen, Ihr ungehobeltes Geschöpf?« fragte sie zurück. Auch wenn sie ihre wunderhübsche Hoftracht, die aus einem Kleid aus Drachenschuppenseide und phoenixverzierter Spitze bestand, gegen das braune selbstgeschneiderte Kleid und die Schürze einer Frau vom Lande eingetauscht hatte, hieß das lange noch nicht, daß sie auch ihren Kampfgeist abgelegt hatte.

Rückgrat und Widerworte gehörten normalerweise nicht in den Besitz eines echten Bauern – sie verbesserten die Ernte kein bißchen und neigten dazu, Unvorhergesehenes hervorzurufen, zum Beispiel plötzlichen Tod, wenn sie in Gegenwart von Leuten höheren Standes zur Schau gestellt wurden. Da so gut wie jeder lebende Mensch – und sogar etliche tote – von höherem Stand waren als ein durchschnittlicher hydrangenischer Bauer, erstaunte Ludmillas Demonstration von Selbstbewußtsein den Gorgoren sehr.

»Hey! Egal, wer das wissen will«, antwortete er und lief über den Kiemen leicht rot an. Dann, als er sein ihm entgleitendes Auftreten mit beiden Händen festgehalten hatte, brüllte er weiter: »Ich bin's, der das wissen will, Muttchen, und das muß dir reichen! Wenn's dir nicht reicht, dann können wir dir's ja mal zeigen, wer wir sind, was, Jungs?« Er blinzelte seinen Kameraden verschwörerisch zu; bei all den alten Narben und neuen Schwertschnitten in seinem Gesicht wirkte es allerdings, als müßte er eine Art Krampfanfall erdulden.

»Ääähhhrrr ... klar, Chef.«
»Wenn du's sags'.«
»Ich glaub' schon.«
»Was sollen wir ihr zeigen?«

Der Patrouillenführer legte die Stirn in Falten, was zweifellos wesentlich schlimmer aussah als sein Lächeln. Er zog eine Neunschwänzige Katze mit kurzem Stiel aus dem Gürtel und deutete mit dem stumpfen Ende auf seine lustlosen Untergebenen. »Paßt mal auf: Wenn ich sage, daß wir es ihr zeigen, dann könntet ihr Ausschuß unter den Fehlgeburten einer Ziege mir wenigstens recht geben, das ist ja wohl das mindeste! Was ist denn in letzter Zeit los mit euch? Als wir noch über die Ebenen gezogen oder über die wilden Öden des Litschi-Plateaus geritten sind und ich sagte: Da ist ein hilfloser Dorfbewohner; laßt es uns ihm zeigen, und zwar gut und ordentlich zu Ruhm und Ehre aller Gorgoren, standet ihr da auch mit den Daumen im Arsch da und habt gefragt: Was sollen wir ihm denn zeigen?, und euch benommen, als hättet ihr noch nie sechs Fuß der Eingeweide eurer Feinde an einem frischen, frostigen Morgen auf der Spitze eurer Lanzen gesehen?«

Die Patrouille starrte bis auf den letzten Mann zu Boden und ließ in der Kehle idiotisch klingende Geräusche ertönen. Das erzürnte ihren Anführer noch mehr und war keine gute Idee.

»Habt ihr *nicht*!« grollte er. »Ihr seid hingesprungen und habt's dem Mistkerl gezeigt, und sonst nichts! Wo ist denn der gute alte Teamgeist hin, hä?«

»S'g'ferde«, sagte der Jüngste unter den Männern.

Die haarige Hand des Anführers zuckte vor, schloß sich um die Kehle des jungen Mannes und zog ihn heran. »*Was?*«

»Ich sagte, Herr ...« Der unglückliche Gefangene keuchte, und eine feine bläuliche Patina legte sich auf seine unrasierten Wangen. »... ich sagte, es is nich mehr das Gleiche ohne die Pferde.«

»Glaubst du, das wüßte ich nicht?« bellte der Anführer ihm ins Gesicht, dann versetzte er ihm einen Schlag mit dem Peitschenstiel, daß er rücklings gegen seine Kameraden taumelte. »›türlich ist's ohne Pferde nicht das gleiche! Zum einen ist man in einer kalten Nacht so allein. Aber diese Berge sind Schafgebiet. Wenn wir Pferde noch weiter bergauf mitnehmen, dann verbringen wir die Hälfte der Zeit damit, die armen Tiere am Zügel zu führen, anstatt sie zu reiten wie zivilisierte Menschen, weil das Land zu steil und zu gebirgig is. Und jedesmal, wenn wir uns umdrehen würden, dann würde da wieder so 'n armes Vieh mit 'nem gebrochenen Bein liegen und könnte nur noch auf den schnellen Tod durch das Schwert hoffen. Warum also sollen wir Pferde mitnehmen?‹«

»Ja ... also, das Essen wär' dann schon besser, Herr Hauptmann.«

Der gorgorische Offizier ließ die Peitsche tanzen und entfernte dem Gourmet mit einer einzigen eleganten Drehung des Handgelenks die Hälfte des Bartes. »Das glaubst du doch wohl selber nicht!« schrie er. »Hast du jemals probiert, was diese hydrangenischen Etepetetes einem anständigen Stück Pferdefleisch antun? Genug, um einen erwachsenen Mann zum Weinen zu bringen!«

Während dieser Diskussion war Ludmilla schwankend aufgestanden, hatte ihren Rock geglättet und den Korb mit den Säuglingen aufgehoben. »Entschuldigt mich, junger Mann«, sagte sie und drängte sich an dem Soldaten vorbei, der so geschwind rasiert worden war. »Das war alles wirklich sehr nett, aber ich habe zu tun. Aber wenn Ihr jemals in die Hauptstadt kommen solltet, dann geht in die *Taverne der Enten und Krustigen Dinger*. Ich habe Anlaß zu der Vermutung, daß der Koch dort weiß, was man mit einem guten Stück Pferdefleisch anfängt. Er nennt es Rindfleisch und verlangt dafür Preise wie für Kalbfleisch, das ist es, was er tut. Guten Tag wünsche ich.«

»Jetzt warte mal 'n Augenblick!« Der gorgorische Hauptmann sprang hinter Ludmilla her und packte sie am Ellbogen, was den Korb in wilde Schwingungen versetzte. »Du gehst jedenfalls nirgendwo hin, Oma!«

Ludmilla warf ihm einen kühlen Blick zu. »Offensichtlich nicht. Ihr seid eine sehr ungehobelte Figur, und ich werde mich bei König Bratz über Euch beschweren, sobald es mir möglich ist.«

»Ha! Du willst dich über mich bei Seiner Majestät beschweren? Daß ich nicht lache! So 'n altes Bündel Lederflicken wie du kommt doch nicht mal durchs Stadttor, geschweige denn in den Palast. Natürlich ...«, seine Augen wurden schmaler und ihr Blick gemeiner, »... könnte es gut sein, daß du auf mein Geheiß doch noch in den Palast kommst. Ins Verlies!«

Die Drohungen trafen Ludmilla überhaupt nicht. Sie schniefte einmal leise; in dieser Geste lag all ihre Verachtung für ihn und seinesgleichen. Unglücklicherweise führte diese Geste auch dazu, daß sie ihn und seinesgleichen *roch*.

Die alte Dienerin wurde bleich und setzte sich mit lautem Klatschen auf die vier Buchstaben. Die unerwartete Erschütterung weckte die Säuglinge, die sogleich zu weinen begannen.

»Hohoho! Was haben wir denn da?« fragte der gorgorische Hauptmann jovial. Er entriß Ludmilla den Korb und schielte hinein. Die Kleinen schrien aus voller Kehle und wanden sich in ihren Windeln.

»Käselaiber«, antwortete Ludmilla knapp und riß den Korb wieder an sich.

Der Hauptmann indes hatte den Griff noch nicht losgelassen. Ludmilla war zwar alt, doch sie war auch drahtig. Ihre unerwartete Erholung kam so abrupt, daß sie den Hauptmann mitriß, als sie den Korbgriff auf ihre Höhe hinabzog. Der Hauptmann traf mit dem Bauch auf dem Boden auf und rammte sich dabei das volle Gewicht seines dicken Ledergürtels und der schweren, mit vergoldetem Zierart besetzten Gürtelschnalle in den Solarplexus.

»Bäh!« rief einer der Soldaten aus, als er das sich an den Vorfall anschließende Erbrechen seines Hauptmanns am Straßenrand beobachtete. »Wie kommt'n das?«

»Vielleicht von dem Brunch heute morgen«, vermutete ein zweiter.

Ein dritter widersprach prompt: »Neeeh. Es is nur gefährlich, Brunch zu essen, wenn sie nicht sauber ausgenommen und gereinigt wurden. S'ist nur die subkutane Membran, die giftig is, und wenn die einmal entfernt worden ist ...«

Der vierte Kamerad schaute ihn mißtrauisch an. »Subku*was*? Redet so ein Soldat? Hat zu viele bepißte Syllben ... äh, Sibyllen ... nein, Salben ... ist zu *lang*, verdammt! Hast du dich wieder mit dieser althydrangenischen Heckenschlampe aus Stinkbeerendorf rumgetrieben?«

Der so beschuldige Patrouillenmann errötete. »Sie is die einzigste hier, die'm Soldaten Rabatt gibt. Und es is Teil der alten Hydrie-Tradition bei den Freudenmädchen, mit ihrer Klientel in spe 'ne kleine, du weißt schon, bereichernde Konservation und Einweisung zu führen, gewissermaßen als interlecktuelles Vorspiel zu anschließender körperlicher Gegenseitigkeit.«

Der Hauptmann erhob sich gerade rechtzeitig von den Knien, um seinem zungenfertigen Untergebenen mit der Katze genau unterhalb der hinteren Helmkante einen deftigen Schlag auf den Kopf zu versetzen. Sein Opfer wurde von den Füßen gerissen, saß auf der Straße und rieb sich verärgert ob dieser ungerechten Behandlung den Hinterkopf.

»Solches Gerede dulde ich auf meiner Patrouille nicht!« donnerte der Hauptmann. »Und von nun an wirst du dich von dieser Stinkbeerenschlampe fernhalten. Auf diese Weise fangen sich gute Kämpfer sowieso nur irgendwas ein.«

»Wie zum Beispiel ein wenig Bildung«, warf die alte Ludmilla ungefragt ein. »Das könntet Ihr ja auf gar keinen Fall zulassen.« Sie war bereits auf den Beinen und den Bergpfad ein kleines Stück weiter hinaufgestiegen, bevor die gorgorische Patrouille sie ein zweites Mal einholte.

»Nun bleib aber endlich stehen, du alte Kröte!« befahl der Hauptmann und packte sie an der Schulter. »Die Strafe dafür, deine natürlichen Oberherren zu belügen, ist der Tod durch den Verzehr eines schlecht gereinigten Brunches! Was sollte dieser Schweinemist über das, was du da im Korb hast?«

»Ich habe Euch bereits gesagt«, antwortete Ludmilla mit geduldiger Stimme, »es sind Käselaiber.«

»Das erklärt, warum es den Alten so umgehauen hat«, flüsterte ein Soldat seinem Kameraden zu. »Käse bringt ihn immer so leicht zum Kotzen.«

Der Hauptmann griff erneut nach dem Korb, überlegte es sich anderes und riß die Decke weg, die die Säuglinge bedeckte. Sie weinten noch immer. »Käse, was?« fauchte er.

Immer noch kühl wie ein Entenbürzel, antwortete die alte Ludmilla: »Dann nehme ich an, daß Ihr, ungeachtet Eures Geredes, laut dem Ihr mit dem Palast König Bratzens vertraut seid, doch niemals einen echten Althydrangenischen Schluchzkäse gesehen habt?« Sie sprach diese Worte derart leichthin aus, mit solchem Selbstvertrauen und solcher Herablassung, daß dem Hauptmann aller Wind aus den Segeln genommen wurde. Obwohl Ludmilla nie eine systematische Kampfausbildung erfahren hatte, war sie doch welterfahren genug, daß sie den Vorteil, einem betäubten Gegner gegenüberzustehen, sofort ausnutzte.

»Aber natürlich könntet Ihr das nicht kennen«, fuhr

sie fort. »Der Schluchzkäse ist eine Delikatesse, die allein den Höchstgeborenen vorbehalten ist, und wird nur zu äußerst geheiligten Anlässen serviert. Die Sitte geht zurück bis in jene Zeit, da Kindsopfer mehr und mehr den Nimbus des schlechten Geschmacks erhielten, zumal es üblich war, daß er regierende Monarch alle Teile der Opfer zu essen hatte, die die Götter als nicht zart genug zurückwiesen. Königin Jargoon die Dyspeptische wird der Ersatz der vorher geopferten Säuglinge durch einen eigens dafür kreierten Käse zugeschrieben, obwohl erst ihr Urenkel, König Scandium der Schickliche, den Ritus perfektionierte, indem er zum Käse Kräcker und trockenen Weißwein reichte.«

Als sie soweit gekommen war, blinzelte der gorgorische Hauptmann wie eine Eule, die die Jahreshauptversammlung der Glühwürmchen beobachtet. Auf der verzweifelten Suche nach Anhaltspunkten für ein Gegenargument schweiften seine kleinen Augen von Ludmilla zu den Säuglingen und zurück. »Äh, ... wenn das Käse sind, was ist das dann, hä?« Er strich mit einem schwieligen Finger über die Wange eines der Kinder und wies den Glanz der Feuchtigkeit vor.

»Molke«, antwortete die alte Amme.

»Aber ... aber – sie sehen doch aus wie Neugeborene! Sie haben sogar Flaum auf dem Kopf, und eine Nase, und Augen, und ...«

»Hübsch, nicht?« Ludmilla warf ihren Schutzbefohlenen einen warmen Blick zu. »In jeder Einzelheit ein Triumph der Käsereikunst! Wir haben nicht eine einzige Beschwerde von den Götter gehört, seitdem wir statt der echten Kinder Schluchzkäse opfern.« Sie senkte die Stimme und fügte vertraulich hinzu: »Unter uns gesagt, manchmal sind die Götter halt nicht allzu helle.«

Der erschreckte Gorgore machte angesichts der blasphemischen Bemerkung der alten Frau das geheiligte Schutzzeichen der Ochsenhörner. Seine Stimme schwankte nur ein klein wenig, als er zurückgab: »J-j-jaaa, aber ... aber ... aber sie machen *Krach*! Welche Sorte Käse, egal wie schön er geformt ist, kann einen Krach schlagen wie die da?«

Ludmilla seufzte. »Wenn sie keinen Krach machen könnten, dann müßten wir sie *Schweig*käse nennen. Während des Herstellungsvorgangs wird eine beträchtliche Luftmenge im Käse eingeschlossen. Was Ihr hört, ist das ganz gewöhnliche Geräusch, das beim Entweichen dieser Luft entsteht.«

»Oh.«

Der Soldat, der die Hälfte seines Bartes verloren hatte, trat nun vor, um seinem Hauptmann aus einer Lage zu retten, die für die falsche Partei zu einer Klemme zu werden drohte. »Einen Augenblick!« rief er aus. »Wenn es Käse sind, warum winden sie sich dann so?«

Bevor Ludmilla darauf eine Antwort einfiel, trat auch der Hauptmann einen Schritt vor und grollte: »Na, *das* ist ja nun eine ganz tolle Frage! Du legst es wohl wirklich darauf an, uns alle wie die reinsten Armleuchter erscheinen zu lassen, was? Oder Rekruten, die noch nie das Innere eines ehrenwerten gorgorischen Kantinenzeltes gesehen haben. Sag mir eins, mein großäugiger Jungfrauenschreck: Hast du etwa niemals zuvor Essen gesehen, das sich bewegt?«

»Ja nun ... klar, die Brotration letzte Woche. Es war schon ganz schön schwer, es festzuhalten, damit es nicht davonlief, bevor wir es gegessen hatten.«

»Weil es Beinchen hatte«, warf einer seiner Kameraden ein. »Von den Rüsselkäfern.«

»Eben!« stimmte der Hauptmann triumphierend zu. »Und wenn wir uns Essen machen können, das es auf dem Tisch etwas spannender macht, ja glaubt ihr denn, die alten Hydries könnten das nicht auch? Mann, ich möchte wetten, die kriegten bereits Hühnernackenragout serviert, das vom Teller kroch, als wir noch über das

Litschi-Plateau galoppierten und uns von Ochsenschwanzsuppe und gebratenen Brunches ernährten!«

Der halbrasierte Gorgore schaute zweifelnd drein, enthielt sich aber jedes weiteren Kommentars. Er beugte sich vor, um einen weiteren Blick auf die strittigen Käselaiber zu werfen. Da drang ein unverkennbares Aroma, noch durchdringender als sein eigenes, an seine Nüstern.

»Bah!« rief er aus und wedelte sich Luft zu, während er zurückwich. »Alles klar. Das sind wirklich Käselaiber!«

»Wie ich dir gesagt habe«, erwiderte der Hauptmann selbstgefällig. An Ludmilla gewandt sagte er: »Nun mach dich auf deinen Weg, Muttchen, und schaff die Schluchzkäse dahin, wo sie gebraucht werden. Von dem Geräusch her, das sie machen, würde ich sagen, sie sind bald reif.«

Ludmilla machte einen hübschen Knicks. »Es ist immer ein Vergnügen, mit einem Mann von Welt zu tun zu haben«, sagte sie und schlenderte davon.

Tatsächlich war sie zu alt, um sehr lange zu schlendern. Es war keine Gangart, die sich sehr dazu eignete, weite Entfernungen zurückzulegen und dabei noch einen Korb mit zwei Säuglingen zu schleppen, besonders dann, wenn die Neugeborenen fortwährend brüllten und ihre Windeln ganz offenbar gewechselt werden mußten. Ludmilla wußte, daß die gorgorische Patrouille sie viel Zeit gekostet hatte. Der Plan, den Königin Artemisia und sie ersonnen hatten, sah vor, daß sie die erste Nacht im Haus ihrer entfernten Cousine Gowena verbrachte, einer Witwe, deren Loyalität zur Alten Ordnung zum Besten zählte, was für Geld zu haben war. Aber nun sah es nicht danach aus, als könnte Ludmilla den abgemachten Zufluchtsort noch rechtzeitig erreichen. In den Bergen wurde es rasch dunkel; die Schatten am Straßenrand mischten sich mittlerweile schon ins allgemeine Dämmerlicht.

Ludmilla schnalzte mit der Zunge. »Es hilft nichts, fürchte ich«, sagte sie laut. »Wir müssen den ersten Unterschlupf nehmen, den wir finden, meine Püppchen, und dann am Morgen zu Gowenas Haus gehen. Wir sind hier kurz vor Stinkbeerendorf; versuchen wir's dort.«

Sie folgte der Straße weiter, die bald in einen schlecht gepflasterten Weg überging, der rasch zu einem Pfad aus gestampfter Erde verkam und immer schmaler wurde, je weiter sie sich vom Flachland entfernte. »Seltsam«, wunderte sich Ludmilla und keuchte, während sie weiterschritt, »ich kann mich nicht erinnern, daß der Weg nach Stinkbeerendorf je so beschwerlich gewesen wäre, und ich sollte ihn kennen! Ich lebte als junges Ding hier, vor gerade ... oh, vor einer Handvoll Jahren.« Es belastete ihr Gewissen nicht im geringsten, daß sie das Wort »Jahr« durch die Anhängung von »zehnt« erweitern mußte, um annäherungsweise eine Brücke zur Wahrheit zu schlagen.

Die Neugeborenen kümmerte es nicht, wie sehr Ludmilla über ihr Alter log. Sie waren hungrig und durchnäßt, beschmutzt und es leid, als landwirtschaftliche Produkte herumgereicht zu werden. Ludmilla wollte sie mit Schnullern ruhigstellen, aber als sie auf dem Boden des Korbes nach diesen Beruhigungsmitteln suchte, stellte sie fest, daß sie verschwunden waren, vermutlich während des zurückliegenden Gerangels mit dem gorgorischen Hauptmann hinausgefallen. Die Kinder interessierten sich wenig für Ausflüchte. Beide hatte kräftige Lungen und benutzten sie unablässig. Damit erreichten sie, ihre gealterte Amme zu ermüden.

»Ach je, ach je«, murmelte sie und spähte mit Augen, die im Sonnenlicht längst nicht so scharf waren, in die Dunkelheit. »Sehe ich da ein Licht? Vielleicht war ich Stinkbeerendorf ja näher, als ich dachte. Ja, ja, meine Püppchen«, wandte sie sich leise an die heulenden Kinder. »Bald haben wir ein warmes Plätzchen, wo es uns ganz, ganz behaglich sein wird. Schaut, meine Liebchen, das Licht kommt von der Laterne in der Dorfschenke, oder ich will eine Gans sein, und gleich daneben ist die Werkstatt des Hufschmieds, ganz wie ich mich erinnere, und ... hoppla!«

Ludmilla stolperte über ein Schaf.

Der Korb flog davon, und das Weinen der Säuglinge nach Nahrung verwandelte sich in einen Jauchzer des Entzückens, als sie feststellten, daß sie durch die Luft segelten. Sie landeten nicht weit entfernt im hohen Gras des besten Weidelandes diesseits der Hauptstadt. Sie landeten inmitten einer Herde aus plumpen, flauschigen Schafen, die mit erschrecktem Blöken und raschem Aufspringen auf diese unerwartete Luftlandeinvasion reagierten. Es war ein wahres Wunder, daß die königlichen Neugeborenen nicht zertrampelt wurden.

»Ach du je«, sagte Ludmilla und fügte gereizt hinzu: »Kinder, kommt sofort zurück.« Nun war es stockfinster, und kein nennenswerter Mond schien. Die Säuglinge waren immer noch naß und hungrig, doch die gerade erfahrene Ablenkung hatte jeden Gedanken bis auf die Hoffnung, in der nahen Zukunft einen weiteren faszinierenden Trip zu erleben, aus ihren Köpfchen verdrängt. Sie lagen im Gras und giggelten vor sich hin.

Die arme Ludmilla schaute sich um und sah nichts. Das Licht, das sie zu der Annahme verleitet hatte, Stinkbeerendorf läge direkt vor ihr, war immer noch da. Tatsächlich schien es sich sogar zu nähern, was sich ihrer Meinung nach mit dem Verhalten einer anständigen Wirtshauslaterne einfach nicht in Einklang bringen ließ. Es gab nur eine einzige Erklärung.

»*Schwarze Magie!*« kreischte sie. »Oh, oh, es sind die Geister all der armen Zauberer, die König Bratz so grausam dahinschlachtete, und nun gieren sie nach dem Blut der Lebenden! Bitte, ach bitte, nehmt nicht meine Kinder!« weinte sie in die Finsternis.

»Pah!« erklang ein ganz unzaubererhaftes Schnauben aus der Richtung des näherkommenden Lichtes. »Warum sollte ich so etwas Blödsinniges ... Ludmilla?«

Der Strahl einer Hirtenlampe fiel in die Augen der alten Ludmilla. Sie sah auf in ein Gesicht – uralt, sonnengebräunt, voller Runzeln, mit struppigem Haar und grauem Bart –, das sie seit ... ist-ja-auch-egal-wie-vielen Jahren nicht mehr gesehen hatte.

»Odo?« hauchte sie, die Hände über den verwelkten Busen gekreuzt.

Etwas später, nachdem Ludmilla die Säuglinge mit Odos Hilfe gefunden hatte, machte Ludmilla sie sauber, wechselte ihnen die Windeln und bettete sie mit zwei improvisierten Fläschchen voll Schafsmilch in eine Ecke von Odos Hütte. Nachdem sie ihre Pflicht getan hatte, gesellte sie sich wieder zu Odo, der immer noch dabei war, ein einfaches Abendessen aus Brot, Käse und Wildzwiebeln – sehr vielen Wildzwiebeln – hinunterzuschlingen.

»Ich verstehe immer noch nicht, wie du an die Kinder kommst«, sagte Odo zwischen zwei Bissen. »Als du Stinkbeerendorf verlassen hast, da warst du ja noch nicht einmal schwanger. Von mir jedenfalls nicht.«

»Nicht, weil du dich nicht bemüht hättest.« Ludmilla setzte sich angenehm dicht neben ihn auf die einzige Bank in der Hütte. »Seitdem sind ein *paar* Jahre vergangen«, fügte sie geziert hinzu. »Die Dinge ändern sich.«

Odo sah Ludmilla mit nicht mehr als leisem Zweifel in seinen fadbraunen Augen an. »Also sind's deine, nicht wahr?«

»Das könnte man sagen«, antwortete Ludmilla. »Oder auch nicht. Aber dann wieder doch. Und wenn, dann könntest du recht haben. Oder auch nicht.«

»Ah.« Odo zerkaute eine weitere Wildzwiebel. »Also ... also magst du Schafe immer noch?«

»Kommt drauf an.« Sie hob eine Augenbraue. »Hast

du immer noch den größten Hirtenstab im ganzen Fraxinellagebirge?«

Odo sah zu der Stelle herüber, wo das Zeichen seines schafhirtlichen Amtes gegen den Türrahmen lehnte. »Ich weiß es nicht«, antwortete er ehrlich. »Wir könnten ja abmessen.«

Ludmilla tätschelte Odos Hand. »Du bist noch genau wie früher«, sagte sie zärtlich.

»Das stimmt nicht!« rief er aus. »Ich ziehe jedes Jahr an Prunellas Festtag eine neue Jacke an wie jeder gute Schafhirt und wechsle meine Unterwäsche alle drei Monate, wenn das Wetter es erlaubt, und ...«

»Nein, ich meinte doch nur ...«, Ludmilla rückte näher an ihn heran, so daß sich ihr Schenkel an seinem rieb, wie ein Paar Hölzer, mit denen man Feuer anfachen will, » ... daß du immer noch der gleiche liebe Odo bist, den ich kannte, als ich noch ein junges Ding war.« Sie zupfte den zähen Vorhang aus eisengrauem Haar beiseite und kitzelte mit der Zunge sein Ohrläppchen. »Erinnerst du dich nicht?«

Odo runzelte die Stirn. »Als du noch ein junges Di ... Di ... Di ... *ach, meine Lämmchen und mein Lanolin*!«

Trotz all ihrer Jahre, und trotz aller Jahre Odos, gelang es Ludmilla immer noch gut, mehr als nur Erinnerungen aufzurühren. Mit einem rauhen, unartikulierten Aufschrei sprang Odo wie ein junger Hüpfer von Sechzig vom Tisch auf, riß Ludmilla an sich in eine Umarmung, die nach Schafspelz und Wildzwiebeln roch, und hob sie hoch.

Dann legte er sie wieder nieder und preßte stöhnend beide Hände ins Kreuz. Ludmilla schnalzte mit der Zunge, schüttelte den Kopf und führte ihren früheren und nun hinkenden Freier zum vliesbedeckten Lager nah am Herd.

Die Säuglinge hatten es warm, waren trocken und satt von der Milch, daher schliefen sie fest und verpaßten eine Darbietung von einzigartigem erzieherischen Wert. Sie hörten nicht die gedämpften Geräusche uralter Gelenke, die knirschten und sprangen, als Ludmilla und Odo danach trachteten, die Leidenschaft der Jugend wiederaufflammen zu lassen. Sie störten sich nicht an Ludmillas gekeuchten Anweisungen für Odo, die gewisse komplizierte Techniken betrafen, die sie während ihres Palastdienstes aufgeschnappt hatte. Sie schlummerten weiter trotz Odos Grunzen, Ludmillas Stöhnen und dem sich langsam steigernden Tempo von beidem. Regelrecht erstaunlich war, daß es ihnen gelang, auch trotz des Freudengejodels weiterzuschlafen, das am Ende aus Ludmillas Kehle hervorbrach.

Gefolgt von einem Schluckauf, einem Gurgeln und einem letzten Ausatmen.

Nach einem Augenblick verwirrten Schweigens murmelte Odo: »Bei Anthrax – sie ist tot!«

Zuerst lag Odo nur da, dahingestreckt von Leidenschaft, Trauer und dem Warten auf einen Einfall, was er nun eigentlich tun sollte. Schließlich erinnerte er sich daran, die Hose hochzuziehen und sich der ganzen traurigen Angelegenheit mit Hilfe der Logik und eines gewärmten Hinterteils zu nähern. Er setzte sich auf die Kante des wolligen Lagers.

Keine Frage, daß auch nicht ein Funken Leben in Ludmilla verblieben war. Obwohl ein oberflächlicher Beobachter auch schon vorher zu dem Schluß hätte kommen können, sie sähe aus wie eine Leiche, war der Unterschied doch unverkennbar. Odo hatte den Tod schon zu häufig gesehen, als daß er irgendwelche Zweifel gehegt hätte – gut, üblicherweise sah er den Tod bei Schafen und nicht bei Frauen, aber der Effekt war doch mehr oder weniger der gleiche.

Bisher war in seinen Armen noch nie eine Frau gestorben, aber andererseits war auch fast nie ein Schaf in seinen Armen dahingeschieden.

»Ihr Herz muß versagt haben«, murmelte er für sich. Er zupfte am Gürtel seiner Hose. »Scheinbar bin ich durch Erfahrung besser geworden.« Er blickte wieder auf Ludmilla und fügte hinzu: »Und sie war auch nicht so jung, wie sie behauptet hat, da bin ich mir ganz sicher.« Bei dieser Erkenntnis fiel ihm ein Stein von Herzen: Er brauchte sich wohl doch keine Sorgen um die Herzinfarkte jüngerer Frauen machen.

Nicht, daß er in diesen Tagen viel Gelegenheit dazu hätte. Er war selbst nicht mehr ganz so jung, und die Mädchen von Stinkbeerendorf liefen ihm auch nicht mehr hinterher.

»Wissen gar nicht, was sie verpassen«, grummelte er und betrachtete das törichte Grinsen, das wie festgefroren Ludmillas Gesicht überzog.

Ohne jeden Zweifel war sie tot. Die Frage war nur, was er deswegen unternehmen sollte.

Sie ins Leben zurückbringen, das konnte er nicht; das wiederum hieß, daß seine Sorge sich nur auf den Verbleib ihrer sterblichen Überreste beschränken konnte. Wenn eines der Schafe starb, so bedeutete das eine leckere Mahlzeit für die folgende Woche oder so, es sei denn, es war an etwas Ekelhaftem gestorben. Odo wußte jedoch, daß man so etwas mit Leuten nicht tat. Außerdem wirkte Ludmillas hagerer Leib recht zäh, stellte er fest – als sie sich noch aus eigener Kraft bewegen konnte, war das nicht so offensichtlich gewesen.

Also würde er sie begraben müssen.

Er seufzte. All diese Schaufelei war eine harte Arbeit für einen Mann in seinem Alter.

Vielleicht gab es irgend jemanden, dem er diese Mühe aufbürden konnte; hatte sie vielleicht Verwandte, die einen Anspruch auf die Leiche besaßen?

Odo kratzte sich am Kopf und machte dabei einige seiner arthropodischen Bewohner obdachlos und quetschte noch etwas mehr schwarze Schmiere unter seine Fingernägel.

Um ehrlich zu sein, wußte er überhaupt nichts über Ludmillas Geschichte. In Stinkbeerendorf aufgetaucht war sie als junges Ding, oder jedenfalls relativ junge – nun, jung *wirkende* Frau, als er noch ein Junge war, und eines Nachts, nachdem sie sich auf dem Schafschererfest zusammen betrunken hatten, war sie mit ihm zurück auf den Gipfel des Berges gekommen und hatte die Nacht bei ihm verbracht – mehrere Monate lang.

Dann war sie verschwunden, und er hatte gedacht, das wär's gewesen, doch sie war noch einmal in Stinkbeerendorf aufgetaucht, als sie beide noch jung waren – er vielleicht immer noch in den Dreißigern, und sie konnte nicht älter als Fünfzig oder Sechzig gewesen sein.

Sie hatte wieder ein paar Monate mit ihm auf dem Berg verbracht und war schließlich mit diesem Hausierer durchgebrannt, und bis heute nacht war's das gewesen.

Er versuchte sich zu erinnern, ob sie jemals erwähnt hätte, Familie oder Freunde zu besitzen. Doch nichts dergleichen fiel ihm ein.

Doch aus ihren letzten Worten konnte er schließen, daß sie irgendwo jemanden gekannt haben mußte. Eine Frau dachte sich solche Andeutungen schließlich nicht einfach so aus, oder?

Tatsächlich hatte Odo keinen blassen Schimmer, was Frauen sich ausdenken mochten und was nicht; meistens wußte nicht einmal er selbst, was er sich gerade ausdachte und was nicht. Trotzdem konnte Ludmilla diese beiden Kinder nicht einfach aus der Luft herbeigezaubert haben …

Kinder.

In seiner Aufregung hätte er sie fast vergessen. Was in aller Welt sollte er mit den Kindern anfangen?

Und wessen Kinder waren es übrigens eigentlich?

Er stand auf, bemerkte dabei, daß sein Rücken mehr Schaden davongetragen hatte als vorhin bemerkt, und durchquerte den Raum zu der Ecke, in der die Säuglinge schliefen.

»Kinder«, erläuterte er sich.

Er zog in Betracht, nach einem Zettel mit einer Nachricht zu suchen, aber es bestand keine Eile: Selbst wenn er eine fand, konnte er sie schließlich nicht lesen, und mitten in der Nacht würde er nicht aufbrechen, um nach einem Gelehrten zu suchen. Beide Neugeborenen waren sehr klein, von runzliger Erscheinung und mit einander sehr ähnlichen Gesichtern.

Alle Neugeborenen sahen einander sehr ähnlich, doch Odo vermutete, daß mehr dahintersteckte.

»Zwillinge sind sie«, sagte er. Er saugte an seiner Unterlippe, wobei er unvermeidlich eine Bartlocke in den Mund bekam und eine unschuldige junge Laus dazu zwang, sich nach einer neuen Bleibe umzusehen. Viele neugeborene Kinder hatte er nicht gesehen, aber mit Lämmlein kannte er sich aus und vermutete, daß die grundlegenden Dinge für beide Arten galten. »Können nicht mehr als 'n paar Tage alt sein«, schlußfolgerte er. »Sie müssen gesäugt werden.« Er sah auf.

Ludmilla würde sie nicht säugen können, so viel stand fest, und Odo wußte nicht, wo er in dieser Gegend eine Amme finden konnte. Die Schafsmilch, mit der Ludmilla sie gefüttert hatte, schien ihnen jedoch zu schmecken. Die Milch kam von der armen kleinen Audrea, die ihr Lämmchen verloren hatte.

Warum also sollte Audrea die beiden nicht säugen können?

Odo war kein gebildeter Mann, doch er wußte noch, wie er auf dem Knie seiner Mutter sitzend die Geschichte von Remulo und Rommis gehört hatte, den Helden des Alten Hydrangea, die von Vielfraßen aufgezogen worden waren. Er erinnerte sich sehr gut daran, denn schließlich hatte er sie vierzehn Jahre lang jeden Tag gehört. Mutter war eine überzeugte Anhängerin von Gutenachtgeschichten gewesen, kannte aber nur die eine.

Doch wenn Vielfraße Remulo und Rommis aufziehen konnten, warum sollte dieses Paar nicht von Schafen genährt werden?

Odo spürte sein Herz vor Stolz anschwellen. Vielleicht würde er selbst ein Heldenpaar aufziehen! Vielleicht würden sich noch in Jahrhunderten die Menschen an die Geschichten über dieses Paar erinnern, das von Odo und seinen Schafen aufgezogen wurde, bevor es sein Abenteurerleben begann!

Natürlich wäre er selbst dann lange tot, aber es wäre doch schön, wenn sich jemand an ihn erinnerte. Und in der Zwischenzeit konnten sie, sobald sie etwas größer geworden waren, ihm unter die Arme greifen – hier auf dem Berg gab es genug zu tun.

Und natürlich brauchten sie Namen.

Remulo und Rommis lagen offensichtlich auf der Hand, und als Ludmilla ihnen die Windeln wechselte, hatte er gesehen, daß beide Jungen waren, doch andererseits hatte er bereits einen Bock namens Rommis und war sich nicht sicher, ob er die Übersicht über die Dinge behalten konnte, wenn er einen Säugling genauso nannte. Er runzelte die Stirn und saugte an der Bartlocke in seinem Mund.

Sie entrollte sich in seine Kehle und erstickte ihn fast, reizte ihn zu einem lang anhaltenden Hustenanfall, der schließlich die beiden Säuglinge weckte. Als Odo die verräterischen Haare herausgezogen und sein Gleichgewicht zurückerlangt hatte, widmete er sich der Aufgabe, die Jungen zu beruhigen, indem er einen angefeuchteten Finger als improvisierten Schnuller benutzte.

Das funktionierte nicht.

Voller Verzweiflung nahm er eine Laterne und ging hinaus in die Dunkelheit, um Audrea zu finden. Die Neugeborenen lagen laut heulend in einer Ecke der Hütte, Ludmilla lag tot auf dem Bett, und einmal draußen, erwog Odo ernsthaft die Möglichkeit, nicht mehr zurückzukommen.

Aber das, dachte er, wäre nicht recht; seine Schafe waren auf ihn angewiesen. Er straffte die Schultern, hob die Laterne und trottete vorwärts.

Als er endlich Audrea in die Hütte zog und dabei ihr protestierendes Blöken ignorierte, waren die beiden Säuglinge bereits wieder eingeschlafen. Odo funkelte sie an, dann band er Audrea an ein Tischbein und setzte sich auf das vliesbezogene Lager.

»Ärger«, knurrte er, »die beiden bedeuten nichts als Ärger.« Er seufzte. »Wie meine beiden Onkel, die sie unten in Flechtenburg aufgehängt haben.« Er schaute hinab auf die kleinen roten Gesichter und die zugekniffenen Augen. »Sie sehen sogar aus wie die beiden.« Er stupste den Jungen zur Rechten vorsichtig an. »Schätze, ich nenn' dich nach Onkel Dunwin«, sagte er, »und den anderen nach Onkel Wulfrith.«

Der neubenannte Wulfrith gurrte leise.

Kapitel 4

»Hört mir zu, Ihr Ohrwurm«, sagte Königin Artemisia, die perlengleichen Zähne bis zum Zersplittern aufeinandergepreßt. »Was ist so schwer daran, sich an eine einzelne alberne Nachricht zu erinnern?«

»Nichts«, antwortete der unglückselige Page. Er starrte auf seine Schuhe und bemühte sich, lauter als im Flüsterton zu sprechen. »Bis auf die Wörter drin, M'lady.«

Artemisia gab einen Laut von sich, der nie dazu bestimmt war, von menschlichen Lippen geformt oder von menschlichen Ohren gehört zu werden. In den etlichen Wochen seit Ludmillas Aufbruch mit den beiden

Jungen hatte sie von ihrer kleinen Tochter eine Menge gelernt über unheimliche, unirdische, unheilige und einfach nervenzerreißende Geräusche. Die Prinzessin (*Nein, nein: Der* Prinz! *Ich muß von ihr immer als vom Prinzen denken,* erinnerte sich Artemisia wütend. *Unser beider Leben hängt davon ab.*) hatte zwei kräftige Lungen und eine ebenso kräftige Kolik.

»Na schön, Dussel«, sagte die Königin. »Ihr werdet es nun noch einmal versuchen, und wenn Ihr erneut dabei versagt, meine Nachricht im Gedächtnis zu behalten, werde ich meinen Gemahl König Bratz rufen und ihm berichten, Ihr habet versucht, mir Gewalt anzutun. Ihr würdet nicht mögen, was dann kommt. Ich glaube, daß Vielfraße dabei eine Rolle spielen.«

»Ja, Herrin«, antwortete der Page verzweifelt.

Sein Name war Euphorbius, und sein althydrangenischer Stammbaum war makellos. Artemisia hatte angenommen, sich auf seine Loyalität und Diskretion verlassen zu können, als sie ihn für diese heikelste aller Missionen auswählte.

Unglücklicherweise sahen die Qualifikationen des Jungen auf dem Pergament zwar gut aus, zeigten eine adlige Blutlinie, die so blau und inzestuös war wie Artemisias eigene – in ihrem Fall äußerte der Effekt sich in feiner Knochenstruktur, feurigem Temperament und einer angeborenen Neigung, sich mit zu viel Spitze zu schmücken; in seinem Fall waren die Auswirkungen ein Gedächtnis wie ein Sieb, eine spatelförmige Nase und Füße wie Bratpfannen; darüber hinaus ragten die Spitzen seiner Knochen an den unpassendsten Stellen in den unmöglichsten Winkeln aus dem Körper, so daß er aussah wie ein komplettes Silberbesteck in einer Teigtasche.

Euphorbius wirkte unfähig, einen Molch zu vergewaltigen, aber selbst er war helle genug, um zu wissen, daß König Bratzens Vorstellung von Recht und Gerechtigkeit sich nicht mit Belanglosigkeiten wie substanziellen

Beweisen aufhielt – ganz besonders nicht, wenn Vielfraße ins Spiel kamen. »Ich will's noch mal versuchen«, brachte er hervor. Er schloß die Augen und aktivierte alle (sieben) Gehirnzellen, dann setzte er an, zu rezitieren: »Grüße an das Schwarze Wiesel, den heldenhaften, tapferen, schneidenden Aufrührer der ...«

»... *tapferen, schneidigen, heldenmütigen Anführer* ...«, soufflierte die Königin.

»Ah? Oh. Ah ja. Äh ...« Euphorbius versuchte, den Gänseblümchenkranz seiner Gedanken wieder zu erfassen, doch die Blüten waren mittlerweile verwelkt und von den Stengeln gefault. »Äääähhh ... Grüße an den Schwarzen Vielfraß ... nein, nein, wartet, das stimmt nicht ... Grüße an das Schwarze Wiesel, den tapferen, anrührenden, heldenmütigen Aufschneider ... Ohhh!« Euphorbius krümmte sich wie in Todesqual zusammen und begann zu stammeln. Seine Schmerzensschreie weckten das Kind, das zu weinen begann.

Mord blitzte aus den blutunterlaufenen Augen der Königin. »Das reicht«, betonte sie mit furchtbarer Endgültigkeit. »Es hat mich vier gesegnete Stunden gekostet, das Kind in Schlaf zu wiegen, und nun kommt Ihr und weckt es. Ich rufe den König. Wenn ich damit fertig bin, ihm über Euch zu berichten, dann werdet Ihr um die Vielfraße noch betteln!«

Der arme Euphorbius stieß ein Quieken reinsten Terrors aus und sprang ans Turmfenster. Vielleicht beabsichtigte er, das Schicksal zu betrügen und ebenso die Vielfraße, indem er sich aus dem Fenster stürzte, vielleicht glaubte er aber auch, was ihm jeder sagte, nämlich: »Euphorbius, dein Kopf ist so voller Luft, daß du schweben würdest, wenn du dich aus einem Turmfenster stürzest!«

Wie auch immer, es würde ein Geheimnis bleiben. Zwischen ihm und dem Fenster stand die königliche Wiege, und wie instinktiv schlug einer von Euphorbius' ungelenken Füßen wie von eigenem Leben erfüllt aus und verhakte sich im Gestänge der Wiege. Euphorbius fiel platt aufs Gesicht, die Wiege fiel um, und der Säugling sauste durch die Luft. Königin Artemisia verharrte wie gelähmt angesichts der Tatsache, daß ihr teures Kind mit dem Kopf zuerst auf den Boden prallen würde. (König Pyron der Gänsefüßige war der einzige althydrangenische König, von dem verbürgt war, einmal als Kind auf den Kopf gefallen zu sein, und keine königliche Mutter, die bei auch nur halbwegs klarem Verstand war, wünschte zu riskieren, daß ihrem Nachwuchs ein ähnliches Schicksal widerfuhr. Pyrons kurze Herrschaft erregte immer noch Gänsehaut und war bestens unter der Bezeichnung *»Die Hundert Tage der Metallpasteten und des Verdorbenen Nachtischs«* bekannt.)

Was die Königin nicht wußte, war, daß Euphorbius die schnellsten Reflexe im gesamten Königreich besaß. Er benötigte sie, um zu überleben. Als Junge hatte er zu Hause unter den entsetzten Augen seiner Mutter ein kostbares, unbezahlbares, einzigartiges, unersetzliches Kunstobjekt nach dem anderen zerbrochen. Seine Mutter war *Neurissa von der Weißen Hand*, doch die *Weiße Hand* war auch die *Schwere Hand*, und so hatte Euphorbius die automatische Reaktion entwickelt, sich schnell zu bewegen – nein, wirklich schnell – nein, noch schneller –, sobald sein Gehirn die Nachricht erhielt: *Nein! Nicht schon wieder!*

Artemisia sah nur eine verschwommene Livree, einen blitzschnell dahinhuschenden Pagen, und noch mitten in der Luft landete das Kind in Euphorbius' riesigen und gelegentlich nicht danebengreifenden Händen. In Sicherheit an Euphorbius' Brust gekuschelt, gluckste das Kind voller Freude und mit leuchtenden Augen. Euphorbius beugte das Knie und bot das gerettete Kind seiner Königin dar; dabei sagte er: »Äh ... das ist Eures, M'lady.«

Die Königin fiel in Ohnmacht.

Artemisia kam wieder zu Sinnen, als sie hörte: »... Wiesel, dem tapferen, schneidigen, heldenmütigen Anführer der Wagemutigen Waldbewohner. Die Weiße Damgeiß sendet mich, um zu erfahren ... zu erfahren, ob der Graunbraue Gussard – nein, vergeßt es, das geht nicht ... Braungraue Bussard bereits das ... äh ... Paar Goldene Adlerküken in Eure Obhut übergeben hat.«

Sie setzte sich langsam auf und wandte sich dem Klang der Stimme zu. Es war Euphorbius' Stimme, der immer noch das Kind hielt und vor dem Ankleidespiegel der Königin hin und her schritt, während er die Geheimbotschaft herunterrasselte. »Dennoch wünscht die Weiße Damgeiß Euch darauf hinzuweisen, daß eines der vorhergenannten Goldenen Adlerküken nicht – komm schon, Euphorbius, du machst es besser richtig, diese Vielfraße haben spitze Zähne! – nicht wie vermutet die Rosige Hindin, sondern das Ebenbild des Silbernen Hirschen ist.« Er betrachtete das Kind, das er in den Armen hielt. »Ergibt das einen Sinn für Euch, königliche Hoheit?« Das Kleine gurgelte. »Nein, für mich auch nicht. Na schön.« Er zuckte die Schultern und fuhr fort: »Es ist weithin bekannt, daß der Braungraue Bussard den Verstand eines Ausgepreßten Frosches besitzt. Daher lasten wir ihr die Schuld an diesem Versehen an. Wenn der Braungraue Bussard sich immer noch auf Eurer Schlafstange niederläßt, so gewähren Wir Euch die Freiheit, ihre Federspitzen zu maßregeln, wie es Euch beliebt.«

Königin Artemisia nickte, mit Euphorbius' Fortschritten sehr zufrieden. Was war an dieser Nachricht auch schon so schwierig? Diese Pagen machten immer so viel Geschrei um nichts. Euphorbius am Spiegel sprach weiter: »Daher ... äh ... daher sendet durch Euren schnellsten Boten einen Silbernen Hirschen hierher, auf daß die Weiße Damgeiß aus einem Silbernen Hirschen eine Rosige Hindin mache und ... und ... und ... Ach, hol's doch die Pest! Wie im Namen von kaltem gebratenen Krautsalat soll jemand aus einem Bock einen rosigen Hintern machen? Und wer sollte es wollen? Ich will's nicht wissen.« Euphorbius seufzte. »Laßt die Vielfraße herein.«

»Nein, nein, guter Euphorbius, verzweifelt nicht!« rief Königin Artemisia und rappelte sich auf. »Ihr habt die Botschaft perfekt gelernt! Na ja, jedenfalls so perfekt, wie Ihr's je vermögen werdet. Es sind unsichere Zeiten. Wir müssen es riskieren. Nun geht, und beeilt Euch mit des Schwarzen Wiesels Antwort. Ach, und gebt mir vorher noch den Prinzen, bitte.« Sie hob das schlafende Kind sanft aus den Armen des Pagen und stellte fest, daß ihre Tochter einen Windelwechsel ebenso dringend nötig hatte wie einen Wechsel ihres Aufenthaltsortes.

Sie erwog, Euphorbius mit der unangenehmen Aufgabe zu betrauen – bei seiner Intelligenz würde er vermutlich nicht registrieren, daß der »Prinz« in einer gewissen Hinsicht bemerkenswert unterentwickelt war. Und selbst wenn, mochte er annehmen, daß königlicher männlicher Nachwuchs so etwas erst später im Leben … erwarb, vielleicht zur gleichen Zeit, zu der er sein erstes Schwert erhielt.

Aber mit dem untrüglichen Instinkt aller Männer, die drohende Möglichkeit, mit dem Wechseln einer schmutzigen Windel beauftragt zu werden, spüren zu können, war Euphorbius lange verschwunden.

»Halt, wer da?« drang eine laute Stimme aus dem dichtesten Teil der Krone einer alten Eiche.

»Wo?« quiekte Euphorbius, drehte sich im Sattel um und spähte unter einem Anfall von Panik ins Unterholz.

»Nirgendwo, du Dummkopf.« Die Stimme inmitten der Blätter klang genervt. »Ich meine, natürlich schon irgendwo. Da. Wo du bist. Du. Wer bist du?«

»Ich?« Euphorbius ließ es klingen wie einer der Sieben Großen Unbeantwortbaren Fragen aus der Althydrangenischen Philiosophie (Nummer drei lautete: *Wieso wird nichts, was du tust, einschließlich der Eroberung eines fremden Königreichs, jemals deine Mutter zufriedenstellen?*)

»Siehst du sonst noch jemanden?« antwortete der Baum. Für eine Eiche war er ganz schön frech. Zu seinen Füßen kicherte grausam ein Dickicht aus Stechginster.

»Na los schon, rede!« fuhr der Baum fort. »Sag uns, wer du bist, und was du hier zu suchen hast, oder ... oder ...«

»Oder wir rösten uns deine Nieren zum Tee!« rief der Stechginsterbusch begeistert.

»Bäh!« rief die Eiche. »Das ist so abartig, daß niemand diese Drohung jemals ernstnehmen könnte. Und wozu soll eine Drohung gut sein, von der jeder weiß, daß du sie doch nicht ausführen würdest?«

Der Stechginsterbusch war eingeschnappt. »Immer noch besser alles, was dir je eingefallen ist. Pfft! Das Beste, wozu du fähig warst, war diesem umherziehenden Hausierer zu sagen, daß du ihn ohrfeigen würdest, wenn er dem Schwarzen Wiesel nicht Treue schwört.«

»Dem ... dem Schwarzen Wiesel?« Hoffnung erglänzte in Euphorbius' Kulleraugen. »Ihr Gestrüpp kennt das Schwarze Wiesel, den tapferen, schneidigen, heldenmütigen Anführer der Wagemutigen Waldbewohner?«

»Gestrüpp? Was soll das denn heißen?« fragte die Eiche indigniert.

»Äh ... ihr wißt schon, Pflanzen. Ich meine, ich habe gehört, daß das Schwarze Wiesel, der tapfereschneidigeundsoweiter der Herr des freundlichen Waldes sei, aber ich habe nicht gewußt, daß ein Haufen Gemüse auf seiner Seite kämpft.«

»*Wen nennst du hier ein Gemüse?*« Es raschelte laut in der Krone der alten Eiche, dann fiel ein kleiner, dunkler

Gegenstand hinunter. Er landete im Stechginster, der aufschrie: »Runter von mir, Maulwurf, du Idjot! Au! Au! Das war mein Auge!« Mehr Unruhe im Dornengestrüpp folgte, bis schließlich die dicken Stämme sich teilten und der Stechginsterbusch ein Paar der schmutzigsten, abgerissensten, eingeschnapptesten Gesellen hervorspie, die Euphorbius je gesehen hatte. Einer war größer und drahtiger als der andere, dunkelhaarig und dunkeläugig; sein Freund war unter einer Humusschicht blond, hatte blaue Augen und wies den stämmigeren Körperbau auf. Abgesehen von diesen geringfügigen Unterschieden waren beide Burschen gleich jung, verdreckt und verdrießlich.

Daneben waren sie mit Langbogen schwer bewaffnet, die sie mit bemerkenswerter Geschicklichkeit führten. Mit aufgelegten Pfeilen und gespannten Sehnen waren beide auf Euphorbius' Herz gerichtet.

»Wir mögen Gemüse sein«, sagte der Blonde mit hämischem Grinsen, »aber du bist totes Fleisch!«

Nur sehr kurze Zeit später fand Euphorbius sich von seinem Pferd befreit und zu Fuß vor das Schwarze Wiesel geführt. Er hatte Geschichten und Lieder über diesen Freibeuter des Forstes gehört – eine gehörige Menge davon, wenn man berücksichtigte, daß das Schwarze Wiesel seit höchstens drei Jahren im Freibeuter-des-Forstes-Geschäft war.

Der Bote der Königin sah sich um und starrte mit offenem Mund auf die Wunder in der Festung der Wagemutigen Waldbewohner. Die Geschichten hatten nicht übertrieben. Da stand der Königsbaum, eine uralte Buche, der Hauptsammlungspunkt der Streitkräfte des Schwarzen Wiesels. Zu seinen knorrigen Wurzeln stand ein vergoldeter Thron, vermutlich Plunder aus dem Lagerbestand eines unglücklichen gorgorischen Händlers, und mit überkreuzten Beinen auf die Seidenkissen geflätzt, ruhte dort gelassen das Schwarze Wiesel selbst.

Er war von Kopf bis Fuß in Schwarz gekleidet (selbstverständlich), ein Umstand, der niemanden erstaunt hätte, der auch nur mit durchschnittlicher Intelligenz begabt war. (Euphorbius war erstaunt.) In den behandschuhten Händen hielt er einen goldenen Kelch und nippte davon in der Weise eines geübten Höflings. Den Thron flankierte mehr als ein Dutzend Jünglinge, keiner darunter war wesentlich älter als Euphorbius' Häscher. Obwohl ihre Wämser, Jacken, Hosen blattgrün und rindenbraun waren, machten die roten Pusteln leuchtender Akne sie zu absolut ungeeigneten Kandidaten für jegliche Art von Tarnmanöver. Sie alle sahen stocksauer aus.

»Also, was haben wir denn da?« fragte das Schwarze Wiesel gedehnt, entwirrte die Beine und setzte sich aufrecht.

»Mittagessen«, schlug Euphorbius' hellhaariger Wächter vor und lachte laut, bis seine Stimme sich überschlug.

»Bitte, Euer Wieselheit, ich – *au*!« schrie Euphorbius, als er auf die Knie fiel, nur um auf die harte Tour zu entdecken, daß der Waldboden doch ein wenig steiniger war als der gewohnte althydrangenische Thronsaal. Die Tränen unterdrückend sagte er: »Ich habe eine Nachricht für Euch. Vom ... äh ... vom Weißen Bussard ... nein, wartet, vom Weißen Vielfr ... Nein, nein, irgendwo ist auch eine Kuh dabei.«

»Davon bin ich überzeugt.« Das Schwarze Wiesel hob eine rußfarbene Augenbraue und winkte seine Männer fort. »Ich möchte für mich allein hören, was dieser Tölpel zu sagen hat. Geht, meine Lieben, geht.«

Die jugendhafte Ehrengarde des Schwarzen Wiesels blieb an Ort und Stelle. »Wohin sollen wir gehen?« verlangte einer zu wissen.

»Ach, das weiß ich nicht«, antwortete das Schwarze Wiesel ungeduldig. »Irgendwohin. Es ist ein großer Wald.«

»Ja, und darin kann man überhaupt *nichts* unternehmen«, stellte ein zweiter spindelbeiniger Wagemutiger Waldbewohner klar.

»Es ist so *langweilig*«, bestätigte ein dritter.

»Warum geht ihr nicht und lauert einem durchreisenden Händler auf?« schlug das Schwarze Wiesel vor.

»Haben wir schon so oft getan«, erwiderte der erste Junge. »Haben ihnen all ihr Hab und Gut abgenommen und außerdem die Hose geklaut.«

»Wir klauen ihnen *immer* die Hosen«, fügte der zweite hinzu.

»Das ist so *langweilig*«, sagte der dritte.

»Na gut, warum übt ihr euch dann nicht im Bogenschießen? Schießt ihnen doch in den Hintern!«

»Haben wir auch schon getan«, antwortete ein vierter. »Als die Händler am Davonrennen waren.«

»*Llllaaaaannnnnggggwwwwweeeeeeiiiiiillllliiiiiiigggg*!«

Das Schwarze Wiesel runzelte die Stirn. Die Jungen runzelten zurück. Mit einem Schnauben, das seinen großartigen schwarzen Bart und Schnurrbart kräuselte, setzte das Schwarze Wiesel den Weinkelch ab, dann bildete er mit seinen Händen einen Trichter um den Mund und brüllte: »Tadwyl! Tadwyl, schafft sofort Eure wertlosen Haxen hierher rüber!«

»Komme schon, komme schon!« In der Lichtung hallte der Klang einer höchstharmonischen, wohlmodulierten Stimme wider, die den Auftritt des ersten Erwachsenen ankündigte, den Euphorbius außer dem Schwarzen Wiesel selbst bisher im Wald gesehen hatte. Er war mittelgroß und schlank, mit fröhlichem Gesicht, fliegenden braunen Locken und den hochgezogenen Brauen eines Poeten (die alten hydrangenischen Weisen sind sich darin einig, daß es viel schwieriger ist, einen Reim auf »Orange« zu finden als den Heiltrunk gegen den gewöhnlichen Schnupfen zu verbessern). »Ihr habt gebellt, Schwarzes Wiesel?« erkundigte er sich. Er hielt seine Gitarre auf die Seite, als er sich graziös verbeugte.

»Hört zu, Tadwyl ...«

»Na, na, na!« Der Gentleman deutete mit einem violett

behandschuhten Finger auf seinen Anführer. »Das ist nicht der Name, unter dem ich hier und jetzt bekannt bin.«

»Ich bitte um Vergebung, Purpurnes Opossum«, erwiderte das Schwarze Wiesel und hob in einer ebenso graziösen Geste der Bekenntnis eine Hand. »Seht den Gefangenen, den meine tüchtigen Kundschafter, der Grüne Maulwurf und die Scharlachrote Spitzmaus gemacht haben.« Er winkte mit der immer noch erhobenen Hand in Euphorbius' Richtung. »Er behauptet, mir eine Botschaft zu bringen, doch es scheint, als könnte ich meine Männer nicht dazu bewegen, zu verstehen, daß ich allein sein möchte, um sie zu hören. Glaubt Ihr, Ihr könntet möglicherweise …?«

»Die besten Geheimnisse behält er alle für sich«, beklagte sich der erste Jüngling.

»S'is' nich' fair!«

»Ich will die Botschaft auch hören.«

»Ich auch.«

»Ach, wen interessiert das schon? Wahrscheinlich ist sie sowieso *langweilig*.«

»*Alles* hier ist langweilig«, warf der Spezialist für Langeweile zustimmend ein. Er war der Dünnste und Schlaksigste der ganzen Mannschaft. Im Dunkeln leuchtete sein Teint wahrscheinlich. »Ich hasse diesen blöden Wald. Ich hasse diesen blöden Bogen. Ich hasse meinen blöden Namen! Jeder andere hat einen guten Namen wie Blauer Dachs oder Fuchsienfarbenes Frettchen. Wie kommt's also, daß Magenta Murmeltier an mir hängenbleibt, hm? Ich weiß nicht mal, was ein Murmeltier ist, und ebensowenig, was Magenta sein soll. Ich wette, es ist irgend etwas Schmutziges, und ich wette auch, daß hinter meinem Rücken alle über mich lachen! Ich hasse dieses ganze blöde Spiel!« Er wischte sich mit dem Handrücken die Nase und schniefte. »Ich will nach *Hause*!«

Das Purpurne Opossum schlug dem weinerlichen Jungen auf die Schulter. »Na, na, mein Junge, jetzt mal ohne Verdruß«, sagte er fröhlich. »Denn gerade habe ich die Komposition des neuesten Liedes im epischen Zyklus der Abenteuer des Schwarzen Wiesels beendet, des tapferen, schneidigen, heldenmütigen Anführers der Wagemutigen Waldbewohner.«

»Na und?« fragte der Junge grob.

»Und ... es heißt: ›Wie das Magenta Murmeltier das Schwarze Wiesel vor einem Schicksal rettete, das schlimmer ist als der Tod‹.«

»*Wie bitte*?« brüllte das Schwarze Wiesel ärgerlich, doch der Ruf der Entrüstung ging in dem Chor erwartungsfreier Schreie aus den Kehlen der Wagemutigen Waldbewohner unter.

»Wow! Schon wieder ein neues Lied? Stark!«

»Singst du es uns vor, P.O.?«

»Und diesmal rettet das *Murmeltier* das Schwarze Wiesel? Wahnsinn!«

»Mensch, wär' ich doch das Magenta Murmeltier!«

»Ach komm schon, Grüner Maulwurf, du hast dem Schwarzen Wiesel doch schon in *Die Schlacht auf der Milfeen-Brücke* das Leben gerettet!«

»Na toll, das war nur ein Limerick!«

»Wie kommt's eigentlich, daß *ich* dem Schwarzen Wiesel nie das Leben rette, hm? Alles, was ich tun darf, ist, der schönen Lady Indecora diese blöden Liebesgedichte durchs Fenster zu schießen. Ich mag die schöne Lady Indecora nicht mal! Sie ist erst zwölf und hat Pickel.«

»Du auch!«

»Hab' ich nicht!«

»Doch!«

»Nein!«

»Doch!«

»Nein!

Die Debatte endete in einem Gerangel, bis das Purpurne Opossum die Streithähne kurzerhand trennte.

Dann führte er die Jungen fort zwischen die Bäume, indem er die ersten Takte der stets beliebten *»Ballade vom Schwarzen Wiesel und der Greisin mit der Wirklich Großen Tochter«* anstimmte.

»Gutes altes Opossum«, sann das Schwarze Wiesel. »Ich weiß nicht, was ich ohne ihn tun würde. Wir sind zusammen zur Schule gegangen, müßt Ihr wissen. Es ist ein Wunder, wie er diese kleinen Schnösel an die Kandare nimmt. Doch nun ...« Er stützte die Hände auf die Knie und sah Euphorbius mit einem wölfischen Grinsen ins Gesicht. » ... die Botschaft?«

»Gurps«, sagte Euphorbius. Er war immer damit beschäftigt, dem Purpurne Opossum hinterherzustarren. »Sind das ... ist sie ... äh, sind sie ... ich meine, in den Liedern und so, da kommt es einem immer so vor, als wären die Waldbewohner ... irgendwie ... versteht Ihr, *älter*, irgendwie.«

»Ihr nehmt doch sicherlich nicht an, daß diese Pubertierenden im Hormonsturm die *einzigen* furchtlosen Kämpfer der Hydrangenischen Widerstandsbewegung seien, oder?« fragte das Schwarze Wiesel, die Lippen von einem überlegenen halben Grinsen gekräuselt.

»Nun, n-n-nein, ich glaube nicht.«

»Sind sie aber.« Das Schwarze Wiesel lächelte nicht mehr. »Habt Ihr eigentlich eine Vorstellung davon, wie schwer es ist, hierzulande eine wirklich gute Widerstandsbewegung ins Leben zu rufen? Und gerade zur Erntezeit? Die meisten erwachsenen Männer haben Familie. Sie können keine Zeit erübrigen, in einem Wald herumzulungern und stets bereit zu sein, Furcht und Schrecken in die Herzen unserer brutalen Unterdrücker zu jagen, wenn sie zu Hause Frau und Kind zu ernähren haben. Und jeder Mann, der freiwillig zu uns stößt, ist in aller Regel ein Tunichtgut, ein so fauler Flegel, daß keine anständige Frau ihn nehmen würde, ein unbeholfener Bettler, der in einem fairen Kampf das Weite sucht, am Zahltag aber als erster in der Schlange steht.«

»Oh«, machte Euphorbius.

»Also halte ich mich an die jungen Männer«, fuhr das Schwarze Wiesel fort. »Ich hole sie jung zu mir, bilde sie aus, bis sie meinen Ansprüchen genügen, und schon habe ich eine Truppe aus handverlesenen Kämpfern, die es wirklich schaffen können, Furcht und Schrecken in die elenden Herzen der Gorgoren zu jagen. Eines Tages. Das Gute am Rekrutieren von Jungen in diesem Alter ist, daß sie eine Menge angestauter angeborener Niedertracht mitbringen und wahre Begeisterung, mit Waffen zu spielen. Ich glaube nicht, daß ich dem Haufen in einer dunklen Nacht begegnen möchte.«

»Haben ihre Verwandten denn nichts dagegen?« fragte Euphorbius.

»Nicht wirklich. Sie sind froh, sie aus dem Haus zu haben, die meisten jedenfalls. Und solange der gute alte Tadw ... – ich meine, das Purpurne Opossum – alle paar Wochen durch ihre Heimatdörfer zieht und seine Lieder zum besten gibt, und die Mütter hören, daß ihre Sprößlinge glückliche Abenteuer in einer gesunden Umgebung mit frischer Luft, einfachem Essen und herzlicher Kameradschaft erleben, sind sie zufrieden.« Er reckte die langen Glieder ausgiebig und fügte hinzu: »Und nun tragt mir die Botschaft vor, bevor ich die kleinen Schleimhunde ein wenig Kochen im offenen Herd an Euch üben lasse.«

Euphorbius holte tief Luft und warf sich in die vielfarbigen Wogen der königlichen Botschaft. Das Schwarze Wiesel lauschte aufmerksam der Nachricht seiner Schwester, auch wenn Euphorbius sich gelegentlich verhaspelte und mehrere Zeilen wiederholen mußte, um sich zu verbessern. Als der Page endlich fertig war, strich das Schwarze Wiesel sich über den Bart und sprach: »Ich verstehe.«

»Ehrlich?« Euphorbius war beeindruckt.

»Hatte mich schon gefragt, wo der Säugling bleibt. Die

alte Ludmilla ist ein Schatz, aber dumm wie Bohnenstroh.«

»Ach, dann ist die alte Ludmilla die Weiße Damgeiß? Oder der Hintern des Silbernen Hirschen?«

Das Schwarze Wiesel ignorierte die Frage. Statt dessen griff er in eine wunderschön mit Schnitzereien verzierte Holzkiste neben dem Thron und entnahm ihr Schreibmaterial. Nachdem er eine Nachricht niedergeschrieben hatte, zog er das Messingjagdhorn aus seinem Gürtel und blies lange hinein.

Der Ruf blieb ohne Antwort. Ein zweiter Hornstoß zeitigte genausowenig Wirkung wie der erste, und der dritte. Schließlich gab das Schwarze Wiesel auf und brüllte in den Wald: »*O-POSSUM!*«

Mit den Wagemutigen Waldbewohnern im Schlepptau kehrte das Purpurne Opossum zurück.

»Ihr habt gekreischt, o Schwarzes Wiesel?« erkundigte er sich fröhlich.

»Wer ist unser bester Bogenschütze?«

Das Purpurne Opossum überlegte. »Ich würde sagen, der Purpurrote Mungo.«

»Also, hier.« Das Schwarze Wiesel warf seinem Waffenkameraden die Nachricht zu. »Laßt ihn dies an meine Schwester schicken.«

Euphorbius beobachtete mit wachsender Entrüstung, wie die Nachricht vom Waldboden aufgehoben und an einen O-beinigen Rotschopf weitergereicht wurde, der an einem schlimmen Fall von Nasenpolypen litt. »Einen Augenblick!« wandte er ein. »Wenn das eine Nachricht für die Königin ist – nun, *ich* bin schließlich ihr Bote!«

»Korrektur«, entgegnete das Schwarze Wiesel. »Ihr wart ein Bote. Jetzt seid ihr ein Wagemutiger Waldbewohner.«

»Bin ich das?« Euphorbius verstand die Welt nicht mehr.

»Tut mir leid«, antwortete das Purpurne Opossum und

klopfte ihm auf die Schulter. »Da kann man nichts machen. Euch sind nicht die Augen verbunden worden, als Ihr hierhergebracht wurdet, also kennt Ihr den Weg zu unserem Versteck. Ginget Ihr zurück, würdet ihr es vielleicht verraten.«

»Hab' dir doch gesagt, wir sollen ihm die Augen verbinden, Maulwurf!« Die blonde Hälfte der Euphorbius aufgezwungenen Eskorte versetzte dem dunkelhaarigen Teil einen hinterhältigen Rippenstoß.

»Ach, halt's Maul, Spitzmaus!« Der dunkelhaarige Junge zahlte in gleicher Münze zurück. »Ich habe mir schließlich nicht in unser offizielles Wagemutige-Waldbewohner-Augenverbinde-Tuch die Nase geschneuzt.«

»Ich würde kein Wort verraten, ehrlich!« protestierte Euphorbius. »Seht, fragt irgend jemanden, der mich kennt, und er wird Euch bestätigen, daß ich mich nur an guten Tagen an meinen eigenen Namen erinnern kann!«

Das Schwarze Wiesel schüttelte den Kopf. »Es ist immer wieder bemerkenswert, wie verläßlich ein Gedächtnis unter dem Einfluß schon der grundlegenden gorgorischen Foltermethoden sein kann. Ich glaube, sie haben etwas mit Vielfraßen zu tun.« Er zuckte die Schultern. »Willkommen im Widerstand, edler Patriot.«

Königin Artemisia hatte gerade das Kind in den Schlaf gewiegt, als der Pfeil durch das offene Fenster hereinschoß und sich mit einem lauten *Zoing!* in das Kopfende der königlichen Wiege bohrte. Ununterbrochen vor sich hinfluchend, zerrte sie mit einer Hand das Geschoß aus dem Holz und rüttelte mit der anderen an der Wiege in dem aussichtslosen Versuch, das Kleine wieder in Schlaf zu versetzen.

Es dauerte nicht mehr als zwei ohrenbetäubende Stunden, bis Artemisia schließlich die Zeit hatte, die Botschaft zu lesen, die am Schaft des Pfeiles befestigt war:

»Der Weißen Damkuh sendet das Schwarze Wiesel, der tapfere, schneidige, heldenmütige Anführer der Wagemutigen Waldbewohner, seine Grüße und sein Bedauern. Der Braungraue Bussard ist hier niemals eingetroffen. Was das Schicksal der Goldenen Adlerküken betrifft, kann ich wie Du nur Vermutungen anstellen. Und was im Namen von Prunellas Demütigung hat das Seitengerede über Silberne Hirschen und Rosige Hindinnen zu bedeuten? Schau mal, ich habe genug eigene Probleme damit, dieses unbedachte Irrenhaus zu leiten. Wenn Du Dich das nächste Mal mit mir in Verbindung setzt, dann halte die Botschaft einfacher und benutze einen Boten, der klüger ist als ein Laib Käse, ja? Jetzt hängt der Kerl bei mir fest. Gib meinem Neffen einen Kuß von mir, verbrenne diese Nachricht und versuche, Bratz ein Messer zwischen die Rippen zu rammen, wenn Du dazu eine Minute erübrigen kannst. Das Purpurne Opossum sendet seine Grüße und möchte Dich an den Spaß erinnern, den wir letztes Jahr in der Scheune hatten. Ich erinnere mich zwar an keine Scheune, aber egal. Verliere Dein Lächeln nicht, und Tod Deinem Gemahl!«

Gezeichnet war das Schreiben mit einer schlecht gemalten Skizze, die mehr an eine zerquetschte Spinne erinnerte als den Pfotenabdruck eines Wiesels.

Artemisia las den Brief noch einmal in der vernunftwidrigen Hoffnung, daß er diesmal eine andere Geschichte erzählte. Es hatte keinen Sinn: Die furchtbaren Worte standen immer noch da. Ludmilla hatte das Lager des Schwarzen Wiesels nie erreicht. Die Prinzen waren fort, und niemand wußte, wohin sie verschwunden waren.

Das Kind in der Wiege nieste und begann wieder zu weinen. Diesmal fluchte Artemisia nicht darüber. Sie nahm den heulenden Säugling in die Arme und drückte ihn an sich. »Ach, meine arme Tochter«, murmelte sie, während Tränen ihr die Wangen hinabliefen, um sich mit denen des Kindes zu einem Strom zu vereinigen. »Ach, mein armes, armes kleines Mädchen.«

Kapitel 5

Der uralte Heuschober schwankte hin und her, und dann, langsam und mit der Grazie einer plumpen Witwe, die einen Ballraum durchquert, kippte er auf die Seite. Er rutschte in Richtung einer schwarzen, abscheulichen Schlammpfütze stetig abwärts und hinterließ eine schwebende Spur von Spreu in der milden Frühlingsluft. Zuoberst auf dem Holzgestell heulte Wulfrith, zwei Jahre alt, vor Schrecken und Vergnügen und wedelte mit den Armen, als könnte er dadurch das Fuhrwerk abfangen, und verstreute dabei Stroh in alle Richtungen.

Der Junge sprang im letzten Augenblick ab und landete auf einem Mutterschaf, das bis zu diesem Moment nichts weiter zu tun gehabt hatte, als zu entscheiden, ob sie das Gras, das sie gerade zerkaute, schon hinunterschlucken sollte oder noch nicht. Das Zeug besaß keinen großartigen Geschmack mehr, und sie hatte sich gerade dazu durchgerungen, zumindest einen Teil davon hinunterzuschlucken, als Wulfrith mit ohrenbetäubendem Gekreisch auf ihrem Rücken aufkam und zwei Handvoll Wolle packte.

Sie riß die Augen auf und fand sich unvermittelt von einer wirbelnden Wolke aus Sand und Heu umgeben.

Einen Sekundenbruchteil später klatschte der Wagen in die Pfütze und bespritzte Schaf und Passagier über und über mit dünnem Schlamm, und das Erstaunen des Tieres schlug in Panik um. Mitsamt dem schreienden Kind, das sich immer noch an ihren Rücken klammerte, raste die Zibbe hysterisch blökend über die Wiese.

Odos Kater Fang betrachtete von einem nahe stehenden Torpfosten unbewegt, wie das verschreckte Schaf mit dem Kopf voraus gegen den Zaun rannte, abrupt zum Stehen kam und Wulfrith über den Rand in die offene Jauchegrube dahinter katapultierte.

Der bestürzte Schrei des Jungen endete in einem plötzlichen Platschen, das kurz darauf von dem Ruf: »Baaaah, *stinkt*!« gefolgt wurde.

Fang entschied, daß das Spektakel wohl vorbei war und ließ sich auf dem Pfosten nieder, um wie geplant ein Nickerchen zu machen. Sein Versuch, die optimale Schlafstellung zu finden, beinhaltete jedoch eine Bewegung des Schwanzes. Diese Bewegung erregte die Aufmerksamkeit von Wulfriths Bruder, welcher der jüngsten Abfolge der durch seinen Bruder verursachten Katastrophen keine weitere Beachtung geschenkt hatte.

Der Schweif war unwiderstehlich, und im übrigen hatte Dunwin ohnehin das Konzept, einer Versuchung zu widerstehen, noch wenig verinnerlicht; er griff nach der wedelnden Leine aus grauem Fell. Die kleinen Finger krallten sich mit ungefähr der Kraft von Pitbullkiefern um das verlockende Objekt.

Abrupt fand Fang sein Nickerchen von einem starken Druck und gleichzeitigem Abwärtszug am Schweif unterbrochen. Visionen von Krokodil- und Hundeartigen erschütterten die katzenhafte Gleichmut, und achtzehn rasiermesserscharfe Krallen bohrten sich in das wettergegerbte Holz des Sitzplatzes. Er jaulte.

Dunwin, der zwischen seinen Bemühungen und dem aufgeregten Verhalten des Katers keinerlei Verbindungen knüpfte, zerrte unschuldig an Fangs Schwanz und genoß, wie das Fell sich anfühlte; der Kater stieß erneut ein herzzerreißendes Jaulen aus, das noch um einige Nuancen beeindruckender war als der Schrei Papa Odos in der Nacht, in der er feststellte, daß die Zwillinge ihm das Bett gemacht und dazu den einzigen Stoff benutzt hatten, den sie leicht handhaben konnten, nämlich die eigenen besudelten Windeln.

Dunwin und auch der gefangene Wulfrith bewunderten das faszinierende neue Geräusch gleichermaßen; als er schließlich bemerkte, daß es von dem Kater kam, der mit dem verbunden war, was er in der Hand hielt, zog Dunwin kräftig genug am Schweif der Katze, um sie vom Torpfosten zu reißen, durch die Luft segeln zu lassen und dabei Splitter in alle Himmelsrichtungen zu versprühen, als Krallen gewaltsam aus dem verwirrten Johannisbrotbaumholz gerissen wurden.

Drei Schafe, die von herumschwirrenden Trümmern getroffen wurden, gerieten in Panik und flohen. Eins davon kollidierte mit den Überresten des Heuschobers und zerbrach dabei die letzten intakten Verbindungsstreben.

Fang stieß ein Kreischen aus, das nicht nur in Stinkbeerendorf, sondern zusätzlich in drei anderen Ansiedlungen gehört werden konnte.

Und schließlich auch Odo weckte.

Dieser schwankte zur Tür seiner Hütte und blinzelte hinaus in die Welt. Er erwartete, sämtliche Dämonen der sechsundvierzig Höllen der althydrangenischen Mythologie seine Felder verwüsten zu sehen.

Statt dessen fand er Dunwin vor, der in dem verzweifelten, aber erfolgreichen Versuch, Fangs Krallen von seinem Gesicht fernzuhalten, das Tier am Schwanz im Kreise herumschwang, während der Kater neue und furchtbar einfallsreiche Geräusche ausstieß; er fand den gerade erst gefüllten Heuschober und dessen einstmaligen Inhalt über einen halben Morgen verteilt; und er fand seine Schafe voller Panik blökend in der Hürde hin und her rasend vor.

Latoya, sein bestes Mutterschaf, zeigte zwei Flecken nackter Haut, wo handgroße Wollballen ausgerissen worden waren.

Das Gebrüll, das dieser Anblick hervorrief, war so beeindruckend, daß Fang seine eigenen Sorgen vergaß und, so gut er konnte, während er von Dunwins Faust herabbaumelte, Odo bewundernd anstarrte. Der Laut, den Odo ausstieß, drang hinreichend durch Dunwins unglaubliche Ich-Bezogenheit, um ihn zu beunruhigen. Und er gab allen Schafen eine eindeutige Richtung vor, in die sie flohen: Weg von ihrem Herrn.

Schwer atmend schritt Odo aus der Hütte; gedankenschnell setzte Dunwin den Kater zu Boden und löste den Würgegriff um den Schwanz, während Fang gleichzeitig beschloß, Luftveränderung sei eine gute Idee für die nächsten beiden Tage oder so und mit Hilfe seiner mystischen Katzenfähigkeiten verschwand.

Odo stapfte über das Feld. Er stand über Dunwin und starrte das Kind finster an.

»Hallo, Papa Odo«, sagte Dunwin und lächelte gewinnend.

»Was im Namen aller verstoßenen Götter geht hier vor?« verlangte Odo zu wissen.

Dunwin schaute sich um und blinzelte unschuldig.

»Wo?« fragte er ehrlich verblüfft.

Einen Augenblick starrte sein Adoptivvater ihn sprachlos an; dann, vielleicht ein wenig verspätet, registrierte das Bewußtsein des Schafhirten, daß er nur *ein* Kind vor sich hatte. »Wo ist dein Bruder?« fragte Odo, plötzlich besorgt.

»Spielt dahinten«, antwortete Dunwin und deutete in die falsche Richtung.

Den Finger gar nicht beachtend, wandte Odo sich in Richtung des Brunnens. »Schon wieder?« fragte er müde.

»Stinkt dahinten«, verbesserte sich Dunwin.

Odo blinzelte.

»Hallo, Papa Odo«, drang Wulfriths Stimme fröhlich aus der Richtung der Jauchegrube.

Odo drehte sich langsam um und wandte sich der Grube zu. Ein Hauch Fäkaliengeruch drang an seine

Nase – Wulfrith rührte den normalerweise untätigen Inhalt der Grube auf. Odo zuckte zusammen.

Dem Jungen ein Seil zuzuwerfen würde nicht reichen; das hatte er mehrmals versucht, wenn einer der Brüder in den Brunnen gefallen war. Ein Zweijähriger konnte sich an einem Seil nicht genügend festhalten, um heraufgezogen zu werden, und daran herausklettern konnte er schon gar nicht.

Odo mußte in die Jauchegrube klettern und Wulfrith hinaustragen.

Die Vorstellung behagte ihm nicht gerade.

Es sei gar nicht so sehr der Geruch, versuchte er sich einzureden. Dann hielt er inne und überdachte den Gedanken.

Doch, doch, es *war* der Geruch, mußte er zugeben. Er war kein Waschlappen wie die hydrangenischen Aristokraten, er hatte weder etwas gegen eine ehrliche Laus noch gegen ein wenig gesunden Schmutz, und trotzdem nahm er jedes Jahr ein Bad, egal ob es schon wieder nötig war oder nicht – üblicherweise an Prunellas Feiertag, damit er es nicht vergaß und ein Jahr übersprang – und daher war er einfach nicht an etwas gewöhnt, das man vielleicht als *wirklich schlimmen* Gestank beschreiben konnte. Wenn die Milch ein wenig sauer war oder die Eier ein bißchen faul, nun, das machte ihm nichts; wenn ein Schaf ihm auf den Stiefel kotzte, dann hatte er es nicht allzu eilig, die Bescherung abzuwischen, und die Windeln der Zwillinge hatte er gewechselt, ohne sich je zu beschweren – aber all das waren *geringfügige* Gerüche.

Der konzentrierte Gestank der Jauchegrube war etwas völlig anderes.

Schließlich warf er die saure Milch dort hinein, die faulen Eier, die Schafskotze und den Inhalt aller Windeln – eben *alles* davon.

Der Geruch dort unten drin gehörte in eine ganz

andere Kategorie Gestank. Er wollte *wirklich* nicht dort hineinklettern.

Er konnte hören, wie Wulfrith glücklich herumplanschte.

Aus Prinzip verprügelte er Dunwin, dann ging er ein Seil holen – aber dann, mit einem Blick auf Dunwin, holte er zwei davon.

Das Bemerkenswerte daran ist, dachte Odo eine Stunde später, *daß Wulfrith es beim Hinausklettern nur zweimal geschafft hat, wieder hineinzufallen*. Das und daß Dunwin sich noch nicht losgebunden hatte, als er und Wulfrith auf trockenem und halbwegs sauberem Boden angelangt waren.

Er schrubbte heftig an Wulfriths Ohren.

»Tut weh, Papa Odo!« protestierte das Kind.

Dunwin kicherte, und Odo trat nach ihm – seitwärts, so daß es nicht einmal weh getan hätte, wenn er getroffen hätte.

Als alle drei gründlich gebadet waren – Dunwin war aus Gründen der Fairneß eingeschlossen worden –, wurde es Odo klar, daß es auch in der Hütte nach dem schwindelerregenden, haarkräuselnden, nasenverheerenden Gestank roch, der Wulfrith und ihn aus der Jauchegrube begleitet hatte. Die Kleidung, die sie getragen hatten, und welche bereits die Spuren der Benutzung durch mehrere Generationen trug, war nun jenseits jeder Hoffnung auf Reparatur.

Odo hatte das Nähen nie erlernt. Er hatte es nie gebraucht, denn er hatte zwei vollständige Garnituren gut erhaltener Kleidung von seinem Vater bekommen; er hatte sie immer in abwechselnden Jahren getragen und war immer damit zurechtgekommen. Sobald eine Jacke mal ein wenig steif wurde, pflegte er eben draußen zu bleiben, wenn es regnete, und ließ sie durch das Regenwasser wieder ein wenig einweichen.

Bis heute. Nun besaß er nur noch einen Satz Kleidung, den frischen, den er nach dem Bad angezogen hatte.

Also, entschied Odo, mußte er doch einmal den Weg in die Stadt auf sich nehmen und neue Kleidung kaufen – und gleichzeitig eine Nacht woanders verbringen, während die Hütte auslüftete. Es war Markttag, und er konnte sich ein Hemd kaufen, oder vielleicht sogar zwei.

Und, dachte er, während er seine ruinierte Jacke betrachtete, *vielleicht sogar* ...

Na ja, er war wirklich nicht mehr der Jüngste und vielleicht doch etwas zu alt, um sich ganz allein um zwei aktive kleine Jungen zu kümmern.

Er sah sich sein kleines Anwesen an, den Haufen zerbrochenen Geschirrs neben der Tür, die Reihen zum Trocknen aufgehängter Windeln, den zerstörten Schober, die zerfetzten Zäune, das verstreute Heu und die ausgerissenen Wollflocken. Von dem Kater oder den Schafen keine Spur.

Vielleicht, dachte Odo, war es doch ein wenig übereifrig, beide Jungen behalten zu wollen.

Wulfrith stieß ein Quieken aus, und etwas fiel mit lauten Klirren zu Boden. Dunwin kicherte.

Odo nickte. Übereifrig, jawohl.

Wulfrith und Dunwin dachten, die Reise den Berg hinab sei ein großes Abenteuer; bis sie etwa zweihundert Schritt gegangen waren. Danach wechselten sie sich mit Fragen und Klagen ab: »Ist es noch weit?« – »Ich bin müde« – »Meine Füße tun weh« – »Ich habe Hunger« – »Ich habe Durst« und »Sind wir bald da?«

Odo beachtete sie nicht und trottete weiter.

Sie folgten ihm sich beschwerend und kichernd, bis sie ihm nicht mehr folgten. Als Odo kein Quietschen und kein Meckern mehr hinter sich hörte, drehte er sich um und fand sie beide schlafend am Wegesrand zusammengerollt.

Er blieb stehen und sah auf sie hinab. Sie sahen so süß

aus, wie sie dalagen. Wulfriths Hemd war zerknautscht und entblößte seinen Bauch; außerdem hatte sich seine Windel gelöst, doch er hatte es glücklicherweise nicht bemerkt.

Odo verspürte fast so etwas wie ein Schuldgefühl für seine Pläne.

Dann pinkelte Wulfrith auf Odos Fuß, ohne aufzuwachen. So wurde Odos erwachendes Schuldgefühl fortgespült. Grummelnd bückte er sich und hob die Jungen auf, packte sich einen auf jede Schulter, doch vorher stellte er sicher, daß ihre Windeln an Ort und Stelle waren. Dann hinkte er den Berg hinab.

Kapitel 6

Als Odo den Marktplatz von Stinkbeerendorf erreichte, war es bereits Nachmittag, und die Betriebsamkeit ließ nach. Es war bemerkenswert, wie schwer zwei Zweijährige sein konnten, wenn man sie ein paar Meilen bergabwärts trug.

Der müde Schafhirte wankte zur Vorderseite der Dorfschenke und sank langsam auf die Bank nieder, die davor stand. Er bewegte sich sehr vorsichtig, um die Jungen nicht zu wecken, nachdem ihr Gewicht endlich nicht mehr auf seinen Schultern lastete.

Natürlich wachte in der Sekunde, in der Odos Hinterteil das Holz berührte, Wulfrith auf und schaute sich um.

»Ooooh!« quietschte er. »Will Kuchen, Papa Odo!«

Odo seufzte, woraufhin auch Dunwin aufwachte und seine Stimme in die Forderungen nach Kuchen, Honigklümpchen und anderen Süßigkeiten einbrachte. Der alte Mann ließ die beiden Jungen los, die prompt auf den

Markplatz wetzten und dabei mehrere Dorfbewohner umrannten.

Vom Marsch erschöpft, lehnte Odo sich zurück und schloß die Augen.

Vielleicht, dachte er, wenn er ganz ruhig blieb, und wenn er *viel* Glück hatte, wenn die Götter nicht nur auf ihn hinablächelten, sondern breit grinsten, dann würden die Zwillinge nicht zurückkommen.

Es war ein wunderschöner Gedanke, und dabei schlief er dort auf der Bank ein und träumte von seinem Hof, von Schafen und Möbeln, die dort blieben, wohin er sie setzte, von einer ganzen Nacht ununterbrochenen Schlafs, von Mahlzeiten, die nicht über den ganzen Tisch und den umgebenden Fußboden verteilt wurden – Dingen, die er vor weniger als drei Jahren gehabt und für Ludmilla aufgegeben hatte.

Er wurde von einer sehr tiefen Stimme geweckt, die grollte: »Sind das Eure?«

Erschreckt öffnete Odo seine rheumatischen Augen und blickte auf.

Er sah niemanden. Er senkte den Blick und fand den Besitzer der Stimme.

Der Sprecher war kaum fünf Fuß groß, hatte aber das Gewicht eines wesentlich größeren Mannes. Er besaß einen seltsam ungleichmäßigen Bart, langes schwarzes Haar und hielt in jeder Hand ein sich windendes Bündel aus Armen, Beinen, Fingern und Ohren.

Als der Inhalt der rechten Hand einen Augenblick innehielt, um »Papa Odo!« zu schreien, erkannte Odo ihn als Dunwin. Als der Inhalt der linken Hand zu weinen begann, erkannte Odo Wulfriths charakteristisches Heulen.

»Sind das Eure?« wiederholte der Fremde. Seine Stimme war wirklich beeindruckend, dachte Odo.

»Nun«, erwiderte er vorsichtig. »Und wenn? Es mag

sein, daß ich einen von ihnen vielleicht schon einmal gesehen haben könnte.«

Diese Antwort befriedigte den Fremden sichtlich wenig, doch bevor er etwas einwenden konnte, fragte Odo: »Haben sie etwas kaputtgemacht?«

»Nichts, was mir gehörte«, antwortete der Fremde.

»Papa Odo!« schrie Dunwin.

Odo seufzte. »Gebt ihn her«, sagte er.

Der Fremde reichte ihm das zappelnde Kind, und Odo warf ihn auf die Bank; der unerwartete Aufprall preßte Dunwin die Luft aus den Lungen, und einen Augenblick lang saß er ruhig da – es war das erste Mal innerhalb von sechs Monaten, daß er das geschafft hatte, ohne zu schlafen.

»Ihr solltet sie davor warnen«, grollte der Fremde, »sich in die Angelegenheiten von Zauberern einzumischen.«

Odo blinzelte, dann lehnte er sich vor und sah sich um.

Da stand die alte Gute Blackerd mit ihren Kuchen, und der alte Punkler mit seinen dümmlichen Schnitzereien, die alle wie halbgeschmolzene Kerzen aussahen, ganz egal, was sie darstellen sollten, und all die anderen Leute, die normalerweise in Stinkbeerendorf anzutreffen waren – Odo kannte nur die ältesten von ihnen beim Namen, aber die meisten über Vierzigjährigen hatte er zumindest schon einmal zu Gesicht bekommen. Zauberer sah er keine.

»Ja, nun«, antwortete er verwirrt, »ich nehme an, das ist ein guter Rat – irgendwann einmal.«

»Nicht irgendwann einmal, sondern jetzt«, dröhnte der Fremde. Der Mangel an Körpergröße hatte seine Stimmgewalt jedenfalls nicht beeinflußt.

Odo blinzelte wieder, pickte ein aasfressendes Insekt aus seinem Ohr und schnippte es fort, während er ein paar Sekunden lang über der Äußerung brütete.

»Nun«, stimmte er schließlich zu, »ich nehme an, daß

sie jederzeit einem Zauberer begegnen könnten, warum auch nicht, genauso wie man sich immer vor Blitzen hüten sollte, wenn Wolken am Himmel stehen.«

»Sie sind bereits einem Zauberer begegnet, Schafhirt!« bellte der fette kleine Mann. Er klang selbst ein wenig wie Donner, fand Odo, nachdem er einmal an Unwetter gedacht hatte. Perplex schaute er sich wieder auf dem Marktplatz um und spähte die einzige Straße des Dorfes entlang, ob irgendwo ein Zauberer in Sicht wäre.

»Wo?« fragte er.

Indigniert sog der Fremde die Luft ein, dann erklärte er mit einer Stimme, die die Läden vor den Fenstern der Schenke erzittern ließ: »*Ich* bin ein Zauberer, Blödian!«

Odo war sofort beleidigt. »Ich komme nicht aus Blödingen«, sagte er und hob die Nase. »Ich bin hier in Stinkbeerendorf geboren und aufgewachsen, oder zumindest drei oder vier Meilen bergaufwärts.« Nachdem er diese lokalpatriotische Richtigstellung abgesondert hatte, sikkerten die übrigen Worte des Fremden ein, und seine Kinnlade fiel herunter.

Dann knallte Odo den Mund wieder zu und zerquetschte dabei einen überambitionierten Floh.

»Ihr seid doch kein Zauberer«, sagte er.

Wulfrith hörte auf, sich zu winden und starrte seinen Adoptivvater an; auch Dunwin sah erstaunt zu ihm hoch.

»Das bin ich sehr wohl«, erwiderte der Fremde erstaunt.

»Nein, das seid Ihr nicht«, beharrte Odo.

»Woher wollt Ihr das wissen?« fragte der Fremde herablassend.

»Ich weiß ein bißchen was über die Zauberer«, entgegnete Odo listig, »und Ihr seid keiner.«

»Ach, nein?«

»Nein.«

»Nun, es ist nun aber so, *daß* ich ein Zauberer bin.«

Odo schüttelte den Kopf. »Niemals. Das kann überhaupt nicht sein. Wenn Ihr ein Zauberer seid, wie lautet Euer Name?«

Der Fremde richtete sich zu voller Größe auf. »Klutie«, sagte er stolz.

»Na also, das beweist es doch!« rief Odo und drohte ihm mit dem Finger. »Kein einziger Zauberer hat einen guten, vernünftigen Namen wie Klutie, sie haben dumme, theatralische Namen wie Mandragoras der Hochmütige, oder vielleicht Pendorigan der Falsche oder Mirlen der Moralisch Gehandikapte.« Er lehnte sich zurück und grinste in der Überzeugung, die Diskussion gewonnen zu haben.

»Nicht alle von uns«, gab Klutie zurück. »Einige von uns sind gar nicht wild darauf, Reklame zu machen, vor allem nicht, seitdem die Gorgoren einmarschiert sind und die Zauberei als illegal erklärt haben.«

Odo runzelte die Stirn. Dieser Fremde hätte ihm zustimmen und sagen müssen: Ha ha, nur ein Witz, natürlich bin ich kein Zauberer, und statt dessen sprach er von den Gorgoren. »Was hat das denn mit Eurem *Namen* zu tun?« fragte er verwirrt. »Ich meine, Ihr könnt doch nicht einfach hingehen und Euren Namen wechseln, als wäre er ein altes Hemd; Euer Name ist Euer Name, Ihr seid damit geboren.«

»Es ist nicht mein richtiger Name«, antwortete Klutie, »Klutie ist nicht mein richtiger Name. Zauberer benutzen niemals ihre richtigen Namen.«

»Tun sie nicht?« Odo blinzelte.

»Nein! Der richtige Name besitzt Macht!«

»Aber das heißt doch, daß Ihr zwei Namen habt.«

Klutie lächelte. »Das ist wahr.«

Odos Mund öffnete sich wieder und entließ einen Geruch wie nach ranzigem Käse. Kluties Lächeln verebbte, als das Aroma in seine Nase drang.

»Aber das würde doch heißen«, sagte der Schafhirt

und pflückte eine Laus aus seinem Bart, »daß Ihr *zwei Namen* hättet.«

»Das ist richtig«, stimmte Klutie noch einmal zu und nickte.

»Aber wie haltet Ihr sie auseinander?« fragte Odo.

Klutie blinzelte diesmal. Dann setzte er Wulfrith auf den Boden. Daraufhin sauste der Junge hinüber und schlang beide Arme um Kluties Bein. Ob dies nun eine Sympathiebekundung oder ein Angriff sein sollte, wurde nicht klar, doch Klutie machte sich darum keine Gedanken; er war viel zu sehr damit beschäftigt, die Tiefe von Odos Unwissenheit und Unverstand auszuloten.

Als er schließlich Grund erreichte, beugte er sich vor und sagte leise: »Magie.«

Odo riß die Augen weit auf.

»Nun, wir sind schließlich Zauberer, versteht Ihr?« fragte Klutie.

Odos Augen weiteten sich erneut. »Ihr versucht, mir einen Bären aufzubinden«, entgegnete er. »Ihr seid überhaupt kein Zauberer.«

»Doch, das bin ich.«

»Nein, das seid Ihr nicht. Ihr seid zu klein. Und Ihr habt keine aufwendige Robe, keinen spitzen Hut und keinen Sand – ach nein, das war das Sandmännchen, nicht? Ihr habt keinen Zauberstaub.«

»Zauberstab«, verbesserte Klutie.

»Ja, richtig. Ihr habt keinen Zauberstab.«

»Den habe ich zu Hause gelassen«, erklärte Klutie. »Ich bin getarnt hier.«

Odo schielte ihn an. »Und was ist mit dem Rest? Der Robe und dem Hut?«

»Ich trage sie«, antwortete Klutie.

Odo betrachtete den bloßen Kopf und die grüne Wolljacke seines Gegenübers.

»Die sind auch getarnt«, erläuterte Klutie. »Durch Zauberei.«

»Warum seid Ihr so klein?« verlangte Odo zu wissen. »Eure Größe könnt Ihr durch Zauberei doch nicht auch getarnt haben!«

Klutie wollte gerade fragen: »Warum nicht?«, überlegte es sich jedoch anders. Er bezweifelte, daß der Versuch, dem Mann mit Logik oder Vernunft beizukommen, Erfolgsaussichten besaß; er brauchte etwas anderes. Wenn dieser uralte Schafhirte nicht glaubte, daß Magie die Größe eines Mannes verbergen konnte …

»Ihr habt recht«, antwortete Klutie und beugte sich vor, um Odo ins Ohr zu flüstern: »Ihr seid sehr gewitzt, das zu bemerken. Es hat mit Magie nichts zu tun. Ich trage spezielle Schuhe.«

»Ah«, sagte Odo. Nun war alles klar. Er nickte. »Gut, dann seid Ihr also doch ein Zauberer.«

»Gut. Nachdem wir uns darin nun einig sind, könntet Ihr Euren Jungen sagen, sie mögen sich von meinem Wagen fernhalten? Sie hätten wirklich Schwierigkeiten bereiten können.«

Odo nickte. »Habt Ihr das gehört, Kinder?« fragte er und funkelte Wulfrith an. Dunwin hatte sich außer Sicht unter der Bank versteckt. Odo beugte sich zurück und suchte nach Dunwin, dann kam ihn eine Idee, und er richtete sich wieder auf.

Klutie wollte sich gerade abwenden. Odo rief ihm nach: »Wartet einen Augenblick, bitte!« Der alte Schafhirt machte sich an die mühevolle Aufgabe, auf die Beine zu kommen.

Klutie drehte sich um. »Ja?« fragte er.

»Ihr seid ein Zauberer?« fragte Odo, als er einen brauchbaren Grad an Vertikalität erreicht hatte, die Beine unter dem Leib und den Rücken fast aufgerichtet.

Klutie seufzte. »Wir haben doch gerade erst … ja. Ich *bin* ein Zauberer.«

»Nun, es ...« Odo zögerte und überlegte, wie er sein Ansinnen am besten vorbrachte. »Hört zu, ich brauche nicht beide Jungen, tatsächlich fallen sie mir ein wenig zur Last, könnte man sagen, ich bin ja auch nicht mehr der Jüngste, und morgen bin ich schon nicht mehr ganz so jung wie heute, versteht Ihr?«

Der plumpe kleine Zauberer machte sich nicht die Mühe zu antworten; er sah Odo nur weiter in die Augen.

»Also habe ich gedacht«, fuhr Odo fort, »daß ich vielleicht – heute ist schließlich Markttag – den einen verkaufen könnte, mit dem ich nicht mehr klarkomme, und das ist Wulfrith hier.« Er deutete auf den Jungen.

»Was sollte *ich* mit ihm anfangen?« fragte Klutie und starrte auf den Jungen, der sich immer noch an sein Bein klammerte.

»Na ja«, sagte Odo. »Jeder weiß schließlich, daß ihr Zauberer Kinder gern habt, vielleicht nicht so sehr als Kinder selbst, sondern, Ihr wißt schon, zu anderen Zwecken vielleicht, die natürlich nicht unbedingt etwas Unangenehmes sein müßten, natürlich nicht, ich meine, ihr nehmt sie natürlich nicht als Opfer oder Zutat oder Möbel oder so was, nachdem sie verzaubert sind und so, und auch nicht zum Aufschneiden, um zu sehen, wie sie so funktionieren, Ihr wißt schon, natürlich. Für so was nicht. Natürlich.« Er versuchte, unbeteiligt auszusehen.

»Zauberer tun nichts von alledem«, fauchte Klutie.

»'türlich nicht«, stimmte Odo ihm zu.

»Wir opfern keine Kinder.«

»Ich bin davon überzeugt.«

»Wir schneiden sie auch nicht auf.«

»Nein, nein.«

»Wir verzaubern sie auch nicht.«

»Das glaube ich von ganzem Herzen.«

»In meinem Leben habe ich noch keinem Kind weh getan.«

»Das merkt man Euch gleich an.«

Die beiden Männer standen Nase an Nase da. Klutie funkelte Odo an, der versuchte, harmlos auszusehen und dem es gelang, noch dümmer zu wirken als gewöhnlich.

Tatsächlich aber lief in Odos Kopf eine Art moralisches Ringen ab. Ihm war – ein wenig spät, aber immerhin – eingefallen, daß er an Wulfriths Stelle es überhaupt nicht mögen würde, an einen Zauberer verkauft zu werden, der ihn in Stücke schneiden, in einen Molch oder eine Art Antiquität verwandeln oder einem der fiesen alten Götter opfern mochte, die diese verbildeten hydrangenischen Aristokraten irgendwo ausgebuddelt hatten – nicht die normalen Götter wie Prunella oder Kaferbrei, die der gemeine Mann verstehen konnte, sondern einem der anderen, über die man am besten gar nicht nachdachte. Odo hatte von ein paar dieser besonderen Götter gehört, wie Spug Pagganethaneth, die hermaphroditische *Gottheit des auf Unangemessene Weise Benutzten Versilberten Bestecks*.

Klutie sah ganz nach der Sorte Zauberer aus, die versilbertes Besteck sehr wohl auf unangemessene Weise benutzte.

Aber andererseits taten Zauberer so etwas nun einmal, es gehörte sozusagen zum Berufsbild, so wie Schafhirten gelegentlich auch mal ein Lämmlein schlachteten, und irgendwo mußten Zauberer ja die kleinen Jungen herbekommen, und wenn es nicht Wulfrith war, dann wäre es halt ein anderer, und Odo hätte immer noch Dunwin, der ihm Gesellschaft leistete; es war ja nicht so, als wäre Wulfrith der letzte von beiden.

Und außerdem wäre es vielleicht gar keine schlechte Idee, den Jungen Spug Pagganethaneth zu opfern, oder? Es war ja nicht so, daß dieser Klutie-Kerl Wulfrith essen würde.

Jedenfalls nahm Odo das sehr an, wenn man sich bei Zauberern auch nie wirklich sicher sein konnte.

Und selbst wenn, was wäre daran so schlimm? Schließlich aß Odo ja die eigenen Schafe – manchmal –, obwohl sie länger bei ihm gewesen waren als Wulfrith und die Schafe sich auch besser zu benehmen wußten. Schafhirten taten so etwas nun einmal.

Unter anderem. Und wenn man es recht bedachte, war einiges von dem, was er seinen Schafen antat, auch nicht schlimmer als das, was dieser Zauberer vermutlich Wulfrith zufügen würde.

Es war eine schlechte Welt.

Während er den Schafhirten anfunkelte, dachte Klutie ebenfalls nach.

Die alten Lügengeschichten über Zauberer, von Zauberern selbst in die Welt gesetzt, damit die normalen Leute sie möglichst in Ruhe ließen, wurden immer mehr zu einer Plage, seit er an jenem furchtbaren Tag den königlichen Palast nur wenige Stunden vor dem Einmarsch der Gorgoren verlassen hatte.

Es gab Leute, die behaupteten, die geflohenen Zauberer seien Feiglinge, Klutie aber neigte dazu, von sich selbst als Sentimentalisten zu denken: Er hing seit so langer Zeit schon an seinem Kopf und bevorzugte ihn an der Stelle, an der er sich momentan befand, nämlich auf den Schultern. Selbst in der Frühzeit der Invasion und Besetzung war den Gorgoren bereits der Ruf vorausgeeilt, der Rearrangierung der Anatomie von Zauberern viel Zeit und Aufmerksamkeit zu widmen, insbesondere aber dem Entfernen von Köpfen.

Und nicht ein einziger Zauberspruch hätte gegen die Gorgoren etwas ausrichten können. Die Zauberer des Alten Hydrangea hatten die Magie von einem Werkzeug zu einer Kunstform erhoben, zu einem esoterischen Studium, der größten Gelehrten einer außerordentlich feinsinnigen Nation würdig. Daß das Endergebnis eine vollkommene Unanwendbarkeit auf egal welche Probleme darstellte, war als große Errungenschaft betrachtet worden – Zauberei war noch reiner, wenn sie gar nicht erst auf eine profane Ebene erniedrigt werden konnte.

Die Gorgoren hatten sich jedoch überhaupt nicht darum gekümmert.

»Kritiker«, schniefte Klutie. »Sie wissen wahre Kunst einfach niemals zu schätzen.«

Die Zauberer des Alten Hydrangea konnten einem Gorgoren ein Dutzend Farben zeigen, die in der Natur nicht existierten, oder Luftgeister dazu bringen, den Nutzen des Mondlichts zu erörtern; ihre Magie konnte aber keinem einzigen Floh auf dem Kopf eines Gorgoren ein Leid zufügen und nicht eine einzige gorgorische Klinge aufhalten.

Die Gorgoren waren nur zu bereit gewesen, vor allem die letzte Unfähigkeit immer wieder zu demonstrieren.

Also war Klutie geflohen und hatte in einer für ihn geeigneten Höhle unweit von Stinkbeerendorf Quartier bezogen, wo er seine magischen Studien fortsetzte, das Augenmerk aber nun auf andere Dinge gerichtet hielt.

»Wenn sie praktische Zauber wollen«, hatte er schon so oft vor sich hingemurmelt, »dann gebe ich ihnen praktische Zauber.«

Also studierte und experimentierte er in dem Bemühen, die gröberen, weniger künstlerischen, doch effektiveren Zauber vergangener Tage zurückzurufen, und hatte damit durchaus gewissen Erfolg. Jeden Tag entdeckte er alte Zaubersprüche neu – nun ja, fast jeden Tag ...

Na schön, jeden Monat, oder jeden zweiten Monat hatte er einen weiteren Spruch rekonstruiert. Wenn er Glück hatte.

Er beabsichtigte, diese Zauber in den Dienst der Hydrangener zu stellen, sobald das Volk sich gegen die gorgorischen Unterdrücker erhob. Jeder wußte, daß die Rebellion bald losbrechen würde, angeführt von Exilaristokraten, patriotischen Banditen und all den anderen traditionellen Heldentypen. Ein Name insbesondere kam immer wieder auf; und so wartete Klutie sehnsüchtig darauf, von dem versprochenen Ritt des Schwarzen Wiesels von den Bergen zu hören, vom Erheben der Bevölkerung und dem Marsch auf den *Palast der Gottgegeben Müßigen Nachdenklichkeit,* wo sie den verabscheuten König Bratz entthronen und enthaupten würden.

Das Schwarze Wiesel schien dazu allerdings übertrieben lang zu brauchen.

In der Zwischenzeit lebte Klutie also in einer Höhle, die kaum eine angemessene Umgebung für eine zivilisierte Person war, und kaufte sein Essen und die anderen Notwendigkeiten des Lebens von den ungebildeten und schlecht riechenden Einwohnern des passenderweise so genannten Stinkbeerendorfs, von denen einer wie der andere fest davon überzeugt war, daß die alten magischen Lügen über das Verwandeln von Menschen in Igel und das Verfüttern von Menschen an Dämonen der Wahrheit entsprachen.

So wurde es dort natürlich oft einsam, und einen Jungen würde er dort wohl ganz gut brauchen können, um ihm dies oder das anzureichen oder das Licht zu halten – für solche Dinge eben.

»Also«, fragte Odo, »wollt Ihr ihn?«

Klutie blickte auf Wulfrith hinunter, der gerade versuchte, Odo eine sich windende Spinne in den Stiefel zu stopfen.

»An welchen Betrag hattet Ihr denn gedacht?« fragte der Zauberer zurück.

Eine halbe Stunde später waren Odo und Dunwin auf dem Rückweg zum Berg; Wulfrith hingegen begleitete Klutie zu seiner Höhle, die irgendwo auf der anderen Seite von Stinkbeerendorf lag.

Dunwin war sehr erbost über die plötzliche Trennung von seinem Bruder, doch ein paar nett gemeinte Tritte brachten ihn dazu, darüber kein Wort mehr zu verlieren, und er und Odo trotteten die Steigung nebeneinander hoch.

»Papa Odo?« fragte Dunwin und warf einen letzten Blick auf das still und friedlich unter ihnen liegende Dorf.

»Was?« antwortete Odo.

»Will Wulfie.«

Odo blieb stehen und funkelte den Jungen an. »Hör sofort auf damit«, sagte er. »Wir haben deinen Bruder fair und gerecht verkauft. Es ist ja nicht so, daß der Zauberer ihn essen wollte.«

Dunwin schmollte kurz, doch dann besann er sich eines Besseren – es war schwierig, sich vor einer herabzuckenden Faust zu ducken und gleichzeitig ein gutes Schmollen aufrechtzuerhalten. Er rannte voraus, den Pfad hinauf.

»Zumindest«, brummte Odo vor sich hin, »*glaube* ich nicht, daß er ihn essen wird.«

Kapitel 7

Das landläufige Bild einer Zaubererhöhle in Hydrangea war kein hübscher Anblick. Es beinhaltete für gewöhnlich tropfende Stalaktiten und an die Wand gekettete Skelette, Spinnen, Fledermäuse und ausgewählte andere, längst nicht so gut identifizierbare Kreaturen, die blubberten, quiekten und waberten. Weder ein typischer hydrangenischer Bauer noch ein gorgorischer Eroberer wäre im geringsten erstaunt gewesen, ein paar eigenartige Körperteile überall verteilt vorzufinden, in verschiedenen Stadien nicht nur der Verwesung, sondern auch der Animation. Der althydrangenische Adel, der wesentlich mehr Kontakt zu Zauberern hatte als andere gesellschaftliche Gruppen, neigte dazu, die Vorstellung unmotiviert herumliegender Leichen und des exzessiven Blutgebrauchs als dekoratives Motiv zu betrachten; dennoch würden auch sie Knochen erwarten, Spinnweben, muffige, verfleckte Bücher, phantasievolle Eisenwaren und andere mysteriöse Gegenstände.

Jeder einzelne von ihnen – Pflanzer, Patrizier oder Plünderer – hätte es schwierig gefunden, Kluties Klause als typisch anzuerkennen.

Nun, Knochen und Bücher waren schon vorhanden – alle sauber und ordentlich in Schränke und Regale aus polierter Eiche und geschliffenem Glas geräumt. Die Stalaktiten waren auch da, aber sie waren trocken und sieben Fuß über dem Boden aus glattem Stein sauber abgeschlagen. Ein paar von ihnen mußten dazu herhalten, Kandelaber zu tragen.

Auch Wände und Fußboden waren trocken; ein paar Wochen nach seiner Ankunft hatte Klutie von lautem Tropfen und allgemeiner Feuchtigkeit genug gehabt und einen wasserfesten Versiegelungszauber ganz oben auf die Liste seiner Prioritäten gesetzt.

Und weil Klutie nicht vorhatte, seine begrenzten Nahrungsvorräte mit ungeladenen Gästen zu teilen, gab es keine Spinnen, Schlangen oder andere kaltblütigen Einwohner, die nicht tot und in Spiritus eingelegt waren.

Zunächst empfand der kleine Wulfrith das Fehlen von tierischen Hausgenossen als eher langweilig und im krassen Kontrast zu seiner früheren Heimstatt mitten unter dem Vieh auf Odos ungezieferverseuchtem Hof. Einen weich gepolsterten Lehnstuhl heraufzuklettern war ein armseliger Ersatz für das Quälen eines wehrlosen Schafes, da der Lehnstuhl nur selten protestierte und nie panisch blökend davonlief; die reichbestickte Fußbank zu treten war wesentlich weniger befriedigend als den armen Fang zu treten, denn er machte niemals ein

Geräusch, sondern rannte nur davon und versteckte sich.

Andererseits neigte Kluties Mobiliar nicht so sehr zum Zerbrechen wie Odos, was bedeutete, daß es wesentlich einfalls- und abwechslungsreicher strapaziert werden konnte. Außerdem hatte die Fußbank weder Krallen noch Zähne.

Dunwin war zwar nicht in der Nähe, aber wie jeder andere Zweijährige auch hatte Wulfrith es noch nicht gelernt, *mit* seinem Bruder zu spielen, daher war der Verlust des Spielkameraden auch gar nicht so schlimm. Und Klutie schenkte ihm mehr Aufmerksamkeit, als Odo es je getan hatte.

Und dazu kam noch Kluties unterhaltsame Magie. Als der Zauberer der Meinung war, Wulfrith habe sich hinreichend eingelebt, wandte er sich wieder der Arbeit zu, die den Jungen unaufhörlich faszinierte. Stunde für Stunde beobachtete er unermüdlich, wie Klutie an seinen ausgefeilten Beschwörungen werkelte und versuchte, Zaubersprüche zu vereinfachen und zu straffen und sie von ästhetischen Übungen und Beispielen philosophischer Konzepte in Werkzeuge zu verwandeln.

Recht schnell begann Wulfrith, seinen neuen Meister zu imitieren – Klutie erlaubte dem Jungen nicht, ihn »Papa« zu nennen, sondern behandelte ihn wie einen außerordentlich jungen Adepten. Klutie ermutigte das Nachäffen der Zaubersprüche und gab Wulfrith sogar ein paar Vorträge zu den Grundlagen der Zauberei, obwohl er sicher war, daß der Junge nicht ein Wort davon verstand. Der Zauberer fand es außerordentlich amüsant, wie dieses winzige Geschöpf, das kaum über den Fußboden laufen konnte, ohne hinzufallen, mit einem Stock herumfuchtelte und grobe Nachahmungen von Beschwörungen brabbelte. Klutie saß dann in seinem Lehnstuhl und grinste in seinen Bart, während Wulfrith voller Ernst die Gesten eines Zaubers nach dem anderen ausführte.

Es war an einem Tag etwa sechs Monate nach Wulfriths Ankunft, an einem Tag, da Frühschnee am Höhleneingang vorbeiwirbelte, daß Klutie das Lachen verging. Er setzte sich stocksteif aufrecht.

Sein Lächeln war nicht alles, was verschwunden war: Ein Beistelltischchen fehlte auch.

»Wie hast du das gemacht?« verlangte Klutie zu wissen.

Wulfrith wandte sich erstaunt um und sagte: »Wie du.« Er hielt einen großen hin- und herschlagenden Karpfen hoch.

»Du hast den Tisch in einen Fisch verwandelt?«

Wulfrith blinzelte. »Ja, Meister«, antwortete er.

»Verwandele ihn zurück«, befahl Klutie. »Und zwar jetzt.« Er beobachtete aufmerksam, wie der Junge den Fisch fallen ließ, die Schultern hochzog, tief Luft holte und einen neuen Gesang intonierte. Der Zauberer legte die Stirn in Falten und hob die eigenen Schultern ein wenig.

Er wußte nicht, wie man ein Beistelltischchen in einen großen Goldfisch verwandelte, dachte er besorgt; wie im Namen der *Sieben Niederen Liebesdämonen* hatte Wulfrith das geschafft? Der Junge hatte nicht nur im zarten Alter von drei Jahren echte Magie gewirkt, er hatte anscheinend auch die gewünschten Resultate erhalten! Klutie hatte Meisterzauberer mit Jahrhunderten praktischer Erfahrung gekannt, die bei zwei aufeinanderfolgenden Versuchen nicht immer das gleiche Resultat erhalten konnten.

Diese Meister waren enthauptet und verbrannt worden, weil sie keine verläßlichen und nützlichen Zauber gekannt hatten. Wenn es ihnen gelungen wäre, die Gorgoren – oder wenigstens deren Pferde oder Schwerter – in Karpfen zu verwandeln, hätte es in den jüngst zurückliegenden Jahren im Königreich doch etwas anders ausgesehen. Klutie lehnte sich vor und beobachtete angestrengt.

Eine halbe Stunde später brach Wulfrith in Tränen aus und warf seinen Stock beiseite. »Er verwandelt sich nicht zurück!« weinte er und hielt den Fisch hoch, der mittlerweile tot war. Niemand hatte daran gedacht, ihn ins Wasser zu werfen.

Klutie hastete an Wulfriths Seite und legte tröstend den Arm um das Kind. »Na, na, Wulfie«, sagte er, »ist doch schon gut. Es ist ein schwieriger Zauber, fast schon ein Erwachsenen-Zauber, und du bist noch so jung. Du wirst es schon noch lernen, ganz sicher.«

Wulfrith schniefte laut. »Mach du es«, sagte er und reichte Klutie den Fisch.

»Später«, antwortete Klutie und legte den toten Karpfen beiseite. »Zeit für dein Schläfchen.«

»Gut«, sagte Wulfrith, immer noch elendig, aber wenigstens weinte er nicht mehr.

»Du mußt wissen: Selbst wenn du ihn nicht zurückverwandeln kannst, hast du schon sehr gute Arbeit geleistet, den Tisch überhaupt in einen Fisch zu verwandeln«, sprach Klutie beruhigend. »Mensch, das ist ein Zauber für wenigstens Fünfjährige, und du bist noch nicht einmal vier Jahre alt! Nicht einmal dreieinhalb!«

»Ist er wirklich?« Die Tränen waren versiegt, und das unglückliche Gesicht überzog sich mit Erstaunen.

»Ja«, bestätigte Klutie nickend, »das ist er.«

»Toll«, antwortete Wulfrith leise, von sich selbst beeindruckt.

Der Junge ging unter Kluties wachsamem Blick glücklich zu Bett; im gleichen Augenblick, da der Zauberer sicher war, daß er schlief, wandte er sich um und preschte zu dem Regal zurück, in das er den Fisch gelegt hatte. Er zog ihn heraus und schaute ihn an.

»Er hat es in einen *Fisch* verwandelt!« hauchte er, noch immer fassungslos.

Ein Dreijähriger, der ein Möbelstück in ein Wasserlebewesen verwandeln konnte, war ein seltener und kostbarer Aktivposten. Sicher, hier in den Bergen bestand keine große Nachfrage nach Flußtieren, und ein gut gefertigtes Möbelstück war auch teurer als ein Karpfen, aber wenn der Junge *das* konnte, was dann noch alles?

Niemand hatte je zuvor versucht, einem so kleinen Kind die Zauberei beizubringen, und urplötzlich kam Klutie der Gedanke, daß das vielleicht ein Fehler gewesen sein mochte. Vielleicht war das magische Talent in den sehr jungen Menschen viel ausgeprägter, genauso wie das Talent, Sprachen zu lernen. Möglicherweise war Wulfrith nur auf Grund seines Alters in der Lage, ein solches Wunder zu lernen.

Aber andererseits, wie viele Kinder wären in diesem Alter denn fähig, sich so lange auf nur eine Sache zu konzentrieren?

Wulfrith war ohne Zweifel eine große Ausnahme. Wenn er aufgewachsen und ein normaler Adept geworden wäre, hätte er vielleicht nie aus der Masse herausgeragt und wohl nie aus eigener Kraft einen Zauber entdeckt; aber: Er hatte es getan.

Das war ein absolutes Wunder.

Es war auch recht furchterregend. Drei- oder vierjährige Kinder bekamen gelegentlich Wutanfälle; Klutie gefiel der Gedanke eines magischen Wutanfalls nicht im geringsten. Und noch weniger wollte er daran denken, was geschehen würde, wenn Wulfrith zwölf oder dreizehn Jahre alt wurde.

Und wenn der Junge erst seine Begabung begriff und sich zu einem verwöhnten Balg entwickelte, würden die unausweichlichen Wutanfälle noch viel schlimmer ausfallen.

Klutie beschloß, vorsichtig dafür zu sorgen, daß der Kleine niemals begriff, wie außergewöhnlich er war.

Und das hieß, daß er diesen toten Fisch verstecken und irgendwo ein Ersatzbeistelltischchen herbekommen mußte, damit Wulfrith niemals erfuhr, daß Klutie ihn nicht zurückverwandeln konnte.

Die Fähigkeit des Jungen mußte geheim bleiben, aber gleichzeitig konnte man ein Talent dieser Art nicht verkommen lassen. Klutie würde daher beginnen, Wulfrith einige Zauber beizubringen, und ...

Ein breites Grinsen legte sich auf das Gesicht des Zauberers.

... und er würde dem Jungen vorschlagen, ein paar eigene Zauber zu erfinden. War das schließlich nicht die beste Möglichkeit, etwas zu lernen?

Und Wulfrith würde vermutlich nie merken, daß Klutie daraufhin die Zauber *von ihm* lernen würde. Er würde nie wissen, wie gut er war.

Das war einfach perfekt.

Als Wulfrith aufwachte, war der Fisch fort; nach drei Tagen war das Beistelltischchen wieder da.

Und weitere drei Tage später begann Klutie, Wulfrith in der Magie zu unterweisen.

»Nichts Ernstes«, sagte er. »Wir fangen mit den einfachen Dingen an.«

Als er Wulfrith kaufte, hatte Klutie im Sinn gehabt, den Jungen in der Höhle die Hausarbeit erledigen zu lassen, sobald er alt genug dazu war. Doch sonderlich viel Handarbeit brauchte das Kind trotzdem nicht zu leisten. Als Wulfrith alt genug war, einen Besen zu halten und zu fegen, konnte er den Besen auch mit Leben erfüllen und eigenständig fegen lassen – obwohl er stets die unangenehme Eigenschaft behielt, Dinge einfach unter den Teppich zu kehren statt aus dem Höhleneingang hinaus, wie es sein sollte. Als Wulfrith sieben war, wollte Klutie, daß der Junge den Geschirrabwasch übernahm. Wulfrith beschwor einen Wasserelementar und bannte ihn an die Spüle, dann brachte er ihm das Abwaschen bei.

Das allerdings kostete ihn vier Tage und ein halbes Dutzend Teile von Kluties bestem Porzellan, und die sechs Stunden, das Vieh erst überhaupt einmal herbeizubeschwören.

»Das ist schon in Ordnung«, tröstete Klutie Wulfrith, als er dessen seelische Not bemerkte. »Wasserelementare sind hinterhältig und schwierig.« Unerwähnt ließ er, daß niemand zuvor einen davon für mehr als drei oder vier Stunden gebannt hatte, geschweige denn ihm etwas Komplizierteres beizubringen, als die Schwiegermutter des Zauberers zu ertränken.

Klutie beobachtete den Elementargeist, wie er eifrig einen Teller abschrubbte und ringsherum Fetttropfen verspritzte. Der Junge wollte ihn in der Zisterne über der Spüle halten. Die Vorstellung, einen stinksauren Wasserelementar in der Nähe zu wissen, flößte Klutie ein gewisses Unbehagen ein – aber das konnte er gegenüber dem Kind kaum zugeben, wenn er weiterhin respektiert werden wollte.

Ein Wasserelementar konnte gegen die Gorgoren sicherlich sehr nutzbringend eingesetzt werden – wenn jemand sich jemals dazu durchrang, gegen sie zu kämpfen. In den Dörfern und den Tälern kursierten zwar immer noch genauso viele Geschichten über das Schwarze Wiesel und die Wagemutigen Waldbewohner wie immer, aber niemals hörte man etwas über Pläne, die darüber hinausgingen, jeden Gorgoren zu überfallen und umzubringen, der dumm genug war, sich in die östlichen Berge zu wagen.

Tatsächlich gewann Klutie den Eindruck, daß die Leute sich langsam an die Gorgoren gewöhnten.

Außerdem konnte er kaum einen siebenjährigen Knaben bitten, hinauszuziehen und für den rechtmäßigen Herrscher Hydrangeas zu kämpfen; der Junge war beim

Einfall der Gorgoren nicht einmal geboren gewesen, und außerdem schien niemand so genau zu wissen, wer der rechtmäßige Herrscher denn nun eigentlich war. Prinz Mimulus war verschwunden und vermutlich tot, Prinzessin Artemisia die Königin der Gorgoren …

Es wäre sicherlich einfacher, weiterhin das Geschirr selbst zu spülen und Hydrangea sich um die eigenen Angelegenheiten kümmern zu lassen.

Kapitel 8

Königin Artemisia saß vor ihrem Spiegel und dachte darüber nach, was dieser ihr mitteilte. In den vierzehn Jahren seit Prinz Arbols Geburt hatte sie weder ein einziges Fältchen noch ein graues Haar bekommen.

Das allein wäre für jede Mutter schon herrlich genug gewesen, aber wenn man berücksichtigte, unter welch pausenloser, beharrlicher, gnadenloser Anspannung sie jeden Tag gestanden hatte, war es ein wahres Wunder.

»Ich weiß einfach nicht, wie ich das mache, Mungli«, vertraute sie ihrer Zofe an. »Es ist nun wirklich nicht einfach, ein Kind aufzuziehen, und das eines Königs und den Erben des Gorgorischen Reiches schon gar nicht, aber wenn du die wahre Geschichte Prinz Arbols kennen würdest, so bliebe dir die Luft weg.«

»Gkkh«, antwortete Mungli und zog eine Bürste mit elfenbeinbesetztem Stiel durch das blonde Haar der Königin.

Es war die einzige Antwort, die Artemisia oder sonst wer von Mungli erwarten konnte, jetzt oder zu anderen Zeit, zu diesem Thema oder einem anderen. Die auserwählte Zofe der Königin war eine gorgorische Magd, die eine kleine Auseinandersetzung mit der Hauptfrau ihres Geliebten gehabt hatte; Mungli hatte ihr Herz stets auf der Zunge getragen, und das Herz gehörte zu einem Körper mit einer sehr großen Erfindungsgabe, besonders wenn es darum ging, Synonyme zu ersinnen; Synonyme für Wörter wie »alt«, »häßlich« und »mit der sexuellen Anziehungskraft von Schlick«. Die Ehefrau wiederum gehörte zu den gorgorischen Frauen, die die magischen Künste kultivierten, eine, die diese tatsächlich zu beträchtlicher Perfektion entwickelt hatte und darin das geeignete Mittel sah, einer dahergelaufenen Schlampe mit frechem Mundwerk zu lehren, die Zunge im Zaum zu halten. Sie tat dies, indem sie Munglis Zunge auf magische Weise fast vollständig entfernte.

Das war eigentlich schon mehr Magie, als den gorgorischen Frauen üblicherweise zugesprochen wurde und sicherlich mehr, als sie üblicherweise zur Schau stellten, aber es waren auch keine üblichen Begleitumstände, denn die meisten dahergelaufenen jungen Gorgorinnen wußten es besser, als mit den magiebegabten älteren Frauen zu streiten.

Dennoch – obwohl es nicht unbedingt ein sehr netter Zauber war, ließ er sich doch rückgängig machen; es war eine Art magischer Warnschuß vor den Bug und mehr dazu gedacht, zu lehren als zu strafen.

Um genau zu sein, muß man besser sagen: Er *hätte* sich rückgängig machen *lassen, wenn* der gorgorische Lord, über den die Damen stritten, nicht gerade in diesem Moment hereingekommen, den exzessiven und möglicherweise gefährlichen Einsatz von Magie durch seine Hauptfrau bemerkt hätte und nun glaubte, daß sie ihre Kräfte beim nächsten Mal gegen ihn wenden könnte, es sei den, er verliehe jetzt und hier seinem Mißfallen Ausdruck. Also schlug er ihr den Kopf ab.

Das führte zu allgemeinem Jubel im Haremszelt und einer Reihe von Beförderungen, als die Hierarchie nachrückte, aber die arme Mungli stand bei all dem Spaß außen vor – sie war für immer stumm, und wenn eine der anderen gorgorischen Frauen die Fertigkeit besessen hätte, ihr die Zunge wiederherzustellen, dann gab sie es jedenfalls nicht zu. Und obwohl die meisten Männer Witze darüber rissen, wie praktisch eine stumme Frau doch sein konnte, war keiner besonders begierig auf eine, die keine Zunge mehr hatte.

Es war Munglis Glückstag, als die Neuigkeiten über ihr Problem das Ohr der Königin erreichten und sie in den königlichen Dienst berufen wurde. Nach Ludmillas Verschwinden verlangte es Artemisia sehr nach einer Person, der sie Dinge anvertrauen konnte – nicht alles, das versteht sich von selbst, aber dies und das, was man während einer Unterhaltung zufällig fallen ließ. Es war solch eine Erleichterung, endlich wieder eine Zofe zu haben, vor der sie kein Blatt vor den Mund nehmen mußte und die dennoch nichts weitertratschen würde! Und wie die meisten Gorgoren war Mungli Analphabetin, so daß auch nicht die Gefahr bestand, daß sie Gehörtes niederschreiben konnte.

»All diese Jahre, all diese Jahre ...«, sinnierte Artemisia und legte den Kopf auf gewinnende Weise auf die Seite. »Ich weiß nicht, wie ich sie ohne dich durchgestanden hätte.«

»Hnng«, stimmte Mungli zu.

»Wo wir gerade davon reden, sei ein Schatz und bring mir Tee, ja?« bat die Königin.

Pflichtgetreu trottete Mungli zu der Anrichte, auf der ein silberner Teekessel über einer Spiritusflamme blubberte. Sie gab drei Prisen einer Kräutermischung hinein, die sie in einer kleinen, versiegelten Schatulle am Halse trug. Als das Gebräu zu ihrer Zufriedenheit gezogen hatte, goß sie zwei Tassen ein und brachte sie zur Königin herüber. Gemeinsam tranken die Damen Tee.

Artemisia schmatzte mit den Lippen. »Hmh, das

schmeckt gut«, lobte sie das Gebräu. »Aber ich würd's immer trinken, und schmeckte es wie die zermatschten Sprunggelenke eines Maultiers, nur um sicherzugehen, daß ich Bratz nie wieder ein Kind gebäre! Es reicht ja, daß ich Dril ... – ich meine, *ihn* geboren habe – ihn, Prinz Arbol. Natürlich. Ah, ha, ha, ha.«

»Anh, anh, anh«, lachte Mungli. Sie klopfte sich sanft auf den eigenen flachen Bauch, den besten Beweis für die Wirksamkeit des selbstgebrauten Verhütungsmittels.

Die Königin setzte die leere Teetasse ab. »Bist du sicher, meine liebe Mungli, daß den Frauen deines Stammes nicht ein ähnliches Elixier bekannt ist, welches, mhm, dazu führt, daß ein junges Mädchen nie in – äh – die Lage kommt, *diesen* Tee, den wir gerade getrunken, zu benötigen?«

Mungli starrte die Königin an und machte dann die gorgorische Geste, welche ausdrückte, das Gegenüber habe nicht alle Ochsen im Pferch.

»Nein, natürlich nicht«, beantwortete Artemisia niedergeschlagen die eigene Frage. »Es ist ja ganz selbstverständlich, daß eine Frau zu vermeiden sucht, zu viele Geburten durchstehen zu müssen, doch warum sollte jemand, die sich geistiger Gesundheit erfreut, verhindern wollen, daß ein Mädchen zur Frau wird? Na ja, ist ja auch egal.«

Mungli legte den Kopf schräg und machte leise, fragende Geräusche in der Kehle. Sie war ihrer königlichen Herrin mehr als nur ergeben, denn wäre Artemisia nicht gewesen, hätte sie entweder auf den Straßen verhungern oder in einen abgelegenen, weit entfernten gorgorischen Vorposten ziehen müssen, wo die Männer noch Männer und die Stuten schüchtern waren. Sie hätte alles getan, um Artemisias Not zu lindern, doch die Königin winkte ab.

»Da muß man sich eben auf das Glück verlassen. Bisher haben wir ja auch Glück gehabt. Vielleicht liegt es ja im Blut. Ich erinnere mich noch, wie eine meiner Gouvernanten zur anderen sagte, ich sei eine besonders späte Blüte, und wie die andere erwiderte, es liege daran, daß ich solch ein Wildfang sei, daß ich ränne und reite und mich davonschliche, um mit meinem Bruder Mimulus und seinem Gefährten Lord Tadwyl zu trainieren. Wenn sie so weitermacht, sagte Lady Dromedri, dann wird sie niemals Vimpels Segen erhalten.« Die Königin verzog das Gesicht. »Aber am Ende bin ich natürlich doch von Vimpel gesegnet worden, der *Göttin des Getümmels, der Ablenkungen und Kleiner Kreislaufschocks*, also vermochten alle athletischen Übungen es nicht auf ewig fernhalten. Ach, ich wünschte mir, sie hätten es gekonnt!«

Mungli setzte an, um eine neue Kette fragender Geräusche zu äußern, als ein durchdringendes Klirren und Scheppern aus dem Treppenhaus vor den Gemächern der Königin erklang. Artemisia hörte einen ihrer gorgorischen Wächter bellen: »Halt! Wer da …? Aaaahhhh!«, was von einem Aufprall unterbrochen wurde, worauf sich ein zweiter Wächter dümmlich anschloß: »Ach, Ihr seid's, Prinz Arbol. Ihr mögt eintreten, Eure Hoheit.«

»Da kannst du einen drauf lassen!« erscholl die fröhliche Antwort. Die Tür erdröhnte, als ein bestiefelter Fuß gegen die empfindlichen Schnitzarbeiten trat. Drei heftige Tritte, und die Türe flog auf. Die Hände in die Hüften gestützt, in der vollen barbarischen Pracht des Königlich-Gorgorischen Waffenrocks, betrat Prinz Arbol die Gemächer seiner Mutter nicht; er marschierte ein.

»Hallo, Mama!« rief der Prinz und grinste breit. »Tut mir leid, daß ich noch einen deiner Wächter die Treppe runterwerfen mußte, aber er war dumm.«

»Mein Herz, es sind Gorgoren; Dummheit ist ihre höchste Tugend«, schalt die Königin sanft. »Mir geht es weniger um die Wächter als um die Türen. Türen kosten Geld. Hat dein Benimmlehrer dir denn überhaupt nichts über das Anklopfen beigebracht?«

»Er hat es versucht, aber es klang so dumm, da habe ich ihn auch die Treppe runtergeworfen. Mach dir keine Sorgen, Mama; er ist auf einem Wächter gelandet.«

»Ach, du böser Junge.« Artemisia konnte ihr stolzes Lächeln nicht ganz verbergen. Sie streckte dem Prinzen beide Hände entgegen. »Nun komm her und laß dich anschauen.«

Prinz Arbol tat wie geheißen. Von Kopf bis Fuß war der Thronfolger alles, was ein gorgorischer Monarch sich von seinem Erben nur wünschen konnte. Hochgewachsen, mit breiten Schultern, muskulösen Beinen, die von langen Stunden im Sattel leicht gekrümmt waren, Armen, die fähig waren, eine breite Auswahl von leichten bis mittelschweren Waffen mit Anmut, Fertigkeit und Blutdurst zu schwingen, war der Prinz einzigartig.

Allerdings.

Königin Artemisia versuchte, Arbols Helm abzunehmen, um das lockige Haar ihres Kindes zu zerwühlen, aber der Prinz wollte das nicht zulassen. »Ach nein, Mama! Komm, laß das sein! Wenn einer meiner Gefährten davon erfährt, dann werden sie mich verspotten, dann muß ich sie erschlagen, und die Hälfte der Bastarde schuldet mir noch Geld.«

»Aber Arbol!« Die Königin war schockiert. »Wo hast du nur diese Ausdrücke her? Habe ich dich denn gar nichts gelehrt? Wenn du meine Gemächer verläßt, wirst du dann wieder zu einem ... einem ... *Gorgoren*?«

Der Prinz war verblüfft. »Aber ich bin ein Gorgore!«

»Und auch ein Hydrangener! Vergiß das bitte nie.«

Arbol blickte zu Boden und schrammte mit dem abgestoßenen Reitstiefel über den besten Teppich seiner Mutter. »Gut«, quetschte der Prinz schließlich hervor.

»Ich nehme an, du kamst zu mehr hierher, als nur um zu schmollen«, sagte die Königin trocken.

Der Prinz hob den Kopf, und alle Trübsal war von dem Glanz eines strahlenden Lächelns fortgebrannt. »O ja!

Fast hätte ich es vergessen, und dabei ist es die großartigste Neuigkeit, die ich je in meinem Leben gehört habe!«

»Dein Vater ist tot?« fragte die Königin erwartungsvoll.

Arbol machte das Du-hast-wohl-nicht-mehr-alle-Ochsen-im-Pferch-Zeichen und sagte: »Nein, ich hab's am Ende doch geschafft, meinen Ausbilder im Schmutzigen Straßenkampf zu verletzen! Nicht tödlich oder so, nur durchtrennte Achillessehnen und ein paar oberflächliche Schnitte im Unterleib, aber ich habe ihn gut genug zugerichtet, daß Papa sagte, es wäre Zeit, daß ich aus dem Klassenzimmer komme und in die weite Welt ziehe.«

Die Königin spürte, wie ihre Finger sich ineinander verknoteten. »Wie bitte?« keuchte sie.

»Er nimmt mich mit auf einen Feldzug, Mama!« rief der Prinz aus und kippte fast aus den Reitstiefeln. »Wir brechen morgen auf, um die Westmarken der Hypoglykämischen Republik zu verwüsten. Ist das nicht *toll*?«

»Mungli«, sagte die Königin, »laß uns allein.«

Kaum hatte Artemisias stumme Zofe den Raum verlassen, als die Königin Prinz Arbol beim Handgelenk packte und ihre verkleidete Tochter zum Fenstersitz zerrte. Die Aura Besonderer Bedeutung umgab alle Gespräche, die in dieser steinigen Nische geführt wurden, denn die Abwesenheit von Kissen verbürgte die ungeteilte Aufmerksamkeit der Teilnehmer. In dieser Nische hatte Königin Artemisia Prinz Arbol die Ehren- und Blutschuld gegenüber dem armen, lieben, dahingeschiedenen, enthaupteten Papa/Großpapa, König Fumarius dem Zweiundzwanzigsten enthüllt. Hier hatte sie dem Prinzen die heilige Verpflichtung dargelegt, der alle hochgeborenen althydrangenischen Kinder folgen müssen, nämlich sich niemals, unter keinen Umständen jemals einer anderen Person gegenüber nackt zu zeigen als ihrer eigenen Mutter, da ansonsten eine Molchplage drohe.

Hier und jetzt sagte sie zu ihm: »Mein Liebling, du kannst nicht gehen.«

»Ach, Mama!« Bockig trommelte der Prinz mit den Hacken gegen die Steinmetzarbeit. »Warum denn nicht? Jeder darf gehen! All meine Gefährten gehen auch! Wenn ich nicht gehe, dann werden sie mich verspotten, und dann muß ich ...«

»Junger Mann, wenn du ohne meine ausdrückliche Erlaubnis jemanden tötest, bekommst du eine Tracht Prügel, die sich gewaschen hat.«

Der Prinz antwortete darauf nicht, doch Artemisia bemerkte ein kaltes, hartes Glitzern in ihrem Auge, das heißen sollte: ›Du und wessen Heer?‹ Die Königin räusperte sich und beschloß, es mit Vernunft zu versuchen.

»Mein Liebling, ein militärischer Feldzug ist nicht ... ist keine sonderlich kultivierte Umgebung. Die Soldaten müssen notgedrungen alles miteinander teilen. Es gibt wenig oder überhaupt keine Privatsphäre, auch nicht für die Höchstrangigen. Und natürlich ist die Verpflichtung, uns völlig isoliert zu halten, damit der volle Glanz unseres angeborenen Adels den gemeinen Mann nicht blendet, um so strikter einzuhalten, je höher der Rang ist.«

»Papa sagt, das sei ein Kübel Pferdemist«, antwortete der Prinz.

Die Königin behielt die Assoziationen, die die Verbindung Bratz-Pferdemist in ihr weckte, für sich. »Es ist eine *Tradition* des hydrangenischen Königtums«, stieß sie zwischen zusammengebissenen Zähnen hervor. »Erinnerst du dich denn nicht der glücklichen Tage deiner Kindheit, als du und ich so herrlich abgeschieden blieben von der vulgären und lauten Welt?«

»Ja«, antwortete der Prinz. »Das war langweilig.«

Königin Artemisia zählte bis zehn und schlug einen anderen Kurs ein.

»Liebling, wenn du nicht gern Molche in deinem Pudding finden möchtest, dann darfst du deine Schicklichkeit nicht in Gefahr bringen. Sicherlich erinnerst du dich an die heilige Verpflichtung, daß du deine Nacktheit vor allen Augen verbergen mußt außer meinen?«

»Ich denke schon«, erwiderte der Prinz, »aber das – das gilt doch nur für *Kinder*! Das hast du selbst gesagt. Du hast mir gesagt, daß ich mich eines Tages nicht mehr darum scheren muß. Nun, ich bin kein Kind mehr. Wenn ein Gorgorenjunge zum ersten Mal in den Kampf zieht, dann zählt er als Mann.«

Die Königin faltete die zierlichen Hände und holte tief Luft. »Arbol, mein Sohn, du sprichst wahr. Nach den degenerierten Gesetzen und Gepflogenheiten deines speichelgesprenkelten Vaters Volk bist du wahrlich ein Mann. Doch wisse, daß dir nach den unermeßlich überlegenen Traditionen und unvergeßlichen Bräuchen der Hydrangener mit der Männlichkeit weitere geheiligte Verpflichtungen erwachsen.«

Arbol stöhnte. »Ich muß doch nicht schon wieder ein Bad nehmen, oder?« Arbol mochte das Baden überhaupt nicht, was möglicherweise an Erinnerungen aus früher Kindheit lag, wo die Königin ihr Kind aus der Wanne gerissen und mit erschreckender Wildheit und Eile in ein erstickendes Handtuch gepackt hatte, sobald draußen vor der Tür auch nur das leiseste Geräusch zu hören war.

»Mein Sohn, frage lieber, wann du das nächste Mal das Vorrecht haben wirst, ein Bad zu nehmen«, verkündete die Königin mit gewichtiger Stimme. »Verstehe, die oberste Pflicht eines hydrangenischen Prinzen ist es, freundlich zu sein, höflich, rücksichtsvoll, aufmerksam, und vor allem, seinen Untertanen jede Peinlichkeit, Demütigung oder Kümmernis zu ersparen.«

»Was hat das denn mit ...?«

Die Königin hob, Schweigen gebietend, die Hand. »Vor einigen Jahren, mein edler Sohn, als du noch zu jung warst, um die Tragödie wahrzunehmen, wütete eine furchtbare Plage in unseren Landen.«

»Molche?«

»Nein, keine Molche. Molche wären noch erträglich gewesen, doch dies ...! Diese furchtbare Seuche befiel nur Männer, und die so Geschlagenen wurden ... wurden ... Ach, wie soll ich es nur sagen? Sie wurden auf fürchterlichste Weise ... *entstellt*!«

»Wow!« Prinz Arbol war ganz Ohr, auch wenn sie überhaupt nicht erschreckt wirkte. »Wie entstellt? Capsilac, mein Schildträger, hat mir letzte Woche einen zweiköpfigen Igel gezeigt, aber wenn das hier besser ist und ich ihn mit der Geschichte zum Erbrechen bringen kann ...«

»Wucherungen«, sagte Artemisia langsam. »Sie entwickelten Wucherungen.«

»Was?«

»Genau dort.« Sie deutete auf die Stelle, wo Arbol ein speziell geformtes Rüstungsteil trug, dessen Zweck dem jungen Prinzen immer verborgen geblieben war. Die Königin fuhr fort mit der Beschreibung der scheußlichen Wucherungen, die so viele ihrer männlichen Untertanen schamhaft verbargen.

Arbol erschauerte. »Das klingt ... urk. Aber, Mama, ist *Papa* denn auch ... betroffen?«

Die Königin nickte. »Deshalb halte ich mich ja von ihm fern, wenn ich nur kann. Ach, es ist kein hübscher Anblick, und ich möchte ihm die Schande ersparen, seine Entstellung der Lächerlichkeit preiszugeben. Mein Sohn, du kannst dich glücklich schätzen, zu den ganz wenigen Männern in Hydrangea zu gehören, deren Fortpflanzungsorgane noch ... normal sind. Nun aber denke nach! Wenn du mit auf den Feldzug gehst und unbekümmert dem Ruf der Natur folgst in Gegenwart eines Soldaten, der nicht so glücklich war wie du, wie glaubst du, wird er sich fühlen, wenn er das Zeichen deines Glücks erblickt und es vergleicht mit seinem ... seinem …?« Es gelang ihr, ein überzeugendes Schluchzen auszustoßen, und sie schlang die Arme um Arbols Hals.

»Schwöre es mir, mein Junge!« weinte sie. »Verspreche mir, daß du, wenn du mit deinem Vater auf den Feldzug gehst, alles tust, was in deiner Macht steht, um den anderen Männern den Anblick deines Körpers zu ersparen. Schwöre es, oder du wirst Leid auf die Häupter der Unschuldigen und Scham über die Untadeligen bringen.«

Prinz Arbol sagte, an der Schulter ihrer Mutter halb erstickt: »If fmöre.«

»Ich nehme deinen Schwur, mein Sohn.« Die Königin gab sie frei, nicht ohne ihr einen mütterlichen Kuß auf die Wange zu drücken. »Dann wünsche ich dir noch viel Spaß beim Krieg.«

Prinz Arbol wandte sich ab und wollte den Raum verlassen, überlegte es sich anders, eilte zur Mutter zurück und umarmte sie fest, dann machte sie sich davon.

Erschöpft sank die Königin in den Fenstersitz. »Mungli! Mungli, komm her!« Die stumme Gorgorin war da, bevor ihre Herrin den Namen zweimal ausgesprochen hatte. »Mungli, Schreibpapier!«

Mungli beobachtete interessiert, wie ihre Herrin eine Botschaft schrieb. Ab und zu murmelte die Königin beim Schreiben vor sich hin oder las die Zeilen laut vor. Mungli lebte für diese Augenblicke. Die Stumme hatte eine Theorie, welche die Worte der Königin mit den Zeichen in Verbindung brachte, die sie aufs Papier malte. Sie war sich über viele Einzelheiten dieser Beziehungen noch nicht im klaren, aber sie war sich sicher, daß hier etwas sehr, sehr Wichtiges vor ihr lag, das weitere Studien wert war.

Als Artemisia den Brief beendet hatte, schickte sie Mungli einen Boten holen. Vierzehn Jahre Erfahrung hatten sie gelehrt, eine kleine, effiziente, elitäre Gruppe von vertrauenswürdigen Boten aufzubauen, die Korrespondenz in das Waldversteck ihres Bruders brachten *und* mit der Antwort zurückkehrten. Es war recht einfach: Sie lud sie in ihre Gemächer zum Tee ein, schmuggelte ein gorgorisches Aphrodisiakum in ihre Tasse und machte Mungli für sie … erreichbar. Dann sagte sie ihnen, daß sie jedesmal mehr davon haben konnten, sobald sie eine Mission zum Hauptquartier des Schwarzen Wiesels erfolgreich abgeschlossen hatten.

In letzter Zeit wurden diese Missionen immer häufiger und regelmäßiger. Je näher Prinz Arbol der Fraulichkeit kam, desto verlockender erschien Königin Artemisia ein Leben im fröhlichen grünen Wald.

»Wenn es nur eine andere Möglichkeit gäbe«, sinnierte die Königin, als sie aus dem Fenster blickte und den Boten beobachtete, wie er sein Roß auf dem Burghof anspornte. »Es ist ja nicht so, daß ich den Gedanken an ein Leben im Wald abscheulich fände, es ist dort nur so … so … *arboreal*!«

Mit einem unzufriedenen Erschauern erhob sie sich und rief nach ihrem Mantel. In Fußwegentfernung vom Palast waren einhundertundzweiundsiebzig Schreine und Tempel von sowohl hydrangenischen als auch gorgorischen Göttinnen und Göttern. In letzter Zeit war es zu Königin Artemisias täglicher Beschäftigung geworden, jeden einzelnen davon besuchen zu wollen.

Nicht alles auf eine Karte setzen, dachte Artemisia, *sonst sitze ich bis an mein Lebensende in den Nesseln.*

Kapitel 9

Der Himmel war grau, das Gras war braun und der Pfad unter seinen Füßen steinig. Dunwin pfiff fröhlich, während er talwärts marschierte. Es war solch ein schöner Tag – aber *jeder* Tag hier war schön.

Neben ihm sprang Bernice ausgelassen einher – na ja, jedenfalls begleitete sie ihn bis ans Gatter des Pferchs, und wenn sie auch nicht wirklich ausgelassen war, kam sie doch wenigstens freiwillig mit. Dunwin sagte sich, daß sein geliebtes Schoßtier ihm auch dann folgen würde, wenn er es nicht mit einer Handvoll Zucker lockte, und, so versicherte er sich, er war davon so restlos überzeugt, daß er sich nicht einmal die Mühe machte, seine Annahme auszuprobieren.

Vielleicht war ›ausgelassen‹ auch einfach nicht das richtige Wort. Schließlich war Bernice kein neugeborenes Lämmchen mehr. Immerhin schien in ihrem Gang ein wenig Bewegung, also genoß auch sie das Leben.

Der alte Odo hätte wahrscheinlich gesagt, sie beeile sich nur, um ihn einzuholen und Zucker zu bekommen, und hätte wohl auch einige Bemerkungen losgelassen, daß Bernice so seltsam ging, weil sie hinkte, nachdem Dunwin einmal ein wenig zu rauh mit ihr gespielt hatte, aber Dunwin ließ sich von solchem Zynismus nicht die Laune verderben.

Am Zaun kletterte er auf das Geländer. Seine geliebte Zibbe blökte traurig.

»Tut mir leid, Bernice«, sagte er, »aber du kannst nicht mitkommen. Ein Mädchen wie du ist in Stinkbeerendorf einfach nicht sicher.«

Sie blökte erneut, diesmal lauter.

»Nein, wirklich«, antwortete er. »Aber hier, vielleicht

hält dich das bei Laune, bis ich wieder da bin.« Er hielt ihr den Zucker hin.

Sie leckte ihn hastig von seiner Handfläche. Ihre Zunge bewegte sich so schnell, daß einiges von dem braunen Pulver ins Gras verstreut wurde.

Dunwin Herz schlug vor Freunde schneller, als er seine geliebte Bernice seine Hand so begeistert lecken sah. »Einige mögen sagen, es liegt nur am Zucker«, sagte er, »aber ich weiß, daß du mich liebst, Bernice.«

Bernice blökte und vergrub auf der Suche nach der verschütteten Süße die Nase ins Gras.

»Also, ich bin zum Abendessen zurück«, sagte Dunwin, als er über den Zaum kletterte. »Warte hier einfach auf mich, ja?«

Bernice machte sich nicht die Mühe, aufzublicken, aber Dunwin ließ sich davon nicht anfechten. Er winkte ihr zum Abschied zu und machte sich an den Abstieg. Ein Dutzend Schritte vom Zaun entfernt begann er wieder zu pfeifen.

Das Leben war schön.

Es war ein kühler Tag, aber wenigstens regnete es nicht. Der Pfad war glatt genug, daß er kaum Steine durch die Sohlen der abgetragenen Stiefel spürte. Er war auf dem Weg nach Stinkbeerendorf, um ein Dutzend Kerzen zu kaufen, und in seiner Tasche klimperten drei ganze Kupfermünzen.

Und zu Hause hatte er die Schafe, die ihm Gesellschaft leisteten, und Papa Odo wurde zu alt, um ihn mehr als einmal, höchstens zweimal am Tag zu verprügeln – was konnte ein junger Mann sich mehr wünschen?

Für Dunwin bestand nicht der geringste Zweifel: Er hatte es auf der Welt am besten. Prinz Arbol konnte es nicht besser gehen, dort im Palast des Ochsen – wie die Gorgoren ihn nannten; die alten Ewiggestrigen in Stinkbeerendorf nannten ihn den *Palast der Gottgegeben Müßigen Nachdenklichkeit*, doch Dunwin bevorzugte die gorgorische Version, denn sie war kürzer, er wußte genau, was ein Ochse war, aber das Wort »gottgegeben« verwirrte ihn immer noch.

Odo hatte nicht viel für die Gorgoren übrig – aber andererseits hatte Odo für nichts und niemanden außer den Schafen etwas übrig. Dunwin versuchte, allen politischen Themen gegenüber offen zu sein. Bislang war ihm dies insofern gelungen, als seine Offenheit so groß war, daß noch keine politische Meinung vermocht hatte, für mehr als ein paar Sekunden hängenzubleiben. Er dachte, daß es sicher nett wäre, irgendwann einmal einen echten Palast von innen zu sehen, selbst wenn er nicht genau wußte, was ein Palast nun eigentlich war, aber weiter besaß er dazu keine Meinung.

Er hegte die vage Vermutung, daß ein Palast etwas mit komplizierten Stickarbeiten zu tun hatte, aber er konnte sich nicht vorstellen, wie jemand in einer Stickarbeit wohnen sollte, es sei denn, es handelte sich um ein Zelt.

Was ein Palast auch immer war, Dunwin war ganz sicher, daß man darin nicht so behaglich leben konnte wie in Odos Hütte, wo das Dach kaum jemals leckte, es keine Steine auf dem Boden gab und die Jauchegrube auf der windabgewandten Seite lag.

Er war sich ziemlich sicher, daß es im Palast keine Schafe gäbe, und das machte ihn in Dunwins Augen zu einem schlechten Domizil. Ohne mit jemandem wie seine Bernice zu leben?

Er versuchte sich immer noch zu überlegen, warum jemand irgendwo leben wollte, wo es keine Schafe gab, als er das Dorf erreichte.

»Hallo, mein Herr, wollt Ihr ... ach, du bist's«, sagte jemand. Dunwin blinzelte und bemerkte, daß Hildie an der Wand der Bäckerei lehnte.

»Hallo, Hildie«, antwortete er. Ihre Bluse war außerordentlich tief ausgeschnitten, stellte er fest; wahrscheinlich sparte es Stoff, aber er fragte sich, ob ihr darin nicht kalt wurde.

»Hallo, Dunwin«, gab sie zurück, neigte den Kopf und klimperte mit den Augenlidern. Aus irgendeinem Grund war ihr Rock an einem Bein heraufgerutscht.

»Was machst du da?« fragte Dunwin.

»Ach, nichts weiter, ich warte nur auf einen netten jungen Kerl, der vorbeikommt und vielleicht etwas Spaß haben will.«

Dunwin sah sich um. Vier alte Männer saßen auf der Bank vor der Dorfschenke und stritten über irgend etwas; Greta, die Frau des Metzgers, hängte Wäsche auf. Sonst war niemand in Sicht.

»Ich sag' dir Bescheid, wenn ich einen sehe«, versprach er. »Jetzt muß ich aber weitergehen, ich soll Kerzen kaufen.«

Hildie seufzte. »Wirst du eigentlich je erwachsen, Dunwin?« fragte sie.

»Ich bin schon ziemlich erwachsen«, erwiderte er leicht verletzt. »Odo traut mir zu, ganz allein ins Dorf zu gehen, oder etwa nicht? Und ich bin größer als die Hälfte aller Männer im Dorf.«

»Du bist höher gewachsen und breiter in den Schultern«, gab Hildie zu, »aber ob du auch *größer* bist, das weiß ich nicht.«

Dunwin blinzelte und versuchte dahinterzukommen, wovon sie sprach, aber sie machte eine wegwerfende Handbewegung und sagte: »Vergiß es. Geh und kauf' deine Kerzen.«

»Mach ich.« Er ging die einzige Straße des Dorfes entlang und fragte sich noch immer, was Hildie gemeint haben konnte. Wenn er höher gewachsen und breiter in den Schultern war als andere Männer, in welcher Hinsicht war er dann nicht auch größer?

Manchmal mußte er sich über Hildie wundern. Sie arbeitete in keinem Geschäft, sie besaß kein Vieh, wann immer er sie sah, hing sie einfach im Dorf herum, aber sie hatte immer Geld. Nicht viel, nicht genug, um sich warme Kleidung zu kaufen, aber sie schien nicht zu hungern.

Sie war ein hübsches Mädchen, dachte er; manchmal, besonders während des letzten Monats oder so dachte er sogar, sie wäre so schön wie eine junge Zibbe. Er hatte ein paar seltsame Träume gehabt, bei denen es um sie ging.

Er fragte sich, was sie mit der Bemerkung über das Erwachsenwerden nur gemeint haben konnte.

Er hörte, wie die Männer vor der Schenke sich stritten.

» ... war überhaupt nicht so«, sagte der alte Fernand gerade. »Überhaupt nicht!«

»Aber sicher«, schnappte Taddeus. »Sie haben den alten König Fumarius sechs Monate lang gefoltert, bevor er starb, und er hat ihnen die ganze Zeit ins Gesicht gelacht.«

»Er kann nicht sechs Monate lang gelacht haben«, widersprach Arminter. »Er wäre doch heiser geworden.«

»Wurde er auch«, antwortete Taddeus, »und deshalb hat er *flüsternd* gelacht, jawohl.«

Dunwin blieb stehen, um zuzuhören. Fast alles, was er über Geschichte, Geographie und Politik wußte, hatte er dadurch gelernt, daß er diesen vieren zuhörte. Sie waren Stammgäste.

»König Bratz hat ihm einfach den Kopf abgehackt«, behauptete Fernand. »Er hat ihn nicht für sechs Monate gefoltert.«

»Doch, das hat er«, beharrte Taddeus. »Und der alte Fumarius hat gelacht.«

»Sechs Monate? Gelacht?« fragte Berisarius zweifelnd.

»Also schön, vielleicht hat er nicht die ganze Zeit über gelacht«, gab Taddeus zu. »Schließlich muß ein Mensch auch mal schlafen, und ich glaube nicht, daß selbst der alte Fumarius *ununterbrochen* gelacht hat.«

»Schon gar nicht wegen der Vielfraße«, warf Arminter ein.

»Richtig, die Vielfraße«, stimmte Taddeus zu. »Man lacht Vielfraße nicht aus, weil es sie einfach wütend macht. Das hätte ja schließlich überhaupt keinen Sinn, was?«

»Er hat ihm einfach nur den Kopf abgehackt«, erklärte Fernand. »Kein einziger verdammter Vielfraß hat dabei eine Rolle gespielt.«

»Sechs Monate gefoltert, und er hat die ganze Zeit gelacht«, gab Taddeus scharf zurück. »Außer bei der Sache mit den Vielfraßen.«

»Hat ihm den Kopf abgehackt, hat sich zum König gemacht und ist mit der Tochter ins Bett gesprungen, *das* hat Bratz getan«, behauptete Fernand unbeirrbar. »Er hat überhaupt keinen von ihnen gefoltert.«

»Also«, schaltete Berisarius ein, »wir können nun nicht genau wissen, was Bratz der armen Königin Artemisia angetan hat. Vielleicht hat er sie ein bißchen gefoltert.«

»Es wäre doch ganz normal«, stimmte Arminter zu, »wenn ein Mann seine Frau ein wenig foltert.«

»Ich schätze, das passiert die ganze Zeit«, gab Taddeus zu, »unter denen, die sich so etwas leisten können und sich keine Gedanken zu machen brauchen, ob das Haus geputzt und das Abendessen gekocht wird.«

»Ha«, machte Fernand. »Ich nehme an, ihr würdet alle eure Frauen foltern, wenn ihr die Chance bekämet?«

»Natürlich nicht«, entgegnete Berisarius entrüstet. »Wir sind doch kein Haufen gorgorischer Barbaren!« Unterstützung erheischend schaute er die anderen an.

Einen Augenblick lang herrschte betretenes Schweigen.

»Also, ich würde ihrem Vater nicht den Kopf abhauen«, sagte Taddeus schließlich.

»Das hat Bratz auch gar nicht getan«, protestierte

Arminter. »Du hast selbst gesagt, daß er den alten König sechs Monate lang gefoltert hat!«

»Das stimmt«, antwortete Taddeus. »Ihr bringt mich alle durcheinander. Erst hat er Fumarius sechs Monate lang gefoltert, und dann hat er ihm den Kopf abgeschlagen.«

»Was, jemand hat Bratz den Kopf abgeschlagen?«

»Nein, nein, Bratz hat Fumarius den Kopf abgeschlagen!«

»Vorher hast du was anderes gesagt!«

»Habe ich nicht!«

Dunwin verlor langsam den Faden der Unterhaltung.

»Er hat Bratzens Kopf abgehackt und dann Artemisia geheiratet?«

»Damit er seine Frau foltern konnte.«

»Wer würde schon Fumarius heiraten, wenn er seine Frau foltert?«

»Nun, er hat Artemisia auch gar nicht geheiratet – sie ist seine Tochter!«

»Ach?«

»Ja, darum hat Bratz König Fumarius den Kopf abgeschlagen: Damit er Artemisia heiraten konnte!«

»Und das hast du vorhin so gesagt?«

»Wann?«

»Über deine Frau?«

»Aber was ist mit der Folter?«

»Welche Folter? Ich bin doch gar nicht verheiratet!«

Dunwin, der überhaupt nichts mehr verstand, entschied, für heute genug gelernt zu haben, und ging an den vieren vorbei, um die winzige Gaststube der Schenke zu betreten. Stinkbeerendorf war zu klein, um einen eigenen Kerzenmacherladen zu haben; Armetta, die Frau des Wirtes, zog im Schmortopf ihres Gatten Kerzen, wenn gerade nichts geschmort wurde, und verkaufte sie aus der Küche.

Ein Mann, ein Fremder, saß an einem der drei großen

Tische. Dunwin nickte ihm wortlos, aber höflich grüßend zu und schaute sich nach Armetta um.

Sie kam in diesem Augenblick aus der Küche. In einer Hand hielt sie eine Kanne mit Bier, in der anderen einen Krug. Sie setzte beides vor dem Fremden auf den Tisch und wischte die Hände an der Schürze ab. »Es ist unser Bestes«, sagte sie. »Mein Mann ist einer der besten Brauer in den Bergen!« Sie lächelte breit.

Aber natürlich wirkte bei Armetta *alles* breit.

Dunwin winkte ihr zu. »Hallo«, sagte er. »Odo schickt mich, ein paar Kerzen holen.«

Armetta sah erschreckt auf; der Fremde erstarrte in der Bewegung, mit der er Bier aus der Kanne in den Krug goß, und wandte sich ebenfalls um und starrte Dunwin an.

Er blinzelte, starrte und verschüttete fast sein Bier.

»Kerzen?« Armetta runzelte die Stirn.

»Ja, ein Dutzend Kerzen«, sagte Dunwin.

»Kosten zwei Kupfer.«

»Ich zahle drei«, erwiderte Dunwin, weil er sich schwach erinnerte, daß Feilschen erwartet wurde.

Armetta prustete. »Gemacht«, antwortete sie. Sie streckte die Hand vor, und Dunwin ließ die Münzen hineinkullern.

»Ich hole sie«, sagte sie und wandte sich um.

Als Armetta in die Küche zurückwatschelte, starrte der Fremde weiter zu Dunwin hoch, der nervös vorgab, diese unerwartete und unerwünschte Aufmerksamkeit nicht zu bemerken. Als die Frau in der Küchentür verschwand, sagte der Mann: »Setz dich, Junge.«

Verunsichert zögerte Dunwin.

»Setz dich«, wiederholte der Mann und deutete auf den Stuhl ihm gegenüber.

Dunwin setzte sich langsam.

»Wie heißt du, Junge?«

»Dunwin.«

Der Fremde runzelte die Stirn. »Ist das ein hydrangenischer Name oder ein gorgorischer?«

»Weiß ich nicht«, antwortete Dunwin. »Es ist meiner, das ist alles, was ich weiß.« Als der Fremde ihn weiterhin anstarrte, fragte Dunwin: »Was ist Euer Name?«

»Oh, man nennt mich Phrenk«, antwortete der Mann.

»Ist das ein hydrangenischer Name?« fragte Dunwin.

»Ja«, erwiderte der Fremde scharf.

Dunwin bemerkte am Verhalten seines Gegenübers, daß er etwas Falsches gesagt, ihn auf irgendeine Weise beleidigt hatte und es irgendwie überspielen mußte. Eine Entschuldigung wäre, wie er wußte, übertrieben, aber er mußte etwas sagen.

»Oh«, sagte er.

Der Fremde starrte ihn immer noch an, und langsam fühlte Dunwin sich unbehaglich.

»Also«, fragte er verzweifelt, »seid Ihr von hier?«

»Nein«, antwortete der Mann, der sich Phrenk nannte. »Und du?«

»Von hier?« fragte Dunwin. »O ja, bin ich.«

»Ich wunderte mich schon«, sagte der Fremde. »Du siehst aus wie jemand, den ich kenne.«

»Ach?«

Phrenk nickte, langsam, einmal.

»Ist das gut oder schlecht?« wollte Dunwin wissen.

»Kommt drauf an«, antwortete Phrenk. »Ich frage mich, ob ihr vielleicht verwandt seid.«

»Das glaube ich nicht«, entgegnete Dunwin mit einem Schulterzucken.

»Nein? Wer gehört denn zu deiner Familie?«

»Oh, ich habe nicht viel Familie.«

»Ach? Wer sind deine Eltern?«

»Nun, mein Vater heißt Odo. Er ist Schafhirt. Meine Mutter hieß Audrea. Sie war eine Zibbe.«

»Eine Zicke? Oh, das tut mir leid.«

»Nein, eine Zibbe. Ein Mutterschaf.«

Erstaunt fragte Phrenk: »Deine Mutter ist ein Schaf?«
»Sie *war* ein Schaf. Sie ist jetzt tot.«
»Das tut mir leid.«
»Danke.«
»Du siehst nicht aus wie ein Schaf.«
Dunwin zuckte die Schultern. »Ich schlage mehr meinem Vater nach.«
»Äh ...« Phrenk zögerte. »Ich denke nicht, daß Menschen und Schafe sich ... äh ... miteinander fortpflanzen können.«
»Was können?«
»Ich meine, ich denke nicht, daß ein Schaf ein menschliches Kind haben kann.«
»Ach.« Dunwin dachte darüber nach und gab zu: »Also, Papa Odo hat niemals direkt *gesagt*, Audrea sei meine *Mutter*-Mutter, glaube ich. Aber sie ist die einzige Mutter, die ich je hatte.«
Phrenk nickte. »Und bist du sicher, daß dieser Odo dein richtiger Vater ist?«
»Ja, natürlich – warum sollte er mich *sonst* bei sich behalten?«
Phrenk wußte darauf keine Antwort. »Dann ist es sicherlich ein Zufall, weiter nichts«, sagte er. »Trotzdem, solch ein Zufall – du siehst genauso aus wie er. Ich hätte geschworen, ihr hättet den gleichen Vater ... und ich bin sicher, es gab Frauen genug ... oder vielleicht das Schwarze Wiesel ...«
»Hä?« Dunwin blinzelte verwirrt. »Wiesel sind zu klein, um Schafe ... Und Odo würde doch nicht ... ich meine, warum ein Wiesel, wenn er doch Schafe ...?«
»Nein, nein, kein echtes Wiesel.«
»Ja, wer denn dann? Wem, glaubt Ihr, sehe ich denn so ähnlich?«
»Ich *glaube* es nicht nur, mein Junge – ihr beiden seht euch ähnlich wie zwei Bücher im gleichen Regal.«
»Welche beiden?«

»Du und Prinz Arbol, mein Junge.«

Zunächst stutzte Dunwin. Seine Brauen rückten näher zusammen, zunächst in Verwirrung und dann vor Ärger. Er legte die Stirn in tiefe Falten.

»Macht Ihr Euch über mich lustig?« verlangte er zu wissen.

»Aber nein, nicht im geringsten!« wiegelte Phrenk ab.

»Glaubt Ihr wirklich, daß ich glaube, ein kümmerlicher kleiner Wicht wie Ihr würde Prinz Arbol kennen oder daß ich aussehe wie jemand, der sein Leben in einem bestickten Zelt verbringt?«

Phrenks Mund ging auf, doch er brachte kein Wort hervor. Dunwin ballte die Fäuste.

Gerade in diesem Moment kam Armetta zurück. Sie reichte Dunwin ein Dutzend Kerzen, die mit ihren ungeschnittenen Dochten an einem Stecken festgebunden waren. »Hier, Dunwin«, sagte sie.

Dunwin fuhr herum, schnappte sich den Stecken und stürmte ohne ein weiteres Wort hinaus.

Prinz Arbol, also wirklich! Wo doch jeder sagte, der Prinz sei ein feiner, ansehnlicher Junge, der ganz nach seiner hydrangenischen Mutter kam. Als könnte Dunwin, der Sohn von Odo und Audrea, jemals *so* aussehen!

Der Fremde hatte ihn auf den Arm genommen, nur weil er ein unwissender Hirtenjunge und nicht irgendein feingekleideter Stadtgeck war!

Phrenk sah völlig verwirrt zu, wie der Junge wütend aus der Schenke stapfte. Er wußte nicht, weswegen er beleidigt war.

Doch die Ähnlichkeit war einfach verblüffend. Entweder Bratz oder Prinz Mimulus hatte den Jungen gezeugt, daran konnte kein Zweifel bestehen!

Nicht, daß es eine große Rolle spielte; beide hatten sicherlich viele Kinder über die Lande verteilt.

Dennoch wäre es sicherlich eine interessante Anekdote, die er der Königin erzählen konnte.

Kapitel 10

»Fertig, Mungli?« fragte Königin Artemisia, als sie an der Schlafzimmertür ihrer Zofe rüttelte. Die Tür wurde fast unverzüglich geöffnet, und eine recht zerzauste Gorgorin streckte den Kopf heraus. Ein wissendes Lächeln spielte um ihre Mundwinkel, als sie nickte und ihre königliche Herrin dadurch wissen ließ, daß sie ihre Aufgabe erkannt und erledigt hatte – und Spaß dabei gehabt hatte.

Hinter ihr stand Phrenk und gab seiner Palastlivree den letzten Schliff. Die einfacheren Kleidungsstücke, die er auf seiner Mission im Dienst der Königin in der Wildnis des Fraxinellagebirges getragen hatte, lagen auf einem Haufen neben Munglis Bett. Als er schließlich wieder die ordentliche Uniform eines Junior-Unter-Haupt-Unterlakaien trug, ging er um Mungli herum und machte der Königin seine Aufwartung, indem er die *Schwan-Senkt-Sich-Um-Mitternacht-Auf-Lilienbesetzten-Teich-Bei-Wechselhaftem-Wind-Aus-Dem-Nordwesten-Unter-Dem-Aszendenten-Des-Blumensterns-Verbeugung* benutzte. Sie war sehr hübsch ausgeführt, was die Zukunft des jungen Mannes im Palast in einem günstigen Licht erscheinen ließ.

»Strahlende Dame«, sagte Phrenk und hielt den Blick zu Boden gewandt, »mich in Eurer Erhabenen und Unbeschreiblichen Schönheit sonnen zu dürfen, ist mir eine unermeßlich große Ehre.«

Artemisia blühte förmlich auf in dem warmen Hauch formeller althydrangenischer Hofsprache. Wie lange war es her! Seit Bratz das Regiment führte, hatten sich bei Hofe so viele Laxheiten breitgemacht. Auch die Abkömmlinge der gebildetsten und inzestiösesten Adelsfamilien ließen sich in geradezu schamloser Weise gehen, wenn es zu den Nettigkeiten kam. Sie nannten es realistisch und praktisch denken. Artemisia nannte es eine Sitzung zuviel mit Bratz im Bierkeller.

»Ihr seid es, der mir Ehre erwiesen hat, Goldener Untertan«, erwiderte sie. »Könnte ich Euch nur mit all meinen Botengängen zum Schwarzen Wiesel betrauen! Doch Eure regelmäßige Abwesenheit würde bemerkt, und Euer Leben wäre verwirkt.«

»Verwirkt möge es sein, o Pracht des Sonnenaufgangs«, sagte Phrenk. »Glücklich legte ich mein Haupt auf den grausamen Block und küßte den Saum des Todes noch, erkaufte solch Opfer mir eine Zehre der Leidenschaft süßen Taus aus den unvergleichlichen Lichtern Eures königlichen Augs.« Er machte eine Pause, um Atem zu schöpfen. Fließend althydrangenische Hofsprache zu sprechen war eine kräftezehrende Anstrengung, und so etwas hatte er mit Mungli gerade erst durchgemacht.

»Ja, nun, das reicht«, sagte die Königin. Sie hatte von ihrem bevorzugten Boten nicht erwartet, daß er sich auf dieses höfische Hin und Her einlassen würde, und um ehrlich zu sein, ließen große Dosen althydrangenischer Hofsprache den Reiz vermissen, den isolierte Komplimente auf sie ausübten. Es ähnelte dem Unterschied zwischen einer Leckerei und dem Ertrinken in einem Kessel voll geschmolzenem Marzipans. »Ich will nur nicht, daß Ihr getötet werdet, das ist alles. Ihr habt unter all meinen Boten, die ich je zu meinem Bruder sandte, das mit Abstand beste Gedächtnis. Wenn Ihr die Aufgabe verrichtet, fühle ich mich sicher. Ich weiß dann, daß nichts von Bedeutung übersehen wird.«

»Eure Unverminderte Prachtvollkommenheit erweist mir zuviel Güte«, sagte Phrenk, immer noch an den Seidenteppich gewandt. »Läge es in meiner Macht, ich trennte die Decke meines Schädels ab mit einem goldenen Schwerte und legte die volle Schriftrolle meines armseligen Gehirns Euch zu Füßen, nur um zu gewährleisten, daß auch nicht ein Quentchen, so klein auch immer, Eurem Bruder verlorenginge, oder gar Eure Bezaubernde Gunst ...«

»Würdet Ihr Euch von den Knien erheben, eine Erfrischung zu Euch nehmen und normal sprechen?« forderte Artemisia ihn auf.

Phrenk blickte auf und lächelte. »Mit dem allergrößten Vergnügen, Eure Majestät.«

Kurz darauf servierte Mungli beiden dünne Kelche mit Taubenzunge, einem einfachen Weißwein mit steinigem Körper, keckem, sommersprossigem Bukett und gutem, anhaltendem Abgang.

»Ahhh!« Phrenk setzte den geleerten Kelch ab und lächelte, als Mungli nachschenkte. »Welch eine Abwechslung gegenüber diesem scheußlichen Bergbier, das ich in der vergangenen Woche trinken mußte.«

»War es so schlimm, mein Lieber?« erkundigte Artemisia sich im Konversationston.

»Mit Eurer Majestät Erlaubnis, aber es schmeckte wie Ochsenpisse. Nicht bös gemeint, Liebling«, fügte er Mungli zugewandt hinzu. »Ich weiß, daß dein Volk den Ochsen sehr nahesteht.«

Mungli gab ein geräuschloses Lachen von sich und machte eine beredte Geste, die gleichzeitig ausdrückte, wie nahe ihr Volk den Ochsen stand und was die Leute diesbezüglich unternehmen sollten.

»Meine Güte, wie sehr habt Ihr gelitten«, sagte die Königin und schüttelte den Kopf. »Nun, wenn Ihr das nächste Mal geht, werde ich Sorge tragen, daß Ihr auf Eurer Reise etwas Anständiges zu trinken habt.«

»Eure Majestät ist zu gütig. Doch wenn es Euch beliebt, belassen wir es beim gegenwärtigen Arrangement: Eine Woche des Leidens auf der Straße und eine Stunde der Ekstase bei meiner Rückkehr.« Er schielte zu

Mungli hinüber, die, wohlerzogen wie sie war, das Vorderteil ihres Kleides öffnete und dem Gentleman einen langen, hübschen Blick gestattete. Phrenk seufzte vor Verlangen. »Zu wissen, daß ich solche Belohnung erhalte, das spornt mich an. Ich schlage manche Stunde in diesen furchtbaren Bergschenken tot, indem ich mir ausmale, wie ich, nachdem ich sicher zurückgekehrt bin ...«

»Liebster Phrenk, wir sind so froh, daß Ihr eine lebhafte Phantasie besitzt«, sagte Artemisia hastig. Nicht, daß sie prüde war – im Gegenteil, den althydrangenischen erotischen Klassiker, *Der Nerz und der Otter*, hatte sie als erstaunlich vollständige Einführung in die praktische Seite der Liebe gelesen, wie es von jeder wohlerzogenen jungen Dame erwartet wurde –, aber die Heirat mit Bratz hatte sie so weit gebracht, daß die bloße Erwähnung der amourösen Abenteuer eines anderen ihr eine dreitägige Migräne verschaffen konnte.

Phrenk lachte leise vor sich hin. »Vergebt mir, Eure Majestät, ich vergaß mich. Zuweilen ist meine Phantasie vielleicht *zu* lebhaft. Zum Beispiel glaube ich kaum, daß Ihr den phantastischen Gedanken glauben könnt, der mir auf der vergangenen Reise in den Sinn kam. Es war in einer jener Dorfschenken, von denen ich sprach – eine derart ungezieferverpestete, gewöhnliche und bettelarme, daß sie noch mehrere Grade unter der Einstufung schäbig rangieren muß –, daß ich einen außergewöhnlichen Jungen kennenlernte.«

»Ich glaube wirklich nicht, daß ich hören möchte, was Ihr und er ...«, begann Artemisia.

»Ein wirklich eigenartiger Jüngling, nicht älter als vierzehn Sommer, soviel steht fest, und sehr groß für sein Alter«, sagte Phrenk. »Etwas beschränkt – er behauptete, seine Mutter sei ein Schaf! –, aber sehr stattlich. Wirklich stattlich, meine ich. In jenen Bergen erachten sie einen Mann schon als gutaussehend, wenn er zwei Drittel seiner Zähne und keine sichtbaren Wucherungen aufweist. So stattlich, daß ich bereit gewesen wäre, mein Leben gegen einen feuchten Kräcker zu wetten, daß er unserem geliebten Prinz Arbol wie aus dem Gesicht geschnitten ähnlich sah! Zuerst nahm ich an, es sei ein Bankert von entweder Prinz Mimulus oder König Bratz, doch um ehrlich zu sein, wies er sowohl gorgorische als auch althydrangenische Attribute auf wie unser geliebter Prinz, so daß ich mit *dieser* Theorie nicht mehr ganz zufrieden bin. Wahrscheinlich aber war es nur ein Zufall und vielleicht ein Übermaß an der Schneckenpisse, die die Bergbewohner als Bier bezeichnen. Dennoch war es amüsant, ist Eure Majestät nicht auaaaaarrrghh!«

Mungli stieß einen gutturalen Laut der Bestürzung aus, der Phrenks plötzlich abgewürgte Rede recht gut nachahmte. Wer konnte es einem von ihnen verdenken? Die gorgorische Zofe war nicht gewohnt, ihre Herrin einen ausgewachsenen Mann am Hals packen und mit beiden Händen zudrücken zu sehen. Was ihn anbelangte, so war Phrenk in keiner Weise mehr gewöhnt, daß seine Luftröhre so überraschend zum Empfänger derartiger königlicher Aufmerksamkeit wurde.

»Wo war das?« verlangte die Königin zu wissen und verstärkte den Druck. »Der Name des Dorfes? Los! Nennt ihn mir! Nennt ihn mir sofort!«

»Grllr«, machte Phrenk im besten Bemühen, zu gehorchen. Die Königin begriff die subtile Andeutung und löste ihren Griff geringfügig.

»Stinkbeerendorf«, gelang es dem Boten zu keuchen.

Die Königin lies seinen Hals wieder los. Blasse Hände falteten sich sittsam in ihrem Schoß, und als wäre niemals etwas geschehen, sagte sie: »Lieber, lieber Phrenk, Ihr seid mein am höchsten geschätzter und vertrauenswürdigster Diener. Als solchen werde ich Euch mit einer Mission betrauen, die wesentlich mehr Feingefühl erfordert als jede, die Ihr bisher in meinem Auftrage je erfülltet. Bitte wartet hier einen Moment und habt viel Spaß.« Sie nickte Mungli zu und eilte aus dem Raum.

In der innersten Kammer ihrer Gemächer stand Königin Artemisia über eine offene Truhe gebeugt und suchte ein Kleidungsstück nach dem anderen hervor. Alles war Prinz Arbols abgelegte Wäsche. Artemisia behielt sie aus der Sentimentalität einer Mutter und weil alter hydrangenischer Brauch verbat, daß Gewänder, die einstmals königliche Hinterbacken bedeckt hatten, jemals niedriger gestellte Nacktheit verbargen.

Königin Artemisia hatte größten Respekt vor dem alten hydrangenischen Brauchtum und folgte ihm auf den Buchstaben genau und immer, es sei denn, es wäre unbequem, so zu handeln. Diesmal war sie sich sicher, auch nicht einen einzigen Federstrich davon zu verletzen. Nicht, wenn Phrenk die Wahrheit gesprochen hatte. Nicht bei seinem untrüglichen Gedächtnis. Nicht, wenn sie wußte, wie nahe Stinkbeerendorf dem Waldlager ihres Bruders war. Nicht, wenn sie sich an die Nacht der Verschwörung erinnerte, in der Ludmilla erwähnt hatte, Stinkbeerendorf sei ein guter Zwischenstop für sie, wenn sie den Säugling zum Versteck des Schwarzen Wiesels brachte.

Auf dem Weg zum Schwarzen Wiesel mußte der alten Ludmilla etwas zugestoßen sein, soviel stand fest, doch was die Zwillinge anging ... Eine Träne kroch aus Artemisias Auge. Phrenk hatte von nur einem Jüngling gesprochen, der diese unglaubliche Ähnlichkeit mit Prinz Arbol aufwies. Nun, vielleicht war es etwas zu viel erwartet, daß beide Söhne überlebt hatten. Die Neuigkeit über diesen einen war Wunder genug, insbesondere, wenn man in Betracht zog, daß das Leben des Bauernstandes widerlich war, brutal, kurz und darüber hinaus schmutziger als Bratzens Achselhöhle. Sie mußte über dieses Geschenk der Götter glücklich sein! Der Junge konnte sie retten, und auch Prinz Arbol!

Artemisia wischte die Träne fort und traf eine Auswahl. Als sie ein gutes Bündel der neusten abgelegten Kleidung des Prinzen zusammengepackt hatte, nahm sie ihr Nähkästchen und machte sich mit der silbernen Schere an einen von Arbols alten Spielanzügen.

Als die Königin in das andere Zimmer zurückkehrte, hatten Phrenk und Mungli sich auf mannigfaltige Art und Weise amüsiert. Tatsächlich hatten Bote und Zofe sich so verausgabt, daß Artemisia Phrenk antraf, wie er der Gorgorin eine langweilige Reihe von *Der-Drache-der-Ritter-und-die-Jungfrau-Witzen* erzählte, während sie die Scherben zusammenkehrte und den ramponierten Kronleuchter richtete.

»Mungli, Phrenk, kommt hierher«, sagte die Königin und legte ihr Bündel auf die Platte des einzigen Tisches, der noch stand. »Dies betrifft euch beide. Ihr werdet dieses Bündel nehmen und nach Stinkbeerendorf gehen. Dort werdet ihr den jungen Mann finden, von dem Phrenk gesprochen hat, und ihn hierher bringen. Doch vorher werdet ihr ihn die Kleidungsstücke aus dem Bündel anprobieren lassen und sie gegebenenfalls ändern, bis sie ihm wie angegossen passen. Aber auf gar keinen Fall darf er in diesen Kleidern reisen. Im gleichen Bündel findet ihr eine Maske, eine Kapuzenmaske, die den ganzen Kopf bedeckt. Sorgt dafür, daß er sie anlegt und sie unter keinen Umständen abnimmt, bevor ihr ihn zu mir gebracht habt. Wenn ihr Erfolg habt, werde ich euch beide über eure wildesten Träume hinaus belohnen.« Sie ließ den Blick über den verwüsteten Raum schweifen und fügte mit einem ironischen Lächeln hinzu: »Welche, wie ich annehme, sehr wild sein können. Aber wenn ihr versagt, dann werde ich unter Beweis stellen, daß Gorgoren im Ersinnen von Bestrafungen verglichen mit dem, was sich eine althydrangenische Königin ausdenken kann, wie Vielfraße ohne Zähne erscheinen.«

Phrenk verdaute diese Information.

Sie bereitete ihm Sodbrennen.

Er schluckte mühsam und sagte: »Ich bin mir sicher, Eure Majestät haben ihre Gründe für diese ... diese außerordentlichen Arrangements. Aber vielleicht bin ich für diese Mission nicht der beste Kandidat. Wie Ihr selbst gesagt habt, fehle ich zu häufig im Palast; die Leute werden reden; mein Leben könnte verwirkt sein.«

»Nun, verwirkt mag es sein, o Goldener Untertan«, antwortete die Königin glatt. »Und glaubt nicht, ihr beide könntet zum Schein auf diesen Auftrag eingehen und euch davonmachen. Mein Bruder würde davon hören, wenn ihr es versuchtet. Sein Gedächtnis für Gesichter ist so gut wie Eures, und mittlerweile hat er die Wagemutigen Waldbewohner so weit, daß sie ihm tatsächlich von irdischem Nutzen sind. Alle sind sie Experten im Spurenlesen und viel einfallsreicher als ich, wenn es darum geht, es Verrätern heimzuzahlen. Wahrlich verwirkt, in der Tat.«

Phrenk erbleichte, als sein eigenes blumiges Angebot, für die Königin in den Tod zu gehen, beim Wort genommen wurde, aber er war kein Drückeberger – nicht, wenn es darum ging, aus einem schlechten Handel wieder herauszukommen. Mutig setzte er an, um die Königin vom Gegenteil zu überzeugen.

»Die Götter behüten, daß wir jemals Eure Majestät zu hintergehen versuchten!« rief er. »Mungli und ich werden unser Bestes tun, den Palast ungesehen und verkleidet zu verlassen, aber was sollen wir sagen, wenn man uns ergreift? Was sollen wir tun, wenn der Junge sich weigert, uns zu begleiten? Was, wenn er sich uns widersetzt, und die Dorfbewohner ihm helfend zur Seite stehen? Was sollen wir tun, wenn eine von König Bratzens Patrouillen uns abfängt, bevor wir mit dem maskierten

Jüngling in den Palast schleichen können? Was, wenn er schreit? Was, wenn er sich wehrt? An wen sollen wir uns um Hilfe wenden? Was sollen wir nur tun?«

Königin Artemisia warf dem zitternden Boten ein hartes, kühles, dünnes, wunderschönes Lächeln zu. »Mein lieber Phrenk«, sagte sie, »das kümmert mich einen Dreck.«

Kapitel 11

Klutie war wirklich rundum zufrieden mit sich selbst, als er die Auswahl an Wildtieren beobachtete, die auf der Hügelflanke brüllten, tollten und quiekten. Diesmal war es seine eigene Magie gewesen und nicht Wulfriths, die für das Chaos verantwortlich war, dem er zusah.

Vor wenigen Augenblick noch war der Adler dort eine Maus gewesen; er schrie vor Ratlosigkeit, als er versuchte, auf zwei Krallen und zwei Flügeln anstelle von vier Beinchen zu laufen. Der recht verwirrte Löwe hatte ein Leben als Spinne begonnen; der Hase, den er mit den Kiefern gepackt hielt, war einmal ein Regenwurm gewesen, während die verrückte Kuh, die vergeblich versuchte, sich hinter einem Stein einzubuddeln, einmal ein Hase gewesen war. Eine Taube war zu einem Eichhörnchen, und eine Ameise zu einer Blindschleiche geworden.

Und Klutie hatte alles allein vollbracht, in nur wenigen Minuten!

Sein alter Meister wäre völlig entsetzt gewesen. Klutie konnte den alten Sesselfurzer beinahe murmeln hören: Keine Grazie, überhaupt kein Stil! So hastig! So unordentlich!

Das war auch sehr richtig; in der guten alten Zeit, unter dem guten alten König Fumarius hätte kein Zauberer mit einem Funken Selbstachtung so etwas getan.

Aber unter König Bratz waren Stil und Grazie nicht mehr unbedingt die höchsten Tugenden. Was klappte, das klappte, und niemand verteilte Punkte für Finesse oder Flair.

Und dieser Zauber *klappte*.

Was, wie Klutie dachte, recht bemerkenswert war. Selbst mit Wulfriths Hilfe war es nicht leicht gewesen, das durchzuführen, was er getan hatte. Wenn er vor Jahren nicht auf Corinellas Geburtstagsfeier gewesen wäre ...

Seine Gedanken flogen zurück zu jenem Morgen vor langer, langer Zeit, als sein Meister den Brief beim Frühstück erhielt und ihn mit dem Griff des Marmeladenlöffels aufgeschlitzt hatte – Klutie erinnerte sich noch an das gemurmelte, an Spug Pagganethaneth gerichtete Gebet, das den unangemessenen Gebrauch des Besteckteils begleitet hatte. Der alte Mann hatte die kurze Nachricht durchgelesen, und dann hatte er gestöhnt.

»Verehrter und Hochgeachteter Meister, Quell der Weisheit und Glanz aller Zeitalter, Gütiger Herr und Ursprung aller Segnungen«, hatte Klutie gefragt und dabei das Zeichen der *Schneeflocke Die Vielleicht Unachtsam Fortgewischt Oder Aber Ob Ihrer Einzigartigen Schönheit Verehrt Wird Was Auch Immer Angemessen Ist gemacht*, »welch Fehl Eures unwürdigen Adepten erregt diesen Laut, denn sicher ist nichts außer meiner wertlosen Person niedrig genug, um Euer Mißfallen zu verursachen?«

Während er sich erinnerte, beobachtete er Wulfrith, der kurz vor einem hysterischen Lachkrampf stand, weil er zusah, wie der Spinnen-Löwe versuchte herauszubekommen, was er mit dem Regenwurm-Hasen anstellen sollte, und keinen Gedanken daran verschwendete, seinem Meister Respekt zu erweisen. Der Junge hatte nicht einmal ein Zehntel aller althydrangenischen Formen und Prozeduren gelernt; in der alten Zeit wäre er, talentiert oder nicht, schon lange nach Hause geschickt worden.

Heutzutage konnte sich ein Zauberer natürlich nicht erlauben, so wählerisch zu sein.

Aber damals hatte Klutie die Regeln befolgt – er hatte die Frage im formellen Ton gestellt und dann das Haupt geneigt, um die Antwort zu erwarten.

»Du nutzlose Kröte von Adept«, hatte sein Meister geantwortet, »es liegt an diesem verdammten Narren Horin. Seine verwöhnte Tochter Corinella wird eine Geburtstagsfeier haben, und er will, daß ich dort aufkreuze und, verdammt noch mal, vielleicht ein paar Tricks vorführe.«

»Ein paar Tricks?« Klutie war bei diesen respektlosen Worten bleich geworden.

»Oh, er legt es in blumige Worte, aber darauf läuft es hinaus«, hatte der alte Meister Quankel gesagt – er hieß in Wirklichkeit Quankilius, aber Klutie dachte von ihm immer als Quankel.

Und der alte Meister Quankel wollte auch nicht gehen, doch er schuldete Horin einen Gefallen – in der Größenordnung von etwa sechstausend Florin und einem abgerichteten Pelikan, und es hing mit einem Tumpf-Spiel zusammen; die Einzelheiten hatte Klutie nie erfahren. Unter diesen Umständen konnte Meister Quankel die ›Einladung‹ natürlich nicht einfach ausschlagen.

Statt dessen beschloß er, seinen Adepten zu schicken. Als Klutie eingewandt hatte, daß er überhaupt keine guten Tricks kannte, die er auf dem Geburtstag einer Zehnjährigen vorführen konnte, hatte Quankel ihm schnell einen beigebracht, einen altmodischen und völlig überholten Zauberspruch, der schon viele Jahrzehnte nicht mehr benutzt wurde, weil er längst nicht elegant genug für die moderne Zauberei war.

Es war ein recht pfiffiger Zauber und wesentlich einfacher und effektiver als jeder andere, der Klutie jemals beigebracht wurde – das mußte er auch sein, damit ein einfacher Adept ihn rechtzeitig bis zu Beginn der Feier lernen konnte. Das Ritual dauerte nur zehn Minuten und erforderte nur ein halbes Dutzend arkaner Werkzeuge. Der Zauber verwandelte weiße Mäuse in Tauben – jeder Anzahl weißer Mäuse wuchsen, so langsam man wollte, Flügel und Federn, und sobald sie in Tauben verwandelt waren, flattern sie panikerfüllt umher und versuchten herauszubekommen, was ihnen zugestoßen war.

Corinella hätte sich fast beeindruckt gezeigt, und Klutie gelang es, die Fete ohne größere Katastrophen zu überleben.

Natürlich war der Zauberspruch ansonsten nicht sehr nützlich – insbesondere nicht gegen Gorgoren, die nur sehr wenig an weiße Mäuse erinnerten (von dem käsigen Aroma abgesehen, das einige von ihnen verströmten). Er konnte noch nicht einmal verwendet werden, um die Küche von den Nagetieren zu befreien, weil die krümelhaschenden Mäuse normalerweise nicht weiß waren. Es handelte sich wie bei fast allen hydrangenischen Beschwörungen um ein hochspezialisiertes Stück Zauberkunst.

Als er in der Butter die Pfotenabdrücke von Mäusen fand, noch vor der gorgorischen Invasion, hatte Klutie zum ersten Mal darüber nachgedacht, den alten Zauber zu verallgemeinern. Trotzdem kam er nicht dazu, sich diesem Problem zu widmen, bevor er die Höhle in den Bergen bei Stinkbeerendorf bezogen hatte.

Und auch nicht, bevor er nicht Wulfrith zugesehen hatte. Er hatte begonnen, Gemeinsamkeiten zwischen den einzelnen Verwandlungszaubern zu erkennen, die der Junge sich ausdachte, und daraus zog er die ersten Hinweise, wie sich die Verallgemeinerung des alten Zaubers vielleicht bewerkstelligen ließ. An jenem Tag, an dem Wulfie ein Beistelltischchen in einen Fisch verwandelt hatte, an jenem Tag hatte alles angefangen.

Und heute, mehr als ein Jahrzehnt später, hatte Klutie den Zauber endlich perfektioniert, verallgemeinert und entschlackt, in eine magische Waffe umfunktioniert, die das gut alte Hydrangea noch nie gesehen hatte. Die Hände in die Hüften gestützt, stand er da und bewunderte die Effekte.

Der Spinnen-Löwe hatte den Versuch aufgegeben, den Regenwurm-Hasen entweder einzuspinnen oder auszusaugen und mehr oder weniger aus Zufall zugebissen. Wulfrith stieß ein lautes »Oooooch!« aus, als der Hase einmal zuckte und starb.

Dem Maus-Adler, der immer noch nicht begriffen hatte, daß er fliegen konnte, war es gelungen, den Abhang hinunterzutaumeln und in den Wald zu verschwinden; Klutie bezweifelte, daß er dort lange überleben würde. Die anderen Kreaturen hatten sich bereits davongemacht.

Der Zauber hatte bei jedem Vogel, jedem Säugetier und jedem Insekt gewirkt, auf das er angewendet worden war; Klutie war sich nun sicher, daß er nun in weniger als einer Minute jedes lebende Geschöpf, das er sah, in ein anderes verwandeln konnte. Dies würde vermutlich Gorgoren mit einschließen, auch wenn er keinen zur Hand hatte, um es auszuprobieren.

Es war nur schade, dachte er, daß er nicht voraussagen konnte, in *welches* Geschöpf sich das Opfer nun verwandeln würde. In einigen Fällen, wie in dem der Spinne, die sich in einen Löwen verwandelt hatte, waren die neuen Tiere gefährlicher als die alten.

Es war zwar schwierig, sich etwas vorzustellen, das gefährlicher war als ein Gorgore, aber Klutie hielt es durchaus für möglich, daß es so etwas gab. Dennoch fand er, daß der Zauberspruch durchaus für militärische Zwecke anwendbar wäre; egal, wie gefährlich sie einzeln auch waren, die Verwandlung aller Gorgoren in wilde Tiere mußte ihrer Kommandostruktur großen Schaden zufügen. Selbst gorgorische Offiziere nahmen gelegentlich zur gesprochenen Sprache Zuflucht, und solange sie sich nicht alle in Papageien oder Drachen verwandelten ...

Aber nein, er spekulierte ja! Er konnte nicht mit Sicherheit sagen, ob ein verwandelter Gorgore sprechen könnte oder nicht.

Dennoch war der Zauber ein Erfolg, und es war nur noch eine Frage der Logistik, wie sie die Gorgoren loswurden. Ein breites Lächeln überzog Kluties Gesicht.

Der Spinnen-Löwe schmatzte vernehmlich, und Wulfrith zog sich zurück.

»Was wollen wir nun tun, Meister?« fragte er.

»Wir feiern, mein Junge«, antwortete Klutie, »wir feiern!«

Sie machten sich auf den Rückweg zur Höhle, und Klutie klopfte Wulfrith auf den Rücken. Im Erfolgstaumel grinste der Zauberer und legte einen Finger auf die Lippen, als er einen Kasten mit staubigen schwarzen Flaschen aus einer versteckten Nische zog, die Wulfrith in all den Jahren, in denen sie zusammenwohnten, nie entdeckt hatte. »Ein kleines Geheimnis«, erklärte Klutie. »Als ich damals aus meinem Haus in der Stadt floh, bat mich ein benachbarter Weinhändler, diesen Schatz vor den Gorgoren in Sicherheit zu bringen – oder zumindest hätte er mich sicherlich gefragt, aber er war nicht zugegen, und ich beschloß, für ihn das Risiko einzugehen, auch ohne darum gebeten worden zu sein. Eine Art letzter Nachbarschaftshilfe, wenn du verstehst, was ich meine.«

»Was ist da drin?« wollte Wulfrith wissen.

»Ah!« Klutie grinste wieder, als er an dem komplizierten Drahtgeflecht herumfummelte, das den Hals der Flasche umschloß. »Ein echter Schatz, mein Junge! Das hier ist *Elsinium Palast Westhang Spezialabfüllung des Schäumenden Göttlichen Nektars*, Halbtrocken. Jahrgang '23, ein sehr guter Jahrgang!«

»Hä?«

»Wein, du Tölpel, Schaumwein! Der Beste, den es gibt!« Endlich löste sich der Draht.

»Ah!«

Der Kork ploppte heraus, der Wein sprudelte hervor; Wulfrith eilte mit Gläsern herbei und fing den überlaufenden weißen Schaum auf.

»Ja, mein guter Junge!« rief Klutie und füllte die beiden Behälter. »Trink mit mir!«

Mißtrauisch betrachtete Wulfrith das Zeug in seinem Kelch. Es war durchsichtig und golden, was gut aussah, aber gleichzeitig blubberte und schäumte es in einer Weise, die ihn an den Wasserelementar erinnerte, den er in der Spüle hielt, oder auch an das Ding, das aus dem Kessel gesickert und die Fußbank gefressen hatte, als letztes Jahr einer von Meister Kluties Verwandlungszaubern schiefgegangen war. Wulfriths einzige Erfahrung mit Wein bestand darin, dunkelrotes Zeug zu trinken, das einfach ruhig im Glas stand und nach geröstetem Kohl schmeckte. Die Sorte hatte vielleicht manchmal einen öligen Film auf der Oberfläche, aber wenigstens schossen aus ihr keine kleinen explosiven Bläschen, und sie knisterte auch nicht.

»Trink aus, Junge!« rief Klutie und stürzte den Inhalt seines Glases hinunter.

Wulfrith nippte vorsichtig.

Klutie lächelte, goß sich ein weiteres Glas ein und trank es leer.

Wulfrith nippte wieder, als Klutie sein Glas noch einmal nachfüllte.

»Weißt du was, Junge«, sagte Klutie, starrte dabei ins Leere und grinste schurkisch, »es hat lange gedauert, so lange. Vielleicht werde ich die Höhle sogar ein wenig vermissen, wenn ich in mein altes Haus in der *Straße der Rosen In Der Farbe Der Ränder Von Wolken Bei Sonnenuntergang* zurückkehre.«

Wulfrith gab aus Höflichkeit ein knappes Geräusch von sich. Er versuchte immer noch zu entscheiden, ob er den Geschmacks des Zeugs, das sie tranken, überhaupt mochte. Es brannte sicherlich nicht in der Kehle wie der Rotwein, doch war der Geschmack sehr eigentümlich.

Klutie schenkte sich noch ein Glas ein und ließ sich auf einem Diwan nieder.

»Oder vielleicht ziehe ich ja gar nicht in die *Straße der Rosen* zurück«, sinnierte der Zauberer. »Vielleicht lebe ich dann im *Palast der Gottgegeben Müßigen Nachdenklichkeit* – denn wenn mein Zauber – unser Zauber – ganz Hydrangea vom Joch der verhaßten Gorgoren befreit, dann bin ich ein Held, nicht wahr? Und alle Hofmagier des König Fumarius sind tot, in alle Winde verstreut, enthauptet.«

Wulfrith nickte wachsam. Der Wein war interessant, fand er, aber er glaubte nicht, viel davon trinken zu wollen. Er hatte sein erstes Glas gerade halb geleert, und trotzdem fühlte sein Kopf sich irgendwie leicht an.

Klutie schenkte sich erneut ein.

»Wer weiß, was eine dankbare Bevölkerung alles für uns tun wird?« wandte Klutie sich an einen weiß getünchten Stalaktiten. »Wein, Weib, Gesang, Wulfrith – ich erwarte, daß wir alles bekommen, wonach es uns nur verlangt.« Er leerte das Glas.

Wulfrith glaubte, er sollte etwas sagen, um einen Beitrag zur Konversation zu liefern. Als Klutie mehr Wein einschenkte, sagte er: »Ich wüßte nicht, wonach ich fragen sollte, Meister Klutie.«

Klutie grinste. Mit diesem Phänomen war Wulfrith nicht sehr vertraut, und so fand er es mehr als nur ein wenig beunruhigend.

»Wein, Weib und Gesang«, wiederholte Klutie. »Das

sind die traditzj ... tratzidi ... tra ... *traditionellen* Vergnügungen.«

Wulfrith betrachtete mißtrauisch sein Glas. Er sah keinen besonderen Grund, ausgerechnet Wein als Teil seiner Belohnung zu verlangen. Was Frauen betraf, so hatte er ein paar davon auf den seltenen Ausflügen mit Meister Klutie nach Stinkbeerendorf gesehen, und obwohl er ein gewisses theoretisches Grundlagenwissen besaß, wozu Frauen da waren, war ihm nicht klar, warum es ihn ganz persönlich nach einer oder mehreren dieser Kreaturen verlangen sollte – obwohl er sich in den vergangenen Wochen mehrmals mit dem Gedanken befaßt hatte, ein wenig mit ihnen herumzuexperimentieren.

Dennoch, gestand er sich ein, wenn jemand ihm in diesem Moment eine Frau gäbe, wüßte er nicht, was er mit ihr anfangen sollte.

Gesang mochte ja ganz nett sein, wenn der Meister recht hatte und sie wirklich belohnt würden, wovon er noch nicht ganz überzeugt war. Es war ihm längst nicht klar, was wer wem wann wo antun mußte, das ihn und Klutie zu Helden machte. Schließlich und endlich hatte Klutie ihm immer und immer wieder versichert, die Magie, mit der sie sich in und in der Umgebung der Höhle befaßten, sei nichts Herausragendes; warum war dieser Verwandlungszauber, der ihm gar nicht so besonders erschien, dann so wichtig? Wenn diese Gorgoren wirklich solche monströsen Schläger waren, wie der Meister immer sagte, warum hatte er sie dann nicht alle schon vor Jahren in Molche verwandelt?

Aber es gab in der Welt draußen so viele Dinge, die er nicht verstand.

»Ich weiß nicht, Herr«, antwortete er daher.

»'türlich nicht, du bist ja bloß ein Junge!« Klutie gurgelte Wein hinunter. »Weißt noch nicht viel von der Welt, was, sitzt hier in der Höhle fest, statt in den Fleischtöpfen von Bentmuro zu zechen. Als ich in deinem Alter war … als ich … wie alt bist du, Junge?«

»Vierzehn, Herr.«

»Vierzehn Jahre alt«, staunte Klutie, »und in dieser Höhle gefangen, wo sich die Füchse gute Nacht sagen, mit niemandem außer mir, nur weil diese verdammten Gorgoren keinen Respess … Repesk … Respekt vor der Magie haben!«

»Hm«, machte Wulfrith.

»Ich sag' dir was, Junge! Die Gorgoren wird's auf diescher … dieser Welt nicht mehr lange geben, jedenfalls nicht in menschlicher Form, wenn man einen Gorgoren überhaupt als Menschen bezeichnen kann, aber das muß man wohl, denn man kann sie nicht woanders einordnen, weil, sie können ja auf natürliche Weise mit Menschen Nachkommen zeugen, das heißt, sie sind Menschen, obwohl die Frage ist, ob man es natürlich nennen kann oder nicht, was man aber wahrscheinlich tun muß, denn wenn man erstmal anfängt zu sagen, Vergewaltigung sei unnatürlich, dann kommt man natürlich von einem zum anderen … ja … natürlich … äh … wo war ich eigentlich?« Die freie Hand des Zauberers, mit der er herumgewedelt hatte, fiel in seinen Schoß; er schaute erschreckt nach unten, als hätte er nicht erwartet, sie dort zu finden, dann benutzte er sie, um den letzten Rest Wein aus der Flasche in sein Glas zu gießen.

»Ich weiß nicht, Herr«, erwiderte Wulfrith.

»Weißt nicht«, sagte Klutie. »Natürlich weißt du nicht, weil du in dieser Höhle festsitzt. Aber genug davon, Wulfrith, mein Junge! Wir feiern, und ein Junge in deinem Alter sollte mehr ausgehen, also nimmst du dir den Tag frei, gehst hinunter ins Dorf und hast Spaß – nimm dir Zeit, und ein Dutzend Kupferstücke aus dem Kistchen über dem Ofen, und geh und amüsier dich!«

Wulfrith blinzelte erstaunt. »Seid Ihr sicher, Meister Klutie?« fragte er.

»Sicher bin ich sicher!«

»Ich habe noch nie einen freien Tag gehabt.«

»Dann wird es langsam Zeit, oder?«

Darauf fiel Wulfrith keine Erwiderung ein, außerdem wußte er, daß er Klutie sowieso nicht widersprechen sollte, aber der Gedanke von freier Zeit war so neu, daß er sich erst einmal daran gewöhnen mußte. »Aber wer kümmert sich um die Höhle?« fragte er.

»*Ich* natürlich! Du gehst und amüsierst dich!«

»Aber was werdet *Ihr* tun? Wollt Ihr denn nicht auch feiern?«

»Ich feiere hier, Junge; ich habe noch elf Flaschen und einen Beschwörungszauber für einen Sukkubus, den ich ausprobieren will.«

»Was ist ein Sukkubus?«

»Mach dir darum keine Gedanken, sondern geh ins Dorf!«

»Jawohl, Herr.« Wulfrith wandte sich um und trottete davon, als Klutie sich an dem Drahtverschluß der zweiten Flasche zu schaffen machte.

Kapitel 12

Phrenk war untröstlich, als er sich an den Tisch setzte, der der Tür am nächsten stand – oder, besser gesagt, an den, der näher zur Tür stand, denn es gab nur zwei. Dabei war er sich völlig sicher, daß zur Zeit seines letzten Besuches drei oder vielleicht sogar vier Tische in der Gaststube gestanden hatten, doch nun waren nur noch zwei davon da. Der Stapel Anmachholz neben dem Kamin ließ ahnen, was den beiden anderen Tischen zugestoßen war.

Mungli ließ sich neben ihm nieder und schaute sich interessiert um. Zum ersten Mal befand sie sich in einem hydrangenischen Gebäude, das beinahe genauso schmutzig war wie ein gorgorisches Zelt. Sie verspürte eigenartiges Heimweh – nicht, daß sie wünschte, jemals wieder in ihrem Leben das Innere eines Zeltes zu sehen; es machte sie krank vor Heimweh nach dem sauberen Inneren des *Palast des Ochsen* und besonders der Gemächer der Königin. Sie wußte, daß sie nichts vermissen würde, wenn sie für den Rest ihres Lebens nie wieder ein miefiges Ochsenhautzelt auch nur von außen sehen würde. Schließlich konnte eine Frau, die nicht mehr des Sprechens mächtig war, dem Konzil der Frauen nicht beitreten und also auch keine traditionelle gorgorische Zauberei erlernen. Ohne das waren in gorgorischen Zelten die einzigen Objekte von Interesse die gorgorischen Männer. Sie konnte ohne diese auskommen; die Boten der Königin waren manchmal weniger enthusiastisch, aber sie waren auch sauberer und somit weniger gesundheitsschädlich.

Eine große Frau kam aus der Küche, erblickte die beiden und setzte ein breites Lächeln auf.

»Schön, Euch wiederzusehen, Herr!« rief Armetta. »Und ist dies Eure geschätzte Dame?«

Mungli schnaubte; Phrenk sah sie stirnrunzelnd an und antwortete: »Leider nur eine Freundin.«

»Schade für Euch beide. Wie kann ich Euch dienen?«

»Bier«, bestellte Phrenk.

Mungli funkelte ihn an und versetzte ihm unter Tisch einen Fußtritt.

»Bier fürs erste«, verbesserte sich Phrenk und funkelte dabei zurück. »Wir müssen Euch um einen Gefallen bitten, nachdem unser Durst gestillt ist.«

»Aha?« Armetta lächelte und zwinkerte breit. »Dann hole ich mal das Bier.« Sie kehrte in die Küche zurück.

Etwas später, nachdem Phrenk und Mungli Zeit

gehabt hatten, ein Bier hinunterzuschütten, stellte sich Armetta mit verschränkten Armen an den Tisch und fragte: »Nun, um welchen Gefallen dreht es sich denn?«

»Wir suchen nach jemandem«, erklärte Phrenk. »Ein halbgescheiter Hirtenjunge, gut gebaut, mit schwarzem Haar und hübschem Gesicht.«

Armetta legte überlegend die Stirn in Falten. »Da gibt es einige, auf die diese Beschreibung zutrifft«, sagte sie. »Kristo, der Wirrkopf, zum einen, oder der Schwarze Hender, oder Bikkel mit der Triefnase.«

»Nein, von denen war es keiner. Er hat mir seinen Namen genannt ...«

In diesem Moment unterbrach ihn ein Geräusch, und die Tür der Schenke öffnete sich. Phrenk blickte hinüber und machte sich nicht die Mühe, den angefangenen Satz zu beenden.

»Egal«, sagte er, »das da ist er.«

Armetta zuckte mit den Schultern und ging weg.

Mungli wandte sich um und sperrte den Mund auf, als sie den Neuankömmling erblickte. Wie eine Idiotin starrte sie ihn an. Der Junge in der Tür sah wirklich aus wie Prinz Arbol – wenn sie es nicht besser gewußt hätte, dann hätte sie geschworen (hätte sie sprechen können), daß der Prinz dort in der Tür stand.

Der Prinz hatte aber mit Stinkbeerendorf nichts zu schaffen und sollte im *Palast des Ochsen* sein. Darüber hinaus mochte der Prinz so wild sein, wie man von ihm behauptete, aber trotzdem würde er niemals etwas so Billiges und Schmutziges tragen wie die fleckige und abgewetzte Lehrlingsrobe, die diesen Jungen bedeckte.

Und ganz sicher würde sich Prinz Arbol nicht in einer schmierigen kleinen Dorfschenke mit weit aufgerissenen Augen umschauen.

»Dunwin!« rief Phrenk. »Schön, dich wiederzusehen.«

Der Junge in der Tür trat in den Schankraum, aber er

gab keine Antwort. Tatsächlich steuerte er auf den anderen Tisch zu und nickte höflich in Phrenks und Munglis Richtung.

»Dunwin!« rief Phrenk wieder. »Erinnerst du dich an mich? Wir haben uns hier im letzten Monat getroffen.«

Der Junge drehte sich um und blinzelte verwirrt in den Raum.

»Dich meine ich, Dunwin!«

Der Junge runzelte die Stirn. »Sprecht Ihr zu mir, Herr?« fragte er.

»Das tue ich sehr wohl«, antwortete Phrenk. »Du bist Dunwin, nicht wahr?«

Der Junge dachte sorgfältig über die Frage nach und kaute dabei auf der Unterlippe, dann schüttelte er den Kopf. »Nein«, sagte er. »Ich weiß nicht, was ein Dunwin ist, aber ich bin sicher, daß ich keiner bin.«

»Dein Name ist nicht Dunwin?«

»Nein«, sagte der Junge. »Ich heiße Wulfrith.«

»Als du das letzte Mal hier warst, hast du mir gesagt, du hießest Dunwin.«

Wulfrith blinzelte wieder und schaute sich unsicher um, wünschte sich, Klutie wäre hier, um ihm zu sagen, was er tun sollte. »Ich kann mich nicht daran erinnern, Euch je gesehen zu haben«, sagte er, »und schon gar nicht daran, Euch gesagt zu haben, mein Name sei Dunwin.«

Mungli warf Phrenk einen besorgten Blick zu; er tätschelte ihr beruhigend die Hand, dann beugte er sich über den Tisch zu ihr vor und flüsterte: »Du mußt bedenken, daß dieser Junge gedacht hat, ein Schaf wäre seine Mutter; er erinnert sich wahrscheinlich nicht an viele Dinge und ändert jede Woche seinen Namen.«

Mungli wirkte nicht vollkommen überzeugt.

»Außerdem«, fügte Phrenk hinzu, »sieh ihn dir doch an! Sieht er dem Prinzen nicht wie aus dem Gesicht geschnitten ähnlich?«

Die Gorgorin konnte dem kaum widersprechen.

»Nun«, sagte Phrenk laut, »wenn du dich nicht daran erinnerst, mich zu kennen, dann komm zu uns und erlaube mir, uns vorzustellen.«

»Ich will mich nicht aufdrängen ...«

»Nein, nein! Komm her, setz dich, ich spendiere dir einen Krug von Besten.«

Wulfrith, der sich der Knappheit seiner Mittel wohl bewußt war, konnte nicht widerstehen. Er nahm am anderen Tisch Platz. Phrenk und Mungli starrten ihn an. Phrenk gab Armetta ein Zeichen, und kurz darauf stand ein voller Krug vor dem Zauberlehrling.

»So«, sagte Phrenk im normalen Konversationston, »was macht das Schäfergeschäft?«

Wulfrith schüttelte verwirrt über dem Krug den Kopf. Er senkte den Behälter und antwortete: »Das weiß ich nicht. Was macht es?«

»Ich weiß es nicht, wenn du's nicht weißt«, erwiderte Phrenk, auf dem falschen Fuß erwischt. »Ich bin kein Schäfer.«

»Wer seid Ihr dann?« fragte Wulfrith mißtrauisch.

»Meine Name ist Phrenk; ich bin auf der Durchreise.« Er wies auf die Gorgorin. »Dies ist meine Begleiterin Mungli.«

»Ich ...« Wulfrith verstummte. Er erinnerte sich plötzlich, daß richtige Namen Macht besaßen. Er hatte seinen bereits genannt, doch vielleicht hatte dieser reisende Schäfer ihn bereits wieder vergessen. »Ich freue mich, Euch kennenzulernen«, sagte er. Er nickte Mungli höflich zu.

Erst als Phrenk wieder sprach, wurde Wulfrith gewahr, daß er die junge Frau anstarrte. Er war sich nicht wirklich sicher, warum.

Aber er zog in Erwägung, daß Wein, Weib und Gesang mit zwei Treffern von dreien vielleicht gar keine so schlechte Freizeitgestaltung sein mochte.

»Es tut mir leid«, sagte er. »Ich habe Euch nicht verstanden.«

»Ich fragte, was dich hierherführt.«

»Oh, nun, wir feierten ...«

»Wir?«

»Ähmh.« Schlagartig vorsichtig geworden, schaute Wulfrith sich die beiden Fremden doch etwas genauer an. Der Mann wirkte harmlos genug, doch die Tracht der Frau war von gorgorischem Zuschnitt mit quadratischem Ausschnitt und aus schwerem, grobem Stoff, anders als die fließenden, spitzenbedeckten Gewänder der traditionellen hydrangenischen Mode.

Und technisch gesehen war Klutie ein Flüchtling, zumindest hatte er das immer behauptet. Die Gorgoren hatten Hohe Zauberei und die Ausübung von Magie durch Männer geächtet und gestatteten nur die schmutzige Wald- und Wiesenmagie und Hexerei ihrer eigenen Frauen. Es war zwar nicht wahrscheinlich, daß diese zwei nach all den Jahren noch entflohene Magier jagten, aber es gab auch keinen Grund, alles auszuplaudern.

»Ich, meine ich«, sagte er. »Ich feierte, ganz allein für mich.«

»Ach? Und was?«

»Ach nichts ... meinen Geburtstag«, improvisierte Wulfrith.

»Herzlichen Glückwunsch«, sagte Phrenk. »Wie alt bist du denn geworden?«

Wulfrith beschloß, diese Frage zu übergehen, und wechselte das Thema. »Ich freue mich, Euch kennenzulernen, Mungli«, sagte er. »Seid Ihr von hier?«

»Sie kann nicht sprechen«, sagte Phrenk hastig. »Ein kleiner Unfall.«

Mungli warf Phrenk einen unglücklichen Blick zu. Unfall, also wirklich!

Phrenk wollte gern auf das alte Thema zurückkommen und fragte: »Wie, sagtest du, war dein Name?«

»Ich habe ihn nicht genannt«, log Wulfrith.

»Oh. Ich dachte, du nennst dich Dunwin, Odos Sohn?«

Vage Erinnerungen stiegen mit dem Klang dieser Namen auf, doch Wulfrith schüttelte den Kopf. »Nö«, sagte er.

Phrenk runzelte die Stirn. »Du bist kein Hirtenjunge?«

»Nö.«

»Was bist du dann?«

Wulfrith zögerte. Zauberei war illegal.

»Nichts«, antwortete er.

»Weißt du«, sagte Phrenk und gab sein Bestes, beiläufig zu klingen, »ich könnte schwören, daß wir uns hier schon einmal getroffen haben und du mir erzählt hast, dein Vater sei ein Schafhirt namens Odo.«

Wulfrith dachte darüber nach und sagte dann: »Nö. Das glaube ich nicht.«

»Und du hast gesagt, deine Mutter sei ein Schaf«, fuhr Phrenk verzweifelt fort.

»Ich habe meine Mutter nie gesehen«, gab Wulfrith zu.

»Oh. Also, nun ...« Phrenk verstummte.

Welche Rolle spielte es, was der Junge zu sein glaubte, und was er gesagt oder nicht gesagt hatte? Wer immer und was immer er war, er sah genau aus wie Prinz Arbol und war zweifellos derjenige, den zu holen die Königin ihn ausgesandt hatte.

Er war offenkundig noch dümmer und verwirrter, als Phrenk zunächst angenommen hatte, aber das war nicht unbedingt ein Problem, und, so gut wie sicher, dachte Phrenk, war es nicht *sein* Problem.

»Hör zu«, sagte Phrenk, »was hältst du davon, eine Freundin von uns kennenzulernen? Sie lebt im *Palast der Gottgegeben Müßigen Nachdenklichkeit*, unten in der Stadt.«

Wulfrith trank des Rest seines Bieres, bevor er antwortete.

Das war sicherlich eine außerordentlich eigenartige

Bitte. Da waren diese beiden Menschen, die er niemals zuvor gesehen hatte, und von denen einer sich offenbar einen Namen und eine Hintergrundgeschichte für ihn ausgedacht hatte, und zehn Minuten, nachdem sie das erste Mal miteinander gesprochen hatten, luden sie ihn in einen *Palast* ein? Und nicht irgendeinen Palast – nein, in den königlichen Palast, wie er immer dieser im Augenblick hieß.

Es war einfach verrückt. Das ergab alles noch weniger Sinn als die stümperhafteste Beschwörung, die er je gehört hatte.

Es mußte ein Trick sein. Diese beiden mußten ihn aus irgendeinem Grund in die Falle locken wollen. Vielleicht arbeiteten sie für die Gorgoren und spürten Zauberer auf, oder sie versuchten, den alten Hydrangenern soviel Ärger zu machen, wie sie konnten.

Wenn diese beiden tatsächlich Agenten der gorgorischen Oberherren waren, dann war dieser Unsinn mit den Dunwins Teil des Plans, und sie wußten bereits, wer und was er war und hofften, ihn in eine Falle locken zu können. Mit Sicherheit wimmelte es im *Palast der Gottgegeben Müßigen Nachdenklichkeit* heute vor Gorgoren; vielleicht wollten sie ihn dort einsperren und dann als Köder benutzen, um Klutie herbeizulocken.

Aber sie wußten nicht, wieviel Magie er kannte; wenn sie Magie nicht selbst benutzten, *konnten* sie es nicht wissen. Er würde jederzeit entkommen können, da war er sich sicher – er kannte ein paar gute Zaubersprüche, auch wenn er Meister Klutie natürlich nicht das Wasser reichen konnte.

Außerdem wäre es sicher interessant, die Hauptstadt zu sehen, ein paar echte Gorgoren zu treffen, und überhaupt.

Er sah noch nicht, wie diese Schafsgeschichte in die Theorie über gorgorische Agenten paßte. Vielleicht diente sie aber nur zur Ablenkung, um ihn einzulullen.

Oder vielleicht war der Mann mit dem lockigen Haar auch nur ein Irrer. Vielleicht hielt er das Mädchen gefangen, und vielleicht konnte Wulfrith es retten, wofür sie so dankbar wäre, daß sie … daß sie … nun, dankbar wäre.

»Klar«, sagte er. »Klingt wie eine gute Idee.«

Kapitel 13

Es war mindestens der dritte Versuch, als es Klutie endlich gelang, die leeren Flaschen zu zählen, ohne durcheinanderzukommen. Er langte bei zwölf an und seufzte.

Der Sukkubus hatte recht gehabt: Aller gute Wein war fort. Wie auch der Sukkubus; sie hatte schon vor mehreren Stunden von ihm abgelassen und war in einer Wolke aus übelriechendem violettem Rauch verschwunden. Ein Hauch des Gestanks lag immer noch in der Luft. Klutie schnitt eine Grimasse: sollte es traditionsgemäß nicht nach Schwefel riechen? Der reizlose Mief dieses Sukkubus erinnerte nicht im geringsten an Schwefel.

Er lehnte sich in den Sessel zurück und streckte die Beine aus. Seine Gelenke schmerzten; besonders eines fühlte sich an, als hätte er es sich ausgerenkt, was vermutlich auch der Fall war. Knie und Ellbogen wirkten abgenutzt, und auf dem Rücken spürte er mehrere kleinere Kratzwunden. Auf seiner Brust waren auch welche, und mindestens ein halbes Dutzend Haare waren ihm mitsamt der Wurzeln ausgerissen worden. Die Bißspuren verblaßten bereits, waren aber noch sichtbar.

Na ja, wer behauptete, Sukkuben seien zärtlich …

Wenigstens hatte er keine Kopfschmerzen. Der eine grundlegende, nützliche Zauberspruch, dem zu entsagen selbst die affektiertesten und gelehrtesten althydrangenischen Zauberer nicht töricht genug gewesen waren – nicht einmal auf dem Höhepunkt ihrer Verfeinerungen der Zauberkunst –, war die *Altehrwürdige Zeremonie Für Die Friedvolle Und Reuelose Betrachtung Der Lerche Welche Freudig Singend Mit Der Dämmerung Ungeachtet Des Wetters Sich Erhebt*, allgemein bekannt unter dem profanen Namen »die Kater-Kur«.

Die Feier, so entschied er, war vorüber – er hatte nun vorerst gar kein Interesse mehr an Wein, Weib und Gesang.

Das bedeutete, es war höchste Zeit aufzuräumen, alles zusammenzupacken und sich daranzusetzen, Gorgoren in vermischtes Getier zu verwandeln. Noch war die Frage ungeklärt, ob er die Sache allein in Angriff nehmen oder sich mit dem Schwarzen Wiesel und den Wagemutigen Waldbewohnern in Verbindung setzen sollte, um letztere als Stab zu benutzen. Als sein Kopf sich langsam klärte, kam ihm jedoch der Gedanke, daß das Schwarze Wiesel möglicherweise Einwände hätte, die Kommandogewalt so mir nichts, dir nichts an ihn abzugeben. Vielleicht war diese Königreich-Befreiungsaktion doch etwas verzwickter, als er zuerst gedacht hatte.

Aber eins nach dem anderen. Die Höhle mußte aufgeräumt, die leeren Flaschen entsorgt und das Bett frisch bezogen werden. Klutie sammelte seine Kräfte und brüllte: »Wulfrith!«

Der Ruf hallte aus den felsigen Tiefen wider, doch darüber hinaus kam keine weitere Antwort. Der Zauberer runzelte die Stirn. Unter Aufbietung aller Willenskraft riß er sich zusammen und rief erneut.

Wieder antwortete niemand.

Kluties Stirnrunzeln wurde stärker. Er versuchte, sich den Verlauf der Feier ins Gedächtnis zu rufen.

Natürlich hatte er dem Jungen den Tag freigegeben – unter anderem, damit Wulfrith allein feiern konnte, aber hauptsächlich, damit der Sukkubus ihn nicht verdürbe und er außerdem nicht unangemessen viel Wein wegtrinke. Das war am Nachmittag von Himpi-Himpis Festtag gewesen, des *Gottes der Kleinen Pelztiere Mit Viel Zu Vielen Spitzen Zähnen*. Klutie hatte die Beschwörung am frühen Abend ausgeführt, um Mitternacht war der Sukkubus erschienen, und dann ...

Nun, es bestand keine Notwendigkeit, sich an alle Einzelheiten zu erinnern, doch Klutie war sicher, daß wenigstens drei Tage vergangen waren, seitdem er Wulfrith zum letzten Mal gesehen hatte.

Das war beunruhigend. Wulfrith war ein guter Junge, und nach Kluties Erfahrungen absolut zuverlässig und vertrauenswürdig. Er hätte schon längst wieder zurück sein müssen.

Ihm mußte etwas zugestoßen sein. Vielleicht Hildie oder das Bier, das Armetta verkaufte.

Oder vielleicht auch etwas Ernstes. Der Junge wußte nicht allzu viel über die Welt dort draußen; Klutie hatte ihm zwar etliches erzählt, aber es zu erleben, war etwas völlig anderes. Wulfrith war vielleicht in enorme Schwierigkeiten geraten. Wenn der Junge ausgeplaudert hatte, er sei ein Zauberlehrling ...

Andererseits wußte jeder in Stinkbeerendorf, der Wulfrith je gesehen hatte, daß dieser ein Zauberlehrling war, doch wenn es König Bratz und seinen affenähnlichen Angestellten zu Ohren kam, daß hier draußen ein hydrangenischer Zauberer nicht nur lebte, sondern auch noch die Unverschämtheit besaß, einen Adepten auszubilden ...

Klutie mochte diesen Gedankengang gar nicht weiterverfolgen.

Vielleicht, sagte er sich, war der Junge ja doch zurückgekommen und schlief nun oder benutzte den Abtritt. Er machte sich an die Durchsuchung der Höhle.

Eine halbe Stunde später bestand kein Zweifel mehr:

Wulfrith war nicht da und mußte gesucht werden. Klutie klaubte seine Garderobe zusammen, einschließlich Mantel und Stiefeln.

Er war überrascht festzustellen, daß im Dorf Markttag war. Er versuchte sich einzureden, das sei gut, vielleicht sei Wulfrith dortgeblieben, um sich das Treiben anzusehen. Doch mehr Menschen bedeuteten mehr Ablenkung und mehr Ärger, den der Junge sich eingehandelt haben konnte.

Mit einem plötzlichen Gefühl der Erleichterung sah Klutie das bekannte Gesicht, das dem Jungen gehörte. Er stand an der Schenkentür und hörte den alten Knackern zu, die auf der Bank davor saßen und stritten.

»Wulfrith!« rief er.

Der Junge drehte sich nicht um.

Kluties Erleichterung war schlagartig von Verärgerung getrübt. Der Junge mußte das einfach gehört haben!

»*Wulfrith*!« bellte er.

Mehrere Leute drehten sich um und starrten ihn an, nicht so der Junge an der Schenkentür. Wütend marschierte Klutie die Straße hinab und baute sich vor dem Jungen auf.

»Wulfrith«, fragte er, »was zur Hölle tust du hier?«

Der Junge blinzelte. »Ich tue gar nichts«, sagte er. »Und was ist ein Wulfrith?«

»Das ist dein Name, du kleiner Idiot!«

Da der Knabe vier oder fünf Zoll größer war als Klutie und mindestens so breit, war »klein« möglicherweise nicht das geeignetste Wort. Der Junge sah noch verwirrter drein als vorher.

»Nein, ist er nicht«, antwortete er. »Wenigstens hab' ich ihn noch nie zuvor gehört.«

»Sicher hast du das.«

»Nein, hab' ich nicht.«

»Jawohl.«

»Nein.«

Klutie runzelte die Stirn. Irgend etwas stimmte hier nicht. »Na gut«, sagte er. »Wie ist denn dein Name?«

Der Junge zögerte. »Ich weiß nicht, ob ich Euch das sagen soll.«

»Aber er ist nicht Wulfrith? Und ich nehme an, mein Adept bist du auch nicht?« Klutie funkelte den Jüngling drohend an.

»Äh«, sagte dieser.

»Was soll das heißen?«

»Weiß ich nicht.«

»Du weißt nicht, ob du mein Adept bist?«

»Ich weiß nicht, was das Wort heißt. Aber ich glaube nicht, daß ich Euer Adept bin.« Er blinzelte und fügte verspätet hinzu: »Herr.«

Klutie schaute noch drohender.

»Ich kann mich nicht erinnern, jemals bei irgend jemandem Adept gewesen zu sein.«

Ein ärgerliches Murmeln hielt Klutie davon ab zu sagen, was er als nächstes sagen wollte; erschreckt fuhr er herum und stellte fest, daß sein Streit mit der Person, die leugnete, Wulfrith zu sein, eine kleine Zuschauermenge angezogen hatte.

»Laßt ihn in Ruhe, ja?« rief jemand. »Wenn er Euer Lehrling ist, dann müßtet Ihr doch wissen, daß er halbgescheit ist! Was hilft's, ihn anzuschreien?«

Mehrere Leute murmelten zustimmend. Klutie blinzelte verwirrt.

Wulfrith halbgescheit?

Wulfrith konnte rücksichtslos, gedankenlos und tolpatschig sein, aber er war mit Sicherheit nicht halbgescheit, noch hätte er jemals seinen Namen oder seinen Lehrmeister verleugnet.

»Hmm«, machte Klutie, und sein Ärger verschwand.

Irgend etwas stimmte hier *überhaupt* nicht. Wulfrith war ein geradliniger, ehrlicher Mensch. Wenn er seine Lehrzeit beenden wollte, dann hätte er das einfach gesagt; er würde nicht so tun, als wäre er jemand anderes oder verleugnen, Klutie zu kennen.

Also, entschied Klutie, war es offenbar so, daß Wulfrith sich ehrlich nicht erinnern konnte, wer er war oder wie er hieß.

»Junge«, fragte er, »bist du in letzter Zeit auf den Kopf geschlagen worden?«

Der Junge zuckte die Schultern. »Nicht mehr als üblich«, antwortete er.

Die Antwort war nicht so klar und definitiv, wie Klutie gehofft hatte. Er überlegte, was einen Menschen noch dazu bringen konnte, alles, aber auch alles zu vergessen.

»Hast du Umgang mit einer Frau gepflegt?«

Ein verwirrter Ausdruck schlich sich auf das Gesicht des Jungen. »Mit welcher?«

Diese Antwort machte es unwahrscheinlich, daß er sich Hals über Kopf verliebt hatte, fand Klutie; die Identität der Geliebten war etwas, das ein junger Freier mit Sicherheit nicht vergaß.

Aber da war noch eine Möglichkeit. Jahrelang hatte Klutie immer wieder die Geschichten über die Gorgoren gehört – warum sie Zauberer für unmännlich hielten, warum sie ihre Frauen eingesperrt hielten. Gorgorische Krieger benutzten niemals Magie gleich welcher Art, aber ihre Frauen hatte eine Art Wald- und Wiesenmagie, weibliche Magie, grobe und einfache Hexenflüche, die sie zur Untermalung ihrer angeborenen weiblichen List benutzten.

Der arme Wulfrith mußte von Frauenmagie betroffen sein. So schwach, trügerisch und unverständlich sie war, sollte gute, anständige, systematische Zauberei in der Lage sein, die Effekte zu beseitigen, doch unglücklicherweise hatte Klutie nicht die leiseste Idee, wie er es angehen sollte.

Die Hexe, die den Zauber gesprochen hatte, mußte andererseits mit Sicherheit wissen, wie er rückgängig zu machen war, oder würde Klutie zumindest ein paar Hinweise geben können.

»Hast du dich mit irgendwelchen gorgorischen Frauen angelegt?« fragte Klutie.

Der Junge legte die Stirn in Falten. »Nicht daß ich wüßte«, sagte er.

Klutie wandte sich an die umstehenden Dörfler. »Hat einer von Euch meinen Lehrling in letzter Zeit mit einer gorgorischen Frau gesehen?« fragte er.

»Warum?« fragte ein feindseliger Kerl.

»Weil ich glaube, daß er verzaubert worden ist, darum.«

»Ich bin nicht verzaubert worden!« protestierte der Junge.

»Du würdest es nicht wissen«, versicherte Klutie ihm beruhigend.

»Aber ich hab' nichts getan!«

Klutie ignorierte den Einwurf. »Hat jemand eine gorgorische Frau in der Gegend gesehen?«

Die Umstehenden sahen sich gegenseitig an.

»Vielleicht habe ich eine gesehen«, räumte ein Mann ein. »Jung und hübsch war sie auch. In der Schenke, dort!«

»Und dieser junge Mann war bei ihr«, stimmte eine Frau zu.

»Und ein anderer Kerl auch!«

Die Puzzleteile fügten sich zu einem Bild zusammen. Klutie konnte sich schon ausmalen, was geschehen war: Irgendeine gorgorische Magd hatte mit dem jungen, unschuldigen Wulfrith geflirtet, ihr Begleiter hatte Anstoß daran genommen, und um ihre Treue unter Beweis zu stellen, hatte sie einen Zauber auf Wulfrith gelegt. Das war so klar, wie es nur sein konnte.

»Weiß jemand, wer sie war?« fragte Klutie in die Runde.

»Es gab überhaupt keine Frau!« protestierte der Junge,

aber niemand beachtete ihn, als die kleine Menschenmenge durcheinander losplapperte und sich über die gorgorische Frau ausließ: was sie trug, wie sie aussah, ihre Anatomie und vermutlichen sexuellen Gewohnheiten, den knopfäugigen, Mißtrauen erweckenden, gelockten Stadtmenschen, der sie begleitet hatte.

Schließlich gelangte Klutie zu der Einsicht, daß niemand wirklich etwas über sie wußte außer dem, was sie im Vorübergehen aufgeschnappt hatten. Aber jedenfalls war sie in der Schenke bedient worden.

»Ich werde Armetta fragen«, sagte Klutie. »Wulfrith, du wartest hier.«

Ohne eine Antwort abzuwarten, duckte er sich durch die Tür des Schankraums.

Dunwin sah ihm nach und murmelte: »Ich heiße nicht Wulfrith, und wenn ich hier auf dich warte, dann will ich verdammt sein.« Kein Wahnsinniger würden ihn zu seinem Adept machen! Keine gorgorische Frau hatte irgend etwas mit ihm angestellt.

Hocherhobenen Hauptes ging er nach Hause und freute sich auf das Wiedersehen mit Bernice. Sie war vernünftig und zuverlässig; sie war überhaupt nicht wie diese verrückten Dorfbewohner.

Nach zehn Minuten kam Klutie wieder aus der Schenke heraus; Armetta hatte zugegeben, daß ein gorgorisches Mädchen dagewesen war, drei Tage zuvor, aber mehr wollte sie nicht sagen. Klutie war sich nicht sicher, ob sie überhaupt noch mehr *wußte*. Er trat aus der Tür auf eine leere Straße; die Menschenmenge hatte sich zerstreut.

Und Wulfrith war verschwunden.

Die einzige Person in der Nähe war ein alter Mann, der auf der Bank saß und den Kopf behaglich zurückgelehnt hatte.

»Wohin ist er gegangen?« verlangte Klutie zu wissen.

Der alte Mann hob den Kopf. »Ihr meint den Jungen?«
Klutie nickte.

»Dorthin«, sagte der Alte und wies mit dem Finger. »Den Berg hoch.«

Kluties Blick folgte dem weisenden Finger.

Der Junge marschierte tatsächlich den Berg hoch; vermutlich versuchte er, verwirrt wie er war, nach Hause zu gehen. Aber er hatte sich den falschen Berg ausgesucht.

Fluchend setzte Klutie ihm nach.

Kapitel 14

Dunwin kletterte gerade über den Zaun und konnte Bernice ein Dutzend Schritt hangaufwärts grasen sehen, als er die Stimme hörte.

»Wulfrith!« rief jemand. »Wulfrith! Warte!«

Dunwin seufzte. Der kleine fette Verrückte aus dem Dorf war ihm gefolgt!

Also hatte es überhaupt keinen Sinn, davonzulaufen; Dunwin wußte nun, daß er sich dem Bekloppten früher oder später stellen mußte, wenn er wollte, daß diese Belästigung aufhörte. Er mußte ihn davon überzeugen, daß es niemanden namens »Wulfrith« gab.

Je eher es vorbei war, desto besser. Er setzte sich auf die Oberkante des Zaunes und wartete.

Ein Weilchen später kam Klutie keuchend den Pfad heraufgehetzt. Er rief Wulfrith gelegentlich immer noch zu, auf ihn zu warten. Dunwin widerstand der Versuchung, zurückzubrüllen: »Ich warte ja« oder »Ich heiße nicht Wulfrith!«

Statt dessen blieb er still sitzen, bis Klutie ihn eingeholt hatte. Er beobachtete wortlos, wie der ältere Mann nach Atem rang.

»Du hast einen schnellen Schritt«, brachte Klutie schließlich hervor.

»Ich muß mit den Schafen Schritt halten können«, gab Dunwin zurück.

Klutie ignorierte diese Bemerkung und fuhr fort: »Hör zu, Wulfrith, ich weiß, daß du dich nicht erinnerst, aber du *bist* mein Adept. Die gorgorische Hexe muß einen Fluch auf dich gelegt haben, hat dich alles vergessen lassen – vielleicht hatte sie Angst angesichts *echter* Magie.«

Dunwin runzelte die Stirn. »Wovon sprecht Ihr?« fragte er. »Welche Hexe?«

»Das gorgorische Mädchen in der Schenke in Stinkbeerendorf. Armetta – weißt du noch, wer Armetta ist?«

»Natürlich weiß ich, wer Armetta ist, und sie ist keine Gorgorin!« rief Dunwin. »Und hat auch nicht mehr viel Mädchenhaftes ...«, fügte er gedankenvoll hinzu. Er registrierte erst in letzter Zeit das Alter von Frauen, obwohl er sich nicht sicher war, warum – nur daß er sich in Gesellschaft derjenigen zwischen Pubertät und Mutterschaft am wohlsten fühlte, das wußte er.

»Nein, nein«, sagte Klutie, »natürlich nicht. Sie ist Wirtin und sicherlich eine loyale Hydrangenerin.«

»Warum habt Ihr dann gesagt, sie ist eine gorgorische Hexe?«

»Das habe ich gar nicht, ich ... laß mich noch mal von vorne anfangen.«

»Nur zu.« Dunwin war entschlossen, dem Verrückten jede Chance zu geben. Vielleicht wurde es dem armen Mann klar, wie töricht er sich verhielt, wenn Dunwin ihn sich endlos über seine Wahnvorstellungen auslassen ließ.

Klutie holte tief Luft.

»Ich sprach mit Armetta«, sagte er, »und sie sagte mir, sie habe dich vor drei Tagen mit einer Gorgorin sprechen gesehen – einem Mädchen, die in Begleitung eines Mannes reiste. Das war an dem Tag, den ich dir freigegeben habe. Du bist ins Dorf gegangen und solltest am Abend wieder zurück sein. Als ich heute ins Dorf kam, um zu sehen, wo du bleibst, fand ich dich so vor: ohne Erinnerung an deine Identität, und dann bist du den falschen Berg hochgestiegen. Also muß die Gorgorin eine Hexe gewesen sein und dich mit einem Zauber belegt haben.«

Dunwin kratzte sich am Kopf und machte niederes Ungeziefer obdachlos..

»Ich war vor drei Tagen gar nicht im Dorf«, antwortete er. »Und ich bin nie einem gorgorischen Mädchen begegnet, und niemand hat mich verzaubert, und das ist auch nicht der falsche Berg. Seht Ihr? Dort steht Bernice und wartet auf mich.«

Klutie blickte in die Richtung. Er sah keine Frau und auch kein Mädchen, welche die Bernice hätte sein können, von der Wulfrith sprach, nur ein ziemlich fettes Schaf und den felsigen Abhang. Er seufzte.

»Hör zu, Wulfrith«, sagte er, »ich weiß nicht genau, was sie dir angetan hat, aber wenn du nach Hause mitkommst, dann können wir es sicher in Ordnung bringen.«

»Ich bin schon auf dem Weg nach Hause, und ich heiße nicht Wulfrith.«

»Aber natürlich. Du heißt Wulfrith, du bist mein Lehrling, und wir leben dort drüben in einer Höhle.« Er deutete über das Tal.

»Welche Sorte Lehrling wohnt denn in einer Höhle?« fragte Dunwin neugierig.

»Ein Zauberlehrling natürlich«, antwortete Klutie.

Dunwin schnaubte. »Es gibt keine Zauberer mehr«, sagte er. »Und selbst wenn es noch welche geben würde, könntet Ihr doch keiner sein!«

»Warum das nicht?« wollte Klutie ärgerlich wissen.

»Weil Ihr zu klein seid«, erklärte Dunwin. »Und zu

fett. Außerdem habt Ihr einen schiefgewachsenen Bart – wer hätte je von einem Zauberer mit einem schiefgewachsenen Bart gehört? Und Euer Haar ist nicht weiß.«

»Nun, zufällig bin ich trotz allem ein Zauberer!« entgegnete Klutie, die Hände in die Hüften gestemmt. »*Wenn* ich wie ein Zauberer aussähe, dann hätten die Gorgoren mich vermutlich mit allen anderen geköpft!«

»Ich bin mir gar nicht sicher, ob es jemals Zauberer gegeben hat«, sagte Dunwin. »Ich glaube, das waren alles nur Tricks; wie sonst hätten die Gorgoren sie so leicht überwältigen und umbringen können? Ich meine, echte Zauberer hätten die Gorgoren doch einfach zerstückeln können.«

»Nein«, erläuterte Klutie, »das liegt daran, daß sie außer Übung waren und die großen, protzigen Zauber vergessen hatten.« Das war die Kurzversion; er sah keinen Sinn darin, seinem armen derangierten Adepten ausgerechnet jetzt einen Vortrag zu halten.

»Na schön«, erwiderte Dunwin, »aber *Ihr* seid deswegen noch lange kein Zauberer, Ihr seid ein kleiner fetter Bekloppter. Ich heiße nicht Wulfrith, sondern Dunwin, ich habe Euch nie zuvor im Leben gesehen, und ich wohne nicht in einer Höhle, ich wohne mit meinem Vater Odo auf diesem Berg.«

»Verdammt noch mal, ich bin ein Zauberer, bei den sechsundvierzig exquisiten Höllen der Alten!«

»Nein, seid Ihr nicht«, beharrte Dunwin.

»Bin ich wohl!«

»Dann macht doch ein wenig Magie, zeigt mir einen Zauber!«

»Du glaubst, ich könnte das nicht?« hub Klutie an. Er streckte die Hand aus, dann hielt er inne.

Der Junge mochte recht haben, in gewisser Weise – vielleicht konnte er wirklich nicht. Er hatte seinen Stab nicht dabei, auch nicht seine Kristallkugel oder irgendein anderes arkanes Handwerkzeug.

Aber er hatte den Verwandlungszauber – was brauchte er noch Krimskrams!

»Kein Zauberer, was?« Er lachte. »Sieh her!« Klutie erhob beide Arme, gestikulierte und sprach, die Finger vorstreckend, das Wort der Macht.

Dunwin schaute amüsiert zu, bis die kurze Beschwörung beendet war. Bevor er die Aufführung allerdings mit auch nur einem einzigen Wort kommentieren konnte, blökte Bernice. Dunwin fuhr herum.

Während der Junge zusah, verfärbte sich die Wolle des Schafes zu einem irisierenden Grün und schrumpfte, während Hals und Schwanz sich rasch streckten und in die Länge wuchsen. Kleine krumme Auswüchse entsprangen Bernices Rücken und wucherten schnell. Die Paarhufe wuchsen ebenfalls in die Länge, und jede Zehe teilte sich noch einmal, bis das Schaf an jedem Fuß vier Krallen besaß. Die Beine verdickten sich, und der ganze Körper schwoll an. Die Augen wurden zu goldenen Schlitzen, die Schnauze streckte sich; glänzende weiße Fänge erschienen.

»Bernice!« schrie Dunwin. Er versuchte vom Zaun zu springen, doch seine Jacke verfing sich daran und hielt ihn fest. Die Schnur, mit der sie vorn zugebunden war, erstickte ihn beinahe.

Bernice schrie wieder, doch diesmal war es kein Blöken mehr, sondern ein ersticktes Grollen, das von einem dünnen Rauchfähnchen begleitet wurde. Der gewundene Schwanz schlug aus; die Auswüchse auf dem Rücken entfalteten sich, und Dunwin und Klutie sahen, daß es riesige Fledermausschwingen waren. Die Wolle war zu glänzenden Schuppen geworden, die Hufe zu Klauen, die mit rasiermesserscharfen Krallen besetzt waren; von Kopf bis zur Schwanzspitze maß Bernice nun wenigstens dreißig Fuß.

Dunwin befreite sich schließlich vom Zaun und stolperte prompt über die eigenen Füße. Mit dem Gesicht zuerst fiel er in den getrockneten Schlamm.

Als er sich aufgerappelt hatte und wieder aufrecht stand, war die Verwandlung abgeschlossen: Bernice war zu einem Drachen geworden. Sowohl für Klutie als auch für Dunwin war diese Tatsache vollkommen offenkundig, obwohl keiner von beiden jemals zuvor wirklich einen Drachen gesehen hatte.

Für Bernice jedoch war es nicht so offenkundig. Bernice hatte nie von Drachen gehört; als Zibbe war sie mit Volkslegenden so gut wie gar nicht in Berührung gekommen, und, was das anging, mit anderen Wissensgebieten auch nicht. Dunwin hatte ihr einiges erzählt, doch dabei Drachen nie erwähnt, und außerdem war ihr Verständnis der hydrangenischen Sprache sehr begrenzt. Schafe waren nicht unbedingt für ihr sprachliches Talent bekannt.

In Wahrheit waren Schafe nun wirklich nicht für irgendeine intellektuelle Leistung bekannt. Tatsächlich wurde ihnen nachgesagt, sie seinen recht dumm.

Dieser Glaube beruhte auf soliden Tatsachen.

Dennoch war es selbst für ein Schaf sehr klar, daß irgend etwas Ungewöhnliches geschehen sein mußte. Bernice konnte die eigenen Krallen sehen – große, fies aussehende Krallen; ihr Kopf war viel zu hoch über dem Boden, und auf dem Rücken hatte sie diese komischen Dinger, die ihr Luft zufächelten. Trotz ihrer neuen Größe fühlte sie sich eigenartig leicht auf den Füßen. Ihr Schwanz, der bisher im allgemeinen nutzlos heruntergehangen hatte, dafür aber auch nie im Weg gewesen war, schleifte nun über den Boden und klatschte unangenehm gegen diverse Steine und Felsen.

Und auch ihr Gehirn begann in vollkommen schafuntypischen Bahnen zu denken, denn während man mit gutem Grund annahm, Schafe seien dumm, hatte es stets jeder Grundlage entbehrt, dies auch von Drachen zu glauben.

Doch auch so, auch wenn sie nun grün und schuppig sein mochte (statt weiß und flauschig), und wenn ihr Kopf sich plötzlich auch fünfzehn Fuß über dem Boden befand, war sie im Herzen doch immer noch ein Schaf, und wenn es mit dem Unbekannten konfrontiert wurde, hatte ein Schaf drei Möglichkeiten, zu reagieren: es zu ignorieren, versuchen, es zu fressen, oder in Panik davonzurennen.

Bernice konnte offenbar nicht versuchen, die eigenen Schuppen zu fressen, und konnte sich einfach nicht dazu bringen, die Veränderungen zu ignorieren, was für eine anständige Zibbe nur eine Handlungsoption offen ließ.

Sie floh in Panik. Sie raste die Anhöhe in einem ungelenken Schafsgalopp hinauf, der zu ihrem Drachenkörper überhaupt nicht paßte. Dabei flatterte sie instinktiv mit den Schwingen, um das Gleichgewicht zu wahren, und erhob sich nach wenigen Augenblicken in die Luft.

Weiter unten starrten Dunwin und Klutie ihr nach, als sie aufstieg und verschwand.

»Bernice!« rief Dunwin ihr ohne Hoffnung hinterher.

»Bernice war das Schaf?« fragte Klutie in plötzlicher Erkenntnis.

»Das dachte ich jedenfalls immer«, antwortete Dunwin, der seiner entschwundenen Gefährtin immer noch nachstarrte.

»Als du von Bernice sprachst, dachte ich, du redetest von einer Person.«

Dunwin blinzelte, dann wandte er sich um und sah Klutie ins Gesicht. »Außer Euch und mir ist weit und breit niemand hier.«

»Ja, das weiß ich«, antwortete Klutie, »aber ich dachte, du bildetest dir Dinge ein, wegen dieses Hexenzaubers.«

»Da war doch überhaupt keine He...« Dunwin verstummte mitten im Wort. »Ihr seid wirklich ein Zauberer!« rief er anklagend.

»Jau.« Klutie nickte stolz.

»Ihr habt Bernice in einen Drachen verwandelt.«

»Jau.«

»Könnt Ihr sie zurückverwandeln?«

»Äääähhhh ...« Klutie zögerte. Er betrachtete den Jungen, bemerkte die breiten Schultern und die soliden Muskelpakete, welche für einen Heranwachsenden schon beachtlich entwickelt waren. Er bemerkte auch den entrüsteten und verhältnismäßig feindseligen Ausdruck auf dessen Gesicht. »Äähh ... jau«, sagte er daher.

»Dann tut es«, sagte Dunwin. »Bringt sie bitte zurück – sie ist mein bester Freund.«

»Dein bester Freund ist ein Schaf?«

»Verdammt noch mal, ein Tag, der mit Schafehüten verbracht wird, bietet wenig Gelegenheiten, Bekanntschaften zu knüpfen«, erwiderte Dunwin defensiv.

»Du bist ein Schafhirte?«

»Natürlich bin ich ein Schafhirte, so wie Ihr ein Zauberer seid. Nun bringt sie doch bitte zurück!«

»Das kann ich nicht«, gab Klutie zu. »Ich kann sie nur zurückverwandeln, wenn sie direkt vor mir steht; ich kann sie nicht dazu bringen, zurückzukommen, und nun ist sie zu weit weg.« Das war nicht die genaue, reine und vollständige Wahrheit; die Wahrheit lautete, daß Klutie überhaupt nicht wußte, ob er den Drachen unter *irgendwelchen* Umständen *jemals* wieder in eine Zibbe zurückverwandeln konnte. Seinen großen neuen Zauber umkehrbar zu machen, hatte auf der Liste der Prioritäten nicht sehr weit oben gestanden – wer wollte einen Gorgoren schon je wieder zurückverwandeln?

Gerade in diesem Augenblick, als er wirklich nicht daran dachte und automatisch log, während ihn etwas anderes beschäftigte, regten sich tief in seinem Gedächtnis alte Erinnerungen. Ein Schafhirte. Dunwin. Papa Odo.

»Oh«, machte er, während Dunwin heulte.

»Bernice!«

»Oh«, machte Klutie noch einmal. »Du bist *wirklich* nicht Wulfrith, was?«

»Ich muß hinter ihr her«, sagte Dunwin. »Vielleicht kann ich sie zurückholen.«

Klutie nickte. »Jetzt begreife ich – du bist Wulfies *Bruder*. Ich hatte beinahe vergessen, daß es zwei von euch gibt, und nie daran gedacht, daß du in der Nähe bist und deinem Zwillingsbruder natürlich zum Verwechseln ähnlich sehen müßtest.« Er beäugte den Jüngling. »Die Ähnlichkeit ist aber wirklich verblüffend, weißt du.«

»Sie ist noch nie zuvor geflogen«, sagte Dunwin. »Glaubt Ihr, daß sie sich weh tun wird?«

»Ach, das glaube ich nicht«, antwortete Klutie leichthin. »Ich gehe davon aus, daß du in letzter Zeit deinen Bruder nicht irgendwo gesehen hast?«

»Ich hab' keinen Bruder.«

»Doch, du hast einen«, erklärte der Zauberer ihm. »Dein Papa Odo hat ihn mir verkauft, als ihr beiden noch Kleinkinder wart. Sein Name ist Wulfrith, und ich vermisse ihn.«

»Das interessiert mich überhaupt nicht!« brüllte Dunwin. »Ich vermisse *Bernice*! Ich muß hinterher!«

»Viel Glück«, wünschte Klutie ihm. »*Ich* hingegen muß Wulfrith finden.« Er winkte Dunwin fröhlich zu, wandte sich um und schritt die Anhöhe hinunter.

Dunwin rannte auf der Spur der entlaufenen Bernice in die entgegengesetzte Richtung den Berg hinauf, nach Osten.

Kapitel 15

»Hier«, sagte Phrenk zu Wulfrith, »zieh das über und stelle keine Fragen.«

Wulfrith nahm das seltsame Kleidungsstück aus Phrenks Hand und musterte es. Auf beinahe der ganzen Wegstrecke, die sie von Stinkbeerendorf in die reichen Tieflande zurückgelegt hatten, waren Wulfrith seine Reisegefährten geistig gesund erschienen. Sie ließen ihn essen, wenn er hungrig war, rasten, wenn er müde wurde und den übrigen Rufen der Natur folgen, wenn dies sein mußte. Mungli war nicht unbedingt ein Genie der Konversationskunst, doch lag ein gewisser ... Ausdruck in der Art ihrer Bewegungen und der Weise, wie sie ihn ab und zu betrachtete, welcher Wulfrith den Eindruck vermittelte, sie wäre die einzige, die viele seiner Fragen beantworten konnte und dazu nicht ein einziges Wort zu sprechen brauchte.

Andererseits war da die Penetranz, mit welcher der Mann, der Phrenk hieß, darauf bestand, ihn, Wulfrith, »Dunwin« zu nennen. Immer wieder, manchmal mehrmals binnen einer einzigen Stunde, schlich der Kerl sich an seine Seite und fragte ihn, ob er sich denn ganz sicher nicht mehr an Papa Odo und Mama Zibbe und einen Haufen anderen Unsinns erinnern könne. Alles, was Wulfrith dann tun mußte, war, den Kopf zu schütteln, und Phrenk ging fort und murmelte dabei Unverständliches vor sich hin.

Bis es wieder soweit war.

Es war recht ermüdend, und Wulfrith hatte mehrfach mit dem Gedanken gespielt, das ganze verdammte Rätsel hinzuwerfen und nach Hause in die Höhle zu gehen. Aber andererseits: Der Palast lockte ihn. Er hatte niemals einen Palast gesehen. Natürlich hatte er in einigen von

Kluties zerfledderten Büchern über Paläste gelesen. Offenbar waren alle Paläste von Jungfern atemberaubender Schönheit bevölkert, und sonst niemandem.

Wulfrith wußte nicht genau, was eine »Jungfer« war. Als er Klutie danach fragte, hatte der Meister das rotwangige Gesicht bekommen, welches bedeutete: *Ich erzähle dir nun eine faustdicke Lüge*, sich lange und ausdauernd geräuspert und schließlich geantwortet: »Jungfern sind eine seltene und außerordentlich wohlschmeckende Sorte Pflaumen.«

Trotzdem war es für Wulfrith einfach nicht einzusehen, daß alle diese bewaffneten und berittenen hydrangenischen Krieger ihr Leben für eine hübsche Frucht riskieren sollten. Und wie geriet eine Pflaume in Not? Wenn man ihr drohte, sie zu Mus zu verarbeiten?

Und wenn auch sonst nichts dabei herauskam, mußte er doch in den Palast gehen, um herauszufinden, was eine Jungfer wirklich war, und das wiederum bedeutete, daß er Phrenks kleine Eigenarten hinzunehmen hatte.

Aber das hier, das schlug dem Faß den Boden aus.

»Was ist das denn?« fragte Wulfrith und ließ das Kleidungsstück dabei mit ausgestrecktem Arm von den Fingerspitzen herabbaumeln.

»Kümmere dich nicht darum, was es ist, zieh es über«, drängte Phrenk.

»Wenn ich nicht weiß, was es ist, wie soll ich es dann anziehen?« fragte Wulfrith treffend. »Ich kann schließlich nicht wissen, worüber ich es ziehen soll, wenn ich nicht weiß, was es ist.« Er nahm sich ein weiteres belegtes Brot aus Munglis Korb.

Phrenk seufzte und lehnte sich gegen den Baum. Jeder Passant auf der Straße würde in ihnen nur ein Trio von Spaßvögeln sehen, das ein Picknick veranstaltete. Diese Tarnung hatte der Bote der Königin schon mehrfach benutzt, seit sie von den Bergen herabgekommen waren und der Verkehr auf den Straßen dichter wurde. Nun war es um so wichtiger, daß Dunwins Gesicht verborgen wurde. Phrenk kam das alles andere als spaßig vor. Zwei Tage auf der Straße mit diesem verrückten Schafhirten hatten den größeren Teil seiner normalerweise fröhlichen Natur ausgezehrt und alle Geduld aufgebraucht. Konnte denn jemand wirklich auch nur halb so dumm sein, wie Dunwin zu sein vorgab? Wenn dies so war, hätte Phrenk ein Jahresgehalt für das Privileg bezahlt, ihm niemals begegnen zu müssen.

»Es ist eine Maske«, erklärte er. »Sie dient zum Verbergen deiner Identität. Nun, was glaubst du nun, worüber du sie ziehen sollst?«

»Oh«, antwortete Wulfrith nickend. Er legte das Brot auf die Seite, erhob sich und versuchte, seinen Fuß durch eins der Augenlöcher zu stecken.

»Was machst du denn da?« schrie Phrenk auf. Zu seinem Glück hielten die Reisenden auf der nahe vorbeiführenden Straße seinen Aufschrei für den Hilferuf eines Opfers von Halsabschneidern und hasteten weiter, um sich um ihre eigenen Angelegenheiten zu kümmern.

Phrenk entwand Wulfriths Händen die Maske, bevor der Junge den wertvollen alten Stoff einreißen konnte. »Sie bedeckt dein Gesicht, du Idiot!« schnappte er und zog sie über Wulfriths Kopf, bevor der Junge protestieren konnte.

Wulfrith riß die Maske beinahe augenblicklich wieder herunter. Es war eine von der Sorte, die den ganzen Kopf bedeckt und wie neun von zehn modebewußten Scharfrichtern oder Steuereintreibern sie bevorzugten, doch der Junge wußte nichts von der Mode. Er wußte nur, daß die Maske warm und kratzig war, daß sie stank und daß Phrenk ein eigenartiger Geselle war.

»Setz sie wieder auf!« forderte Phrenk mit zusammengebissen Zähnen.

»Nein«, erwiderte Wulfrith. Er war ganz ruhig. Wenn Phrenk jetzt völlig verrückt werden würde, hatte Wulfrith einen Zauber bereit, den er hier und jetzt auf ihn legen konnte. Es war kein als Zauber erkennbarer Zauber – während der zahlreichen Picknicks hatte er eine oder zwei gorgorische Patrouillen auf der Straße erspäht, und er wollte einfach nicht, daß eine davon ihn beim Ausüben von Magie erwischte –, einfach etwas Unprätentiöses für den Hausgebrauch, das Phrenk den plötzlichen, unwiderstehlichen Drang zu schlafen verschaffte und Mungli ...

Es war seltsam; jedesmal, wenn er Mungli anschaute, dachte er an ganz andere, plötzliche, unwiderstehliche Dränge. Unglücklicherweise wußte er nicht, wie er diese nennen oder was er gegen sie unternehmen sollte. Das war noch unangenehmer als die Maske.

Welche er nicht aufsetzen würde, soviel dazu.

Phrenk mußte Wulfriths Entscheidung von dessen Gesicht abgelesen haben, denn er versuchte nicht mehr, den Jungen einzuschüchtern. »Schau her, Dunwin, mein Junge«, sagte er und legte die Maske dabei unauffällig zur Seite, »du mußt die Maske ja nicht tragen, wenn du nicht willst. Wir können trotzdem immer noch eine schöne Zeit im Palast haben, auch wenn du dich weigerst, sie anzulegen.« Er seufzte. »Mungli wird natürlich sehr enttäuscht sein.«

Mungli warf Phrenk einen erstaunten Blick zu, der besagte: *Ach, wirklich?* Zum ersten Mal seit Beginn der Mission hatte er daher die außerordentliche Genugtuung, das Bein auszustrecken und ihr verstohlen einen schmerzhaften Tritt gegen das Schienbein zu versetzen, einen von der Sorte, mit der sie ihn unter dem Tisch der Dorfschenke bedacht hatte. Sie begriff den Hinweis und setzte einen Ausdruck bitterer Enttäuschung auf; ihre Augen wurden groß und feucht.

Dieser Ausdruck traf Wulfrith mitten ins Herz. »Wirklich? Ach?« fragte er verstört. »Aber ... warum?«

»Ach, die Unschuld der Jungen vom Lande«, antwortete Phrenk und klopfte Wulfrith auf die Schulter. »Wie erfrischend es sein kann, einem Jüngling zu begegnen, der keine Vorstellung von zivilisiertem Betragen hat. Siehst du, mein Junge, in keiner Hinsicht gleicht ein Palast eurer rauchverhangenen, stinkenden Dorfschenke, deren Boden mit Stroh und Hundekot bedeckt ist.«

(Hier schloß er die Augen und sandte ein stilles Gebet an Belchops, *den Gott der Fischer*, und bat darin um Vergebung für die faustdickste, unverschämteste Lüge, die er in seinem ganzen Leben jemals erzählt hatte. Die Wahrheit war, daß seit König Bratzens Machtübernahme die meisten der öffentlichen Zerenomienräume erst einmal grundgereinigt werden mußten, um den Minimalanforderungen für stroh- und hundekotbedeckte Böden genügen zu können.)

»Nein, nein«, fuhr er fort, » im Palastleben gibt es gewisse Bräuche, Regeln und Sitten. Du kannst sie respektieren und die vielen Freuden und Vorzüge genießen, die ein Palast bietet, oder du kannst ein wilder Freigeist sein, der tut, was immer er will – *außerhalb* der Palastmauern.«

»Was hat all das mit Mungli zu tun?« wollte Wulfrith wissen.

»Mungli empfindet eine gewisse ... *Zuneigung* für dich, mein Junge«, sagte Phrenk und legte sehr viele versteckte Andeutungen in das Wort »Zuneigung«.

»Ja, wirklich?« wandte Wulfrith sich an Mungli. Die Gorgorin nickte so heftig, daß der Nachwuchszauberer einen Augenblick lang fürchtete, sie könnte sich dabei das Genick brechen.

»Mungli ist nun keine Dame, deren ... *Zuneigung* sich auf jeden Mann erstreckt, Dunwin«, sagte Phrenk weiter. Ein seltsames Geräusch erklang in seiner Kehle, das jedes hinreichend empfindsame Ohr als hysterisches, verächtliches Gelächter erkannt hätte, welches gezwungen wurde, wie ein Husten zu klingen. Mungli funkelte ihn kalt an.

»Wirklich?« Wulfie starrte die Dame feurig an. »Ich fühle mich geehrt.«

»Das solltest du auch, mein Junge«, versicherte Phrenk ihm. »Dennoch: So ... *zugeneigt* sie dir auch sein mag, das Gesetz verbietet ihr, dir zu zeigen, wie sehr sie dir ... *zugeneigt* ist, bevor sie dich nicht ihrer königlichen Herrin vorgestellt hat. Siehst du, mein Junge, sie ist nämlich keine Geringere als die Leibzofe *Ihrer Gelassensten und Ruhmreichsten Zierde, Ihrer Hoheit* Königin Artemisia.« Reflexartig machte Phrenk die Geste *der Milchweißen Chrysanthemenblüten In Der Dämmerung Eines Frostigen Morgens, Die Nicht Halb So Hinreißend Und Der Poetischen Bewunderung Würdig Sind Wie Die Edle Person, Deren Erlauchten Namen Diese Unwürdigen Lippen Gerade Zu Nennen Wagten*.

Wulfrith war sich sicher, das Phrenk einen Anfall erlitt. Schließlich stand das mit seinem sonstigen Benehmen in völliger Übereinstimmung.

»Als Leibzofe Königin Artemisias darf Mungli nur in den Gemächern der Königin wohnen«, log Phrenk. »Es ist ein geheiligter Brauch, daß kein Mann, der nicht zur königlichen Familie oder zu den Dienstboten des Palastes gehört, diese Gemächer betritt, wenn sein Gesicht nicht völlig verdeckt ist. Ging dir das zu schnell?« fragte er, als er den merkwürdigen Ausdruck auf Wulfriths Gesicht entdeckte.

»Nein«, antwortete Wulfrith. »Ich verstehe, was Ihr sagt, ich sehe nur keinen Sinn darin, das ist alles.«

»Nun, ja, *Sinn*!« Phrenk machte eine kürzere, wesentlich weniger exotische Geste, mit der er die ganze Vorstellung abtat. »Wenn es dir darum geht,dann wärst du besser zu Hause geblieben.«

Wulfrith dachte an das letzte zurück, was er von zu Hause gesehen hatte. Das Spektakel, das all die verwandelten Tiere gemacht hatten, konnte man mit vielen Namen belegen, aber *sinnvoll*?

Dann dachte er an all das, was das einfache Wörtchen *zugeneigt* bedeuten konnte.

Ohne auch nur den leisesten weiteren Einwand stand Wulfrith auf, ergriff die Maske und zog sie über.

»Die Augenlöcher gehören nach vorn«, sagte Phrenk.

Königin Artemisia saß so steif da wie eine Statue. Ihre Fingernägel meißelten Späne aus den Armstützen ihres Sessels. Mungli war gerade hereingestürzt, wedelte wie wahnsinnig mit den Armen und grinste derart breit und anzüglich, daß nur ein Idiot oder Gorgore nicht verstehen konnte, daß die Mission erfolgreich abgelaufen war.

Eine wütende Serie von Ja-oder-nein-Fragen Artemisias enthüllten rasch, daß Phrenk es geschafft hatte, den jungen Mann ungesehen in den Palast zu schmuggeln und gegenwärtig auf das Zeichen seiner Königin wartete, daß die Luft rein sei, bevor er versuchte, ihn in die königlichen Gemächer zu bringen. Artemisia traf einige Vorkehrungen und schickte dann Mungli die Männer holen. Nun konnte sie nichts weiter tun, als zu warten.

Ein Schritt hallte auf dem Gang draußen – mehrere Schritte, um genau zu sein. Die gorgorischen Gardisten störten die Gäste der Königin nicht – wie beiläufig hatte sie fallen lassen, einen Besuch ihres lieben Sohnes, des Prinzen Arbol zu erwarten, und aus irgendeinem Grund fiel es allen Gardisten gleichzeitig ein, daß sie etwas sehr Dringendes irgendwo anders zu erledigen hatten. Ein bemerkenswerter Zufall, doch war ein Zufall immer noch besser, als unvorbereitet kopfüber die Treppen hinunter zu fallen.

Die Tür öffnete sich, und Phrenk und Mungli erschienen vor der Königin. Zwischen sich zerrten sie einen jungen Mann in einer Kapuzenmaske, der sich schwach wehrte. Er trug genau die Kleidung, die Artemisia ihren Boten mitgegeben hatte, und auf den ersten Blick erinnerte sein geschmeidiger, an einigen Stellen muskulöser Körper an den des Prinzen.

»Laßt uns allein«, befahl Artemisia. Ihre Stimme klang heiser und angespannt. Phrenk und Mungli verbeugten sich, dann warfen sie fragende Augen auf die Schlafzimmertür der Königin. »Ach ja, ja, macht schon, wenn's denn sein muß«, antwortete sie ungeduldig. Das Paar eilte davon und warf die vergoldete Tür so heftig hinter sich zu, daß glitzernde Flocken zu Boden schwebten.

»Wo ist Mungli hingegangen?« fragte Wulfrith traurig.

»Egal«, fauchte die Königin. »Setzen.« Sie deutete steif auf einen Hocker, den sie absichtlich in ihre Nähe gestellt hatte.

Wulfrith tat wie geheißen. Die gleichen Texte, aus denen er so furchtbar wenig über Jungfern lernen konnte, hatten sich bemerkenswert klar ausgedrückt, wenn es um Königinnen und Könige ging. Selbst der Höchstrangige der hochrangigen Zauberer gehorchte dem Befehl eines Königs oder einer Königin aufs Wort. Nicht ein einziger der Zauberer in den alten Büchern hatte jemals – obwohl er doch fähig sein mußte, die königliche Person von einem Moment zum anderen in etwas Kleines, Grünes, Hüpfendes zu verwandeln – in Frage gestellt, Befehle von ihnen zu empfangen anstatt sie zu geben.

Natürlich spielten alle diese Bücher in Palästen, und hatte Phrenk nicht gesagt, daß der gesunde Menschenverstand ebenso vor der Schwelle eines Palastes liegenblieb wie überzählige Kätzchen?

Vernünftig oder nicht, Wulfrith wußte mittlerweile mit aller Gewißheit tief in seinem Herzen eines: Er wollte im Palast bleiben! Das hatte nichts mit Mungli zu tun. Sein Körper hatte ihm in letzter Zeit so viele verwirrende und aufwühlende Signale gegeben, daß er von allen Wehwehchen, allem Herzklopfen, Erschauern und Kribbeln unbekannten Ursprungs einfach die Nase voll hatte.

Aber sein Verstand wollte etwas anderes! Sein Verstand wußte, was er mochte, was er wollte und, noch viel wichtiger, wie er es bekam.

Was er wollte, war die Königliche Bibliothek. Alles darin. Und sofort.

Als sie den Palast betreten hatten, hatte Phrenk ihn in die Königliche Bibliothek gebracht, weil dies der einzige Ort war, den kein Gorgore mit einem letzten Funken Selbstachtung freiwillig betreten hätte. Wulfrith hatte einen Blick auf die Bänke, Regale, Stapel und Haufen wundervoller Bücher geworfen und – sich verliebt. Darum hatte er sich gewehrt, als Mungli zurückgeeilt kam, um ihn zu Artemisia zu bringen. Er hatte nicht gehen wollen.

Er würde alles tun, um im Palast bleiben zu können. Alles.

»Wie lautet dein Name?« fragte Artemisia.

»Wulfrith, Herrin«, antwortete er. »Nur Phrenk nennt mich stets Dunwin. Ich weiß, daß er für Euch arbeitet, aber, wenn ich so sagen darf, ihm fehlen noch ein paar Meisen, bis er ein Nest voll hat, wenn Ihr wißt, was ich meine.«

»Sicherlich, sicherlich«, antwortete die Königin. Sie hörte dem Jungen nur mit halbem Ohr zu. Die Stimme! Es war keine exakte Kopie von Prinz Arbols Stimme – das wäre wohl auch zu viel verlangt gewesen –, aber ein wenig Training würde das bessern. Die Tonlage war sehr ähnlich und lag nur ein wenig tiefer.

»Kannst du ein Geheimnis für dich behalten, mein lieber Wulfrith?« fragte sie.

»Ja, Herrin.« Wulfrith unterdrückte ein verächtliches Schnauben. Er wäre ein schöner Zauberlehrling, wenn er kein Geheimnis bewahren könnte!

»Du bist auf meinen Befehl hierher gebracht worden.

Ich hoffe, das macht dir nichts aus.« Artemisia klimperte auf höchst gewinnende Weise mit den Wimpern. Es war ihr recht unangenehm, mit jemandem zu kokettieren, der sich sehr gut als ihr eigener Sohn entpuppen mochte, aber sie war verzweifelt.

»Oh, das macht mir nichts aus, Herrin. Mir gefällt's hier«, sagte Wulfrith aufrichtig.

Er sah aus wie ein bezauberter Mann. *Ich kann's immer noch,* dachte die Königin mit gewisser Befriedigung. Sie konnte nicht wissen, daß Wulfriths zarte Begierde nicht ihr, nicht Mungli, sondern – unter anderem – einem Folianten galt, der Originalabschrift von *Elementares zu Elementaren,* den er in der Königlichen Bibliothek entdeckt hatte.

»Das freut mich sehr«, gurrte sie. »Nun, da das geklärt ist und wir gute Freunde sind, warum nimmst du nicht diese Maske ab?« Sie versuchte, die Bitte beiläufig klingen zu lassen.

»Darf ich?« Wulfrith fuhr bei dem Vorschlag zusammen. »Mir wurde gesagt, ich müsse, solange ich nicht im Palast arbeite, in Euren Gemächern stets maskiert gehen.«

»Nun, dann müssen wir eben Arbeit für dich finden, nicht wahr?«

»Ich wäre ein guter Bibliothekar«, schlug Wulfrith vor.

»Wie süß.« Artemisias Lachen klang etwas spröde. »Doch ich fürchte, in diesen schlimmen Zeiten haben wir keinen Bedarf für einen Bibliothekar. Nimm die Maske ab, mein Lieber. Ich kann oft am Gesicht einer Person erkennen, für welchen Beruf sie am besten geeignet ist.«

»Aber wenn ich die Bibliothek in besseren Zustand bringe, dann werden mehr Menschen sie benutzen, und ...«

»*Nimm sie ab!*« schrie die Königin, als die Spannung stärker wurde als sogar ihre eiserne Selbstbeherrschung.

Der arme Wulfrith verrenkte sich fast das Handgelenk, so schnell riß er die Maske vom Kopf.

Dann saß er für einen langen Augenblick einfach da, blinzelte die Königin an und fragte sich, was hier eigentlich vor sich ging.

Artemisia starrte ihn an. Es konnte kein Zweifel bestehen: Eines ihrer lang verloren geglaubten Kinder war nach Hause zurückgekehrt. Es war ein Wunder. Ihr Mund stand offen, dennoch bereitete das Atmen ihr Schwierigkeiten. Sie glaubte, in Tränen ausbrechen zu müssen, und wußte gleichzeitig, daß sie nicht durfte. Jahre der Erfahrung und Jahrhunderte der Familienentwicklung kamen ihr zu Hilfe. Sie holte tief Luft und lächelte.

»Ach, wie nett!« stellte sie leichthin fest. »Welch eigenartiger Zufall. Du siehst meinem lieben Sohn Prinz Arbol ja *so* ähnlich! Solch eine Überraschung! Nun, damit hat sich das ja erledigt.«

»Ja, Herrin«, antwortete Wulfrith ein wenig unsicher. »Ich bin froh, das zu hören. Was denn?«

»Deine Arbeit, Liebster.« So sehr sie sich auch bemühte, die Königin konnte nicht verhindern, daß sich ein wenig echtes Gefühl in ihre Worte schlich, während sie Wulfrith anstarrte. »Du wirst Prinz Arbols offizieller Vorkoster. Keine Angst – es ist ein rein zeremonielles Amt. Heutzutage versucht kaum jemand, den Thronerben zu vergiften. Aber deine wahre Pflicht wird sein, als Begleiter des Prinzen zu dienen. Wenn ich Arbol richtig kenne, wird der Prinz genau wie ich bezaubert sein von diesem *unglaublich faszinierenden Zufall, für den es keine weitere Erklärung gibt* und der euch beide einander so ähnlich sehen läßt.«

»Aha«, sagte Wulfrith. Er hatte von Vorkostern gehört. Er hatte auch schon von Prinz Arbol gehört. »Ja, Herrin. Äh, diese Anstellung ... bedeutet sie, daß ich im Palast lebe?«

»Ganz sicher.«

»Und ich kann gehen, wohin ich will?«

»Innerhalb gewisser Grenzen, du Schlingel. Und nur, wenn du dem Prinzen nicht gerade zu dienen hast.«

Wulfriths Augen leuchteten.

»Da ist nur eine Sache«, sagte die Königin. »Du mußt die Maske tragen. Sie ist traditionelle Berufstracht für Königlich-Hydrangenische Vorkoster. Die Identität der Vorkoster darf nicht bekannt sein, so können Verräter nicht mit Bestechungen und hinterlistigen Verschwörungen zu ihnen vordringen. Der andere Vorteil liegt darin, daß ein Vorkoster, wenn ihn sein Schicks ... äh, die ... Berufsdeformation einholen sollte, unbemerkt durch jemand anderen ersetzt werden kann.«

»Berufsdeformation?« wiederholte Wulfrith mit einem gewissen Unbehagen.

Zu seiner größten Verwirrung schlang die Königin ihm die Arme um den Hals und rief aus: »Aber das wird dir niemals widerfahren! Das darf es nicht! Ich werde es nicht erlauben! Ach, bitte sag, daß du die Anstellung annimmst, liebster Wulfrith! Bitte bitte bitte!«

Wulfrith war nun völlig durcheinander. Nichts, was er je gelesen hatte, hatte ihn auf Artemisias Ausbruch vorbereitet. Ob Königinnen sich bei Vorstellungsgesprächen immer so verhielten? Um eine von Kluties beliebtesten Umschreibungen zu benutzen, ihr Kessel schien nicht ganz auf dem Feuer zu stehen.

Dann dachte er an die Bibliothek.

Er zog wieder die Maske über den Kopf und fragte herausfordernd: »Was soll ich als erstes kosten?«

Kapitel 16

Als Klutie beobachtete, wie Dunwin in östlicher Richtung verschwand, um seine verschwundene Bernice zu verfolgen, kam ihm der Gedanke, daß, wenn er fälschlicherweise Dunwin für Wulfrith gehalten hatte, der alte Odo vielleicht Wulfrith versehentlich mit Dunwin verwechselt und ihn nach Hause geschleppt hatte, damit er dort seine Pflichten verrichtete.

In diesem Fall konnte Wulfrith nur in Odos Hütte sein. Also marschierte der Zauberer den Berghang hinauf.

Odos Anwesen unterschied sich von den umliegenden Schlammhügeln durch den Vorzug, Fenster aufzuweisen; die Felsen und Erdhügel ringsum waren auch nicht mit Läden ausgerüstet, und die Löcher in ihnen normalerweise dunkel und leblos, während hier der schwache Schimmer und der ranzige Geruch einer Schafsöllampe aus den Öffnungen in der Hüttenwand drangen.

Klutie ging darauf zu, und da er nichts unmittelbar als Türe identifizieren konnte, rief er durch eine der Öffnungen: »Hallo da drin! Odo!«

»Hau ab!« rief jemand zurück.

Von der Antwort ermutigt, erspähte Klutie eine Ansammlung von Holzstücken, die er für die Tür hielt, und klopfte laut. Er fuhr damit fort, bis Odo verärgert den Eingang weit aufriß und hinausstarrte.

»Was wollt Ihr?« verlangte er zu wissen.

»Ich suche nach Wulfrith«, erklärte Klutie.

Odo spuckte aus. »So heiß' ich nicht«, sagte er. »Mein Onkel Wulfrith ist vor Jahren aufgehängt worden. In Flechtenburg.« Er wollte zurück ins Innere gehen, aber Klutie hielt ihn mit einer Geste zurück.

»Das weiß ich«, sagte er schnell. »Ihr seid Odo, nicht wahr?«

Odo funkelte ihn mißtrauisch an. »Vielleicht«, gab er zu.

»Nun, Odo, ich habe mich gefragt, ob Ihr Wulfrith in letzter Zeit einmal gesehen habt.«

»Mein Onkel Wulfrith wurde vor Jahren aufgehängt«, wiederholte Odo. »Das hab' ich doch grad schon gesagt. In Flechtenburg.«

»Nicht Euer Onkel, der andere Wulfrith.«

Odo dachte darüber einen langen Augenblick nach. »Welcher Wulfrith soll das sein?« fragte er schließlich.

»Dunwins Bruder.«

»Das war mein anderer Onkel, und er wurde ...«

»Nein, der *andere* Dunwin. Der Junge. Ich meine den Wulfrith, der *sein* Bruder ist.«

Odo sah für einen weiteren Augenblick verwirrt drein und entflocht die Fäden schließlich: »Ach, *der* Wulfrith!« rief er.

»Ja, der Wulfrith«, stimmte Klutie zu.

»Den hab' ich verkauft. Schon vor Jahren«, sagte Odo. Er kniff die Augen zu und sah den Zauberer an. »Wo wir schon davon sprechen, seid Ihr nicht der Kerl, der ihn gekauft hat?«

»Ja, das bin ich«, antwortete Klutie, »aber ich habe ihn verloren – sozusagen verlegt, meine ich – und ich habe mich gefragt, ob er vielleicht hierher zurückgekommen sein könnte.«

Odo zuckte die Schultern. »Nicht, daß ich's bemerkt hätte.«

»Er sieht fast so aus wie Dunwin«, erklärte Klutie. »Ich hatte überlegt, daß Ihr ihn vielleicht für Dunwin gehalten habt und mit Euch hierher mitnahmt.«

Odo schaute ihn mißtrauisch an. »Wollt Ihr am Ende Euer Geld zurückhaben?« fragte er. »Das werdet Ihr nicht bekommen. Ihr habt Wulfrith fair und ehrlich erworben, und jetzt habt Ihr ihn am Hals, und außerdem hab' ich's schon lange ausgegeben.«

»Nein, nein – ich will Wulfrith zurück!«

»Ich hab' ihn aber nicht.«

»Seht Ihr, das wollte ich Euch ja fragen: Seid Ihr sicher, daß Ihr ihn nicht habt?«

»Na sicher bin ich sicher!«

»Ihr habt niemanden hier, von dem Ihr glaubt, es wäre Dunwin?«

Odo kratzte sich am Kopf und überantwortete zahllose Arthropoden der Obdachlosigkeit. »Wenn ich jemanden hier hätte, von dem ich glaube, daß er Dunwin ist, dann muß es verdammt noch mal ja auch Dunwin sein!« rief er. »Oder etwa nicht?«

Klutie hüstelte. »Nein, ich fürchte, nein.«

»Und wieso nicht?«

»Weil Dunwin Bernice verfolgt.«

»Das wär nix Neues«, antwortete Odo. »Er ist ihr schon oft nachgelaufen. Er wird sie bald fangen.«

Klutie erläuterte: »Aber diesmal wurde Bernice in einen Drachen verwandelt, und sie flog über den Zaun weg.«

Odo funkelte ihn wortlos an.

»Ehrlich«, fügte Klutie mit schwacher Stimme hinzu.

»Bernice ist *was*?«

»In einen Drachen verwandelt. Um genau zu sein, *ich* habe sie in einen Drachen verwandelt.«

Odo wandte das Haupt zur Seite und spuckte etwas Grünliches in den Schmutz. »Ihr habt *was*?«

»Ich habe sie in einen Drachen verwandelt.«

»Wie habt Ihr das gemacht?«

»Durch Magie – ich bin ein Zauberer, erinnert Ihr Euch nicht?«

»Ihr seid kein Zauberer«, sagte Odo. »Dazu seid Ihr zu klein.«

Klutie seufzte. »Ich bin in Tarnung«, erinnerte er.

»Nein, Ihr seid auf meinem Berg.«

Klutie war fest entschlossen, über seine Identität als

Zauberer nicht noch einmal zu argumentieren, und außerdem wußte er gar nicht, wie Odo auf dieses Thema gekommen war. Er versuchte, das Gespräch wieder in die alte Bahn zu bringen. »Schaut«, sagte er, »ist außer Euch jemand hier? Dunwin oder Wulfrith oder sogar beide?«

»Im Moment nicht«, antwortete Odo. »Ich habe Dunwin ins Dorf geschickt, aber er sollte jeden Augenblick zurück sein.«

»Nun, davon rede ich ja«, erklärte Klutie. »Er war auf dem Weg hierher, als ich Bernice in einen Drachen verwandelte, und nun verfolgt er sie. Also kann er nicht zu Hause sein.«

»Warum fragt Ihr dann, ob er hier ist?«

»Wenn er hier wäre, dann wäre er Wulfrith.«

Odo starrte den Zauberer schweigend an, und Klutie ließ sich seine letzten Worte noch einmal durch den Kopf gehen.

Sie ergaben wirklich nicht viel Sinn, oder?

»Ach, egal«, sagte er. »Es war mir ein Vergn ... ich bin erfreut ... es war eine Herausforderung, mit Euch zu sprechen, Odo.«

»Ganz meinerseits.« Odo wandte sich um, schlich in die Hütte zurück und warf die Tür hinter sich zu.

Klutie wandte sich voller Ekel ab. Das war schon einmal ein Ort, an dem Wulfrith *nicht* war.

Unglücklicherweise gab es noch viel mehr Orte, an denen er suchen mußte.

Während der nächsten Tage durchsuchte der Magier die Umgebung von Stinkbeerendorf aufs sorgfältigste, ohne auch nur eine Spur von Wulfrith zu finden; gegen Ende seiner Suche hatte sein Problem sich herumgesprochen, und er mußte den Spott der Dörfler erdulden, die ihn aus sicherer Entfernung beobachteten.

»Das ist mir ein schöner Zauberer! Kann den eigenen Adepten nicht finden.«

»Der könnte die eigene Hinterfront nicht finden, wenn sie ihm nicht angewachsen wär'!«

»Wahrscheinlich hat er den Jungen in einen Molch verwandelt, als er betrunken war, und alles vergessen.«

»Ich habe noch nie einen betrunkenen Molch gesehen«, erwiderte der alte Berisarius leicht verwirrt auf diese Vermutung.

»Nein, als der Zauberer betrunken war, du Hornochse!« gab Fernand zurück. »Er war sturzbesoffen, da war der Junge frech zu ihm, und da hat der Zauberer den eigenen Adepten eben in einen Molch verwandelt – ich wette, daß es so war!«

»Ich halte dagegen, wenn du mir drei zu zwei gibst ...«

Klutie bemühte sich wirklich, solchem Gerede keinerlei Beachtung zu schenken, aber er konnte nicht vermeiden, es zu hören, und es trug wesentlich zu seiner anwachsenden Verärgerung bei.

Selbst in der verschlungenen, verfeinerten Kunst althydrangenischer Zauberei, dachte Klutie, mußte es wenigstens einen relativ einfachen, simplen Zauber geben, um verlorene Adepten zu finden; es war schließlich alltäglich genug, den Lehrling zu verlegen, und darüber hinaus wäre dies ein sehr privater, unauffälliger Zauber – denn wer wollte schon eine solche Sache publik machen und dadurch in der Öffentlichkeit das Gesicht verlieren?

Unglücklicherweise hatte Klutie auch nicht den leisesten Schimmer einer blassen Ahnung, wie dieser Zauber funktionieren sollte. Er hatte nicht erwartet, ihn jemals zu benötigen. Der Junge verschwand doch nicht einfach so. Wenn er entführt worden war ...

Nun, der Junge war ein Zauberer – wenn er der Wahrheit die Ehre gab, mußte Klutie zugeben, daß er vermutlich ein besserer Zauberer war als sein Meister. Er konnte auf sich selbst aufpassen.

Er mußte auf sich selbst aufpassen, weil Klutie ihn nicht finden konnte.

Es war schon eigenartig, Wulfriths Bruder Dunwin ausgerechnet jetzt zu begegnen, dachte der kleine Zauberer; wie hatten sie all die Jahre Begegnungen vermieden? Klutie vermutete, die Tatsache, daß er so gut wie nie die Höhle verließ, könnte etwas damit zu tun haben.

Vielleicht *hatte* Wulfrith ja sogar Dunwin getroffen und sich mit ihm davongemacht. Die Begegnung mit Dunwin und Bernice, der Streit mit Odo, all das wäre ein Schauspiel gewesen. Diese Theorie paßte nicht wirklich gut zu den Tatsachen, aber sie wies eine gewisse perverse Attraktivität auf.

In *diesem* Falle hätte Wulfrith ihn aus freien Stücken verlassen, und dann sollte er doch in einer der barockeren Höllen landen.

Tatsächlich: Was auch immer mit ihm war, dachte Klutie, zur Hölle mit ihm. Zur Hölle mit allen. Er war ein Zauberer, vermutlich der letzte überlebende althydrangenische Zauberer, und er hatte es einfach nicht nötig, die schwachsinnigen Schmähungen übelriechender Dörfler hinzunehmen. Er hatte es auch nicht nötig, stundenlang die Berge hochzukraxeln, nur um mit schwachsinnigen Schäfern zu streiten. Er brauchte auch keinen uneinsichtigen, übergroßen Lehrling, der ihm das Leben schwermachte. Er brauchte überhaupt nichts aus der Welt außerhalb seiner Höhle. Dorthin würde er jetzt gehen und ein Leben als Eremit beginnen.

Sollte Wulfrith doch mit Odo und Dunwin im Dreck leben, wenn es das war, was er wollte.

Klutie hoffte sogar, daß der Junge dorthin gegangen war. Dort war er wenigstens außer Gefahr.

Und er hoffte, daß Wulfriths Bruder Dunwin nicht verletzt wurde, während er dem Drachen nachjagte. Er nahm an, der Junge hätte nach ein paar Stunden aufgegeben und wäre nach Hause gegangen.

Auch Odo hoffte, daß Dunwin sich nicht verletzt hätte. Er wußte nicht, ob der Junge die Jagd nach Bernice abgeblasen hatte oder nicht; er wußte jedoch, daß er noch nicht nach Hause zurückgekommen war.

Einige Tage nach Dunwins Aufbruch sah sich Odo unglücklich in der Hütte um und seufzte.

Er hatte versucht, den Hof umzuräumen, eine nette, bequeme Unordnung zu erzeugen, aber er brachte so etwas einfach nicht zustande. Er besaß nicht mehr die natürliche Gabe zur Unsauberkeit und Trägheit wie ein Heranwachsender. Seitdem Dunwin nicht mehr da war, besaß alles nicht mehr das *Ein-Tornado-kam-gerade-hier-vorbei-und-zwar-mehrmals-Aussehen*, das so typisch gewesen war, als Dunwin hier noch lebte.

Er begriff das alles nicht ganz. Er war so lange wunderbar allein klargekommen, bevor Ludmilla aufgekreuzt und auf ihm gestorben war. Er hatte sich solche Mühe gegeben, einen der Jungen loszuwerden. Warum sollte es ihn kümmern, daß der andere nun auch verschwunden war?

Außerdem war Dunwin nicht einfach so verschwunden; der komische kleine Mann, der kein Zauberer war und trotzdem mit Magie um sich warf, hatte es ja erklärt. Der Junge war Bernice hinterher, die in einen Drachen verwandelt worden war.

Im Augenblick war Odo nicht ganz klar, was ein Drache eigentlich war. Er hatte es vergessen, auch wenn er es einmal gewußt hatte – war ein Drache nicht eine Art Soldat, oder so etwas Ähnliches? Natürlich hatte der komische kleine Mann gesagt, daß Bernice über den Zaun geflogen sei, und Soldaten flogen üblicherweise nicht.

Aber vielleicht hatte er auch »floh« gesagt, und Soldaten flohen sogar oft. Vielleicht hatte er sich verhört. Aber könnte man über Zäune fliehen?

Vielleicht, wenn man genug Angst hatte.

Trotzdem war er sich nicht sicher, wie eine Zibbe zu einem Soldaten werden konnte; wie sollte sie das Schwert halten? Außerdem – durften Frauen überhaupt Soldaten werden?

Vielleicht war ein Drache ja doch etwas anderes als ein Soldat, und seine Erinnerungen spielten ihm mal wieder Streiche – er war schließlich nicht mehr so jung wie früher.

Vielleicht hatten sie auch die Regeln geändert.

»Heutzutage ändert sich jeden Tag etwas«, brummte er und betrachtete einen miefenden Wäschehaufen, der sich in einer Ecke der Hütte türmte.

Der Junge hatte nicht gewollt, daß Bernice geht und ihn allein läßt, also war er ihr gefolgt. Irgendwo in Odo entfachte dies einen Funken Bewunderung.

Der Junge wollte nicht allein gelassen werden.

Na, verdammt, dachte Odo, *ich will ja auch nicht allein gelassen werden!* Mit plötzlicher Entschlossenheit stand er auf und begann, in der Unordnung nach seinen Stiefeln zu suchen.

»Du findest Bernice, Junge«, murmelte er, »und ich finde dich!«

Eine halbe Stunde später stand er auf dem Berggipfel mit dreien seiner vertrauenswürdigsten Schafe an der Seite, und ließ den Blick über das weite Land schweifen. Im Osten lagen die bewaldeten Hügel, ein Labyrinth mit Pfaden voller Laub und versteckten Abkürzungen, wo das Schwarze Wiesel und seine Wagemutigen Waldbewohner immer noch gegen die Gorgoren fochten; im Westen lagen die offene Ebene und die Hauptstadt, die nun Bollwerk der Gorgoren war.

Wenn Bernice nun Soldat war (*Soldatin?*), dann wußte

er, wo er sie finden konnte – wahrscheinlich besser als dieser närrische Junge. Kampf und Ruhm im Osten, oder eine reiche, friedliche Stadt im Westen, voll mit billigem Wein und noch billigeren Frauen; es war ganz offensichtlich, wohin es alle Soldaten ziehen würde.

Er wandte sich gen Westen und stieg in die Stadt hinunter.

Kapitel 17

»Ich brauche einen Vorkoster?« fragte Prinz Arbol mißtrauisch.

Königin Artemisia nickte eindringlich. »Ja«, sagte sie. »Du brauchst einen. Du brauchst *diesen* Vorkoster.«

Arbol beäugte die kapuzenverhüllte Gestalt. »Papa hat auch keinen Vorkoster mehr«, stellte der Prinz fest. »Den Letzten hat er aus dem Fenster geworfen, als er ihm den Kuchen nicht schnell genug gereicht hat. Warum brauche *ich* denn einen?«

»Weil *du*«, informierte die königliche Mutter ihren Sprößling, »ein echter hydrangenischer Prinz bist und kein dahergelaufener gorgorischer Thronräuber.«

»Ich bin *auch* ein Gorgore!« brüllte Arbol beleidigt.

»Ja, das bist du«, fügte die Königin eilig hinzu. »Dein Pech. Aber du bist *auch* mein Kind und daher ein echter Sproß des Königlichen Hauses von Althydrangea. Und du wirst erlernen, dich entsprechend zu verhalten. Also wirklich, mein Liebling, müssen wir uns denn jedesmal, wenn wir uns sehen, über dieses Thema streiten?«

Der Prinz beantwortete diese Frage nicht, sondern sagte statt dessen: »Wenn er mir auf den Nerv geht, werfe ich ihn die Treppen hinunter.«

Wulfrith, der bislang in stiller Verwirrung zugehört hatte, schnaubte. Wenn dieser linkische Idiot auch nur versuchte, ihn irgendwohin zu werfen, würde Wulfrith vielleicht den Bann über die Zauberei vergessen und Arbol in einen Molch, einen Karpfen oder sonst was verwandeln.

Oder vielleicht auch nicht. Er hatte seinen Zauberstab oder andere magische Ausrüstungsgegenstände nicht dabei; wenn er versuchte, Kluties neuen Zauber auszuprobieren, hätte er vielleicht plötzlich ein Rhinozeros oder ein anderes unerquickliches Geschöpf vor sich.

Außerdem wirkte der Prinz genauso groß und stark wie er selbst; vielleicht würde er sich also einfach nicht die Treppe hinunterwerfen *lassen*.

Die Königin hatte erwähnt, daß Wulfrith dem Prinzen ähnlich sehe; und Wulfrith mußte zugeben, daß Arbol ihm auf gewisse Weise vertraut erschien. Der Königin sah Arbol selbstverständlich ähnlich, aber irgendwie war das noch längst nicht alles.

»Darf ich ihm die alberne Maske abnehmen, damit wenigstens ich weiß, mit wem ich es zu tun habe?« fragte Arbol.

Königin Artemisia zögerte.

Ein unbehaglicher Augenblick. Früher oder später mußte ihre Tochter erfahren, was los war – aber ganz sicher mußte es nicht unbedingt gerade jetzt ...

»Mutter, schließlich könnte ein *Mädchen* darunter sein!« rief Arbol.

Artemisia, die gerade tief Luft geholte hatte und sich auf eine Erwiderung vorbereitete, gab plötzlich ein ersticktes Geräusch von sich und beugte sich hustend vor. Prinz Arbol und Wulfrith betrachteten sie nervös und wußten nicht, was sie tun sollten, doch der Anfall ging rasch vorüber und damit auch ein wenig ihrer Vorsicht.

»Nun gut«, sagte sie, »du kannst ihn ohne seine Maske

sehen. Arbol, mein Kind, das ist dein neuer Vorkoster. Er sagt, er heiße Wulfrith.«

Wulfrith war sich unsicher, ob er sich zuerst verbeugen oder die Maske abnehmen sollte, also versuchte er, beides zugleich zu tun und schaffte es, die Maske mit seinem Haar zu verheddern und sich mit dem Daumen ins Auge zu stechen, aber einen Augenblick später hatte er das alberne Ding entfernt, konnte sich aufrecht stellen und dem Prinzen ins Auge sehen.

Diese Augen sahen vertraut aus und erinnerten ihn ein wenig an das, was er sah, wenn er in den Spiegel blickte.

»Mama«, rief Prinz Arbol erstaunt, »der sieht ja aus wie *du*!«

Wulfrith blinzelte.

»Tatsächlich«, wandte die Königin ein und betrachtete ihre beiden Kinder, »sieht Wulfrith aus wie *du*, mein Liebster.«

Allerdings. Selbst für Kinder der gleichen Geburt war die Ähnlichkeit frappierend. Die Gelehrten, die Artemisia als Kind unterrichten, hatten ihr von Zwillingen, die identisch aussahen, berichtet, doch diese beiden *konnten* nicht identisch sein, sagte sie sich. Sie waren nicht vom gleichen Geschlecht, und ihre Lehrer hatten darauf bestanden, daß identische Zwillinge auch darin identisch sein mußten.

Doch zweifellos waren sie miteinander verwandt. Zum ersten Mal innerhalb von mehr als vierzehn Jahren zwei ihrer Kinder beisammen zu sehen, weckte in der Königin eine sehr seltsame Mischung von Gefühlen, die sie zunächst unfähig machte, noch mehr zu sagen.

»Stimmt das?« Arbol sah Wulfrith prüfend an, welcher die Musterung zurückgab. »Stimmt vielleicht, ein wenig.«

Wulfrith schnaubte wieder. Während diverser magischer Übungen hatte er sich wiederholt im Spiegel gesehen und konnte daher sagen, daß er und Arbol einander *sehr* ähnelten. Daß der Prinz eine reale Person und kein Abbild war, hatte diese Tatsache zunächst etwas verborgen – und natürlich der Umstand, daß Wulfrith sich noch nie selbst von der Seite gesehen hatte.

»Muß ich deswegen ein maskierter Vorkoster sein?« fragte Wulfrith. »Damit die Leute mich nicht mit Prinz Arbol verwechseln?«

Das Gesicht des Prinzen erhellte sich plötzlich. »Mensch, Mama!« rief Arbol. »Ich verstehe! Du wolltest ihn hier haben, damit er meinen Platz einnimmt, wenn ich jagen gehe, und keiner weiß, daß ich weg bin! Er kann sich um all den langweiligen Kram hier im Palast kümmern!«

Völlig überfahren machte Artemisia: »Äh ...«

Manchmal, erinnerte sie sich, vergaß sie einfach, daß ihre Tochter nicht dumm war. Das Kind weigerte sich nachzudenken, solange es dies vermeiden konnte, aber es war nicht dumm.

Und ihr Bruder offenbar auch nicht.

»Darum geht es?« fragte er zweifelnd. »Ich weiß nichts darüber. Ich weiß überhaupt nichts darüber, wie ich mich als Prinz benehmen sollte.«

»Natürlich nicht«, gestand Königin Artemisia ihm zu. »Du warst dein ganzes Leben lang ein Hirtenjunge, nicht wahr?«

»Nun ...«, begann Wulfrith. Daß Zauberei aber auch unbedingt illegal sein mußte. Das machte alles so umständlich. »Nicht genau ein *Hirtenjunge* ...«

»Was auch immer.« Die Königin winkte ab und kümmerte sich nicht länger um die Feinheiten landwirtschaftlicher Stellenbeschreibungen. »Auf jeden Fall wirst du, mein lieber Wulfrith, mein lieber, *lieber* Wulfrith, natürlich eine Menge über das Palastleben lernen müssen – aber, ja, ich hatte gehofft, daß du für meinen lieben Prinz Arbol zu gewissen ... Gelegenheiten einspringen könntest.« Artemisia zögerte, und sagte dann: »Natürlich nicht *sofort*.«

»Ich denke schon«, sagte Wulfrith ohne große Begeisterung.

»Ich glaube«, sagte Königin Artemisia, »daß ihr beiden euch ein wenig besser kennenlernen solltet. Wenn Wulfrith für dich einspringen soll, Arbol, muß er mehr über dich wissen und auch darüber, was es heißt, Prinz zu sein.«

»Gut, Mama«, sagte Arbol, »wir können Schwertkampf üben. Papa sagt, das ist der beste Weg, einen Mann kennenzulernen – versuche, ihm den Schädel einzuschlagen und du wirst entweder sein Hirn sehen oder erkennen, in welchen Bahnen er denkt.«

»Nein!« rief Artemisia mit Nachdruck.

»Wir nehmen die Holzschwerter, Mama – ehrlich, ich versuche auch nicht, ihn zu töten!«

Wulfrith warf der Königin einen alarmierten Blick zu.

»*Nein*, Arbol – keine Schwerter! Wenigstens jetzt noch nicht. Ein Vorkoster soll nicht kämpfen, er soll ... essen. Außerdem müßte Wulfrith die Maske anlassen, damit niemand sieht, daß wir eine Vertretung für dich haben, und das wäre schließlich nicht fair, oder?«

»Und wenn wir die Augenlöcher größer machen?«

»*Nein*, habe ich gesagt. Wulfrith weiß nicht, wie man kämpft – oder, Wulfie?«

»Nein, Herrin. Äh ... Schafhirten benutzen Schwerter nicht sehr oft.« *Und Zauberer*, dachte er, *haben wirksamere Waffen – jedenfalls die schlauen.*

»Na schön.« Arbol sah seinen neuen Vorkoster an. »Was möchtest *du* denn tun, Wulfrith?«

»Wir könnten in der Bibliothek zusammen lernen«, schlug er begeistert vor.

Arbol runzelte die Stirn. »Bibliothek?«

»Der große Raum mit den vielen Büchern«, erklärte Wulfrith.

»Ah.« Arbol war verblüfft. »Was sollen wir damit, sie uns gegenseitig an den Kopf schmeißen?«

»Nein, Blödmann, sie lesen!«

»Hey, nenn mich nicht Blödmann! Ich bin der Prinz!«

»Tut mir leid«, murmelte Wulfrith mit einem Seitenblick zur Königin. Es war ihm unbehaglich klar, daß er einen Bruch der Etikette begangen hatte und daß diesem weitere folgen würden. Alle Geschichten berichteten, Palastetikette sei sehr kompliziert und gleichzeitig sehr wichtig.

»Schon in Ordnung«, antwortete Arbol. »Also liest du gerne.«

»O ja!«

»Wulfrith bleibt bis auf weiteres in der Bibliothek, wenn er nicht bei dir ist oder mich hier besucht«, ordnete die Königin an. »Dort wird ihn niemand behelligen.«

»Ganz sicher nicht!« stimmte der Prinz zu.

»Vielleicht kann ich aus einigen Büchern lernen, wie man sich als Prinz benehmen muß«, überlegte Wulfrith laut.

Artemisia seufzte. »Ich fürchte, dann wirst du feststellen, daß sie nicht mehr auf dem aktuellen Stand sind«, sagte sie. »Aber es kann natürlich nicht schaden.«

»Na, komm mit«, sagte Arbol und wandte sich zur Tür. »Ich gehe mit dir dort hinunter, und vielleicht kannst du mir ein gutes Buch zeigen, das zu lesen sich lohnt. Eins mit vielen Bildern von Schwertern und Pferden.«

»Setze deine Maske auf, mein Lieber«, sagte die Königin, als Wulfrith dem Prinzen folgte.

Der Junge gehorchte und mußte sich beeilen, um Schritt zu halten: Was der Prinz als ›Gehen‹ bezeichnete, stufte Wulfrith als ›Dauerlauf‹ ein. Es fragte sich, was Arbol wohl ›Rennen‹ nannte.

Mit Bestürzung aber erfüllte ihn, daß Arbol auf dem ganzen Weg einen kontinuierlichen Redefluß von sich gab. »Es wird gut sein, dich hier zu haben«, sagte der

Prinz. »Manchmal habe ich den Eindruck, daß die Menschen vor mir zurückscheuen, weil ich der Kronprinz bin, weißt du, und König sein werde, wenn Papa mal stirbt, obwohl ich natürlich hoffe, daß er niemals stirbt, weil ich ihn sehr gern habe, obwohl er ein Schwein ist und meinen Großvater umgebracht hat, den alten König, hast du das gewußt? Sein Name war Fumarius der Zweiundzwanzigste, das ist einer dieser altmodischen althydrangenischen Namen, und eigentlich sollte ich ja auch so einen Namen haben, ich meine, Arbol ist ja ein guter alter hydrangenischer Name, aber er ist nicht so zickig, möglicherweise habe ich noch so einen komischen Namen, einen anderen meine ich, irgend jemand hat mir mal erzählt, daß mein Name eigentlich Helenium sein sollte, ich meine, das ist doch wirklich ein dämlicher Name, oder etwa nicht? Ach, hier ist die Bibliothek, oder?«

Wulfrith nickte, ein wenig außer Atem. Ohne zu denken winkte er mit der Hand und vollführte so einen einfachen Schloßöffne-Zauber. Die reich verzierten, emaillierten Türflügel schwangen auf.

»Hey!« rief Arbol. »Wer war das?«

»Äh ... ich«, gab Wulfrith zu.

»Aber du hast die Türen nicht berührt, ich hab's genau gesehen!«

»Nein«, antwortete Wulfrith mit schamrotem Gesicht. »Ich habe Magie benutzt.« Er fügte hastig hinzu: »Ich bin kein Zauberer oder so etwas, es besteht keine Notwendigkeit, mir den Kopf abzuschneiden. Es war nur ein Trick, den ich gelernt habe.«

»Hmh!« Arbol sah erst den maskierten Begleiter an, dann die Tür. »Vielleicht bist du am Ende ja doch ein Mädchen. Ich meine, echte Männer zaubern nicht – das ist Weiberkram.«

»Ich bin kein Mädchen«, gab Wulfrith ein wenig gekränkt zurück.

»'türlich nicht«, beruhigte ihn Arbol und trat in die Bibliothek. »Ich wollte dich nur auf den Arm nehmen. Du kannst kein Mädchen sein – dazu siehst du mir zu ähnlich.«

»Das ist wahr«, stimmte Wulfrith zu und folgte ihr.

Die Bibliothek hatte zahlreiche hohe, schmale Fenster, die zwischen turmhoch aufragende Bücherregale gequetscht waren. Alle davon waren Südostfenster, und der Nachmittag ging ihn den frühen Abend über. Dies in Kombination mit der Tatsache, daß seit vierzehn Jahren niemand mehr die Fensterscheiben geputzt hatte, machte den Raum düster und füllte ihn mit Schatten.

Als Wulfrich sah, wie finster es in der Bibliothek geworden war, handelte er wieder ohne nachzudenken und zündete das nächststehende halbe Dutzend Kerzen an. (Es war ein ganz einfacher Zauber, der Zeichensprache mit drei Fingern benutzte, um einen Feuerelementar durch ein unsichtbares Fenster aus der Unterwelt herbeizurufen. Klutie hatte ihn nie richtig gemeistert, was Wulfrith immer noch verwunderte.)

Arbol erstarrte auf der Stelle.

»War das noch mehr Magie?« verlangte der Prinz zu wissen.

»Uups. Ja, Herr«, gestand Wulfrith.

»Mensch, hör auf damit! Ich bin ein Prinz, ich kann mich nicht mit einem schwächlichen Waschlappen zeigen, der Magie benutzt! Benimm dich wie ein Mann!«

»Tut mir leid.«

Im Kerzenlicht sah sich Arbol um, betrachtete die endlosen Regalen und Stapel mit staubigen, manchmal halb verschimmelten Bücher und sagte: »Viele Bücher.«

Wulfrith nickte.

»Irgendein halbwegs Brauchbares darunter?«

Wulfrith blinzelte erstaunt. »Äh«, sagte er. »Ähem.« Die Idee, daß ein Buch nicht wenigstens ›halbwegs brauchbar‹ sein könnte, war ihm völlig fremd. Natürlich waren einige Bücher besser als andere, aber es waren alles *Bücher,* und das bedeutete Wissen, Weisheit und wundervolle Worte, Geschichten, Zaubersprüche und alte Sagen.

Arbol ignorierte die Verunsicherung des anderen und hob einen dicken Folianten vom nächsten Tisch. Der Prinz verengte die Augen, als er versuchte, den verblichenen Titel zu lesen und öffnete, nachdem ihm klargeworden war, daß er dazu nicht in der Lage war, das Buch zufällig und las ein paar Zeilen.

Wulfrith beobachtete ihn dabei und sah, wie sich Arbols Lippen bewegten. Welche positiven Gaben der Prinz auch immer besitzen mochte, Gelehrsamkeit war anscheinend nicht darunter.

Na ja, Lesen war eine der Tätigkeiten, die man auch alleine verrichten konnte, rief Wulfrith sich ins Bewußtsein.

»Das dreht sich alles um einen Kerl namens Pollestius, der eine Frau damit beleidigt, daß er einen Rubinring am falschen Finger trägt«, sagte Arbol und knallte das Buch zu. »Wen interessiert das schon?«

Wulfrith mußte zugeben, daß dies nicht besonders aufregend klang, obwohl er sich fragte, warum denn eigentlich eine Frau dadurch beleidigt sein könnte, daß ein Mann einen Ring am falschen Finger trägt.

»Was hältst du hiervon?« fragte er, indem er auf einen Band deutete, den er schon früher gesehen hatte, *Kompendium mystischer Rituale*. Er wuchtete ihn aus dem Regal und öffnete das Buch.

Arbol warf einen Blick darauf und zischte verächtlich: »Noch mehr Magie!«

Wulfrith hatte aus irgendeinem Grund noch nicht begriffen, daß Leute, die von der *Ausübung* der Zauberei nichts hielten, auch nichts darüber lesen wollten. Schließlich las er sehr gerne über Abenteuer und Schlachten, auch wenn er sich nicht gerne darin verwickeln lassen wollte.

»Oh«, sagte er.

»Hör zu«, sagte Arbol. »Ich hab' noch mehr zu tun – ich glaube, ich muß gleich zur Reitstunde, und heute steht Bauern niederreiten auf dem Programm. Mach hier weiter und schau dir an, was du willst, und vielleicht hast du ja etwas Interessantes für mich gefunden, wenn ich zurück bin.«

»Gut«, stimmte Wulfrith zu und ließ den Blick begierig über die Leder- und Leinenbuchrücken schweifen. »Schön, Euch kennengelernt zu haben, Prinz Arbol.«

»Ja. Bis später!«

Damit verließ Arbol den Raum und schloß hinter sich vorsichtig die Tür.

Wulfrith riß sich die alberne Kapuze herunter und begann, in den Regalen zu stöbern.

Die Bücher über Magie waren überaus verlockend, aber Magie war hier im Palast offenbar fehl am Platze. Der Prinz wollte anscheinend Abenteuergeschichten oder Bücher über Kampf und Reiten; was ihn selbst anbelangte, so erinnerte Wulfrith sich, daß er hier war, um etwas über das Geschäft zu lernen, ein Prinz zu sein.

Er wußte nicht genau, wo er mit dem Suchen anfangen sollte. Es gab hier *so viel*!

Dann entdeckte er den kleinen Alkoven in der Rückwand, wo es noch finsterer war als im übrigen Teil des Raumes, fast versteckt hinter einer komplizierten Regalanordnung. Neugierig geworden nahm er eine Kerze und betrachtete die Sache genauer.

Auf den ersten Blick war es ein ganz gewöhnlicher Alkoven: drei von Bücherregalen verdeckte Wände, in der Mitte ein staubiger Tisch mit einem abgewetzten gepolsterten Sessel. Nur auf wenigen Buchrücken standen Titel, aber sonst konnte Wulfrith an ihnen nichts Außergewöhnliches erkennen.

Dennoch war die Umgebung ein wenig behaglicher und nicht so einschüchternd wie der übrige Teil der Königlichen Bibliothek, daher entschied Wulfrith sich, sich ein paar der hier stehenden Bücher anzusehen. Er stellte die Kerze auf den Tisch und musterte das nächststehende Regal.

Ein Titel sprang ihm gleich ins Auge. Das Glück war mit ihm, fand er, als er *Der Prinz und die schöne Bauerstochter* aus dem Regal zog. Er blies den Großteil des Staubes weg, dann öffnete er das Buch vorsichtig.

Eine fein ausgeführte Radierung bildete das Titelblatt. Wulfriths Augen weiteten sich. Er setzte sich abrupt auf den Stuhl, beachtete die Wolke aus Staub und Schimmelsporen gar nicht, die sich beim Aufprall ausbreitete, und drehte eine Seite nach der anderen um. Er wählte willkürlich einen Abschnitt und begann zu lesen:

»Oh, lieber Herr«, keuchte die Magd, »ich werde ohnmächtig, denn nie zuvor erblickte ich Einen So Großen! Wahrlich fürchte ich, daß Solcher mir großen Schaden zufügte, doch bei der Gesegneten Göttin Concupiscia schwör' ich, es wär's wohl wert!« Sprach's und warf sich Zurück auf die Couch, und ihre Röcke entblößten ihre Schenkel.

Dann sah Wulfrith die Illustration auf der gegenüberliegenden Seite.

Das hatte zwar nichts mit Zaubern oder Geschichten übers Heldentum zu tun, aber es besaß doch eine gewisse Faszination. Wulfrith wußte zwar von Anfang an, daß dies ihm nichts darüber beibringen würde, wie er sich als Prinz zu verhalten hatte, aber dennoch glaubte er, daß es hohen erzieherischen Wert besäße. Hastig blätterte er zurück an den Anfang und machte es sich für eine lang andauernde Lektüre bequem.

Kapitel 18

Prinz Arbol sprang aus dem Sattel und stolzierte großspurig zu dem fünften nun am Boden liegenden Gegner dieses Nachmittags. »Hast du jetzt genug, Penstemon?«

»Ich hatte schon vor drei Stunden genug«, ertönte ein Stöhnen als Antwort. »Was ist denn in Euch gefahren, Herr?«

Arbol lachte nur und streckte die Hand aus, um dem Gefährten vom Boden aufzuhelfen. »Ich wußte, daß du für einen Wettbewerb unter Freunden immer zu haben bist.«

»Unter Freunden!« wiederholte Penstemon. Er spuckte zwei Zähne aus und ein Stück des Schweifs seines Pferdes, das irgendwie den Weg in seinen Mund gefunden hatte, als Arbols Seitenstoß mit der Übungslanze in kopfüber vom Rücken des Tieres gefegt hatte. »Wenn das freundlich war, möchte ich Euch wirklich nicht zum Feind haben.«

Der Prinz grinste spöttisch. »Genau. Papa sagt, das ist die Idee hinter dem Königtum: Zwinge deine Verbündeten mit Furcht zur Loyalität und deine Feinde dazu, nicht aus der Reihe zu tanzen.«

Penstemon schüttelte den Kopf. Da fiel ihm auf, daß er das besser nicht getan hätte. Außer seinen Zähnen fühlten sich einfach zu viele Dinge lose an und schienen bereit, sich selbständig zu machen. Er war einer der bevorzugten *Gefährten des Prinzen* – ein Korps vielversprechender junger Männer, alle von reinstem althydrangenischem Blut und von Königin Artemisia persönlich ausgewählt.

(König Bratz mischte sich nicht weiter in die Erziehung des Prinzen ein. Auf zahlreichen königlichen ›Ratssitzungen‹ hatte man sagen hören, daß ihn das Aufziehen

Arbols nicht interessiere, solange der Prinz genug von den traditionellen Gorgorischen Drei Bs aufschnappte: Biersaufen, Behauen-ausgesuchter-Schädel und Bastardezeugen. »Andernfalls muß ich ihn umbringen.«)

Später, nachdem Arbol genügend ›freundschaftliche‹ Prügel an all seine Gefährten ausgeteilt hatte, um sie sich *en masse* daran erinnern zu lassen, daß gehen sie mußten, um ihre Mathematikhausaufgaben zu machen (Mathematikhausaufgaben wurden immer in der Palastküche gemacht, wo es genügend Schulmaterial gab), kam Penstemon noch einmal auf das Thema Arbols neuer Ausgelassenheit zu sprechen.

»Ich weiß nicht, warum«, sagte er zu den anderen Gefährten, »aber in letzter Zeit ist er irgendwie komisch.«

Seine Freunde waren zu sehr damit beschäftigt, in die Mysterien der Addition einzutauchen, indem sie ausprobierten, wer die vielbeschäftigten Küchenmägde dazu bewegen konnte, ihnen noch einen Krug zu bringen. (»Wir hatten nur zwei, Süße, und wenn wir noch einen bekommen, macht das vier. Das wird doch keinem auffallen.«)

Nur der junge Salix wollte die Angelegenheit diskutieren. (Er hatte ein wenig zu viel getrunken und gerade eine Subtraktionsaufgabe vorgerechnet, indem er ein Frühstück von einem Magen abzog.) Sehr angegriffen wirkend lallte er mit bleichem Gesicht: »Wie meinschten dasch, komisch? Er's 'n halber Gorgore. Kanns' nich komscher wern als das.«

»Nein, das meine ich nicht.« Mittlerweile kam es Penstemon so vor, als könnte einigermaßen sicher riskieren, den Kopf zweifelnd leicht zu schütteln. »Ich kann einfach nur nicht den Finger drauflegen.«

»Dann verschuchsch auch nich.« Salix kicherte. »Arbol würd' ihn dir abschnein.« Er machte mit der Hand eine fiese schneidende Bewegung. »Ka-Bumm!« Dann starrte er die Hand an, überrascht, daß sie solch einen unerwarteten Geräuscheffekt von sich gab. »Nein. Nicht Ka-Bumm. Ich meine *Tschitt*! Äh … oder … vielleischt auch nich-*t*. Egal.« Er zuckte die Schultern und kippte nach hinten von der Bank.

Prinz Arbol schloß sich gerade der Bierrunde an und fragte: »Was ist denn mit dem los?«

»Das Übliche«, antwortete Penstemon. Er wunderte sich ein wenig über die Frage. *Jeder* wußte doch über Salix Bescheid! Sein Trinkverhalten war so zuverlässig wie ein Uhrwerk – eigentlich sogar zuverlässiger, seitdem König Bratz sich eines Nachts in den Kopf gesetzt hatte, jede einzelne Uhr im Palast auseinanderzunehmen. Vielbeschäftigte Ratsherren hatten sich angewöhnt, aus dem Umstand, ob der Junge noch stand oder nicht, auf die Uhrzeit zu schließen; wenn er lag, konnte man an der Länge des Schattens, den seine Nase warf, erkennen, wie spät es war.

»Ist er betrunken?« fragte der Prinz und kniete neben dem gefallenen Gefährten nieder.

Penstemon runzelte die Stirn. Er fragte sich, ob die Zähne das einzige waren, was sich beim letzten freundlichen Ringen mit dem Prinzen gelockert hatte. »Das *wißt* Ihr nicht, Herr?«

Der Prinz schien aus einer Art Tagtraum zu erwachen und sagte schnell: »Natürlich *weiß* ich, daß er betrunken ist!« Arbol sprang auf und schritt neben dem leise schnarchenden Körper hin und her. »Ich habe mich nur gefragt, ob wir nicht vielleicht etwas für ihn tun sollten!«

Penstemon grinste. So kannte er ihn! Als der Prinz Salix das letzte Mal in diesem Zustand gesehen hatte, war ein wahrhaft inspiriertes Tableau arrangiert worden. Als er aus seinem Rausch erwacht war, hatte er feststellen müssen, daß er einen Nachttopf auf dem Kopf trug, ausgehöhlte Kürbisse an den Füßen, und daß die Rüschenunterwäsche einer Dame seinen Körper nur äußerst notdürftig bedeckte. Das Bett teilte eine preisgekrönte hydrangenische Mastsau mit ihm. Nur daß Prinz Arbol in der Eile nicht in der Lage gewesen war, einen bauchredenden Quacksalber zu finden, bewahrte das Tier davor, Salix zu fragen: »War es auch gut für dich, Liebling?«

»Auf jeden Fall, Hoheit«, sagte Penstemon und machte Platz, damit Arbol ungehindert zu dem armen, nichtsahnenden Salix gelangen konnte. »Ihr fangt schon mal an, ich hole die Sau.«

»Sau?« wiederholte der Prinz irgendwie abgelenkt. »Säue sind gegen Sumpfhusten. Das dauert nicht lange.« Arbol kniete neben Salix nieder und fuhr mit der Hand über den Leib des Jungen. Seine Finger machten eigenartige, verdrehte Bewegungen.

Salix' Augenlider flatterten, dann fuhren sie abrupt hoch. Mit einem lauten Kriegsschrei sprang er auf, schlug sich auf die Brust, holte mehrmals tief Luft und machte über jede einzelne Küchenbedienstete einen Bocksprung, bis er ins Treppenhaus verschwand.

Zwei der verbliebenen Gefährten eilten ihm hinterher. Kurz darauf kamen sie zurück und berichteten: »Er ist durch das Ausfalltor aus der Stadt herausgaloppiert und in den Feldern verschwunden. Als wir ihn zuletzt sahen, fing er Kaninchen.«

»Nun, ein bißchen Jagen ist gut, um einen klaren Kopf zu bekommen«, sagte Penstemon.

»Er war ohne Pferd«, sagte der eine.

»Er hat sie mit den Zähnen gefangen«, sagte der zweite.

Penstemon und alle anderen Gefährten starrten ihren Prinzen unvermittelt an. »Was habe ich getan?« wollte Arbol wissen.

»Das wüßten wir auch gern«, gab Penstemon zurück.

Bevor Arbol noch antworten konnte, drang eine weiche, süßliche Stimme aus den Schatten. »Na, na, Jungens, ihr könnt hier unten doch nicht kämpfen. Das macht die Köche nervös. Wenn sie nervös sind, dann machen sie Fehler – unschmackhafte Fehler. Ihr wißt doch sicherlich, wie sehr unser geliebter König unschmackhafte Fehler haßt. Und ihr wißt auch, was er mit den Köchen anstellt, die sie gemacht haben. Gutes Personal ist heutzutage so schwer zu halten, besonders wenn es in kleine Stückchen geschnetzelt ist.«

Eine dunkle, üppige Frau in informeller gorgorischer Kleidung tauchte aus dem Torbogen auf, der zu den Treppen des Bankettsaals führte. Um den Hals trug sie das schwere Goldsiegel der Königlichen Wahrsagerin, das einzige Hofamt hoher Verantwortung, das die Gorgoren einer Frau zu bekleiden erlaubten. (Gorgorische Männer mochten die Magie verächtlich als ›schwächlichen Weiberkram‹ ablehnen, aber es war doch praktisch, eine der Damen zur Hand zu haben, die dem König akkurat vorhersagen konnte, was es in ein paar Tagen zum Abendessen geben würde, so daß er schon vorher wußte, was er zu töten hatte: das Wild oder den Koch.)

Penstemon fühlte seinen Mund austrocknen. Aus dem Augenwinkel sah er, daß die Frau die anderen Gefährten auf gleiche Weise beeindruckt hatte. Selbst Prinz Arbol leckte sich auf nervöse Weise die leicht geöffneten Lippen. Die Gefährten des Prinzen, die älter waren als der Thronfolger, wußten, warum die Gegenwart der Dame sie zum Schwitzen brachte. Jene, die mit dem Prinzen gleichaltrig oder jünger waren, wußten es nicht, hatten aber die untrügliche Ahnung, daß es sicherlich Spaß machen würde, das Geheimnis zu lüften.

Wie eine Wolke Moschusrauch schwebte die gorgorische Frau über den Küchenboden. Ihr Blick fiel auf den Prinzen, und ihre Augen leuchteten auf. »Ah, da seid Ihr ja, Eure Hoheit«, hauchte sie. »Ich hatte gehofft, Euch allein anzutreffen.«

»Aber ich bin nicht ...« Der Prinz verschluckte die

Worte des Protests, als sie sich vorbeugte und ihr tiefer Ausschnitt einen besonders vorteilhaften Einblick bot. »Ooh«, sagte der Prinz.

Das Lächeln der Dame wurde für einen Augenblick noch breiter, dann schlug es in eine Knospe der Verärgerung um. »Ich *sagte*, ich hatte gehofft, ihn *allein* anzutreffen.« Sie warf einen kühlen Blick über die Ansammlung gaffender Gefährten. Es war ein sehr bedeutungsvoller Blick. Ganz plötzlich erinnerte Penstemon sich an die wilden Gerüchte, daß einige gorgorische Frauen in der Lage seien, Magie auszuüben – und nicht nur Wahrsagerei. Er war zu jung, um sich an die althydrangenischen Magier und ihre prätentiösen, nutzlosen Zauber zu erinnern; er wußte über Magie nur, was er in Fabelfibeln gelesen hatte, und darin wurde Magie immer dazu benutzt, Menschen in Dinge zu verwandeln: Grüne Dinge. Schleimige Dinge. Dinge, die in den Sümpfen quakten.

»Wir wollten sowieso gerade gehen, Lady Ubri«, sagte er hastig.

Offenbar hatten seine Mitgefährten die gleichen Bücher gelesen wie Penstemon, denn sie alle flohen mit ihm aus der Küche.

Lady Ubris Lächeln kehrte zurück, als sie ihnen zusah, wie sie davonrasten. Es war immer nett, mit diesen erbärmlichen hydrangenischen Schoßhündchen zu spielen. Unglücklicherweise war es meistens einfach zu einfach. Ubri nahm immer gern eine Herausforderung an – aber sie war eine sehr schlechte Verliererin. Als sie auf Prinz Arbol hinabblickte, der immer noch auf dem Küchenboden saß, wo er seit Salix' bemerkenswerter Genesung geblieben war, wurde sie auf schmerzhafte Weise an ihren größten – und einzigen – Verlust erinnert. Sie war gerade dem Mädchenalter entwachsen gewesen, gerade fünfzehn geworden, doch es wurmte sie immer noch – wie ein solcher Verlust jemanden eben wurmt.

Verdammt! Wie konnte Bratz nur solch ein Narr sein, diese zickige, blütenweiche hydrangenische Prinzessin zu heiraten, wenn er doch sie, Ubri, hätte haben können? Ubri wußte nicht viel über Politik und dynastische Heiraten, aber sie wußte, was sie nicht mochte.

Sie mochte Artemisia nicht.

Sie mochte Macht.

Es war eine wahrhaft bittere Erfahrung gewesen, als Bratz die blasse, goldene Königin mit dem Puppengesicht ihr vorgezogen hatte. Besonders bitter, weil er ihr die ganze Geschichte erzählte, nachdem er ihr das Bettlaken unter dem Leib weggerissen hatte. »Du machst besser, daß du hier rauskommst, äh, wie heißt du doch gleich – Uki? Ich heirate heute morgen. Komm übermorgen wieder.«

Nun, sie war nicht zurückgekommen – nicht in diese Position jedenfalls. Sie war im Palast geblieben und hatte gehofft, daß Bratz wieder zu Verstand kommen würde. Nach einer Weile war ihr klargeworden, daß Bratz keinen Verstand besaß, zu dem er kommen konnte. Das war, nachdem Artemisia den Thronfolger, Prinz Arbol, zur Welt gebracht hatte. Tag um Tag verging damit, daß Ubri eifersüchtig zusah, wie das Kind ihrer Rivalin heranwuchs, und mit ihm wuchs Ubris Haß.

Bis zu einem bestimmten Tag. Zum ersten Mal seit Jahren lächelte die gorgorische Edeldame.

Der Prinz wuchs heran! Und ein herangewachsener Prinz wurde eines Tages König. Und ein König braucht …

»Eine Königin«, flüsterte sie für sich. »Wenn nicht Bratzens, dann eben Arbols Königin.« Sie betrachtete ihre Erscheinung in einem der Spiegel des Palastes. Sie hätte Arbols Mutter sein können, doch das war ihr nicht anzusehen. Die Jahre hatten es sehr gut gemeint mit Ubri. Die Sitten der seßhaften Hydrangener waren soviel besser für die Haut als die alte gorgorische Art, über Berge, Flüsse, Steppen und so weiter zu ziehen, wobei die erbarmungslose Sonne herunterknallte und den Teint der Mädchen ruinierte. Ubris Gesicht war dunkel, doch nicht ledrig, das schwarze Haar immer noch seidig, und die gesündere Ernährung seit Eroberung und Ansiedlung in Hydrangea hatte ihre ohnehin großzügig bemessenen Kurven noch betont.

»Ich schulde diesen Menschen wirklich eine Menge«, sinnierte sie. »Wenn ich ihre Königin bin, werde ich versuchen, nicht allzu viele abzuschlachten.«

Nun, da sie eine Frau mit einem Plan war, war Ubri glücklich. »Der Weg ins Herz eines Prinzen führt durch seinen Magen ... und weist nach Süden«, sagte sie. Sie bereitete diesen Plan vor, indem sie den Prinzen bei jeder sich bietenden Gelegenheit verwöhnte.

Das war nicht so leicht, wie es klang. Er war nicht oft allein, und wenn er allein war, schien er einfach nicht interessiert. Arbol hetzte stets durch den Palast, brachte links und rechts die Gardisten durcheinander oder schlug sich durch die Militärlektionen. Ubri wußte genau, daß sie jemanden nicht verführen konnte, dessen sie nicht habhaft wurde.

Vor kurzem war er mit seinem königlichen Vater in den Krieg gezogen und monatelang den Einflüssen des Palastes entzogen gewesen. Ubri hatte geplant, sich diesen Ausflug zunutze zu machen. Sie hatte sich als Mann verkleidet und gehofft, sich den Prinzen auf dem Marsch zu schnappen. Er war doch allein, krank vor Heimweh und vielleicht sogar ein wenig ängstlich! Meilenweit wäre sie die einzige Frau – soweit es sie betraf, zählte die kleine Schar Marketenderinnen nicht. Sie wollte sich ihm offenbaren und den Drang der Natur den Rest erledigen lassen. Wenn Arbol auch nur einen Tropfen von Bratzens Blut in sich hatte, dann würde er sie nicht enttäuschen.

Es war ein wunderbarer Plan. Ubri war sich so sicher

gewesen, daß er funktionieren würde. Nur hatte der Prinz aus irgendeinem Grunde sein eigenes Zelt und erlaubte niemandem, es zu betreten, nicht einmal seinem eigenen Pagen. Den Gerüchten zufolge hatte es etwas mit hydrangenischer Züchtigkeit zu tun. Als Arbol schließlich herauskam, war es Ubri gelungen, sich zu ihm zu schleichen und zuzuflüstern: »Eure Hoheit, ich bin in Wahrheit eine Frau, als Mann verkleidet. Ich habe diese gefährliche Sache – Euch aufs Schlachtfeld zu folgen – aus Liebe zu Euch auf mich genommen.«

»Ein Mädchen bist du?« lautete die Antwort des Prinzen. Er beäugte sie von Kopf bis Fuß und lachte. »Ein Mädchen als Mann verkleidet! Das ist witzig. Tolles Spiel, sich als Angehörigen des anderen Geschlechtes zu verkleiden. Das muß ich meinen Gefährten erzählen! Dann müssen wir auch mal versuchen und sehen, wie weit wir damit kommen. Wirst du mir ein Kleid leihen, wenn wir wieder zu Hause sind?« Er hatte ihr drei gorgorische *Gexen* Trinkgeld gegeben und war fortgegangen, um noch mehr Feinde zu töten.

Und hatte Ubri fuchsteufelswild vor Wut zurückgelassen.

Deshalb war sie nun so angenehm überrascht. Arbol starrte sie an. Sie kannte diese Sorte Starren; im Laufe der Jahre hatte sie es oft und von vielen Männern erhalten. Es war besser als Zentralheizung. (Die Gorgoren waren vielleicht Barbaren, doch sie kannten das Prinzip der Zentralheizung: Man erobert eine Stadt und steckt in deren Mitte das größte Gebäude in Brand.)

Ubri sank neben Arbol zu Boden. »Solch eine hübsche Abwechslung, Euch einmal allein anzutreffen, Hoheit«, flüsterte sie ihm ins Ohr. Die Küchenbediensteten, die um sie herum ihre Arbeit verrichteten, waren genauso unsichtbar für sie wie die Marketenderinnen gewesen waren. »Wenn Ihr Euch nicht mit Euren dummen Gefährten herumtreibt, dann steckt Ihr mit Euren neuen Vorkoster in diesem muffigen alten Bücherzimmer. Warum verschwendet Ihr so viel Zeit mit ihm? Er ist nur ein Dienstbote!«

»Ach, er ist in Ordnung«, antwortete der Prinz recht unbehaglich.

»Ihr wißt ja, wenn er Euch zu sehr zur Last fällt, dann könnte ich ihm immer eine kleine ... Zwischenmahlzeit zukommen lassen, auf gorgorische Art.« Ihr Lächeln strahlte so hell wie eine frisch polierte Bärenfalle.

»Das möchte ich lieber nicht«, antwortete der Prinz. »Wir ... wir haben uns sehr an ihn gewöhnt.«

»Nun, wenn Ihr es so wollt, mein Prinz. Ich wäre nur zu glücklich, alles zu tun, was Ihr verlangt. Wirklich alles.« Sie kroch näher, und der Saum Ihres Kleides raschelte über die Bodenfliesen. »Nun, wo waren wir?«

»Die Bibliothek!« schrie der Prinz, ohne daß Ubri einen Grund sehen konnte. Er sprang auf. »Ich habe ganz die Bibliothek vergessen! Ich sollte mich dort treffen ... ich muß gehen. Wiedersehen. Bis bald.« Er eilte davon und ließ Ubri zurück, die alte gorgorische Flüche vor sich hin zischte.

Er hörte nicht auf zu rennen, bevor er die Bibliothek erreicht hatte. Drinnen legte er den Riegel vor und lehnte sich keuchend gegen die Tür.

»Nun, ging es?« kam die Frage. Königin Artemisia sah von ihrem Platz an einem der Tische auf.

Er nickte nur. »Niemand hat einen Unterschied bemerkt.«

»Gut.« Sie griff in ihren Ärmel und zog die Maske des Vorkosters hervor. »Zieh das hier wieder an. Morgen werden wir wieder spielen, und dann lassen wir Arbol die Maske tragen und sehen, ob die Leute glauben, er sei du, während gleichzeitig du vorgibst, er zu sein.«

Als Wulfrith die Maske wieder anlegte, fragte er sich, ob er der Königin von der sehr freundlichen gorgorischen Dame berichten sollte, die er in der Küche kennengelernt hatte.

Doch er entschied sich dagegen. Dieses Spielchen, das Artemisia sich ausgedacht hatte, war viel lustiger als alles, was er je mit Klutie unternommen hatte. Er wollte es niemandem verderben.

Schon gar nicht, wenn die nette gorgorische Dame mitspielen wollte.

Kapitel 19

»He da, Junge!«

Dunwin fuhr zusammen und blickte auf, als ein großer junger Mann in blattgrüner Försterkleidung (das himmelblaue Revers biß sich damit) direkt vor ihn von einem Baum auf die Straße sprang.

»Hallo«, sagte Dunwin, als der andere auf dem Weg landete, auf die Knie fiel und sich nur durch das rasche Ausstrecken einer Hand davor bewahrte, sich langzulegen.

Der Kerl in Grün kam behend auf die Beine, wischte sich den Schmutz mit der einen Hand von der Hose und schüttelte die andere, um die Blutzirkulation anzuregen. Dunwin konnte sehen, daß die Handfläche vom Aufprall knallrot war.

»He, Junge! Bleib stehen, wo du bist!« rief der Mann und schielte dabei auf die eigenen Knie, um zu entscheiden, was sie als nächstes tun würden.

»Ich stehe, wo ich bin«, stellte Dunwin fest. »Wie könnte ich woanders stehen?«

Der junge Mann blickte auf. »Also, so schon mal gar nicht! Wir haben hier nichts übrig für pfiffige Wortspiele und Maulfechterei! Wir sind die einfachen, geradlinigen Männer des Waldes, das sind wir!«

»Von Bäumen zu springen kommt mir aber nicht wie eine sehr einfache, geradlinige Sache vor«, wandte Dunwin ein.

»Na, das sollte dich nur überraschen, damit du keine Zeit mehr hast, deine Männer zu rufen oder dein Schwert zu ziehen.«

Dunwin blinzelte. Er wandte sich um und warf einen Blick auf die Straße hinter sich, dann schielte er auf seinen leeren Gürtel.

»Ich habe kein Schwert«, sagte er dann, »oder irgendwelche Männer.«

»Das kann ich sehen«, erwiderte der andere ein wenig aus dem Konzept gebracht. »Aber wenn du welche *hättest*, meine ich. Wir können von dort oben schließlich nicht sagen, ob du Männer bei dir hast. *Oder* Schwerter.«

»Oh.« Dunwin sah nach oben und sah zwei weitere grün und braun gekleidete Männer auf der gleichen großen Eiche sitzen, von der sein Gegenüber heruntergesprungen war. Er winkte ihnen höflich zu, und sie erwiderten den Gruß.

»Schlechte Aussicht von dort oben«, fuhr der Springer mit seiner Erklärung fort, »das kommt durch die Blätter im Sichtfeld, aber ihre Äste eignen sich hervorragend zum Hinabspringen, und es ist schon zu so etwas wie einer kleinen Tradition geworden, von dort hinunterzuspringen.«

»Das verstehe ich«, antwortete Dunwin höflich.

Einen Augenblick standen die beiden einander gegenüber und sahen sich gegenseitig in die Augen; dann sagte Dunwin: »Nun, wenn das alles ist, dann sollte ich weitergehen. Ich muß eine entlaufene Zibbe finden. Ein Schaf.« Er trat einen Schritt vor.

»Nicht so schnell!« Der Mann in Grün hob eine Hand. »Weißt du denn nicht, wo du bist, und wer wir sind?«

Dunwin kratzte sich am Ohr und machte drei oder vier Flöhe zu Heimatvertriebenen. »Ich bin in den östlichen Hügeln«, sagte er, »und du bist ein Fremder in einem albernen Kostüm, der gerade ohne ersichtlichen oder für mich nachvollziehbaren Grund von einem Baum gesprungen ist. Ich sehe nicht, was irgend etwas davon entweder mit mir oder mit Bernice zu tun haben soll.«

»Ha, *ha*!« Der Mann lachte nicht, er sagte einfach sehr laut »Ha, *ha*!« Dunwin kam es sehr seltsam vor, sich so zu benehmen. »Du bist im Herrschaftsgebiet des Schneidigen und Heldenmütigen Schwarzen Wiesels, und wir, die wir vor dir stehen, sind seine Wagemutigen Waldbewohner, und wir fordern seinen Zoll!«

»Seinen Zoll? Und was hat das mit mir zu tun?«

»Wir fordern von dir den Zoll für ihn!«

»Aber ich habe gar kein Geld«, sagte Dunwin. »Kann ich jetzt weitergehen?« Er machte noch einen Schritt vorwärts.

»Nicht so schnell!« rief der andere wieder. »Du bist ein geeignet erscheinender junger Bursche; wenn du kein Geld hast, wirst du mit einem Jahr Dienst bezahlen.«

Dunwin schüttelte den Kopf. »Sieh mal, es tut mir wirklich leid, aber ich habe für all das wirklich keine Zeit. Ich muß Bernice finden.« Er ging noch einen Schritt weiter.

Der Wagemutige Waldbewohner stellte die Füße auseinander und stieß eine Hand hervor, packte Dunwin an der Brust. »Du wirst nicht passieren!« verkündete er.

Dunwin ergriff die Hand und entfernte sie von seiner Brust. Der Wagemutige Waldbewohner versuchte, dies zu verhindern, so daß Dunwin Druck ausüben mußte.

Es gelang dem Grüngekleideten, nicht zu schreien, als sein Handgelenk gequetscht und beiseite gezerrt wurde. Es fühlte sich an, als würden sich die Knochen aneinander reiben, und das Fleisch zwischen ihnen wie Weichkäse hervorquellen.

Als Dunwin losließ, starrte der Wagemutige Waldbewohner eine Weile die malträtierte Hand an. Er beobachtete, wie die Farbe langsam wieder zurückkehrte und freute sich über den Schmerz, den er spürte; einen Augenblick lang war er sehr besorgt gewesen, daß diese Hand überhaupt nichts mehr spüren würde. Der Schafhirte war stärker, als er aussah, und er sah ohnehin nicht aus wie ein Schwächling von 120 Pfund.

Das vernünftigste wäre sicherlich, ihn einfach gehen zu lassen, damit er nach seinem Schaf weitersuchen konnte. Unglücklicherweise waren die Befehle des Schwarzen Wiesels sehr endgültig und sehr nachdrücklich, und, wie jeder Wagemutige Waldbewohner wußte, war das Schwarze Wiesel auch kein sehr vernünftiger Mann. *Jeder* Reisende mußte aufgehalten werden.

Als er schließlich die Finger wieder benutzen konnte, war der Schafhirt bereits weitergegangen; der Wagemutige Waldbewohner fuhr herum, eilte ihm hinterher und packte ihn mit beiden Händen am Rückenteil der Jacke.

»Nicht so schn ...!« begann er, beendete den Satz jedoch nicht, da ihn die völlig neuartige Erfahrung, horizontal durch die Luft zu reisen, vollkommen davon ablenkte. Es war erstaunlicherweise ein ganz anderes Gefühl als der vertikale Sturz vom Baum.

Dann endete die Reise abrupt in einem großen Dornbusch. Alle Überlegungen bezüglich der Anweisungen des Schwarzen Wiesels waren vergessen, solange er sich mit den dringlicheren Problemen zu befassen hatte, die sich aus mehreren hundert nadelspitzen, zollangen Dornen und den begleitenden Blättern und Ästen zusammensetzten.

Er vernahm das Geräusch, mit dem zwei schwere Gegenstände auf den Weg prallten und nahm an, daß seine Gefährten den Befehlen Folge leisteten und vom Baum gesprungen waren, um den widerspenstigen Hirtenjungen zu überwältigen. Er ging davon aus, daß sie keine Schwierigkeiten haben würden. Der Junge mußte schließlich erschöpft sein, nachdem er einen 210 Pfund schweren Mann durch die Luft in einen Dornbusch geschleudert hatte, der gut fünfzehn Fuß abseits der Straße stand, und außerdem wußten die beiden anderen ja nun, daß ihr Gegner nicht der harmlose Trottel war, für den sie ihn gehalten hatten.

Er konzentrierte sich darauf, sich aus dem Busch zu winden und dabei soviel heile Haut wie möglich übrigzubehalten.

Er achtete nicht weiter auf die Stimmen, die Worte austauschten, oder die dumpfen Geräusche, als sie etwas austauschten, das schwerer wog als Worte, das Klappern, als die Waldbewohner ihre Kampfstäbe hoben und der Hirtenjunge einen herabgefallenen Ast ergriff, um sich zu verteidigen.

Schließlich war er soweit, daß er stehen konnte. Er fegte Laub und Schmutz von seiner Kleidung, berührte leicht die unzähligen Kratzer auf den Wangen und erschauerte, als ihm bewußt wurde, wie nahe einige an seinen Augen waren, dann wandte er sich um, um zu sehen, was die anderen machten.

Es erstaunte ihn, daß die Schlacht noch immer tobte. Ochovar – der offizielle Spitzname ›Graustichig-weißes Erdhorn‹ war nie richtig an ihm hängengeblieben, genausowenig wie alle späteren Benennungen – schwang wild den Kampfstab, um sich der Angriffe des Hirtenjungen zu erwehren; der andere Waldbewohner, der Wennedel hieß, saß sichtlich benommen neben seinem zerbrochenen Stab auf dem Boden.

»Hey!« rief der ehemalige Dornbuschbewohner. »Das kannst du doch nicht tun!«

»Warum nicht?« fragte Dunwin erstaunt. Er warf einen fragenden Blick auf den Sprecher und erhielt von Ochovars Waffe postwendend einen saftigen Schlag auf den Hinterkopf. Er taumelte.

»Weil wir drei sind, alle in jeder Kampfart hochtrainiert, während du allein bist und bloß ein armer unwissender Hirtenjunge«, erläuterte der Waldbewohner, als Ochovar zu einem weiteren Schlag ausholte.

»Oh«, sagte Dunwin. Ochovar zögerte mit schlagbereitem Kampfstab. Sein Gefährte nickte; Menschlichkeit war eine Sache, aber es hatte einfach keinen Sinn, unnötige Risiken einzugehen.

Ochovar legte alles, was er zu bieten hatte, in den Schlag; er kam aus den Knien, legte sein volles Gewicht dahinter. Dennoch gelang es Dunwin, ihn ein wenig abzuwehren.

Aber es reichte immer noch, um Dunwin mit dem Gesicht nach unten zu Boden zu schicken. Ochovar setzte sich sofort auf ihn und hielt den Stab weiter schlagbereit.

Wennedel kam mit steifen Bewegungen dazu und setzte sich ebenfalls auf Dunwin. Der dritte Waldbewohner näherte sich vorsichtig und hockte sich vor Dunwins Gesicht nieder. Er wartete, entfernte dabei noch einige Dornen aus seiner Hose und studierte das Gesicht des Hirtenjungen.

Es kam ihm irgendwie bekannt vor.

Als die Augen des Jungen zu erkennen gaben, daß er wieder etwas klar sehen konnte, sagte der Waldbewohner: »Wie ich schon erwähnte, Junge, zeigst du ein gewisses Talent, aber gegen uns hattest du natürlich nicht die geringste Chance. Trotzdem – ich mag dich, also sage ich dir, was jetzt geschieht. Wir nehmen dich mit zu unserem Anführer, dem mächtigen Schwarzen Wiesel in eigener Person, und lassen ihn entscheiden, was mit dir geschehen soll. Du berichtest ihm über dein entlaufenes Schaf, und vielleicht beschließt er sogar, dir bei der Suche zu helfen.«

Dunwin blinzelte. »Warum hast du das nicht gleich gesagt?« fragte er. Er erhob sich. Ochovar und Wennedel purzelten zur Seite. Dunwin ergriff seinen zu Boden gefallenen Ast. »Gehen wir«, sagte er.

Ochovar starrte den Sprecher an; Wennedel starrte Ochovar an. »Wie fest hast du ihn gehauen?« flüsterte Wennedel.

»So hart ich verdammt noch mal nur konnte!« zischte Ochovar zurück. »Was denkst du denn?«

»Vielleicht hast du ihm den Verstand aus dem Kopf geprügelt, und er hat's nur noch nicht bemerkt«, antwortete Wennedel.

Der Sprecher schüttelte den Kopf. »Nein, ich glaube, er war schon immer so«, sagte er ruhig. »Ich meine, wer würde ein entlaufenes Schaf schon bis hier in den Wald verfolgen?« Laut fragte er: »Wie heißt du, Bursche?«

»Dunwin«, sagte Dunwin. »Nach meinem Großonkel, den sie aufgehängt haben. In Flechtenburg.«

»Das paßt«, murmelte der Sprecher. Laut sagte er: »Nett, dich kennenzulernen, Dunwin. Man nennt mich den Blauen Dachs.« Er reichte Dunwin die Hand, aber dieser bemerkte sie nicht, so daß sie einen Augenblick später wieder zurückgezogen wurde. Der Dachs runzelte leicht die Stirn.

»Wir verbinden ihm lieber die Augen«, sagte Ochovar. »Wer weiß, ob der Alte den Kerl behalten will.«

»Exzellenter Vorschlag«, stimmte der Dachs zu. »Wer hat das Tuch?«

Nach einer Weile peinlich berührter, schweigender Suche stieß der Dachs ein Seufzen hervor. »Na ja, diese Jacke ist sowieso ruiniert«, sagte er und riß einen Streifen dornengelochten Gewebes von seiner Kleidung.

Dunwin widersetzte sich nicht, als die Augenbinde festgemacht wurde. Er hatte dazu keinen Grund, denn die Löcher, welche die Dornen gerissen hatten, gewährten ihm freie Sicht. Aber er sah keine Notwendigkeit, dies zu erwähnen.

Beruhigt führten die drei Waldbewohner den Jungen

auf geheimen Wegen durch den Forst – Dunwin wußte, daß es Geheimwege waren, weil in Baumstämme geritzte Buchstaben, die den Weg wiesen, es deutlich sagten: Geheimweg, Durchgang verboten außer für Wagemutige Waldbewohner – bis sie eine kleine Lichtung erreichten, auf der eine alte Buche stand. Unter dem Baum stand ein großer, vom Wetter arg mitgenommener Stuhl, der anscheinend einmal vergoldet gewesen war; auf dem Stuhl räkelte sich behaglich ein recht erschöpft aussehender Mann, der von Kopf bis Fuß in Schwarz gekleidet war und einen goldenen Kelch in der Hand hielt.

»Ja, Dachs?« fragte der Mann auf dem Stuhl müde.

»Oh, Schwarzes Wiesel, tapferer, schneidiger, heldenmütiger Anführer der Wagemutigen Waldbewohner im kühnen Kampf gegen die abscheulichen gorgorischen Unterdrücker, welche unser edles Königreich geplündert haben«, sagte der Blaue Dachs, »auf dem Weg aus der Stadt hierher haben wir diesen Kerl gefangengenommen.«

»Habt ihr das Salz? Und die Nägel?«

»Ja, Schwarzes Wiesel. Wennedel – ich meine, die Blutrote Nacktschnecke hat sie.«

Das Schwarze Wiesel nickte. »Gut. Nun, was diesen Jungen betrifft, den ihr gefangengenommen habt – ist er ein Einjähriger oder ein Rekrut? Oder habt ihr wieder nur gespielt?«

»Er hat sich noch nicht entschieden, Schwarzes Wiesel«, antwortete der Dachs. »Er hat ein gewisses Talent zum Nahkämpfer, aber er will nur nach einem entlaufenen Schaf suchen.«

Das Schwarze Wiesel seufzte. »Ist er überhaupt ein echter Hydrangener? Die besten Nahkämpfer heutzutage sind davongelaufene Gorgoren.«

»Natürlich bin ich ein echter Hydrangener«, sagte Dunwin beleidigt.

»Ich glaube schon, Schwarzes Wiesel«, warf der Dachs

ein. »Sein Gesicht sieht so aus; ich würde sogar sagen, daß er eine entfernte Ähnlichkeit zu dir hat.«

Noch während er sprach, sah der Blaue Dachs genauer hin. Ganz sicher bestand eine Ähnlichkeit, das war deutlich. Dunwin hatte breitere Schultern und eine vielleicht um eine Nuance dunklere Haut, aber seine Gesichtszügen spiegelten die des Schwarzen Wiesels wider, und das Haar war vom gleichen schimmernden Schwarz.

Natürlich purer Zufall, dachte der Dachs.

»Na, das ist ja wenigstens ein guter Anfang«, sagte das Schwarze Wiesel. »Du bist also ein Schafhirt, Junge?«

»Das stimmt, Herr.«

»Nun, ich bin das Schwarze Wiesel, tapferer, schneidiger, heldenmütiger Anführer der Wagemutigen Waldbewohner im kühnen Kampf gegen die abscheulichen gorgorischen Unterdrücker, welche unser edles Königreich geplündert haben.«

»Es freut mich, Euch kennenzulernen.« Dunwin überlegte, ob er sich verbeugen sollte, und beschloß, daß es ihm egal war. »Ich heiße Dunwin. Ich suche nach Bernice.«

»Bernice ist dein entlaufenes Schaf?«

»Ja, Herr.«

»Nun, man trifft hier nicht sehr viele Schafe an. Wie sieht sie denn aus?«

Dunwin zögerte.

»Nun«, sagte er schließlich, »sie ist sehr groß für ein Schaf. Sie ist grün, sie glänzt, irgendwie, und voller Schuppen, wie eine Eidechse, oder vielleicht eine Wasserschlange.«

Die Aufmerksamkeit des Schwarzen Wiesels war nicht sehr groß gewesen; er hatte den Blick über die Lichtung schweifen lassen, doch nun setzte er sich aufrecht und starrte Dunwin ins Gesicht.

»Dein *Schaf* ist grün und hat Schuppen?« fragte er.

Dunwin nickte unglücklich.

Ochovar unterdrückte ein Kichern. Der Blaue Dachs zuckte bedeutsam die Schultern. Wennedel tippte sich an die Stirn.

Das Schwarze Wiesel überlegte einen Augenblick, dann wandte er sich an den Blauen Dachs. »Ein *wie* guter Nahkämpfer?« wollte er wissen.

Der Blaue Dachs antwortete: »Ein recht guter. Mich warf er in einen Dornbusch, dann nahm er es mit meinen beiden Männern auf, setzte einen Ast gegen ihre Kampfstäbe ein, und hatte Wennedel niedergeschlagen, bevor Ochovar ihm eins hinter die Ohren gegeben hat.«

Das Schwarze Wiesel trommelte mit den Fingern auf einer Armstütze und dachte nach, dann verkündete er: »Dunwin, mein Junge, wir sind hier, um allen guten echten Althydrangenern zu helfen. Wir werden dein Schaf für dich finden! Aber vorher, das fordern wir von dir, mußt du dich uns fröhlichen Gesellen anschließen. Wir werden dich im Kampf ausbilden, wir geben dir ein gutes Schwert, und wenn die Zeit reif ist, dann stehst du im Kampf gegen die bösen Gorgoren an unserer Seite! Was sagst du dazu?«

Dunwin schaute sich um. Er bemerkte, daß zusätzlich zu den dreien, die ihn gefangengenommen hatten, und dem Schwarzen Wiesel noch wenigstens ein Dutzend weitere grün- und braungekleidete Männern ihn von den umstehenden Bäumen beobachteten.

»Ihr helft mir, Bernice zu finden?« vergewisserte er sich.

»Mein Wort darauf«, versprach das Schwarze Wiesel. »Wenn irgendeiner von uns jemals ein grünes, schuppenbedecktes Schaf sieht, oder davon hört, dann lassen wir es dich sofort wissen.«

Dunwin sah sich um, blickte auf die beobachtenden Krieger, dann zuckte er die Schultern. »Also gut«, sagte er, »ich bin dabei.«

Kapitel 20

»Weißt du«, sagte König Bratz zu dem frisch abgetrennten Kopf vor sich, »es geht in Ordnung, wenn ich solche Dinge über Prinz Arbol sage – schließlich ist der widernatürliche Rotzlöffel ja mein Sohn –, aber das heißt noch lange nicht, daß es für alle anderen genauso in Ordnung ist, herumzulaufen und persönliche Bemerkungen von sich zu geben über den kleinen Wurm ohne Mumm in den Knochen.« Er rülpste ausgiebig und warf den Kopf über die rechte Schulter nach hinten.

Lady Ubri fing ihn noch im Flug und brachte ihn zurück. »Über die linke Schulter, mein gnädiger Herr«, murmelte sie. »Links für langes Leben.«

»Dämlicher Weiberquatsch«, grollte der König und funkelte den Kopf an.

»Wenn Ihr mir nicht glaubt, dann schlagt es doch selbst nach, Eure Majestät; hier geht es um wohldokumentierte Fakten. Werft ihn über die rechte Schulter, und wir bekommen Regen.«

»Verdammter Mädel-Hokuspokus.« Bratz warf Ubri einen wütenden Blick zu, aber er warf den Kopf über die Schulter, die keinen Regen brachte. Regen war etwas Schlimmes – duschte einen Mann, ob er es wollte oder nicht.

Der Rest von Bratzens königlichem Rat saß während des gorgorischen Rituals schweigend und mit blassen Lippen da. Ihr schockiertes Schweigen hatte eingesetzt, als der jüngst verschiedene Lord Kaber seine letzten, unglückseligen Worte geäußert hatte, nämlich: »Jungen sind eben Jungen, Eure Majestät, da werdet Ihr mir zustimmen, und obwohl das Bordell, das die Gefährten unseres geliebten Prinzen Arbol gestürmt haben, mein Eigentum war, bestürzt mich doch weniger die Tatsache, daß ich in der letzten Nacht derart hohe Einkommenseinbußen erlitt als vielmehr, daß Euer eigener Sohn nicht teilnahm, und ich frage mich – da der junge Mann ja auch so viel Zeit in Gegenwart seines Vorkosters verbringt –, ob seine, äh, Vorlieben vielleicht näher betrachtet werden sollen, mit dem Augenmerk auf die Zukunft und die schließlich einsetzende Fortsetzung Eurer Blutlinie, die nicht fortgesetzt werden wird, wenn der Prinz, wie Ihr selbst sehr wohl wißt, nicht wenigstens gelegentlich Interesse an der weiblichen Hälfte unserer Art zur Schau stellt.«

Es waren sehr viele letzte Worte, die von Bratz mit dem Schwert gestraft wurden.

»Mit meinem Sohn ist alles in Ordnung!« brüllte der König und knallte die Faust auf die Ratstischplatte.

»Selbstverständlich, Eure Majestät«, ertönte die prompte Antwort von Lord Viridis. Er saß gleich neben Lord Kabers kopfloser Leiche und hatte plötzlich wie aus heiterem Himmel einen hartnäckigen nervösen Tick in der rechten Wange entwickelt. »Alles in Ordnung. Ein vollkommen normaler junger Mann.«

Der König schüttelte den Kopf. »Aber warum er all die Zeit mit diesem maskierten Vorkosterkerl verbringen muß – ich kann nicht sagen, daß es mir gefällt.«

»Ihr könntet den Vorkoster töten, wenn Ihr wollt.« Dieser Vorschlag kam von einem Ratsherrn, der stets einen Platz weit außerhalb der Schwertreichweite wählte. Daher gehörte er zu Bratzens mutigeren Beratern.

»Glaubst du, das weiß ich nicht?« bellte der König. Er schmiß mit dem goldenen Kelch nach dem Emporkömmling.

Der Kelch bestand aus purem Gold, war mit schweren Juwelen besetzt und groß genug, um eine ganze Flasche Wein zu fassen. Er gab ein liebliches, klingelndes *P-toinnnng!* von sich, als er den freimütigen Redner mitten auf die Stirn traf. Der Ratsherr brachte ein zittriges: »Ich danke Eurer Majestät, diesen unwürdigen Diener wahrgenommen zu haben« hervor, dann glitt er unter den Tisch.

»Das Problem mit diesen königlichen Ratsherren«, brummelte der König vor sich hin, »besteht darin, daß sie dauernd versuchen, einem Mann *Ratschläge* zu erteilen!« Er grummelte und meckerte immer noch, als Lady Ubri ungesehen aus dem Saal schlich.

Sie wußte, daß es zum Leben eines Menschen gehörte, sich hin und wieder zu wünschen, jemand anders zu sein. Einige Männer wünschten, sie könnten Frauen werden, einige Frauen verlangte es danach, Männer zu sein, viele hart arbeitende Bauern beneideten die Katze um das leichte Leben am Ofen, während der verhungernde Streuner sich nichts mehr wünschte, als ein Bauer zu sein mit einem Dach über dem Kopf und einem Bauch, der wenigstens ab und zu gefüllt war.

In diesem Augenblick aber wünschte Lady Ubri sich das Undenkbare: Sie wünschte, sie wäre König Bratz.

Ausnahmsweise ging es ihr nicht um die Macht. Nein, worum Ubri ihren königlichen Herrn beneidete, war sein Gehirn. Auf den ersten Blick war es nicht zu viel zu gebrauchen. Tatsächlich hatte, als der Wunsch zum ersten Mal in ihr aufkeimte, ihr eigener Verstand aufgeschrien: »Welches Gehirn denn?« Doch wußte Ubri, daß Bratz eines besaß; es war nur eben sehr, sehr klein. Darum gab es darin auch keinen Raum für Zweifel. Er wußte, was was war, und benahm sich dementsprechend. Wenn er die Dinge nicht mochte, wie sie waren, begann er, Leute zu töten, bis es besser wurde. Und niemals ließ er sich seines Sohnes wegen graue Haare wachsen.

Lady Ubri wünschte, dasselbe von sich behaupten zu können. Ihr Plan – dieser wundervolle, brillante, einfache Plan, den Prinzen zu verführen und durch ihn das Königreich zu beherrschen – war ins Wasser gefallen.

Wenn sie es nicht besser gewußt hätte, dann hätte sie geschworen, daß Prinz Arbol einen eigenen Plan hatte, einen Plan mit der Überschrift: *Laßt Uns Mal Sehen, Wie Schnell Ich Lady Ubri In Den Wahnsinn Treiben Kann*.

Die gorgorische Adlige knirschte mit den hübschen Zähnen, als sie sich (mit jedem einzelnen schmerzhaften Detail) an jede einzelne Begegnung mit dem Prinzen erinnerte. Sie hatte es glücklich verstanden zu arrangieren, mit dem Thronfolger häufig allein zu sein. Unglücklicherweise reichte ihr Glück immer nur so weit, eine *Gelegenheit* zu haben, den Prinzen zu verführen. Die Hälfte der Zeit war er ihren Annäherungsversuchen entweder mit Kälte begegnet oder hatte sie einfach nicht zur Kenntnis genommen. Die andere Hälfte hatte sie sich eingebildet, daß er sich für sie erwärmte, aber was hatte das geholfen? Trotz seines offenkundigen Interesses an ihren Reizen druckste der Prinz herum, als wollte er woanders sein, wo eine Menge einflußreicher Leute auf ihn warteten.

»Er spielt mit mir«, murmelte Ubri finster. »Es wie beim *Skizbrax*, dem fröhlichen Spiel meiner Kindheit, bei dem man einen Feind nackt von einem Baum über eine Grube hängen läßt, in einer Schlinge, die zu lose ist, um ihn sofort zu erwürgen. Dann läßt man einen verhungernden Vielfraß frei, und reißt jedesmal am Seil, wenn das Biest springt.« Sie könnte das wehmütige Lächeln bei der Erinnerung an den unschuldigen Zeitvertreib ihrer Jugend nicht zurückhalten.

Dann drang ein harter Glanz in den Blick der Gorgorin. Ihr Volk war ein halsstarriges Volk. Wären sie nicht halsstarrig gewesen, so säßen sie immer noch um Dungfeuer mitten auf dem Litschi-Plateau und warteten ab, was als nächstes geschah. Halsstarrigkeit hatte sie hierher gebracht, fort von diesem verdammten Plateau und in einen Palast, und Halsstarrigkeit würde Lady Ubri auf den Thron dieses Palastes bringen, oder sie würde wissen, warum nicht.

»Drückeberger tragen niemals Kronen«, versicherte sie sich und zog aus, um einmal mehr nach dem wankelmütigen Prinzen zu suchen.

»Nun?« fragte Prinz Arbol, als Wulfrith sich in die Privaträume des Thronerben stahl. »Hast du sie an der Nase herumgeführt?«

Wulfrith ließ sich schwer in einen Stuhl neben dem Feuer fallen und wischte sich den kalten Schweiß von der Stirn. »Sagen wir einfach, ich habe mich redlich bemüht.«

Arbol zog einen Hocker nahe an Wulfriths Stuhl heran und nahm eine eifrige Zuhörerpose ein. »Erzähl!«

»Nun, Eure Gefährten sind nicht so blöd, wie sie aussehen.«

»Wer könnte auch *so* blöd sein?« gab Arbol befriedigt zurück.

»Als ich ihnen mitteilte, daß ich an den heutigen Übungskämpfen nicht teilnehmen würde, weil ich gorgorischen Durchfall hätte, grunzten die meisten von ihnen nur und nickten. Einige von ihnen – alle ohne Zähne? – sind sogar auf die Knie gefallen und sprachen Gebete des Dankes.« Wulfrith dachte sorgfältig nach und fragte dann: »Wie kommt es nur, daß junge Kerle wie die schon keine Zähne mehr haben?«

Arbol grinste nur.

»Jedenfalls sagte ich, ich wollte nur zusehen. Da kommt dieser große Mistkerl auf mich zu, Penstemon heißt er, und sagt zu mir: Dann ist es also wahr; Ihr habt gehört, daß ich dieses neue Schwert gekauft habe und fürchtet Euch davor!«

»Welches neue Schwert?« Arbol runzelte die Augenbrauen.

»Ach, ein dummes Teil, wirklich nicht viel wert. Offenbar hat er es einer Gorgorin abgekauft, die behauptete, es sei magisch.« Während er versprach, verspürte Wulfrith berufsbedingte Neugier über die gorgorische Methode, kalten Stahl zu verzaubern, doch unter den gegenwärtigen Umständen war er nicht in der Lage, dieser Frage nachzugehen. Klutie hatte sich immer hauptsächlich mit der Wechselwirkung von Magie und lebendem Gewebe beschäftigt, und als sein Adept war Wulfrith ihm gefolgt. Er beschloß, die Angelegenheit alsbald in der Königlichen Bibliothek nachzuschlagen. Vielleicht gab es dort einige Bücher, die dieses Thema abdeckten.

Und wenn nicht, dann ... gab es dort jene ... *anderen* ... Bücher, die recht gut andere, weit interessantere Themen ... *auf*deckten.

»Also, red weiter!« verlangte Prinz Arbol. »Penstemon sagte also, ich hätte Angst vor diesem angeblich magischen Schwert, das er hat. Und weiter?«

»Dann ...« Wulfrith holte tief Luft. Es war keine sehr angenehme Erinnerung. »Dann mußte ich ihm beweisen, daß er unrecht hatte, ist doch klar. Ich meine, das hättet Ihr doch getan, oder?«

»Welche Frage! Darauf kannst du wetten!« Arbol beugte sich vor. »Also hast du mit ihm gekämpft, Wulfie?«

»Das hättet Ihr getan. Ich forderte ihn zu einem Kampf mit Schwertern zu Fuß, mit nur ein paar Gefährten als Schiedsrichter. Keiner von uns wollte mehr Zeugen als unbedingt nötig.«

Arbol nickte. »Magische Schwerter sind Konterbande. Wenn Penstemons Klinge irgend etwas Spektakuläres getan hätte, wären die anderen Gefährten vor Vater gezerrt worden, um als Zeugen auszusagen. Das hätte ihnen wenig gefallen.« Ein trauriger Ausdruck trat in die Augen des Prinzen. »*Hat* das Schwert irgend etwas Spektakuläres getan?«

»Nein.« Wulfrith schloß die Augen und sah sich wieder auf dem kleinen Hof Penstemon gegenüberstehen. Der Hof grenzte an die Misthaufen des Palasts, deswegen herrschte kein Mangel an Schmeißfliegen. Es hatte Wulfrith nur einen Augenblick gekostet, eine von ihnen zu bezaubern, sich auf Penstemons Schwertspitze zu setzen. Dann einen schnellen Verwandlungszauber gesprochen, als der stämmige Junge die Waffe hob, und – *hoppla!* – fiel er hintenüber, als ein fetter, verwirrter Albatros sich plötzlich mit Flügeln und schwimmflossenbesetzten Füßen an der Klinge festklammerte. Verwirrt war der Vogel davongeschwirrt, und Wulfrith hatte seine Chance ergriffen. Bevor der andere reagieren konnte, spürte er bereits Wulfriths Schwertspitze an der Kehle.

Was er Arbol mitteilte, war: »Ich habe geschummelt und gewonnen. Es war kein ehrenhafter Sieg.«

»Wen interessiert das?« erwiderte der Prinz. »Was zählt, ist der Sieg, Papa sagt das immer. Ist es nicht ein lustiges Spiel, das Mama sich für uns ausgedacht hat, Wulfie?«

Wulfrith dachte darüber nach. »Nein.«

»Ach, schon gut, du mußt dich bei den Übungskämpfen nicht mehr für mich ausgeben; nur bei diesen dämlichen Hofzeremonien und manchmal bei meinem Rechenlehrer. Außerdem mag ich die Übungskämpfe viel zu sehr, um sie an dich abzutreten. Es hat auch sein Gutes. Wenn du gerne kämpfen *würdest*, könntest du eines Tages auf den Gedanken verfallen, meinen Platz für immer einzunehmen.« Arbol seufzte. »Und dann müßte ich dich töten.«

»Nur keine Sorge.« Wulfrith streckte die Beine zum Feuer. »Die Krone könnt Ihr behalten. Ich bin glücklich als der, der ich bin, glücklich mit dem, was ich tue, glücklich, das zu mögen, was ich mag.« Er griff in die Gürteltasche und zog die Kapuzenmaske hervor. Während er sie sich übers Gesicht zog, sagte er: »Und das eine, was ich tun mag, ist, in die Bibliothek zu gehen. Darf ich, Eure Hoheit?«

»Darf ich, Eure Hoheit?« äffte Arbol ihn spöttisch nach. Der Prinz sprang auf und gab dem Freund einen hydrangenischen Pferdekuß auf den Oberarm. »Ich dachte, wir wären Kumpels, Wulfie! Was soll denn dieser ganze Eure-Hoheit-Mist, und das ewige Ihr und Euch?«

»Na, Ihr wart so tierisch ernst mit dieser Sache, daß Ihr der Prinz seid und bliebet, deshalb dachte ich ...« Wulfrith rieb den schmerzenden Arm. »Na schön, wenn du's so willst, dann gehe ich eben in die Bibliothek, ob's dir nun recht ist oder nicht – Stinkie!«

»Das ist mein Kumpel!« Der Prinz lachte und stieß Wulfrith freundschaftlich in Türrichtung.

Nach dem Verlassen von Arbols Gemächern rasch beschleunigend, rannte Wulfrith fast in die Königliche Bibliothek. Obwohl er Prinz Arbols Freundschaft sehr schätzte, würde seine erste Liebe doch stets den Büchern gehören.

Insbesondere *jenen* Büchern. Jenen in dem Alkoven. Jene Bücher, deren Texte und erklärende Illustrationen ein nie versiegender Quell ständiger Faszination für Wulfriths junge Augen waren.

»Ich bin ein Zauberer; nichts Menschliches werde ich verabscheuen«, sagte Wulfrith selbstrechtfertigend, als er die Türen der Bibliothek hinter sich schloß, die Maske abnahm und verstaute, bevor er schnurstracks auf den Alkoven zusteuerte. Er besaß nicht die einfache Wahrhaftigkeit, vor sich selbst einzugestehen, daß Abscheu kaum das Gefühl war, das *jene* Bücher in ihm aufrührten. Und sie rührten eine Menge auf.

Er war in das Kapitel Zwanzig von *Die granatapfelrote Kammer: Eine instruktive Untersuchung der Flexibilität attraktiver Jünglinge oder Jungfrauen* vertieft, und hatte gerade den Abschnitt erreicht, in dem erklärt wurde, wie man das Vertrauen des Unprobierten Partners gewinnt, als er einer schweren, moschusartigen Präsenz in seiner unmittelbaren Nähe gewahr wurde. Diskret schnüffelte er prüfend an seinen Unterarmen, dann wurde ihm klar, daß der Geruch nicht von ihm stammte.

»Ooooh, Eure, Majestät, wie glücklich ich bin, Euch hier anzutreffen.«

Mit lodernden Augen trat Lady Ubri zwischen zwei Bücherregalen hervor. Mit einem geschmeidigen Gang, der die meisten Schlangen vor Neid hätte erblassen lassen, näherte sie sich ihm gewandt und legte sich über die eine Armlehne des Sessels. Sie beugte sich vor, so daß der arme Wulfrith nur noch Busen atmen konnte, und hauchte: »Ich vernahm, daß Ihr zu einem Gelehrten geworden seid, Mylord. Ich bin ebenfalls sehr interessiert an uraltem Wissen.«

»Ungh«, antwortete Wulfrith, als die volle Gewalt ihres Geruches ihn im Innersten traf.

Sie kuschelte sich auf seinen Schoß und fuhr fort: »Nun, ist das nicht ein unglaublicher Zufall! Ihr lest das gleiche Buch, das ich in meiner Freizeit studiere. Doch leider bin ich nur eine einfache Frau. Ich fürchte, mir fehlt es an der Weisheit Eurer Hoheit. Da ist so viel, was ich zwar gelesen, aber nicht verstanden habe.« Ubri befeuchtete ihre Fingerspitze mit der Zunge und blätterte ein paarmal in dem Buch, bis sie eine Illustration gefunden hatte, die ihrem Zweck angemessen erschien. Sie hätte nicht lesen können, wenn ihr Leben auf dem Spiel gestanden hätte, aber ein Blick in das geöffnete Buch im Schoß des Prinzen sagte ihr alles, was sie wissen mußte. Wenn sie diese von den Göttern geschenkte Gelegenheit vermasselte, verdiente sie es nicht anders, als daß Königin Artemisia in alle Ewigkeit in diesem Palast herrschte.

»Ah! Da ist es.« Ubri glitt vollständig auf den Schoß ihres Opfers, als sie auf die Illustration ihrer Wahl deutete. Ein gerissenes Lächeln spielte um ihre Lippen, als sie das wachsende Interesse des jungen Mannes bemerkte. »Ich weiß wirklich überhaupt nichts von diesen Dingen.« Sie brachte ihre Lippen so nah an sein Ohr, daß ihre Zunge sanft darüber strich. »Könntet Ihr es mir denn erläutern?«

Nach vier Stunden, während Wulfrith Ubri das Kapitel Neunundvierzig über den ganzen Alkoventeppich verteilt erläuterte, öffneten sich die Türen, und König Bratz schritt in die Bibliothek. Der gorgorische Monarch murmelte immer noch vor sich hin – es klang wie: »Rechte Schulter, Regen; linke Schulter, langes Leben. Ich sage immer noch, es ist eine Schubkarre Pferdemist!« Er ließ den Blick über die imposanten Buchreihen schweifen und spie aus. »Schlag es *selbst* nach, sagt das Miststück mir ins Gesicht! Die Fakten sind *dokumentiert*, sagt sie. Dokumentiert, bei meinem behaarten Hintern. *Wo* dokumentiert, will ich wissen? Verdammt! Ich hätte einen dieser alten Hydries mitbringen sollen. Ich möchte wetten, daß man lesen können muß, um herauszufinden, wo dieser rechte-Schulter-linke-Schulter-Blödsinn niedergeschrieben ist!«

Als bläßlicher Gedankenblitz, einsam und allein in Bratzens Schädel, flackerte eine Erinnerung auf: *Nach dokumentierten Fakten sucht man in Bibliotheken* ... – »Das weiß ich!« fauchte Bratz. »Worum würde ich hier sonst meine Zeit verschwenden?« – ...*und Bibliothekare sind die, die all den Kleinkram für dich erledigen.*

»Oh.« Diesen Einfall konnte Bratz zur Anwendung bringen. Er suchte zwischen den staubigen Regalen, aber er konnte keinen Bibliothekar finden. Er schaute nach oben, doch es hing auch keiner von den Dachbalken. Dann hörte er einige interessante Geräusche aus einem Alkoven dringen. »Klingt wie ein Bibliothekar«, entschied er und ging, um das Ding zu holen.

In dem Alkoven war kein Bibliothekar, aber ein

Anblick, der dem väterlichen Herz eines einfachen Barbarenkönigs Freude einflößen konnte.

»Das ist Arbol, mein Sohn!« brüllte Bratz und erschreckte den armen Wulfrith, der viel zu beschäftigt gewesen war, um das Näherkommen des Königs zu bemerken. Er steckte mitten in Kapitel Zweiundfünfzig.

Kapitel 21

»Aber ...«, sagte Wulfrith, während er versuchte, das Zugband seiner Hosen zu binden. Von dem König auf den Rücken gehauen zu werden, verkomplizierte den Vorgang zusätzlich; ebenso wie die Bestürzung und der Schreck, in dieser Situation ertappt worden zu sein.

»Nichts aber, Arbol«, antwortete Bratz. »Wenn du glaubst, daß es dabei ein ›aber‹ gibt, dann hast du deiner verdammten Mutter zu oft zugehört.«

»Aber ...«

»Es war verflucht noch mal Zeit für dich, ein Mann zu werden«, fuhr Bratz fort. »Wie alt bist du überhaupt, fast fünfzehn, was? Ich war ... nun ... ich war ...« Zahlen hatten nie zu Bratzens Stärken gehört, doch schließlich tauchte die Erinnerung doch noch auf. »Ich war kaum vierzehn! Also habe ich zwei Jahre auf dich warten müssen, mein Junge!«

»Aber ...« Wulfriths Gedanken beschäftigten sich viel zu sehr mit der Verwechslung, als daß er der königlichen Rechenkunst hätte Beachtung schenken können.

»Deine Mutter hat dir wahrscheinlich auch nicht verraten, was als nächstes kommt«, rief Bratz, der auf die Tür zusteuerte und Wulfrith dabei vor sich her trieb. »Beim

Ochsenblut, sie *weiß* es wohl auch gar nicht, schließlich ist sie eine Hydrie und eine Frau, und alles.«

»Als nächstes?« Wulfrith hatte verzweifelt nach einem Weg gesucht, dem König mitzuteilen, er nicht sei Arbol, und der weder in Enthauptung noch Ausweidung oder anderen Behinderungen der Lebensfortsetzung resultieren würde, doch König Bratzens letzte Worte lenkten ihn völlig von diesem Thema ab.

Als nächstes?

Keines der Bücher hatte irgend etwas erwähnt, das nach Kapitel Zweiundfünfzig käme, wenn man nicht gerade den Abwasch einrechnete, oder Heirat, oder das Aufschlitzen des Bauches einer untreuen Ehefrau, oder etwas anderes aus dieser Kategorie.

Nun ... einige erwähnten diverse Dinge, aber Wulfrith hatte diese nie ernst genommen. Außerdem widersprachen sie einander sowieso.

Bratz klopfte Wulfrith wieder auf die Schulter und brachte ihn damit zum Taumeln, dann verkündete er: »Nun, mein Junge ... nun werden wir uns *besaufen*!«

»Oh, Eure Majestät«, erklang Ubris Stimme hinter ihnen. Sie hatte es schließlich doch geschafft, den Rock in die relative Nähe ihrer Taille zurückzubringen und sich aufzurichten. »Eure Majestät, ich bin so befriedigt ...«

»Gut! Erst ein Anfänger, und schon befriedigt er seine Frauen!« rief Bratz aus, ohne sich umzudrehen.

»Nein, ich meine, ich bin glücklich, daß Euer Sohn ...«

»Na, ich auch!« unterbrach Bratz sie. »Aber ich werde es nicht mehr lange sein, wenn du nicht den Mund hältst. Hier unterhalten sich *Männer*!« Seine Hand klatschte in so überzeugender Weise auf *Auslöschers* Knauf, daß Ubri auf der Stelle erstarrte und nur zusah, wie die beiden Männer abzogen.

Sie seufzte. Es war jedenfalls ein Fortschritt, ein sehr guter Fortschritt sogar, was den Prinzen anging. Und

Bratz mußte wirklich in guter Stimmung gewesen sein: Er hatte eine Warnung gegeben, bevor er zuschlug. Sie nahm an, daß sie sich glücklich schätzen konnte.

Wulfrith war sich, als er Bibliothek und Lady Ubri zurückließ, nicht sicher, ob er sich glücklich schätzen oder verflucht vorkommen sollte. Selbst von Arbols Vater für den Prinzen gehalten zu werden, obwohl er gar nicht versucht hatte, sich zu verstellen, war natürlich eine große Leistung für einen Hochstapler – trotzdem wünschte er inständig, sich lange genug vom König entfernen zu können, um den echten Prinz Arbol zu finden. Die Vorstellung, sich mit König Bratz zu betrinken, war eher furchteinflößend; jeder wußte, wie hoch die Zermürbungsrate unter den Trinkkumpanen des Königs war, und außerdem, wenn dieses ›Besaufen‹, von dem Bratz gesprochen hatte, einen *besonderen Anlaß* hatte, was waren dann all jene rauhen, gellenden, blutbefleckten Abende, die so viele Trinkkumpane aufbrauchten?

Und was würde dieses ›Besaufen‹ beinhalten, das *nicht* Bestandteil jener Abende war?

Fände er doch nur eine Entschuldigung, sich zu entfernen! Aber ihm fiel nichts ein. Sein Gehirn schien sich vor lauter Panik abgeschaltet zu haben, und sein Körper trachtete nur noch danach, sich irgendwo niederzulegen und ein wenig auszuspannen, nicht danach, davonzuschlüpfen.

Nicht etwa, daß der König irgendeine offensichtliche Fluchtmöglichkeit offengelassen hätte.

Die erste Station beim ›Besaufen‹, stellte Wulfrith fest, war die Küche, wo der König fröhlich diversen Mägden auf die zugehörigen Hinterteile klatschte und einen Dienstboten in den Keller schickte und Wein holen ließ – »Ein bißchen Wegzehrung«, erklärte Bratz, als der Diener ihm einen gigantischen irdenen Krug reichte. Wulfrith nickte unglücklich.

Bratz zog den Korken mit den Zähnen heraus und

schluckte ungefähr eine halbe Gallone, dann gab er den Krug an Wulfrith weiter. »Nimm'n Schluck, mein Junge«, befahl der König.

Gehorsam nippte Wulfrith am Hals. Er würgte, aber er behielt das Zeug unten.

Es schmeckte wie … nun, einmal, als einer der Gefährten des echten Prinzen beim Übungskampf eine tüchtige Abreibung erhalten hatte, beschmutzte dieser seine Hosen, hatte darauf geblutet und war zurückgetaumelt, um schließlich in einer Schlammpfütze zu sitzen zu kommen. Wulfrith hatte zufällig die Hose des Jünglings gesehen, als sie in die Palastwäscherei geschafft wurde; um genau zu sein, hatte er sie gerochen, als sie an ihm vorbeitransportiert wurde.

Das Zeug aus dem Krug schmeckte genauso, wie die Hose gerochen hatte. Nein – eigentlich schlimmer.

Wulfrith war nicht so dumm, den Geschmack zu kommentieren; genaugenommen war er für mehrere Sekunden einfach unfähig, überhaupt etwas zu sagen.

Zweite Station beim ›Besaufen‹ waren die Palastställe, wo die Knechte umhersausten, um die gebellten Befehle des Königs auszuführen. Sie holten Bratzens und Arbols bevorzugte Reittiere herbei und sattelten sie.

Bisher hatte Wulfrith niemals außerhalb der Palastmauern Arbol verkörpert; diese Angelegenheit wurde stetig beängstigender.

An der dritten Station jedoch legte sich ein wenig der Furcht: Wulfrith entdeckte schließlich, was es – in diesem Zusammenhang – bedeutete, sich zu ›besaufen‹.

›Besaufen‹ beinhaltete, in eine Kneipe zu marschieren, laut seine Ankunft zu verkünden und dann auszurufen: »Mein Sohn ist heute ein Mann geworden! Gebt allen was zu trinken!« Jegliche Einwände der Wirte wurden durch *Auslöscher* abgeschnitten.

Dann stürzte der König etwa eine Gallone von dem hinunter, was auch immer das Lokal zu bieten hatte, während jeder andere (einschließlich Wulfrith) ein Pint davon trank. Danach erging sich Bratz in reißerischen und in zunehmendem Maße fiktiven Details über das Liebesleben seines Sohnes und schluckte nach Beendigung jedes Satzes einen Schnaps.

Sobald das Bedürfnis zu pinkeln seinen Durst übertraf, marschierte Bratz wieder hinaus, besprühte die Vorderfassade der Kneipe, sprang dann auf sein Roß und ritt zur nächsten Gaststätte, während Wulfrith, der keineswegs ein erfahrener Reiter war, sich abmühte, um Schritt zu halten.

Wenn die Kneipen Seite an Seite standen, wie es einige Male der Fall war, bestand an sich keine Notwendigkeit, zu reiten, doch Bratz schien es für einen Teil des Rituals zu halten.

Mit jeder neuen Kneipe wurden die Beschreibungen der sexuellen Leistungsfähigkeit des mutmaßlichen Arbols noch obszöner und unzusammenhängender, doch die Laune des Königs verbesserte sich zusehends. Beim vierzehnten Halt waren Einwände gegen das königliche Vorgehen nicht länger notwendigerweise tödlich, denn Bratz war zu betrunken, um *Auslöscher* mit irgendwelcher Fertigkeit zu führen, und schlug daher nur noch nach jedem, der seinen Ansinnen nicht auf der Stelle nachgab; normalerweise zielte er nach dem Gesicht des Unverschämten, traf es aber nicht jedesmal.

Obwohl Wulfrith eingeschüchtert und verlegen war, beobachtete er die Vorgänge mit steigender Faszination. Er war fest davon überzeugt, gesehen zu haben, wie der König wiederholt sein eigenes Volumen an alkoholischen Getränken zu sich genommen hatte und konnte nicht begreifen, wie das möglich sein sollte, selbst dann nicht, wenn man die Flüssigkeitsmenge in Betracht zog, die auf die einzelnen Kneipenfassaden verteilt worden war. Bratzens Gesicht schillerte mittlerweile in einer wahrhaft bemerkenswerten Purpurrotschattierung.

Wulfrith hatte sich nie Gedanken darüber gemacht, wie viele Kneipen eine Stadt von der Größe der hydrangenischen Hauptstadt haben mochte; auf jeden Fall schon einmal über zwanzig.

Es war gegen Ende ihres Besuchs bei Nummer zweiundzwanzig oder dreiundzwanzig, einer seltsamen Schenke ohne Namen im althydrangenischen Teil der Stadt hoch oben auf dem Hügel, in der offenbar nur Pfefferminzlikör ausgeschenkt wurde, daß Wulfrith – mittlerweile selbst schon sehr betrunken – schließlich genug Mut aufbrachte, um zu fragen: »Werden wir jede einzelne Kneipe in der Stadt besuchen?«

Bratz, der fröhlich in die ungefähre Richtung der Fassade pinkelte, warf seinem Sohn ein trübes Grinsen zu. »So schtellich's mir vor, ja. Ausser, wir fall'n vorher um.«

»Oh. Und wenn wir sie alle besucht haben, was machen wir dann?«

Bratz blinzelte. »Wenn w'r dannoch schtehn könn'? Dann fang'w'r wieder von vorn an.«

»Wie ... wie viele ...«

Wulfrith wollte eigentlich fragen, wie viele Schenken es denn in der Stadt gäbe und wie es käme, daß Bratz jede einzelne davon kannte, aber der König hörte schon nicht mehr zu, sondern kletterte auf sein Pferd.

Wulfrith half ihm mit einer stützenden Hand, bevor er sein eigenes Pferd erstieg.

»Danke, Arbol«, brachte Bratz hervor und schwankte im Sattel hin und her. Er schüttelte die Zügel, stieß dem Roß die Fersen in die Seiten, und das müde Reittier fiel in einen raschen Trab.

Wulfrith hetzte ihm hinterher. Mit jedem Schritt, den das Pferd machte, schien es in seinem Kopf hin und her zu schwappen. Er hatte mehr Alkohol getrunken als jemals zuvor in seinem Leben, auch wenn es nur ein winziger Bruchteil des königlichen Verbrauchs war, und die Auswirkungen machten sich bereits bemerkbar. Er verlor langsam den Bezug zur Welt ringsherum, und damit auch die Kenntnis der Einzelheiten, wer und wo er war und was er gerade tat.

»Bisss'n gut'r Jung, Arbol«, lallte Bratz grinsend.

»Ich heißnich Arbol, oder?« sagte Wulfrith mehr zu sich als jemand anderem. »Auchnich Dunwin. Ich heiß Wulfrith. Gansssicher.«

»Wasshassesacht?« König Bratz, der aus irgendeinem Grund vergessen haben mußte, daß er auf einem Pferderücken saß, wandte sich um und schaute seinem Sohn ins Gesicht. Er saß nun im Damensitz auf einem großen Gaul, der über Kopfsteinpflaster einen steilen Hügel hinabtrabte.

Wulfrith kicherte. Der König sah ja *so* dämlich aus, wie er hin- und herschwankte. Er konnte sich vage erinnern, daß er Bratz eigentlich gar nicht verraten wollte, wer er wirklich war, weil der König darüber wütend werden könnte, aber wenn er wütend wurde – na und? Wie konnte er, Wulfrith, sich vor jemanden fürchten, der im Damensitz ritt?

»Ich bin nicht Prinz Arbol«, gab er unter Kichern zu. »Ich bin sein Vorkoster.«

»Nein!« bellte Bratz und versuchte, immer noch im Damensitz, das Schwert zu ziehen.

Das war zu viel; der Gott, der über Narren und Betrunkene wacht, hob Seine immateriellen Hände vor Abscheu, und Bratz kippte rückwärts aus dem Sattel. Mit der Eleganz eines Mehlsacks knallte er kopfüber auf das Pflaster; er rollte noch mehrere Schritt das steile Gefälle hinunter, dann blieb er liegen – in der Tat sehr still liegen.

Wulfriths trunkenes Amüsement schlug abrupt in Bestürzung um; der angenehme Nebel der Alkoholisierung verzog sich rasch, als er versuchte, das eigene Reittier zu zügeln. Als er es endlich geschafft hatte, sprang er ab und eilte auf den gefallenen Gorgoren zu. Er tastete nach dem Herzschlag, nach dem Puls, lauschte auf den Atem, suchte nach einem Anzeichen dafür, daß der König noch lebte.

Es gab keins.

Er schaute sich nach Hilfe um und erblickte drei Königliche Leibwachen, wie die alten gorgorischen Plünderer nun genannt wurden, die am Fuße des Hügels vorbeimarschierten.

»Hey!« rief Wulfrith. »Hilfe!« Er saß immer noch neben dem dahingeschiedenen König Bratz.

Trotz seiner anhaltenden Trunkenheit dämmerte es ihm, daß dies vermutlich nicht das Intelligenteste gewesen war, was er jemals getan hatte. Wäre es nicht besser gewesen, zum Palast zurückzukehren und seine Maske wieder aufzusetzen, und den König zurückzulassen, damit er von jemand anderem gefunden wurde? Was, wenn man glaubte, er, Wulfrith, hätte König Bratz ermordet? Was mochten die Gorgoren mit *Königsmördern* anstellen?

»Wer da?« fragte einer der Wächter, und Wulfrith wußte, daß er seine Chance vertan hatte.

Er war sich nicht sicher, wer zu sein er im Moment behaupten sollte, also rief Wulfrith, anstatt sich zu identifizieren, was der Soldat vermutlich erwartet hatte: »Es ist der König! Er ist vom Pferd gefallen!«

Er sah, wie sich die Soldaten anschauten; dann stürmten sie alle drei den Hügel hinauf. Einen Augenblick später standen sie da, schauten auf den toten König und den lebendigen Jüngling hinab.

»Das is der alte Bratz, das stimmt.«

»Tot wie 'n Klotz, was?«

»Sieht so aus. Schätze, wir sollten ihn mit zurück nehmen und einen von den Hydriedoktoren das Ganze offiziell machen lasen.«

»Und Ihr seid der Prinz, oder?« Einer der Wächter blinzelte in Wulfriths Gesicht. »Schwer, das in diesem Licht zu erkennen.«

»Äh ...« Eigentlich wollte Wulfrith nicht behaupten, der Prinz zu sein; aber zuzugeben, es *nicht* zu sein, erschien ihm im Moment als sehr schlechte Idee.

»'türlich isses Prinz Arbol«, sagte ein anderer. »Hast du keine Augen im Kopf? Der Mond is doch schon aufgegangen, oder etwa nich?«

»Ja, aber ... steh mal auf, Junge, laß dich anschauen.«

Wulfrith erhob sich unsicher.

»Das is der Prinz, kein Zweifel.« Die drei Soldaten nickten. »Vorausgesetzt, daß der alte König tot is«, erklärte der längste von ihnen, »hat es keinen Sinn, Zeit zu verschwenden. Ich will der erste sein, der's ruft.«

»Was ruft?« Die beiden anderen sahen den Sprecher verständnislos an.

»Ach, kommt schon, ihr wißt es doch genau.«

»Dann ruf's doch.«

Wulfrith starrte sie an und hatte nicht die leiseste Idee, wovon sie redeten. Dann packte der Lange die Hand des Jungen, erhob sie über den Kopf und rief laut: »Der König ist tot! Lang lebe der König!«

Kapitel 22

»Nur ganz kurz in die Bibliothek?« bat Wulfrith inständig den Wächter. »Ich werde auch sofort zurückkommen, das verspreche ich.«

Der Wächter, ein Gorgore von den lausbefallenen Haarwurzeln bis zu den vor Schmutz starrenden Fußnägeln, prustete vor Lachen – vielleicht aber prustete er auch nur. Der daraus resultierende Rotzklumpen, der auf den Fußboden platschte, war jedenfalls beeindrukkend. »Eure Majestät besitz'n 'n toll'n Sinn f'r Humor, das mussich sag'n. Die Bibilo ... das Zimmer mit d'n Büchers. Wofür? Da gibt's doch n'r Bücher.«

»Ja äh, nun, also ...« Wulfrith biß sich auf die Lippe. »Ich mag Bücher«, fügte er schließlich recht zaghaft hinzu.

Der Wächter starrte ihn ungläubig an. »Echt? Seid Ihr sicher, daß Ihr's nicht wart, der mit'm Kopf aufs Pflaster geknallt is?«

»Nein, ganz sicher nicht ... ich meine, ich bin mir ziemlich sicher, aber ...«

»Jed'nfalls 'ne gute Idee«, fuhr der Wächter fort. »Den alten Bastard besoffen machen und ihm dann'n klein'n Schubs aus'm Sattel geb'n, klatsch, auf die Steine.«

Wulfrith war völlig verblüfft. »Das habe ich nicht getan!«

Der Wächter schüttelte nur den Kopf und grinste anerkennend. »Ach, macht Euch keine Sorg'n desweg'n. Wenn Ihr nicht von der prahlerischen Sorte seid, dann halt ich's Maul. Is ja auch 'ne gute alte gorgorische Tradition, wenn Königssöhne ihren Papa abserviern. Nicht gerade eine, die dir zu Ohr'n komm'n sollte. Irgendwie versuchen die Könige immer zu verhind'rn, daß ihre Söhne davon erfahr'n.«

»Aber ich sage doch, ich habe niemanden getötet! Der König war betrunken und fiel vom Pferd, als ich ihm erzählte, daß ...«

Der Wächter war nicht in der Stimmung zuzuhören. Er lehnte sich auf seinen Speer und blickte verträumt in die Ferne. »Aye, und nun, wo du zum König gekrönt wirs, da bist du wirklich was anders für uns, aber das is kein Fehler. Du hast genug vom gut'n alt'n Bratz in dir, aber auch 'ne Menge Hydrieblut.« Er war einer der gedankenvolleren gorgorischen Krieger. Hätte er nur um die Seltenheit seiner Art gewußt! In den Tagen vor der Eroberung Hydrangeas waren die meisten männlichen Gorgoren so sehr damit beschäftigt, zu plündern, zu schänden und Dinge zu verbrennen, daß ihnen nicht viel Zeit blieb, über die Zukunft nachzudenken. Es bestand auch gar kein Bedarf für dieses Talent: Berufsbedingt lebten nur die wenigsten von ihnen lange genug, um so etwas wie eine Zukunft zu besitzen.

Wulfrith seufzte und gab auf. Er wandte sich ab und überließ den Wächter seiner Meditation. Im hintersten Raum seiner Turmgemächer überdachte er seine Situation und fand sie schrecklich.

Seit dem furchtbaren Ausgang jener »Mannwerdungsfeier« war seine Bewegungsfreiheit auf seine Räumlichkeiten im *Turm der Selbstgefälligen Besinnlichkeit* beschränkt gewesen. Endlich der Gefahr ledig, während der Sitzungen unerwartet enthauptet zu werden, übernahm der Rat im gleichen Augenblick das Regiment, in dem die Nachricht von König Bratzens vorzeitigem Dahinscheiden den Palast erreichte. Sie hatten schon im Palasthof auf Wulfrith gewartet, als er in Begleitung der Wächter von Bratzens Leiche zurückkehrte. Bevor der Junge sich davonstehlen konnte, um den echten Prinzen Arbol über das Geschehene zu unterrichten, hatten sie ihm bereits einen weißen Samtumhang über den Kopf gestülpt, dann schleppten sie ihn fort.

Vor einer feierlichen Versammlung der gorgorischen Häuptlinge wurde beschlossen, daß Prinz Arbol so lange in Isolation verbliebe, bis die gebührenden Krönungsriten nach althydrangenischer Tradition alle aufs genaueste ausgeführt waren. Die Häuptlinge fanden das nicht schlimm, solange nur jemand von Bratzens Blut am Ende auf dem Thron landete. Sie ernannten einen aus ihren Reihen – einen würdigen Gorgoren namens Bulmuk – zu ihrem Repräsentanten, der die ganze Angelegenheit überwachen sollte.

»Will ich nich«, wandte Bulmuk ein. »Will zum Begräbnis von Bratz gehn.«

Seine Amtsbrüder unterrichteten ihn, daß er bei den Hydries bleiben müsse, um die Wahrung der gorgorischen Interessen zu verfolgen und sicherzustellen, daß keiner ihrer überkandidelten Bräuche Bratzens einzigem Sohn und Erben ein Leid zufügte.

»Wen interessiert's?« erwiderte Bulmuk. »Wenn er stirbt, kriegt einer von uns die Krone. Mehr Blut und mehr Begräbnisse. Ich will zum Begräbnis von Bratz gehn.«

Die anderen Häuptlinge versicherten ihm, daß sie ja nichts gegen den einen oder anderen Bürgerkrieg hin und wieder einzuwenden hätten, daß sie zum gegenwärtigen Zeitpunkt dennoch lieber darauf verzichten würden. Sie versicherten ihm auch, daß, wenn er sich weiterhin weigerte, das nächste Begräbnis sein eigenes wäre.

Bulmuk zog sein Schwert und hackte schwermütig einen Unterbutler in Stücke. »Ich bleibe«, schmollte er. Die Tränen der Enttäuschung in seinen Augen waren sehr bewegend.

Seine Freunde gelobten feierlich, daß sie ihm nach dem Begräbnis alles ganz genau erzählen würden: was wer getragen hatte, wer wen mit was getötet hatte, wie viele Krieger sich zu Tode getrunken hatten und ob es irgendwelche Grabbeigaben gegeben hatte, die später zu stehlen sich lohnen könnte. Auch schworen sie beim Geheiligten Gorgorischen Ochsen, daß sie ein paar überzählige Fäßchen und etwas Obst mitbringen würden.

Besänftigt nahm Bulmuk seinen Platz unter den hydrangenischen Edlen ein. Von Zeit zu Zeit kam er hinauf in Wulfriths Gemächer und verlangte zu erfahren, ob der Junge über die bevorstehenden Krönungsriten Kenntnis habe.

»Gibt's da was zu trinken?« wollte er dann wissen.

»Das weiß ich nicht«, mußte Wulfrith zugeben.

»Doofe Hydries«, grummelte Bulmuk dann immer und trollte sich – bis zum nächsten Mal.

Trotz der jüngsten schlechten Erfahrungen mit starken Getränken wünschte der arme Wulfrith sich an jedem Tag seiner Gefangenschaft einen Schluck, nur um ihn seine elende Lage vergessen zu lassen. Sie ließen ihn nicht einmal heraus, um dem Begräbnis des verstorbenen Königs beizuwohnen und weigerten sich, ihn mit jemandem kommunizieren zu lassen.

Wulfrith saß auf einem luxuriös gepolsterten Stuhl und starrte auf seine Hände. Er war sich ziemlich sicher, mit Hilfe seiner Magie die Tür entriegeln zu können, und die Wächter hätte er verwandeln können – auch wenn er sich nie sicher sein konnte, in was er sie verwandelte –, aber was dann? Er wußte nicht, wohin er gehen oder was er tun sollte, sobald er das Turmgemach verlassen hatte, und überall im Palast gäbe es wahrscheinlich Wächter und Gorgoren. Er konnte sie nicht alle verwandeln, bevor ihn einer davon mit dem Schwert durchbohrte oder etwas ähnlich Unerfreuliches anstellte.

Und wenn es ihm gelang, zu entkommen, wieviel Ärger würde das für den *echten* Prinz Arbol bedeuten?

Voller Bitternis wünschte er sich, seine Zauberei beinhalte die Kunst, Botschaften über große Entfernungen zu versenden. Unter allen Umständen mußte er Arbol und die Königin kontaktieren.

Was mochten sie von ihm denken? Er wollte es gar nicht wissen. Palastgerüchte breiteten sich noch schneller aus als Palastküchenschaben. Mittlerweile mußte Königin Artemisia der Meinung sein, daß Wulfrith ein verräterischer Intrigant sei, der nur auf eine Gelegenheit gewartet hatte, ihren geliebten Ehemann zu meucheln und dem wahren Sohn und Erben die Krone vor der Nase wegzuschnappen. Er mußte sich mit ihr in Verbindung setzen – irgendwie! – und ihr erklären, daß alles nur ein

Unfall gewesen war. Er hoffte, daß sie ihm glauben würde.

Er hoffte noch viel mehr, daß Prinz Arbol ihm glauben würde, daß er die Krone nicht haben wollte. Er und der Prinz waren Freunde, aber er kannte Arbols Haltung bezüglich des Königreichs nur zu gut: *Meins! Meins! Meins!* faßte sie adäquat zusammen. Außerdem hatte Arbol auch seines Vaters Temperament geerbt und konnte mit dem Schwert viel besser umgehen als Wulfrith mit der Zauberei.

Wulfrith umfaßte beschützend seinen Hals. Wenn es dem Prinzen gelang, ihn zu erreichen, bevor Wulfrith eine Chance hatte, sich zu erklären, dann würden häßliche Dinge geschehen.

Es klopfte an der Tür. Dem Geräusch folgten Trompetenstöße und Glockengeläut. Eine kräftige Tenorstimme plärrte: »Heil, in aller Bescheidenheit! Heil dem königlichen Sonnenprinzen, der hinter dem Horizont auf die Morgendämmerung wartet! Mag der Eintritt den Dienern Seiner Großmütigkeit gewährt werden, die treulich um sein Vergnügen bemüht sind?«

»Häh?« rief Wulfrith zurück.

Die Tür öffnete sich einen Spaltbreit, und die nadelspitze Nase des jungen Lords Alsike ragte hindurch. »Dürfen wir reinkommen?« flüsterte er.

»Ich denke schon.« Wulfrith wartete. Nichts rührte sich. »Was ist denn los? Ich dachte, Ihr wolltet reinkommen.«

»Ihr müßt etwas sagen wie: ›Tretet ein und scheut Euch nicht, meine Gnade so lange zu beanspruchen, wie es meiner königlichen Herablassung sie zu gewähren beliebt‹«, informierte Alsike ihn.

Zum ersten Mal seit Tagen lächelte Wulfrith. »Ihr macht Witze.«

»Nein, das ist ernst.« Lord Alsike klang stocksauer. »Schaut, wir müssen die Krönungsriten in Gang setzen.

Je schneller Ihr zum König gekrönt seid, desto eher müssen wir nicht mehr mit Lord Bulmuk zu Mittag essen. Also, wie sieht's aus?«

»Ich werde mir Mühe geben.« Wulfrith holte tief Luft und verkündete: »Tretet ein und scheut Euch nicht, meine ... äh, Gnade ... und ...«

»Das reicht!« hellte Alsikes Gesicht sich auf, dann rief er über die Schulter gewandt: »Seine Majestät hat in Seiner niemals endenden Gnade und Weisheit uns geboten, einzutreten. Hört auf zu drängeln!«

Nicht viel später sah Wulfrith sich vom kompletten Königlichen Rat umgeben, von zahlreichen Musikanten, einer Vielzahl teuer gekleideter Diener, die er nie zuvor zu Gesicht bekommen hatte, und von Bulmuk, der aussah, als könne er eine ganze Stadt allein umzingeln. Es gab nicht annähernd genug Stühle für alle.

Lord Alsike begann damit, daß er Wulfrith die in Samt und Seide gekleideten Dienstboten vorstellte. »Dies sind die Offiziellen Königlich-Hydrangenischen Hüter des Krönungsrituals. Es handelt sich um ein erbliches Amt, das vom Vater auf den Sohn übertragen wird.« Die Hüter machten alle eine hübsche Verbeugung.

Wulfrith bemerkte, daß jeder der Hüter von bis zu drei jungen Männern begleitet wurde, welche nicht so prächtig gekleidet waren. »Wer sind diese?« wollte er wissen.

Lord Alskine erläuterte: »Einige sind die Söhne des Hüters, wenn der Mann mehr als einen hat. Wenn er nur ein einziges männliches Kind besitzt, dann sind die anderen, die ihn begleiten, Lehrlinge. Die Arbeit wird sehr gut bezahlt, selbst wenn der Hüter in seinem ganzen Leben nicht ein einziges Mal seine Aufgabe ausüben muß. Allerdings beinhalten die Pflichten der Hüter, das Wissen um das Krönungsritual weiterzugeben. Die Lehrlinge werden für den Fall gehalten, daß der Sohn des Hüters vorzeitig stirbt oder sich als zu dumm erweist, die Rituale zu behalten.«

»Was ist denn so schwierig an einer Krönung?« wollte Wulfrith wissen.

Schon bald bedauerte er seine Neugierde *sehr*.

Der Erste Hüter, ein hochgewachsener Mann, der zu viel grünen Samt trug, sank vor Wulfrith auf die Knie und drückte die Hände des Jünglings gegen seine Lippen. Es fühlte sich an, als würden Wulfrith zwei geschälte Austern über die Haut kriechen.

»Eure Zukünftige Majestät, ich bin Olk, Erster Hüter des Krönungsrituals, und dies ist mein Sohn Oswego.« Er vollführte eine liebliche, schwungvolle Geste der Vorstellung zu der leeren Luft zu seiner Linken.

»Warum ist er unsichtbar?« erkundigte sich Wulfrith.

Hüter Olk stutzte, sah sich um, dann blieb sein Blick auf seinem Sohn haften, der am anderen Ende des Raumes stand und sich in lebhafter Unterhaltung mit Bulmuk befand. Er staunte gerade: »Was, einen menschlichen Schädel *komplett* gespalten?« als sein Vater ihn am Kragen packte und fortzerrte.

»Allein der Gedanke! Verbrüderung mit barbarischen Gorgoren!« kochte Olk. Dann erinnerte er sich an die kleine Einzelheit über Seine Zukünftige Majestät, den Prinzen, und ein kränkliches Lächeln sickerte über sein Gesicht. »Das heißt ... ich meine ... mit *bestimmten* barbarischen Gorgoren. Es gehört zu den wunderbarsten Dingen auf der Welt, sich mit dem Rest zu verbrüdern.«

Oswego schob die Unterlippe vor. Sie war bemerkenswert groß. Sein Vater gab ihm einen herzhaften Klaps auf den Hinterkopf. »Nun sei ein guter Junge und berichte Seiner Zukünftigen Majestät alles, was ich dir über den Verlauf der ersten drei Tage erklärt habe.«

Wulfrith und Oswego stießen *»Die ersten drei Tage?«* in solch perfektem Unisono hervor, daß jeder Zuhörer glauben konnte, sie hätten es einstudiert.

»Die *ersten* drei Tage, habt Ihr gesagt?« fügte Wulfrith hinzu.

»Vorbereitende Rituale der Tapferkeit und der ritterlichen Umgangsformen«, antwortete Olk. »Wirklich simple Dinge, nur zur Unterhaltung der Bauern. Mach weiter, Oswego, rezitiere, was Papa dich gelehrt hat.«

»Ich kann mich nicht erinnern«, erwiderte Oswego. Er schob wieder die Unterlippe hervor. »Ich hab' nichts davon behalten.«

»Aber es war so *einfach*! Du hast dich noch heute morgen an alles erinnert!«

»Heute morgen wollte ich auch noch kein Barbar sein«, erklärte Oswego seinem Vater. »Das ist einfach; das ist das wahre Leben! Wenn du's nicht magst, wie dich jemand behandelt – *Zack*!« Mit schwertlosen Händen vollführte er einen Rundumschlag. »Da kullert sein Kopf über den Frühstückstisch.« Er grinste seinen Vater auf bestürzende Weise an.

Lord Alsike stapfte ungeduldig mit dem Fuß auf. »Olk, wenn Euer Sohn unfähig ist, Seiner Majestät die Riten vorzutragen ...«

»Seiner *Zukünftigen* Majestät«, korrigierte Olk und versetzte Oswego heimlich eine weitere Kopfnuß.

» ... dann macht es entweder selbst oder überlaßt es Eurem Lehrling.«

»Soll ich, Herr? Soll ich? Soll ich?« Olks Lehrling hieß Lichtgaden und war ein aufgeweckter, eifriger Junge mit mehr umtriebiger Energie als ein Wurf durchgedrehter Foxterrierwelpen. Ohne auf Olks Erlaubnis zu warten, begann er herunterzurasseln: »Erster Tag, Morgendämmerung: *Ritual der Neun Tassen und der Zitrone*. Der zukünftige König muß neun goldene Tassen inspizieren und feststellen, in welcher davon die Zitrone ist. Ursprünglich wurde dieses Ritual mit drei umgedrehten hölzernen Tassen und einer getrockneten Bohne unter einer davon durchgeführt, doch es bürgerte sich die Verwendung von neun aufrecht stehenden Tassen und einer recht großen Frucht ein. Erster Tag, vor dem Frühstück:

Ritual der Drei Jungfräulichen Küchenmägde und der Schenkendirne. Der zukünftige König muß die Tugendhaftigkeit seines Geistes nutzen, um die eine unreine Frau herauszufinden. Die Schenkendirne ist angehalten, sich zu verkleiden. Erster Tag, Frühstück: *Ritual des Ochsen*.«

»Das haben wir eingebracht«, strahlte Bulmuk stolz. Er war der einzige, der strahlte. »Ihr müßt mit Euren eigenen Händen einen Ochsen töten. Große Tradition der gorgorischen Könige. Einzige Tradition der gorgorischen Könige.«

»Zum Frühstück?« fragte Wulfrith ungläubig.

»Was glaubt Ihr wohl, was Ihr frühstückt?« konterte Bulmuk.

»Das geht schon in Ordnung, Eure Zukünftige Majestät«, flüsterte Alsike Wulfrith ins Ohr. »Zum einen setzen wir das Vieh unter Drogen, und dann teilen wir ein paar kräftige Wächter als offizielle Trancheure ein. Wer wird es schon bemerken, wenn sie notfalls mit dem Tranchieren anfangen, bevor Ihr mit dem bloßhändigen Töten des Ochsen ganz fertig seid?«

Olks Lehrling nahm das Wort und die Rezitation der vielen kleinen und lästigen Rituale wieder auf, die Wulfrith durch die ersten drei Tage der Krönung verfolgen würden.

Während der junge Lichtgaden von heiligen Schwertern und verwunschenen Türknäufen schwadronierte, verspürte Wulfrith zum ersten Mal seit jener fürchterlichen Nacht so etwas wie Ruhe. So viel Zeit würde vergehen, so viele Dinge mußten erledigt werden zwischen dem Beginn der Krönungsriten und dem Augenblick, in welchem ihm die Krone dann tatsächlich aufs Haupt gesetzt wurde. In all der Zeit *mußte* es einfach möglich sein, die Königin zu benachrichtigen!

Lichtgaden ging die Luft aus, also reichte er die Fackel an den nächsten Hüter weiter, welcher Wulfrith über die Rituale ins Bild setzte, die ihn während der *darauffolgen-*

den drei Tage erwarteten. Alles in allem würde die ganze Angelegenheit, selbst wenn man Questen, Vigilien und das Empfangen von Huldigungen von so gut wie jedem im Königreich einrechnete, in knapp drei Wochen erledigt sein.

Und so kam es, daß Wulfrith, als der Siebente Hüter sagte: »Und dann ist das einzige Ritual, das vor der Krönung noch übrigbleibt, das öffentliche Bad«, nicht zusammenzuckte. Das schien den Hüter zu überraschen. Er räusperte sich und wiederholte: »Das öffentliche Bad. Im Freien. Mit Leuten, die zusehen. Der zukünftige König setzt sich splitternackt den Blicken der Zuschauer aus, auf daß sie alle erfahren, daß der Körper ihres Herrschers keinen Makel aufweist.« Betont fügte er hinzu: »Ihr werdet all Eure Kleider ablegen müssen.«

»Es ist ja auch schwierig, nackt zu sein, wenn man noch Kleider trägt«, erwiderte Wulfrith fröhlich.

Der Hüter stieß angestaute Luft hervor. In den langen Zeiträumen zwischen den Krönungen fanden er und seine Kollegen meist nur wenig zu tun, außer sich mit dem Palastklatsch zu beschäftigen. Er hatte in den letzten Jahren aus verschiedenen Mündern Geschichten über Prinz Arbols überraschende Züchtigkeit vernommen – und über sein zügelloses Temperament, das er offenbar von seinem Vater geerbt hatte. Es war eine große Erleichterung für ihn, nun festzustellen, daß diesmal alle Gerüchte jeglicher Grundlage entbehrten.

Natürlich bedeutete das auch, daß er sich nach besseren Informationsquellen umsehen mußte, aber nun hatte er sich mit den unmittelbareren Dingen zu beschäftigen und sagte: »Ich freue mich zu hören, daß Eure Zukünftige Majestät dies so sieht. Es gab in unserer Vergangenheit Epochen – insbesondere während der sogenannten Kurzlebigen Dynastie –, in denen der zukünftige König sich vor diesem Ritual drückte.«

Wulfrith schlug dem Hüter auf den Rücken. »Was ein König tun muß, das muß er tun!« rief er.

»*Zack!*« schrie Oswego, nur daß Bulmuk dem Jungen diesmal sein Schwert geliehen hatte. Es kollerte etwas über den Boden der Kammer.

Für Lichtgaden gab es auf diese Weise eine schnelle Feldbeförderung, und danach wurden Getränke für alle hereingebracht. Alles in allem fühlte Wulfrith sich in recht optimistischer Stimmung, was das betraf, was ihn erwartete.

Seine Zauberkunst, die ihm nicht gestattet hatte, sich mit Arbol und Artemisia in Verbindung zu setzen, erlaubte ihm eben auch nicht, in die Zukunft zu sehen.

Kapitel 23

»Erzähl uns noch mal von deinem grünen Schaf!« rief Ochovar durch das Zwielicht des Sonnenuntergangs.

Dunwin stieß einen Seufzer hervor; er saß mit dem Rücken gegen einen Baum gelehnt und wärmte sich am Lagerfeuer die Füße, während sein Abendessen sich setzte. Er wollte eigentlich keine weiteren dummen Fragen mehr beantworten.

Aber wenn er es nicht tat, würden die anderen ihn die ganze Nacht hindurch behelligen.

»Sie heißt Bernice«, sagte er müde. »Sie ist etwa fünfzehn Fuß hoch und dreißig oder vierzig Fuß lang, schätze ich, und hat große, kräftige Krallen, glänzende grüne Schuppen und einen langen spitzen Schwanz.«

»Wie scherst du sie denn, wenn sie doch Schuppen hat?« fragte jemand; Dunwin konnte nicht sehen, wer gesprochen hatte.

»Wenn sie grüne Wolle gibt, erspart es einem jedenfalls das Färben«, bemerkte das Purpurne Opossum von der anderen Seite des Feuers her, wo er eine Laute reparierte.

»Sie hat keine Wolle mehr«, erklärte Dunwin. »Sie *hatte* einmal Wolle, als noch ein echtes Schaf war.«

Das Opossum sah von dem Wirbel auf, an dem er herumschnitzte. »Wie kommt das?« fragte er. »Ist sie denn etwa kein Schaf mehr?«

Dunwin starrte ihn mit Erstaunen an, in das sich Ärger mischte. »*Natürlich* nicht«, sagte er. »Wer hätte je von einem grünen Schaf gehört?«

Das Opossum grinste anzüglich. »Bevor der Blaue Dachs dich hierherbrachte«, sagte er, »keiner von uns jemals.«

»Nun, natürlich nicht«, antwortete Dunwin. »Weil es so etwas wie ein grünes Schaf nicht gibt, jedenfalls habe ich nie davon gehört. Bernice war weiß, als sie noch ein Schaf war.«

Das Opossum legte Wirbel und Schnitzmesser beiseite. »Was ist sie dann jetzt?« fragte er.

»Na, was ist denn schon schuppig und grün und vierzig Fuß lang?« fragte Dunwin erstaunt. »Sie ist selbstverständlich ein Drache. Der Zauberer hat sie in einen Drachen verwandelt.«

»Zauberer?« fragten mehrere Stimmen.

»Drachen?« fragten mehrere andere gleichzeitig.

Das Purpurne Opossum beugte sich vor: »Dunwin, mein Junge, ich glaube nicht, daß du uns je die ganze Geschichte im Zusammenhang erzählt hast. Würdest du uns vielleicht erklären, wovon du überhaupt sprichst?«

»Das ist ganz einfach«, antwortete Dunwin, verwirrt über das plötzliche Interesse. Seit seiner Ankunft im Lager hatte er versucht, den Wagemutige Waldbewohnern alles zu erklären, aber bis jetzt war alles, was sie hören wollten, Beschreibungen des Drachen, zu dem

Bernice geworden war – Beschreibungen, die in der Regel große Belustigung und viel Kichern hervorriefen.

Die Belustigung war jedoch – nach dem ersten Tag – niemals in Zudringlichkeiten betreffs seiner Person ausgeartet; ein paar gebrochene Knochen hatten dafür gesorgt, und nachdem er einmal an den Schwertkampflektionen teilgenommen hatte ...

Trotzdem war es ihm bisher noch nie gelungen, die ganze Geschichte zu erzählen.

»Ich habe Streit mit einem Zauberer gehabt«, sagte er. »Ich erinnere mich nicht genau, worum es ging, aber es hatte etwas mit seinem Lehrling zu tun. Da wurde er wütend auf mich und verwandelte mein Lieblingsschaf Bernice in einen Drachen. Und sie ist davongeflogen und ich bin ihr gefolgt, habe sie gesucht. Und das tat ich immer noch, als ihr mich gefunden habt.«

»Du hast einen *Drachen* verfolgt?« fragte Ochovar.

Dunwin nickte.

»Was hättest du denn getan, wenn du sie *gefunden* hättest?« wollte der Blaue Dachs neugierig wissen.

»Mit ihr geredet hätte ich«, antwortete Dunwin. »Sie ist schließlich immer noch Bernice – sie ist immer noch meine beste Freundin, und ich habe sie aufgezogen, seit sie ein Lämmlein war. Ich würde sie bitten, wieder mit mir nach Hause zu kommen.«

»Glaubst du, sie würde mitkommen?« fragte das Purpurne Opossum gebannt und – noch – völlig ahnungslos bezüglich der Gestalt, die hinter ihm im Schatten stand.

»Natürlich!« rief Dunwin, erschrocken darüber, daß jemand dies überhaupt in Frage stellen konnte. »Sie ist *Bernice*!«

»Was würdest du mit einem Drachen tun, wenn du ihn zu Hause hättest?« fragte Ochovar.

Dunwin zuckte die Schultern.

»Die Frage ist, ihr Wagemutigen Waldbewohner«,

sagte das Schwarze Wiesel plötzlich, indem es aus dem Schatten trat, »was könnten *wir* mit einem zahmen Drachen anfangen? Dunwin, mein Junge, liebst du dein Vaterland?«

Dunwin blinzelte. »Es ist schon in Ordnung«, antwortete er.

»Würdest du dich und dein geliebtes Schoßtier in den Dienst seines Volkes, in den Dienst der wahren Herren des Alten Hydrangea stellen?«

Dunwin dachte eine Weile darüber nach und antwortete schließlich: »Weiß ich nicht.«

»Dieser Drache, deine Bernice – kann sie Feuer spukken?«

»Weiß ich nicht.«

»Kann sie fliegen?«

»Ja, ich hab' gesehen, wie sie's tat.« Er war erleichtert, endlich einmal eine gescheitere Antwort zu haben als: »Weiß ich nicht«.

»Sie hat Krallen?«

»Große, kräftige Krallen.«

»Zähne?«

»So groß wie meine Finger.« Er hielt der Anschaulichkeit halber eine Hand hoch.

Das Opossum warf unfreiwillig einen Blick auf Dunwins riesige Finger und erschauerte.

»Dunwin«, sagte das Schwarze Wiesel, »dein Tier mag sein, was wir benötigen, um ungeheuren Schrecken in die feigen Herzen der barbarischen Gorgoren zu jagen! Für ihre simplen, primitiven Gemüter muß sich ein Drache ausnehmen wie die Inkarnation eines Dämonen, meinst du nicht auch?«

Dunwin kratzte sich hinter dem Ohr und überdachte die Frage. Er war sich ziemlich sicher, daß die richtige Antwort »Weiß ich nicht« lautete, aber er wollte alle Möglichkeiten in Erwägung ziehen, bevor er sprach.

»Und was ist nun mit dem Zauberer?« fragte das Purpurne Opossum. »Wenn es einen Zauberer gibt, der Schafe in Drachen verwandeln kann, dann kann er vielleicht auch noch andere nützliche Dinge tun.«

»Ein guter Gedanke, Tadwyl, ein *exzellenter* Gedanke«, stimmte das Wiesel zu. »Es ist dennoch nur schwer zu glauben, daß ein Zaude ... ein Zauberer jemals zu etwas gut sein könnte.«

»Sobald wir diesen Drachen und diesen Zauberer haben«, fragte jemand, »können wir dann *bitte* die Hauptstadt angreifen und die Sache beenden?«

»Vielleicht«, antwortete das Wiesel, »vielleicht. Alles zu seiner Zeit. Nur nichts überstürzen.«

»Herr«, sagte die gleiche Stimme, »ich bin mit Euch nun vierzehn Jahre lang im fröhlichen und verfaulenden, muffigen, feuchten grünen Wald gewesen. Ich bezweifle, daß wir etwas überstürzen.«

»Bist du das, Euphorbius?« rief das Purpurne Opossum. »Ich kann in dieser Dunkelheit nichts sehen.«

»Ja, ich bin's«, gab Euphorbius zurück.

»Nun denn, Euphorbius«, sagte das Schwarze Wiesel, »wenn du denn solchen Eifer zeigst, dann sollst du es sein, der morgen bei Tagesanbruch mit einigen Männern deiner Wahl aufbricht, um zu sehen, ob du das entlaufene Schaf dieses Jungen finden kannst. Ihr könnt in den alten Drachenhöhlen in den Südklippen mit eurer Suche beginnen. Würde dir das gefallen?«

»Nun, nicht wirklich«, entgegnete Euphorbius, »aber ich werde es trotzdem tun.« Er nieste. »Ich würde alles tun, um aus dieser Nässe rauszukommen.« Er zögerte, dann fügte er hinzu: »Zumindest alles, was nichts mit Vielfraßen zu tun hat.«

»Was den Zauberer angeht ...«, erinnerte das Purpurne Opossum sie.

»Ach ja, der Zauberer«, antwortete das Schwarze Wiesel. »Wir werden auch dem Zauberer Leute hinterherschicken – Dunwin kann uns sicherlich die richtige

Richtung zeigen. Du, Pelwyn – Grüner Maulwurf, meine ich –, du kümmerst dich darum. Nimm ein paar von den anderen mit, wenn du willst.«

»Ja, Herr«, kam eine Stimme von einem nahegelegenen Baum. »Am Morgen?«

»Genau.«

»Sollten wir dann nicht ein wenig schlafen?« schlug das Opossum vor.

Trotz des gemeinsamen Konsenses bezüglich des Zurückziehens setzte sich die Unterhaltung noch eine Weile fort, bevor sie schließlich verebbte. Dunwin lag auf seiner Decke, lächelte und betrachtete die Sterne, die durch die Blätter über ihm leuchteten.

Sie würden wirklich ernsthaft losziehen und nach Bernice suchen!

Es war schon spät, als er schließlich eindöste; das hatte zur Folge, daß er viel länger schlief, als er beabsichtigt hatte. Ein gewaltiger Tumult weckte ihn. Rufende Stimmen, scheppernde Ausrüstung; Dunwin fuhr hoch, sah sich bestürzt um und versuchte zu begreifen, was vor sich ging.

Alles schien sich am Königsbaum zu versammelten, an der großen Buche; Dunwin nahm seine Decke auf, drapierte sie über seine Schultern, um die Morgenkühle abzuhalten, und ging ebenfalls dorthin.

Er trat von der einen Seite in die kleine Lichtung, als das Schwarze Wiesel selbst, der auch nicht besser aussah als Dunwin und nicht erfreut schien, geweckt worden zu sein, auf der anderen auftauchte. Zwischen ihnen wimmelten die Wagemutigen Waldbewohner.

In ihrer Mitte stand ein recht erschöpft wirkender Kerl in sehr modischer, wenn auch abgenutzter, Kleidung.

»Also gut, also gut«, bellte das Schwarze Wiesel. »Was geht hier vor?«

»Es ist ein Bote!«

»Aus der Hauptstadt!«

»Es ist der König!«

»Das ist unsere Chance! Jetzt müssen wir losschlagen!«

»Haltet den Mund, alle von euch!« brüllte das Schwarze Wiesel. Er bahnte sich durch die Menge einen Weg und nahm auf dem mitgenommenen Thron Platz.

»Nun, wie ich sehe, haben wir hier, ungeachtet der frühen Stunde, einen Boten.«

»Ja, äh, Schwarzes Wiesel, tapferer, schneidiger, heldenmütiger Anführer der Wagemutigen Waldbewohner im kühnen Kampf um Freiheit von den verderbten Invasoren!« rief der Bote aus.

»Ganz richtig ist das ja nun nicht, oder?« Das Schwarze Wiesel runzelte die Stirn, dann winkte er ab. »Egal. Ich sehe, daß Ihr neu in diesem Beruf seid; ich denke, Phrenk und die anderen waren nicht verfügbar. Es spielt keine Rolle. Wie lautet die Botschaft?«

»Ich kam vom *Palast der Gottgegeben Müßigen Nachdenklichkeit* auf das drängende Dringen Ihrer Majestät Artemisia, Königin von Hydrangea!« verkündete der Bote.

»Ja, natürlich«, stimmte das Schwarze Wiesel zu. »Weiter!«

»Ohne zu rasten, bin ich durch die Berge zu Euch gekommen, Tag und Nacht gereist ...«

»Weiter mit der Botschaft!«

»Ich bringe Neuigkeiten größer Tragweite! Neuigkeiten, die Eure Herzen höher schlagen und singen lassen werden vor lauter ...«

Das Schwarze Wiesel erhob sich und zog sein Rapier; mit einer langsamen, eleganten Bewegung plazierte er die Spitze des Schwertes auf den Adamsapfel des Boten und grollte: »Halt den Mund und sag mir, was du hier tust.«

Der Bote blinzelte.

»Das ist ein Widerspruch in sich, Herr«, machte er das Schwarze Wiesel aufmerksam. »Wenn ich, wie Ihr verlangt, ›den Mund halte‹, wie soll ich dann ...«

Unter der Spitze des Rapiers sickerte ein Blutstropfen hervor. Das Schwarze Wiesel verlagerte seine Körperhaltung und machte sich stoßbereit. »Ihr seid neu in diesem Beruf«, wiederholte er. »Wenn Ihr Wert darauf legt, *alt* zu werden ...«

Er ließ die Drohung unvollendet in der Lichtung schweben.

»Schon gut schon gut schon gut!« quiekte der Bote. »König Bratz ist tot!«

Das Schwarze Wiesel erstarrte. Tiefes Schweigen senkte sich herab; einen Augenblick lang bewegte sich nichts, und niemand sprach ein Wort.

»So, seid Ihr nun zufrieden?« keifte der Bote. »Ihr habt alles ruiniert – ich hatte eine solch schöne Rede vorbereitet, aber Ihr habt's nun verdorben und allen verraten, wie's ausgeht!«

Das Schwarze Wiesel zog das Schwert zurück und wischte die Spitze sorgfältig mit seinem Taschentuch ab.

»Der Usurpator ist tot?« fragte er.

»Das ist richtig«, antwortete der Bote. »Fiel besoffen vom Pferd und brach sich das Genick. Vielleicht ist er auch gestoßen worden; Prinz Arbol war zum Zeitpunkt seines Todes bei ihm, und es hat Gerede gegeben.«

»Ist der Prinz in Sicherheit?«

»Sicherheit?« Der Bote starrte ihn an. »Natürlich ist er in Sicherheit! Schließlich ist er der neue König, nicht wahr?«

»Ist er das?«

»Natürlich ist er das! Den Gorgoren ist es egal, ob Bratz gestoßen wurde oder nicht.«

»Was ist mit der Königin?«

»Ihre Majestät Königin Artemisia ist natürlich in tiefer Trauer«, antwortete der Bote mit angemessen feierlichem Gesichtsausdruck. »Sie sandte mich aus, weil sie nicht ertragen konnte, in der Schmerzensstunde von ihren Vertrauten getrennt zu sein.« Er zögerte, dann fügte er hinzu: »Aber sie scheint es mit Fassung zu tragen. Das Begräbnis wurde nach den Traditionen der Ahnen des Königs ausgeführt, dennoch mußte Ihre Majestät sich bei der Zeremonie nur zweimal erbrechen. Es ist verbürgt, daß die Blessuren nur oberflächlicher Natur sind. Ihre Lachanfälle werden der üblichen weiblichen Hysterie zugeschrieben, und man wertet den Vorfall, bei dem sie singend durch die Straßen tanzte, als Versuch, mit der überwältigenden Trauer fertig zu werden.«

»Ein gorgorisches Begräbnis, was?« Das Schwarze Wiesel dachte nach. »Ich würde gern wissen, wie ihre Begräbnisse ablaufen.«

Der Bote erzitterte taktvoll. »Das wollt Ihr gar nicht wissen«, entgegnete er. »Die *Große Halle für Staatsakte Betreffend Den Tod Oder Andere Unannehmlichkeiten* ist geschlossen, und die Architekten sind noch unschlüssig, ob sie repariert werden kann oder abgerissen werden muß.«

»Also nehme ich an, daß sie Prinz Arbol auf den Thron setzen werden, richtig? Mit irgendeiner ihrer barbarischen Zeremonien?«

»Nein, o mutiger Verteidiger des Volkes«, erwiderte der Bote, »ein Kompromiß wurde eingegangen: Das Begräbnis war auf gorgorische Art, doch die Krönung wird den althergebrachten Ritualen und Traditionen Hydrangeas folgen, um sicherzustellen, daß niemand Prinz Arbol je als Usurpator bezeichnen wird, wie es seinem Vater ergangen ist.«

»Das nimmt doch drei Wochen in Anspruch.«

Der Bote nickte. »Sie haben vor vier Tagen angefangen. Es hat mich ein wenig Zeit gekostet, hierherzukommen und Euch zu finden.«

»Also ist er noch nicht gekrönt worden«, murmelte das Schwarze Wiesel gedankenvoll.

»Nein, natürlich nicht.«

»Trotzdem ist er immer noch ein Usurpator«, sagte das

Schwarze Wiesel. »Rechtmäßig gehört der Thron *mir* – ich meine, Mimulus, Prinz Mimulus, dem Bruder der Königin.«

»Nicht, wenn Ihr die Gorgoren fragt«, stellte der Bote fest.

»Die Gorgoren sollen verdammt sein!«

Dies lockte ein lautes Jubeln aus den versammelten Waldbewohnern hervor.

»Laßt uns sie herauswerfen!« rief Euphorbius in der Meute.

»Nur nichts überstürzen ...«, begann das Purpurne Opossum.

»Von wegen überstürzen!« widersprach Euphorbius laut. »Hört zu, jetzt ist Bratz tot und die Gorgoren haben keinen wirklichen Anführer mehr – ihr neuer König ist bloß ein Junge und ist er nicht außerdem eingeschlossen, bis die Krönungsriten ganz vorüber sind? Mit diesem Zauberer, von dem Dunwin uns erzählt hat, und vielleicht auch Dunwins Drachen, oder sogar mit ein paar Drachen – das ist die beste Chance, die wir je bekommen werden! Wenn wir jetzt nicht gehen, können wir auch gleich zugeben, daß wir uns nie gegen die Gorgoren wenden werden!«

Mehrere Zuhörer applaudierten. Dunwin gehörte zu ihnen, wenn er auch nicht genau wußte, wieso.

Das Schwarze Wiesel ließ den Blick über die jubelnde Menge schweifen; gedankenvoll strich er sich über den Bart. Das Purpurne Opossum hatte ursprünglich vorgehabt, weitere Einwände zu erheben, erkannte ebenfalls die Stimmung der Menge und beschloß, den Mund zu halten.

»Jawohl!« rief das Schwarze Wiesel schließlich. Er sprang von seinem Thron auf, vermied haarscharf den Zusammenstoß mit einem überhängenden Ast, und verkündete: »Jawohl! Endlich, nach langer Zeit, meine treuen Freunde und Gefolgsleute: die Zeit ist gekommen! Ich kenne die Krönungsrituale, und wenn der große Höhepunkt heranrückt, wenn der neue König sich aus dem heiligen Bade erhebt in der *Hehren Halle der Weihevollen Und Kontinuierlich-Legitimen Königlichen Inthronisation* und auf den Weg begibt vom *Palast der Gottgegeben Müßigen Nachdenklichkeit* hinaus, um sein Volk zu grüßen auf dem *Platz der Generösen Segnungen Derjenigen Götter, Die Unserer Aufmerksamkeit Würdig Sind*, wird jedes einzelne Auge auf ihm ruhen. Und wenn das Augenmerk der ganzen Hauptstadt auf die Zeremonie gerichtet ist, dann werden wir zuschlagen! Mit unseren patriotischen hydrangenischen Drachen und heldenmütigen Zauberern und der Stärke und dem Mut unserer eigenen Herzen werden wir die verabscheuten Gorgoren ein für allemal aus diesem Land treiben! Helft ihr mir, Jungens?«

Dunwin und alle anderen jubelten lauter als je zuvor.

»Also gut! Wir werden diesen Drachen finden – Euphorbius, ich möchte, daß du ...« Da erblickte das Schwarze Wiesel den Gesichtsausdruck des Angesprochenen und dachte, daß er vielleicht ein wenig zu eifrig wirkte. » ... daß du mit mir kommst. Dachs, *du* organisierst Suchtrupps zu den Südklippen. Und Pelwyn – ich meine, Grüner Maulwurf –, du gehst und suchst diesen Zauberer. Wir anderen kümmern uns darum, Verkleidungen zu finden, damit wir uns unbemerkt in die Stadt schleichen können. Wir treffen uns alle in siebzehn Tagen von heute an auf dem *Platz der Generösen Segnungen*!«

Es gab noch mehr Jubelrufe.

»Und dann wird Hydrangea wieder frei sein!«

Es gab noch mehr und lautere Jubelrufe. Waldbewohner winkten mit Schwertern, Löffeln und anderen, ähnlichen Gegenständen.

Dunwin jubelte so laut wie jeder andere; es dauerte noch eine Weile, bis ihm auffiel, daß es ihm vollkommen gleichgültig war, ob Hydrangea von althydrangenischen Adligen oder von Gorgoren beherrscht wurde.

Alles, worauf es ihm ankam, war Bernice.

Kapitel 24

»Hör auf zu schmollen, Liebes«, sagte Königin Artemisia zu Prinz Arbol. »Du bekommst davon Runzeln.«

In einer Ecke der innersten Kammer der Gemächer der Königin flegelte sich Prinz Arbol gegen die Mauer und stampfte mit seinen Stiefeln auf den Boden. »Wen kümmert das?« fauchte sie. »Runzeln lassen Könige grausam, ernst und weise wirken.«

»Ja schon, aber ...« Die Königin schnitt sich selbst das Wort ab. Sie hatte sagen wollen: *Ja, schon, aber Runzeln machen es Königstöchtern sehr schwer, sich auf dem königlichen Heiratsmarkt zu behaupten*, hatte sich jedoch gerade noch eines Besseren besonnen. Arbol wußte immer noch nicht die Wahrheit um ihr eigenes Geschlecht. Es war auch kaum die Sorte Geheimnis, die eine Mutter ihrem Kind aus heiterem Himmel offenbaren konnte.

Die Königin lächelte insgeheim. Es war noch genug Zeit, um Arbol schrittweise damit vertraut zu machen, daß das Leben einer Prinzessin gar nicht so übel war. Die Dinge entwickelten sich prächtig. Bratz war tot, was vielleicht das Prächtigste von allem war, und wenn die Gerüchte zutrafen, dann hatte Artemisias eigenes Kind seine Hand dabei im Spiel.

Ich habe immer gewußt, daß meine Kinder etwas Besonderes sind, dachte die Königin stolz. Laut sprach sie hingegen: »Ich verstehe nicht, warum du dich so anstellst, Arbol, Liebes.«

»Anstellen?« Der erzürnte Prinz sprang auf und trat zur Abwechslung gegen die Wand. »Mein rechtmäßiger Platz als König des Reiches ist von einem dahergelaufenen Fremden eingenommen worden, und du sagst mir, ich stelle mich an, weil ich darüber wütend bin?«

»Mein Teurer, Wulfrith ist kein *Fremder*; er arbeitet für

uns seit ... äh, schon lange. Ach, er gehört fast zur Familie.« Artemisia tätschelte ihrem Kind die Wange. »Ich bin ganz sicher, daß sich alles zu unser aller Zufriedenheit regeln wird«, versicherte sie ihr. »Du wirst schon sehen. Die Krönungsriten dauern nun schon Wochen an, und wir können sie sicherlich nicht zu diesem Zeitpunkt unterbrechen.«

»Warum nicht?« verlangte Arbol zu wissen. Sie spielte unruhig mit dem Knauf ihres Dolches. »Es würde mich nicht viel Zeit kosten, den Verräter zu töten.«

Die Königin setzte ihr strengstes Gesicht auf. »Davon will ich nichts hören, junge Da ... – junger Mann! Also wirklich, manchmal glaube ich, du seist reinblütiger Gorgore – als gäbe es irgend etwas Reines an diesen haarigen Kreaturen. Ich arbeite und mühe mich über dem heißen Begräbnisfeuer und versuche, deinen Vater ein für allemal aus dem Weg zu bekommen, und das ist der Dank! Ich weiß nicht, warum ich mich jemals für Kinder entschieden habe.«

»Papa hat dich gezwungen«, stellte Arbol sachlich fest. Ein Blick aus den kalten Augen der Königin brachte Arbol wieder in eine etwas fügsamere Stimmung zurück. »Also gut, Mutter, ich verspreche, nichts zu tun, was diese dämliche verstaubte Krönungszeremonie durcheinanderbringt«, sagte Arbol mißgelaunt.

»Braves Kind«, strahlte Artemisia besänftigt. »Ich weiß, was dir zu schaffen macht: Es langweilt dich, eingepfercht zu sein mit niemandem als deiner Mutter zur Gesellschaft. Ich habe eine Idee! Warum überlegen wir uns nicht etwas, das ganz viel Spaß macht, nur um dich zu beschäftigen und bei Laune zu halten?«

»Was denn?« versetzte der Prinz grantig.

»Du könntest doch zum Beispiel Lady Ubri töten«, schlug die Königin vor.

»Hä?« Dieses Ansinnen kam hinreichend unerwartet,

um Arbol aus ihrer schlechten Laune in simple Konfusion zu bringen.

»Liebling, du hast es doch sicher vernommen?« fragte Artemisia, eine Hand vor die Brust gelegt. »Lady Ubri schweift im Palast umher und erzählt jedem, der töricht genug ist, ihr zuzuhören, sie sei mit dem neuen König verlobt. Eine Unverschämtheit!«

»Ich erinnere mich an Lady Ubri«, sann Arbol, noch immer verwirrt. »Diese gorgorische Frau, die mir dauernd nachgelaufen ist und dabei all diese dummen Bemerkungen gemacht hat, über Bullen und Türme und Lanzen und Schwertfische, auch wenn weder ein Bulle, ein Turm, eine Lanze oder ein Schwertfisch zu sehen war. Und dann wollte sie ständig diese bekloppten Witze über die reisende Barbarenhorde und die Schäfertochter erzählen ...« Der Prinz hielt inne. »Aber warum sollte ich sie töten?«

»Weil es das einfachste ist«, meinte Artemisia trocken. »Siehst du, mein Liebling, wenn die Krönungsriten einmal beendet sind, und mein So ... Wulfrith König ist, wird Ubri mit an Sicherheit grenzender Wahrscheinlichkeit seine Königin sein. Wenn wir aufkreuzen und verkünden, daß sie aus Versehen den Falschen gekrönt haben, kann Wulfrith problemlos entmachtet werden.« *Das werden wir allerdings* nicht *tun*, dachte Artemisia dabei. »Aber – wenn er eine Königin hat und auch nur für eine Minute regiert, und diese Königin mit einem Kind gesegnet ist, dann hat dieses Kind nach althydrangenischem Gesetz den gleichen Anspruch auf den Thron wie du. Du wolltest dann das arme kleine Ding doch nicht umbringen müssen, oder? Die Geschichtsschreiber neigen dazu, ein großes Brimborium um Herrscher zu machen, die ihre Rivalen im Kindesalter beseitigen.«

»Nnnnnein«, sagte Arbol langsam. »Ich denke, das will ich nicht. Aber ist es in Ordnung, wenn ich Lady

Ubri jetzt töte? Wenn sie schwanger ist, dann töte ich damit ja auch einen Rivalen im Kindesalter.«

»Aber wir *wissen* doch gar nicht, ob sie schwanger ist, Lieber«, redete Artemisia ihm gut zu.

»Wenn sie nicht schwanger ist, brauche ich sie nicht zu töten, um ihr Kind davon abzuhalten, mir den Thron streitig zu machen, weil es gar kein Kind gibt«, argumentierte Arbol.

»Aber wir *wissen* doch gar nicht, ob es kein Kind gibt«, konterte die Königin.

Prinz Arbol sank zurück gegen die Wand und hielt sich den Kopf. »Ich hab' Schmerzen«, klagte sie.

»Das liegt nur daran, daß du ein wenig Bewegung brauchst.« Die Königin ergriff Arbols Arm und zog sie auf die Füße. »Ein Schwert zu schwingen ist gute Körperertüchtigung, ganz besonders gegen ein großes Ziel. Lauf los, mein Lieber, und zwar jetzt! Ach, und vergiß nicht, deine Maske überzuziehen! Es muß ja nicht sein, daß dich jemand auf dem Gang erkennt und die ...«

» ... Krönungszeremonie stört, ja, ja, ja.«

Prinz Arbol tat wie geheißen. Ihr schwirrte immer noch der Kopf, als sie die Gemächer der Königin durch einen der zahlreichen Geheimgänge verließ, welche den *Palast der Müßigen Gedanken des Ochsen* wie einen Bienenstock durchzog. Für den Geschmack des Prinzen war das Leben seit Wulfriths Ankunft viel zu kompliziert geworden. Dann mußte Papa auch noch hingehen und sich umbringen lassen und dadurch alles *noch* komplizierter machen.

Arbol vermißte ihren Vater nicht sonderlich. Ihre Erinnerung an den alten Bratz beschränkte sich auf etwas Großes, Pelziges, das immer nach schalem Bier stank. Vielleicht war das aber auch ihr Schoßhund Vexmor gewesen. Nein – Vexmor hatte sich niemals auf anderer Leute Schuhe übergeben. Außerdem konnte Vexmor auch kein Schwert schwingen, wie Bratz es auf dem Feldzug zur Grenze getan hatte. Arbol erinnerte sich daran noch sehr genau. Unablässig war Bratz in Arbols Privatzelt eingedrungen und hatte laut boshafte Bemerkungen über »dämliche alte Hydriebräuche« gemacht, die »einen jungen Kerl wie ein Leinenhandtuch im Schrank« einschlössen, »wenn er mit seinen Männern in einer Reihe am Graben stehen und pissen sollte«. Darüber hinaus trieb er andauernd all diese Frauen vor den Prinzen.

Einige dieser Frauen waren häßlich, einige davon alt, einige jung, einige schön, einige ganz schön alt und einige ganz schön häßlich, aber alle lächelten ständig. Sobald eine Arbol anlächelte, brüllte Bratz jedesmal: »Siehst du! Sie *mag* dich! Nimm sie dir, Junge!«

»Wohin soll ich sie nehmen?« hatte Arbol dann immer gefragt. Aus irgendeinem Grund brachte dies die Frauen jedesmal dazu, noch mehr zu lächeln, dann aufzulachen und nach der Hose des Prinzen zu greifen, einem Ansinnen, dem sich Arbol jedesmal durch einen raschen Schritt zur Seite zu entziehen wußte. Arbol konnte einfach nicht fassen, wieso sie etwas so Albernes tun sollten. Es war alles sehr verwirrend, und Prinz Arbol gelangte zu dem Schluß, daß sie die Frauen nie begreifen würde.

Männer zu begreifen war hingegen etwas ganz anderes. Arbol begriff die Männer sehr gut. Von ihrem Vater hatte sie das eine Wort gelernt, das hinter allem stand, was Männer je taten: MEINS! Das umfaßte Ländereien, Gold, Vieh, Frauen, Bier und Königreiche. Es war sehr einfach. Bratz mochte es, wenn die Dinge einfach waren.

Arbol mochte es ebenfalls, wenn die Dinge einfach waren. Diese Sache, Lady Ubri zu töten, war *nicht* einfach. Arbol beschloß, es nicht zu tun.

Andererseits war ihr Entschluß, Wulfrith zu töten, *sehr* einfach. Wenn der Verräter starb, bevor die Krönungsrituale vorüber waren, konnte er auch nicht mehr König werden. Daher würde Lady Ubri auch niemals Königin werden. Also war es unerheblich, ob sie nun schwanger war oder nicht. Alles ganz schön einfach.

Prinz Arbol war im *Palast des Ochsen* aufgewachsen, der einstmals ›*Palast der Gottgegeben Müßigen Nachdenklichkeit*‹ geheißen hatte und nun oft ›*Palast der Müßigen Gedanken des Ochsen*‹ genannt wurde aus Gründen, die über die Vorstellungskraft des Prinzen hinausgingen. Sie nannte ihn einfach ›Zuhause‹. Wenn der Prinz überhaupt etwas wußte, dann, wie man in ihrem eigenen Zuhause von einem Ort zum anderen gelangte, selbst wenn »anderen« die streng geheimen Gemächer der Isolation waren, in die man Wulfrith gesperrt hatte.

Der *Palast der Müßigen Gedanken des Ochsen* war ein Labyrinth aus Korridoren, aber auch ein Netz aus Geheimgängen, deren Zahl die der offiziellen Korridore im Verhältnis drei zu eins übertraf. Wenn Arbol sich jemals bemüht hätte, während ihrer Geschichtslektionen wachzubleiben, hätte sie lernen können, daß diese Geheimgänge ihre Existenz einem niemals endenden Spiel verdanken, das ihre althydrangenischen Vorfahren jahrhundertelang mit ihren Blutsverwandten gespielt hatten und das ›Zack, du bist tot‹ hieß.

Arbol interessierte sich nicht die Bohne für Geschichte (und tatsächlich haßte sie auch Bohnen). Ihr reichte, daß die Geheimgänge existierten und sie diese so gut kannte wie den Rücken ihrer rechten Hand.

So geschah es, daß Wulfrith allein in seinem Turmgemach saß und versuchte, zwischen den Wellen der Krönungsriten ein wenig Atem zu schöpfen, als ein sehr schöner Gobelin, geschmückt mit einer Darstellung des althydrangenischen Vielfraßreigens, beiseite gerissen wurde und eine maskierte Gestalt mit gezogenem Dolch in den Raum sprang.

»Dein letztes Stündlein hat geschlagen, schmutziger Verräter!« schrie Arbol und riß sich die Maske herunter.

»Ach, *du* bist's!« rief Wulfrith aus, Stimme und Gesicht

eine Studie in purster Lebensfreude. »Du kannst dir gar nicht vorstellen, wie froh ich bin, dich zu sehen!«

Hätte Wulfrith Magie benutzt, um ein Katapult auf den Kopf des Prinzen fallen zu lassen, Arbol wäre nicht verwirrter gewesen. Sie ließ den Dolch fallen. Sie warf Wulfrith den Blick zu, der normalerweise für dreiäugige, achtbeinige Kälber reserviert ist. »Du bist froh, mich zu sehen?«

»Geradezu ekstatisch!« Wulfrith drehte die Augen himmelwärts.

»Aber ... aber du hast meine Krone gestohlen!« stammelte Arbol. »Du hast meinen Thron geraubt!«

»Sie behaupten außerdem, ich hätte deinen Vater ermordet«, fügte Wulfrith hinzu und sah verlegen drein. »Es ist aber nicht wahr.«

»Was? Die Sache mit meinem Vater?«

»Genau. Ach ja, und der Rest auch. Ich meine, alles ging so schnell. Im einen Augenblick ritt ich da mit dem König und versuchte, mich nicht zu übergeben, und im nächsten lag er da auf den Pflastersteinen und war tot. Dann kamen gleich die Wächter und ...«

In aller Kürze berichtete Wulfrith die ganze Geschichte. Als er fertig war, saßen die beiden Jungen Seite an Seite auf einer gepolsterten Fensterbank und lachten gemeinsam über die ganze Affäre.

»Wenn ich bedenke, daß ich dir beinahe eine Fußlang kalten Stahls in die Kehle gestoßen hätte!« brüllte Arbol vor Gelächter.

»Und wenn ich bedenke, daß ich dich umgebracht hätte, wenn du's versucht hättest!« Wulfrith brach in Kichern aus.

»Was? Du mich töten! Ha! Das möchte ich sehen!« Arbol schwang die Beine herauf und legte ihre Stiefel auf Wulfriths Schoß. »Du bist nicht halb so sehr ein Mann wie ich!«

»Es gibt Besseres, als ein Mann zu sein«, gab Wulfrith

zurück und setzte dabei den arroganten, wissenden Ausdruck auf, den Klutie zu tragen pflegte, wenn er von den Vorzügen des Zaubererdaseins sprach. »Viel Besseres.«

Arbol spuckte ungezwungen aus dem Fenster. »Von wegen. Es gibt nur eins, das besser ist, als ein Mann zu sein.«

»Und das wäre?«

»König zu sein.«

Wulfrith wirkte auf einmal sehr müde. »Das würdest du nicht mehr sagen, hättest du durchmachen müssen, was ich durchgemacht habe. Bei allen Mächten, wie haben deine alten Hydrieahnen nur irgendeinen Nutzen aus ihren Königen gezogen? Nachdem alle Krönungsrituale durchgeorgelt waren, mußten sie einhundertdreiundsiebzig Jahre alt sein!«

»Du hast sie noch nicht alle hinter dir, oder?« fragte Arbol angespannt. »Du bist doch noch nicht gekrönt worden, oder?«

»Nein, aber fast. Ich habe nur noch eine einzige törichte protzige Prozedur vor der tatsächlichen Krönung zu durchlaufen, und ich bin so froh, sagen zu können, daß ich sie nicht über mich ergehen lassen muß.«

Arbol grinste. »Und ich bin froh zu wissen, daß ich nicht all die dämlichen Rituale über mich ergehen lassen muß, weil du das schon für mich erledigt hast.«

»Das stimmt. Du schuldest mir was.«

»Die Schuld habe ich schon beglichen. Schließlich habe ich dich am Leben gelassen, oder?«

Wulfrith schubste Arbols Stiefel von seinem Schoß und holte die Kapuzenmaske hervor. »Ich hoffe nur, das letzte Ritual ist schlimmer als alle anderen vorher zusammen, nur um es dich zu lehren.« Er zog die Maske über den Kopf.

»Du weißt nicht, was es sein wird?« fragte der Prinz. Sie wirkte ein wenig besorgt.

»Ich bin sicher, daß es mir jemand einmal erklärt hat«,

antwortete Wulfrith. »Das gehört nämlich mit zur Folter: Sie erzählen dir *alles* über die große historische Bedeutung jeder einzelnen lausigen Einzelheit jedes unvorstellbar langweiligen Krönungsrituals, das sie auf dich herabbeschwören, und *dann* erst tun sie's wirklich! Wenn ich König wäre, wäre meine erste Amtshandlung, zu erlassen, daß die Offiziellen Königlich-Hydrangenischen Hüter des Krönungsrituals dem neuen König *entweder* die Riten erklären *oder* sie an ihm vollziehen dürfen, aber nicht beides. Denn das ist grausam.«

»Meine erste Amtshandlung als König wird das sogar noch übertreffen«, verkündete Arbol. »Ich werde alle Offiziellen Königlich-Hydrangenischen Hüter des Krönungsrituals in einem Raum versammeln und ihnen dann erklären, wie sie sterben werden, und es dann an ihnen vollziehen. Und zwar persönlich.«

»Mir ist das egal«, antwortete Wulfrith achselzuckend. »Ich bin aus der Sache raus, und glücklich darüber.« Er erhob sich und ging zur Tür.

»Hey! Du kannst da nicht raus!« rief Arbol. »Die Wächter bringen dich um!«

Unter der Maske verzog sich Wulfriths Gesicht zu einem verschlagenen Grinsen. »Ich kümmere mich schon um die Wächter«, sagte er und lockerte seine Finger. Nachdem nun die Krone an die richtige Adresse gehen würde, hatte er keine Bedenken mehr, einfach aus dem Turmzimmer hinauszuspazieren. Da gab es diesen Zauberspruch, auf den er in einem der alten Bücher in der Bibliothek gestoßen war – ein Zauber auf einem alten Pergament, das ein lange verstorbener Leser des *Gartens der Erschöpfenden Freuden* als Lesezeichen benutzt hatte –, und er wollte ihn ausprobieren. Er war sich ziemlich sicher, daß das Erlernte seinen eigenen Gestaltwandlungsspruch, der Klutie damals so sehr beeindruckt hatte, eine interessante Variante zufügte: Die Verwandlung des Opfers würde sich nach gewissen

Zeitabständen ohne Warnung umkehren, so daß der Unglückselige glauben mußte, er hätte es hinter sich, nur um bald festzustellen, daß es ihn wieder gepackt hatte, wieder losließ, wieder packte, bis er in höchst zufriedenstellender Weise wahnsinnig wurde.

»Wie du willst.« Nun zuckte Arbol die Schultern. »Aber hör zu: Ich möchte, daß du ins Gemach meiner Mutter gehst und ihr mitteilst, daß nun alles in Ordnung ist. Lauf nicht weg oder so etwas.«

»Weglaufen?« Wulfriths Grinsen wurde noch boshafter. »Und nicht Zeuge zu sein, wie du unter dem letzten Ritual leidest? Nicht um alles in der Welt möchte ich das verpassen!«

Arbol versank in Gedanken. »Weißt du was, vielleicht solltest du Mutter gar nichts sagen. Sie macht alles immer nur komplizierter, als es sowieso schon ist. Sie könnte sogar auf den Gedanken kommen, daß ich all diese Riten durchmachen muß, die du schon erduldet hast, weil es sonst nicht zählt.«

Wulfrith schnalzte mit der Zunge und machte: »Ooooooch«, als hätte er nicht vor, dieser Bitte Folge zu leisten.

»Ach, komm schon!« redete der Prinz ihm gut zu. »Mach ihr doch weis, du wärest ich, ja? Du bekommst einen guten Platz für das letzte Ritual, und wenn es vorbei ist und ich gekrönt bin, dann kannst du die Maske abnehmen und wir können beide aufspringen und *Überraschung!* brüllen! Dann machen wir aus der Krönung ein großes Hochzeitsfest und ...«

»Heirat? Wer heiratet denn?« fragte Wulfrith erstaunt.

»Na, du!« antwortete Arbol. »Du heiratest doch Lady Ubri, oder etwa nicht?«

»Nein, auf gar keinen Fall.« Wulfrith hatte in seinem ganzen Leben noch nie so entschlossen geklungen. »Das erzählt sie zwar jedem, der dumm genug ist, ihr zuzuhören, und ich hänge hier fest und kann nichts dagegen unternehmen oder bin mit den Ritualen zu beschäftigt. Sie glaubt, ich wäre du. *Du* heiratest sie.«

»*Ich*? Ich kann sie nicht mal leiden. Sie erzählt keine guten Witze.«

»Nun, ich kann sie auch nicht leiden – nicht mehr. Sie ist ja ganz nett, aber ...« Wulfrith konnte seine Gedanken bezüglich der Frau nicht in Worte kleiden. Er war ihr sicherlich dankbar für alles, was sie ihm beigebracht hatte, aber gegenüber Klutie verspürte er die gleiche Dankbarkeit des Schülers gegenüber dem Lehrmeister, und er beabsichtigte ja auch in keiner Weise, den alten Zauberer zu heiraten.

»Egal, wir finden schon jemanden, der sie heiratet«, sagte Arbol. »Jemanden mit einem Faible für Schwertfische. Jetzt geh zu meiner Mutter.«

»Ich seh' dich auf dem Thron!« rief Wulfrith über die Schulter, als er aus der Tür schlüpfte.

Arbol hörte, wie die Wächter Wulfrith anriefen, dann hörte er Wulfrith eine Vielzahl eigenartiger Wörter murmeln, die keinen Sinn ergaben. Als nächstes nahm der Prinz einen beißenden Geruch wahr, der unter der Tür hervorquoll. Die Stimmen der Wächter schlugen in panisches Quieken um, das verebbte, während das Scharren winziger Nagetierkrallen sich die Treppen hinab entfernte, gefolgt von dem Geräusch Wulfriths gemächlicher Schritte, die sich ebenfalls fortbewegten.

»Wie macht der das bloß?« wunderte sich der Prinz laut.

Doch dann gähnte sie einmal und, ihrem gorgorischen Erbe treu, vergaß sie die Frage wieder.

Kapitel 25

Das Schwarze Wiesel war nicht in guter Stimmung. Er war am Ende seiner Kräfte, nachdem er den ganzen Tag lang seine Leute in vier Gruppen aufgeteilt hatte – zwei, um nach Dunwins götterverdammten, zum Drachen gewordenen Schaf zu suchen, eine, um Dunwins Freund, den Zauberer, zu finden, und eine, um das Wiesel zum Palast zurückzubringen. Die meisten der Wagemutigen Waldbewohner waren zwar in den Jahren, die sei bei ihm verbracht hatten, von Jungen zu Männern herangewachsen, aber er konnte, wenn er der Wahrheit die Ehre geben wollte, nicht behaupten, daß sie *er*wachsen seien.

»Dieses elende Gemecker«, beschwerte er sich beim Purpurnen Opossum, als sie parallel zur Straße zwischen den Bäumen durchstrichen, im Einklang mit den besten überlieferten Traditionen für Rechtschaffene Rebellen. »Schniefen und Streiten darüber, wer nach den Drachen suchen muß, wer nach dem Zauberer und wer die Ehre erhält, mit mir zu kommen.«

»Nimm's nicht so schwer, Schwarzes Wiesel«, sagte das Opossum. »Schließlich haben wir am Ende ja doch einige von ihnen überreden können, dich zu begleiten.«

Das Schwarze Wiesel schnaubte verächtlich. »›Einige‹? Seit wann ist ›zwei‹ denn Synonym für ›einige‹?«

»Drei, wenn du mich mitzählst«, munterte das Opossum ihn auf.

»Na toll!« rief das Schwarze Wiesel bitter aus. »Ein Anführer meines Formats, und alles, was ich in meiner Begleitung habe, ist der Abschaum von allen aus einem Wald, der für seinen Abschaum berühmt ist.«

Wie zur Bestätigung der Worte des Wiesels schallte ein lautes Krachen durch den Wald längs der Straße. Euphorbius erhob sich aus dem Schmutz des Pfades und machte ein unschuldiges Gesicht. »'tschuldigung.«

»Idiot.« Des Schwarzen Wiesels Hand schoß zwischen den Bäumen hervor, packte Euphorbius am Kragen und riß ihn durch die Äste zurück. Ganz nah am Gesicht des unglückseligen ehemaligen Boten fauchte er: »Wie oft muß ich dir denn noch sagen? Wagemutige Waldbewohner schlendern *nicht* die Straße entlang, wenn sie auf dem Weg zur Hochburg des Feindes sind. Uns alle könnte es alle möglichen Unannehmlichkeiten bereiten, insbesondere, wenn wir auf eine gorgorische Patrouille stoßen sollten.«

»Nun, ich habe Euch bereits vor vielen Jahren wissen lassen, daß ich für derlei Aktionen nicht geeignet bin«, brachte Euphorbius zu seiner Entschuldigung hervor.

Das Schwarze Wiesel schüttelte ihn so heftig, daß es das Purpurne Opossum eine oder zwei Minuten kostete, bevor er seinen Anführer so weit beruhigt hatte, daß dieser losließ. Zu diesem Zeitpunkt hing des armen Euphorbius' Zunge ihm bereits bis zum Kinn herab, und seine Augen hatten sich in unterschiedliche Richtungen gedreht.

»Wundervoll!« eiferte das Wiesel. »*Das hier* ist also alles, das es für angemessen hielt, mit seiner Wertlosigkeit meinen Wagen zu besteigen!«

»Es ist ja nun nicht so, als hätte er die Wahl gehabt«, warf das Purpurne Opossum leise ein. »Die anderen Gruppen wollten ihn nicht nehmen.« Er deutete mit dem Kopf nach hinten. »Oder ihn.«

»Was ist mit mir?« verlangte Dunwin zu wissen.

»Ach, nichts.«

»Etwas wird's schon gewesen sein.« War das Schwarze Wiesel in schlechter Stimmung, so war Dunwin in noch schlechterer. Als die Wagemutigen Waldbewohner sich in die Suchmannschaften aufgeteilt hatten, wollte Dunwin sich natürlich einer der Gruppen anschließen, die nach dem Schaf suchten, mit dem vernünftigen Argument, daß er Bernice erkennen würde, wenn er sie sah.

Unglücklicherweise war sein Wunsch rücksichtslos und unfreundlich abgewiesen worden. In der kurzen Zeitspanne, die Dunwin unter den Leuten des Schwarzen Wiesels verbracht hatte, war er so geübt in allen Arten bewaffneten und unbewaffneten Kampfes geworden, daß es keinen lebenden Wagemutigen Waldbewohner gab, der ihn nicht haßte wie die Pest. Es handelte sich um blanken Neid, gewürzt mit einem guten Schuß Furcht, was Dunwin ächtete. Er hatte versucht, mit Gewalt in die Suchgruppe seiner Wahl aufgenommen zu werden, doch das Purpurne Opossum hatte interveniert.

»Na, na, Dunwin«, hatte das Opossum gesagt. »Denk mal darüber nach. Was, wenn die Drachensuchgruppe, bei der du bist, Bernice nicht findet, sondern die andere? Du könntest immer noch ziellos in den Bergen herumirren, während die erfolgreiche Gruppe bereits auf dem Weg in die Hauptstadt ist. *Aber!* Wenn du mit uns kommst, dann wirst du rechtzeitig da sein, um dein Schaf in Empfang zu nehmen, sobald sie zu uns stoßen. Außerdem, wenn ich nicht in der Lage bin, noch einen Kämpfer davon zu überzeugen, das Schwarze Wiesel zu begleiten, dann fängt er an zu schmollen und bläst die ganze Suche ab, und wer weiß, wann du Bernice dann je wiedersehen wirst! Also komm mit uns. Das ist doch viel sinnvoller, oder etwa nicht?«

Dunwin mußte ihm das zugestehen, aber trotzdem kam es ihm immer noch nicht ganz richtig vor. Er drückte seine Frustration dadurch aus, daß er sich weigerte, leichtfüßig von Baum zu Baum zu huschen, wie es ihm beigebracht worden war. Statt dessen stapfte er am Straßenrand durch das Unterholz und hieb mit seinem Schwert Büsche und Bäume gleichermaßen in Stücke.

Dabei machte er genug Lärm, um jede gorgorische Patrouille in den Bergen herbeizulocken.

Aus irgendeinem Grund jedoch gab es offenbar *keine einzige* gorgorische Patrouille in den Bergen. Die vier Reisenden erörterten dieses Phänomen, als sie an diesem Abend ihr Lager aufschlugen.

»Vielleicht trauern sie immer noch um den König«, vermutete das Purpurne Opossum.

»Den widerwärtigen, gesetzlosen, verfluchten Usurpator, meinst du«, korrigierte das Schwarze Wiesel ihn umgehend. »Nun, wenn's so ist, dann nur zu unserem Vorteil. Nach allem, was man so hört, genügt diesen gorgorischen Schweinen schon der geringste Vorwand, sich bis über beide Ohren vollaufen zu lassen.« Ein ironisches Lächeln kräuselte seine Oberlippe. »Was wäre auch passender, als ihren lausgeplagten Anführer in einer Flut starker geistiger Getränke herunterzuspülen? Und welchen passenderen Zeitpunkt könnte es für unser Losschlagen schon geben, als wenn die Invasoren voll sind bis zu den Augäpfeln?«

»Papa Odo hat mir immer geschmorte Schafsaugäpfel gemacht, wenn ich Geburtstag hatte«, warf Dunwin traurig ein. Er stocherte mit einem trockenen Ast im Feuer.

»Bäh«, machte Euphorbius und wurde grün im Gesicht.

»Er hat aber nicht welche von Bernices Verwandten zu diesen Zwecken benutzt, oder?« erkundigte sich das Opossum höflich.

»Wo wir von Schmoren sprechen, ist das Essen noch nicht fertig?« wollte das Wiesel wissen und spähte in die Tiefen des kleinen Kochtopfs, der fröhlich auf dem Feuer vor sich hindampfte. »Wer von euch ist eigentlich heute abend mit Kochen dran, hm?«

»Ich.« Euphorbius hob die Hand. »Ich habe mein Bestes getan. Niemand soll mir die Schuld geben, wenn's nicht gut wird. Wir sind ja heute an diesem Bauernhaus vorbeigekommen, das sehr anständig aussah. Es wäre das einfachste der Welt gewesen, wenn ich an die Tür geklopft und angeboten hätte, im Tausch gegen ein Huhn und ein wenig Gemüse Holz zu hacken, aber nein! Lebt vom Waldland, habt Ihr gesagt! Das habe ich versucht. Ich bin auch darin nicht sehr gut, also gebt mir nicht die Schuld am Geschmack. Es ist nicht viel Fleisch drin außer dem getrockneten Zeugs, das das Possum da immer in seiner Umhängetasche mit sich herumschleppt, aber ich habe immerhin genügend Beilagen aufgetrieben, um ...«

»Bist du jetzt fertig?« unterbrach das Wiesel ihn.

Euphorbius nickte.

»Dann ist das Essen auch fertig«, entschied das Wiesel. »Trag es nun auf. Ich möchte, daß wir essen, schlafen und uns morgen sehr früh auf den Weg machen.«

Es gab wirklich nicht viel Fleisch, aber das war nicht schlimm, weil sie auch nicht viele Mäuler zu stopfen hatten. Euphorbius weigerte sich, seinen Anteil zu nehmen, weil das Schwarze Wiesel seine Gefühle verletzt hatte. Dunwin war zu aufgeregt über Bernice, um mehr zu tun, als auf seine Portion zu starren, zu verkünden, daß Pilze drin seien (er haßte Pilze), und sie, ohne sie berührt zu haben, in den Topf zurückzuschütten. Das Schwarze Wiesel und das Purpurne Opossum zuckten die Schultern und fielen darüber her.

Kurze Zeit später fielen sie zu Boden.

Es waren mehrere Tage vergangen, bevor das Schwarze Wiesel ein Auge öffnete und sah, daß sich über ihm eine weißverputzte Zimmerdecke befand und nicht das Dach aus Blättern und Ästen, das er erwartet hatte. Er drehte den Kopf, und Schmerz schoß vom untersten Ende seines Rückgrats durch die Wirbelsäule hinauf bis in den Schädel. Er war in saubere Laken gewickelt, doch diese waren schweißgetränkt, und der Geruch eines Krankenzimmers war noch stärker als der schwache

Geruch des Wildblumenbuketts auf dem Tisch neben ihm. Er stöhnte.

»Oh gut, Ihr lebt.« Eine plumpe, schöne Frau beugte sich über das Bett des Schwarzen Wiesels, um ihm die klammen Augenbrauen abzuwischen. »Das heißt, das Schlimmste habt Ihr überstanden. Morgen seid Ihr schon wieder auf den Beinen, und übermorgen auf dem Weg.«

»Wer ... wer seid Ihr?« fragte das Schwarze Wiesel. »Und wo bin ich? Wo sind meine Leute?«

Das leise Lachen der Dame war so warm und behaglich wie frischgebackenes Brot. »Ich bin die Witwe Giligip, und Ihr seid auf meinem Hof. Euer kranker Freund hat sich's in der guten Stube vor dem Kamin gemütlich gemacht – ihm geht es ebenfalls gut, macht Euch keine Sorgen –, und was die beiden anderen betrifft ...« Sie zögerte, und ein Hauch von Besorgnis verdunkelte ihr rosiges Gesicht.

»Ja? Ja? Sagt schon!«

»Nun, der Große ist mir in den vergangenen beiden Tagen eine sehr große Hilfe gewesen, er hat so eine liebevolle Art, sich um das Vieh zu kümmern, besonders um die Schafe, aber der andere – der ist stiften gegangen. Der raste über die Wiese davon und heulte dabei, es sei nicht sein Fehler, und niemand solle ihm die Schuld geben. Das tat er, kurz nachdem sie euch beide hierhergebracht hatten und gleich, nachdem ich herausgefunden hatte, was euch fehlte.«

Ein furchtbarer Verdacht umklammerte das Herz des Schwarzen Wiesels mit eisigem Griff, doch die Magenkrämpfe, die sich anschlossen, waren noch schlimmer. »Und das war ...?«

»Eine Pilzvergiftung.«

Kapitel 26

Den kürzesten Halm immer noch fest umklammernd, stieg Wennedel den Abhang zu dem riesigen grünen Ungetüm hinab. Je näher er kam, desto größer schien es zu werden, desto stärker stank es, und desto dringender wollte er zu seiner Mutter. Die Versicherungen seiner Kameraden, die ganze Zeit über ihre Bogen auf das Herz der Bestie gerichtet zu halten, boten nur wenig Trost. Die lagen alle in Sicherheit hinter abgerutschten Felsblöcken, und wer konnte überhaupt sagen, wo bei einem Drachen das Herz saß?

Sie wußten hingegen genau, wo bei einem Menschen das Herz saß, und hatten Wennedel angeboten, ihn dies am eigenen Leibe erfahren zu lassen und es rot und heiß herauszuschneiden, sollte er sich weiterhin weigern, die Aufgabe auszuführen, die das Schicksal und der kürzeste Halm ihm zugedacht hatten.

»Äh ... Drache?« Wennedels Stimme klang wie das Quieken einer Maus. Er stand vor dem Rumpf des Monstrums und erhielt keine Antwort. »Eure ... Eure Drachenheit?« versuchte er es.

Immer noch keine Antwort. Er schob sich ein wenig näher zum Vorderende der Bestie. Der Drache saß ganz ruhig da. Von dem Moment an, in dem die Suchmannschaft ihn erspäht hatte, hatte er bewegungslos in dieser kleinen Senke zwischen den Berggipfeln gesessen. Vor dem Vorderende des Drachen floß ein Bach vorbei, und überall wuchs saftiges Gras, das mit leuchtend-gelben, -weißen und -roten Blumen besprenkelt war – alles in allem ein sehr behaglicher Anblick, wenn da nicht das Monstrum gewesen wäre, das inmitten dieser Pracht hockte.

»Äh, juhuh!« versuchte Wennedel die Aufmerksamkeit des Drachen zu erregen. Ohne Erfolg. Die Bestie bewegte sich immer noch nicht, ihre glänzenden Augen fixierten eine besonders dichte Ansammlung von Blumen. »Drachie? He, Drache? O Unbeschreibliche Drachenheit?«

»Halt's Maul, du Trottel«, sagte der Drache, und mit einem kurzen Wedeln seines Schwanzes fegte er Wennedel den ganzen Weg den Abhang hinauf und über die Felsbrocken. Dann senkte er den Kopf und riß mit den Zähnen die Blumenpracht aus dem Boden. Er kaute unbeholfen darauf herum, denn Drachenzähne sind für diese Aufgabe nicht ausgelegt, dann verzog er das Gesicht und spuckte die mißhandelten Blüten wieder aus.

In der Zwischenzeit hatten die Wagemutigen Waldbewohner Wennedel auf Lebenszeichen untersucht und, nachdem sie erleichtert feststellten, daß er noch atmete, dafür gesorgt, daß er wieder zu sich kam. Sie stellten ihn auf die Füße und schoben ihn erneut die Böschung hinunter. Er torkelte gewaltig, doch es gelang ihm, den Drachen wieder zu erreichen.

»Du schon wieder?« fragte das Monstrum und hob das drakonische Äquivalent einer Augenbraue. »Kann ich mich denn nicht in Frieden elend fühlen?«

»Du fühlst dich elend?« Wennedel gelang es nicht, das Erstaunen aus seiner Stimme herauszuhalten. »Du bist ein Drache! Du kannst dich doch nicht elend fühlen!«

Der Drache nahm diese Information unbewegt auf. »Warum nicht? Ich habe mich um meine eigenen Angelegenheiten geschert, habe mich um mein Leben gekümmert – nicht daß ich aus Freude über meine Zukunftsaussichten herumgesprungen wäre, aber auf die eine oder andere Weise enden wir ja alle als Lammkoteletts –, da wurde ich plötzlich geschoren, gehäutet und in diesen bescheuerten klirrenden Rock gesteckt!« Der Drache erhob sich auf die Hinterläufe, um mit den Vorderläufen besser über den schuppigen Bauch streichen zu können.

Als der Drache sich erhob, folgte Wennedel der Bewegung mit den Augen. Das Geschöpf war schon imposant genug, wenn es auf allen vieren kauerte, aber als es sich zur vollen Größe aufrichtete, erschien es überwältigend. Der Wagemutige Waldbewohner fühlte sich nicht im geringsten mehr wagemutig, dafür war da aber dieses feuchte Gefühl in seiner Hose.

»La-la-lammkoteletts?« piepste er. Es war eine dumme Entgegnung, so viel war klar, aber er suchte verzweifelt nach irgend etwas, das er sagen konnte, um das drachenschwere Schweigen zu brechen. »Du hast Lammkoteletts erwähnt?«

Der Drache fuhr mit einen Krachen herunter, der Wennedel von den Füßen fegte. »Ja, ich erwähnte das L-Wort. Und? Seit ich kleines Lämmchen war, hat man mich zu einer anständigen Zibbe erzogen, aber in letzter Zeit stehe ich unter gewaltiger Anspannung. Verschandelt, aus der vertrauten Umgebung gerissen, von meinem ersten und einzigen Liebling getrennt, dem guten, geliebten ... äh ... eigentlich waren wir nur gute Freunde, aber ...«

»*Bernice!*« rief Wennedel voller Freude aus und sprang ein wenig in die Luft.

»Trottel«, antwortete der Drache und warf ihn wieder hinüber zu den Felsblöcken. »Mich beim Namen zu nennen, ohne daß wir uns formell vorgestellt worden sind«, grummelte er. »Diese Frechheit zu besitzen!«

Erst einige Zeit und etliche formelle Bekanntmachungen später war Bernice ein wenig zugänglicher. Die übrigen Wagemutigen Waldbewohner der Suchgruppe Eins kamen aus dem Versteck, ermutigt durch das Wissen, daß dies der richtige Drache war – ein Drache, dem das Drache-Sein so neu war, daß er noch immer versuchte, Gras zu fressen. Eilig machten sie sich bei dem Drachen lieb Kind, indem sie Bernice über verschiedene wichtige Tatsachen aufklärten. Einige davon betrafen Drachen – ihre Kräfte und Vorrechte –, andere die gegenwärtige politische Situation in der Hauptstadt.

»Pah!« rief Bernice, als sie damit fertig waren. »Nun fragt mich doch einmal, ob mich all das interessiert!«

»Aber es muß dich interessieren!« rief der Purpurrote Mungo. »Wir geben dir Gelegenheit, für die Befreiung des Alten Hydrangea zu kämpfen!«

»Und ich gebe euch Gelegenheit, mein Tal zu verlassen, solange eure Köpfe noch auf euren Schultern ruhen«, konterte Bernice. »Hydrangener! Gorgoren! Welchen Unterschied macht es für mich, wie sich die nennen, die nur auf meine Rippchen aus sind? Ich sage, es ist alles Pfefferminzsauce, und ich sage, zur Hölle mit ihnen!«

»Das können sie nicht, weißt du. Dich essen, meine ich.« Der Blaue Dachs hatte gesprochen. Er wog seine Worte sorgfältig ab, denn er spürte, daß Bernice zu der Sorte Geschöpf – ob als Schaf oder als Drache – gehörte, die nur denn etwas taten, wenn dabei eine ganze Menge für sie drin war. »Jedenfalls nicht wir Hydrangener.«

»Ach ja? Wer hat denn dann meine Großmutter Selma verdaut, wenn nicht Hydrangener? Und ihre Großmutter davor? Erzählt mir bloß nicht, es seien Gorgoren gewesen, den es hat zu ihrer Zeit hier nicht mal nach Gorgoren *gerochen*!«

Der Dachs hob in kapitulierender Geste beide Hände. »Ich gebe zu, daß wir Hydrangener früher dafür bekannt waren, hin und wieder ein wenig ... L-Wort zu essen. Aber das muß dich doch nicht mehr bekümmern!«

»Muß es nicht?«

»Nein, denn du bist ja nun zum D-Wort geworden.«

Ein Ausdruck grundlegender Offenbarung zog über Bernices Gesicht. »Aber natürlich, das ist es!« Sie warf den zarten Blumen des Bergtals einen wehmütigen Blick zu. »Kein Wunder, daß sie einfach nicht mehr wie früher schmecken.«

Aus ihrem Bauch ertönte ein drängendes Knurren. »Kein Wunder, daß ich sooooo hungrig bin«, schloß sie und klang elend genug, um Wennedel überzeugt zu haben, wenn er noch immer oder schon wieder bei Bewußtsein gewesen wäre.

Der Blaue Dachs kaute auf seiner Unterlippe und überdachte den nächsten Schritt. Was er zu sagen hatte, mußte er sehr genau formulieren, denn ein einziges ungeschickt gewähltes Wort konnte den Unterschied bedeuten zwischen einer Zukunft als Blauer Dachs, Held des Restaurierten Hydrangea oder als Blauer Dachs, Zeitweilige Gasblase im Verdauungstrakt eines Drachen.

»Du wärest nicht mehr lange hungrig, wenn du uns zur Hauptstadt begleiten würdest«, sagte er.

»Aha?«

»Dein Problem ist, verstehst du, daß dein neuer Körper dir so viele Fragen aufwirft. Du weißt nicht, was gut für ihn ist und was schlecht. Was wir dir bereits über Drachen berichtet haben – daß sie der Sprache mächtig, unglaublich stark und unerträglich weise sind –, das ist nur die Spitze des Dolches. Du verdienst es *besser* – du verdienst *mehr*!«

»Da hast du recht!« Aus den Augen des Drachen schien das harte Glitzern fester Überzeugung. »Hast du wirklich!«

»Du verdienst einen offiziellen, echten königlich geprüften *Drachenhirten*!« schloß der Dachs triumphierend.

Bernice brachte das riesige Haupt auf Zollentfernung vom linken Ohr des Dachses und zerstörte beinahe sein Gehör, als sie flüsterte: »Was hast du gesagt?«

Der Blaue Dachs schüttelte den Kopf, um das Klingeln loszuwerden, öffnete den Mund mehrere Male so weit er nur konnte und ließ die Trommelfelle ploppen, und als er sich halbwegs erholt hatte, antwortete er: »Schau mal, als du noch ein Schaf warst, brauchtest du da keinen Schafhirten? Einen Experten für das Füttern und das Pflegen von Schafen. Jemanden, der auf dich aufpaßte und um dein Wohl besorgt, jemand, der immer für dich da war?«

Bernices Augen füllten sich mit einigen Litern Tränen. »Dunwin«, schluchzte sie. »Mein Dunwin war immer für mich da.«

»Nun, das ist es, was ein Drachenhirte für seine Drachen tut!« lächelte der Dachs. »Er weiß, was für Drachen am besten ist, so wie ein Schafhirte Schafe von Grund auf kennt. Das Problem ist nur, daß du außerhalb der Hauptstadt keinen guten Drachenhirten finden wirst. Wenn du mit uns kommst und uns unterwegs vielleicht hier und da ein wenig Unterstützung zukommen ließest – bloß um die Gorgoren zu vernichten und den echten hydrangenischen König wieder auf den Thron zu setzen –, garantiere ich dir persönlich, daß wir dir den besten Drachenhirten im ganzen Königreich finden werden und daß du, die Götter seien meine Zeugen, niemals wieder hungrig sein wirst!«

»Nein«, antwortete Bernice.

»*›Nein‹?*« Der Blaue Dachs war gekränkt.

»Niemand könnte jemals meinen Dunwin ersetzen.« Sie schniefte, und große Massen grauen Rauchs entstiegen ihren Nüstern.

»Niemand will das«, sagte der Dachs. »Noch während wir sprechen, weilt dein Dunwin in der Hauptstadt.«

Diese Offenbarung wurde gefolgt von *Was tut er da?* und *Wie geht es ihm?* und *Warum hast du das nicht gleich gesagt?* und *Vermißt er mich denn?* Es endete mit *Worauf warten wir denn noch?* und schon machten die Wagemutigen Waldbewohner sich mit dem Drachen im Schlepptau auf zur Hauptstadt.

Wennedel kam gerade rechtzeitig zu Bewußtsein, um zu erfahren, daß sie ihre Mission erfolgreich abgeschlossen hatten. Er brachte ein benebeltes Grinsen zustande. »Jede Wette, das Schwarze Wiesel ist zufrieden.«

»Das sollte er sein«, gab ihm der Blaue Dachs recht. »Schließlich trifft man nicht jeden Tag auf einen Drachen.«

Etliche Meilen entfernt spähte Ochovar in das zwielichtige Innere der Höhle, dann wandte er sich um und glitt rasch zurück die Böschung hinab.

»Ich kann nichts sehen«, sagte er. »Das heißt, außer 'nem Knochenhaufen.«

»Na gut, dann gehen wir weiter zur nächsten«, beschloß das Silberne Eichhörnchen.

»Nicht so schnell!« protestierte ein anderer Wagemutiger Waldbewohner. »Woher stammen denn all die Knochen, wenn es dort keinen Drachen gibt?«

»Nun, es gibt viele Möglichkeiten, woher sie stammen könnten, ganz bestimmt«, erwiderte Ochovar mit einem Achselzucken.

»Nenn mir mal eine davon.«

»Nun, es können Trolle gewesen sein, oder Bären, oder Oger, oder vielleicht auch ein Krake.«

»Ocho«, erläuterte das Eichhörnchen geduldig, »wir sind in den Bergen, und Kraken leben in der Tiefsee; wie sollte ein Krake hierherkommen?«

»Ich habe niemals gesagt, daß es hier oben Kraken gibt«, verteidigte sich Ochovar, »ich habe gesagt, daß die Knochen von einem stammen könnten.«

»Aber wir sind hoch in den Bergen, und Kraken leben in der Tiefsee ...«

»Vielleicht sind sie vor vielen Jahren *heraufgespült* worden!«

Der Rest der Suchmannschaft starrte ihn einen Augenblick lang schweigend an.

»Also schön, vergeßt den Kraken!« rief Ochovar. »Die

Knochen könnten jedenfalls auch von Trollen stammen oder so etwas. Und selbst *wenn* es ein Drache war, woher sollen wir denn wissen, wie alt diese Knochen sind? Sie könnten hier schon viele Jahre liegen! Der Drache könnte vor Jahren gestorben sein, erschlagen von einem dieser Helden, die umherziehen und unschuldige Drachen erschlagen, ihr wißt schon ...«

»Und vielleicht ist er nur unterwegs, um sich eine Zwischenmahlzeit zu besorgen«, sagte Roter – er hatte einst einen offiziellen Wagemutiger-Waldbewohner-Tiernamen besessen, doch er hatte ihn nicht gemocht, und nach ein paar besinnlichen Schlägereien hatten die anderen praktischerweise alles außer der Farbe vergessen.

»Ja, nun, also, möglicherweise vielleicht, *wenn* man zugrunde legen will, daß wir es wirklich mit einem Drachen zu tun haben, aber ehrlich gesagt, wenn ihr mich fragt ...«

»Schau dir die Knochen doch einmal genauer an, ja?« schlug das Eichhörnchen vor. »Sieh nach, ob sie frisch oder alt und trocken sind.«

Ochovar warf dem Eichhörnchen einen Blick zu, der gerade gemolkene Milch zum Gerinnen gebracht hätte. »Ich weiß nicht, wozu das gut sein soll«, sagte er, »wenn es genausogut Trolle sein könnten. Es hat nämlich keinen Sinn, wenn ich von Trollen gefressen werde, wo wir doch nach Drachen suchen, stimmt's oder stimmt's nicht?«

»Kannst du einem Troll denn nicht davonlaufen, wenn es sein muß?«

»Das weiß ich nicht«, gab Ochovar zu, »und ich möchte es so bald auch gar nicht herausfinden!«

»Trolle kommen tagsüber nicht hervor«, sagte Roter.

»Aber Bären.«

Roter zog einen Pfeil aus dem Köcher. »Wenn's ein Bär ist, erschieße ich ihn, bevor er dich fressen kann. Ehrenwort.«

Ochovar war davon nicht wirklich überzeugt, nachdem er Roters Leistung beim letzten Bogenschießenwettbewerb gesehen hatte – er war Elfter von Zwölfen geworden, und das auch nur, weil Duncie drei Schüsse verpaßt hatte, da er herumgezetert hatte, nachdem er einen Ellbogen ins Auge bekam. Dennoch sah Ochovar ein, daß er ohne ausgedehnte Diskussion nicht aus der Sache herauskommen würde, und daß es schneller vorüber wäre, wenn er nachgab.

Und je schneller es ging, desto besser – nur für den Fall, daß der Drache von der Zwischenmahlzeit zurückkehrte.

»Also gut«, sagte er, »ich werde mir die Knochen anschauen.«

Die anderen gaben aufmunternde Geräusche von sich. Sich behende, doch ohne rechte Begeisterung bewegend, kletterte Ochovar die Steigung wieder hoch, erreichte den Eingang der Höhle, stieg hinein und folgte dem breiten Weg hinab, wobei er sich so leise verhielt, wie es ihm möglich war. Er wollte nichts aufwecken, was vielleicht weiter unten in der Dunkelheit lag und schlief.

Es gab hier wirklich *viele* Knochen, stellte er fest – die Höhle war auch viel größer, als sie von draußen wirkte. Sie erweiterte sich zu einer großen, runden Kammer, die beinahe kreisförmig war und deren Seiten seltsam glatt und gleichmäßig waren bis auf einen gigantischen Felsblock, der vor der rückwärtigen Wand stand. Einzelheiten wie Farben und Oberflächenmuster waren im Zwielicht nicht auszumachen.

Glücklicherweise gab es keine Anzeichen auf Oger, Trolle oder Bären.

Ochovar raffte einen Knochen auf und ließ ihn wieder fallen – mit einem Klappern blieb er auf dem Haufen liegen. Ochovar hatte einen alten, ausgetrockneten Knochen erwartet, aber der, den er aufgehoben hatte, war nicht im geringsten trocken. Er war feucht.

Und es haftete immer noch Fleisch daran.

Und als er ihn wieder aufhob und ins Sonnenlicht hielt, konnte er sehen, daß es noch rot war.

»Bedien dich«, ertönte eine tiefe Stimme. »Ich bin satt.«

Ochovar fuhr herum in der Erwartung, einen großen grünen Drachenkopf am Höhleneingang zu sehen, doch er sah nur Sonnenlicht und blauen Himmel.

»Hier drüben«, sagte die Stimme.

Ochovar fuhr erneut herum, wandte sich wieder dem Innern der Höhle zu, aber er sah nur den Knochenhaufen und einen großen Felsblock an der Rückwand ...

Einen großen Felsblock, der ihn aus zwei goldenen Augen anstarrte.

»Hallo«, stieß Ochovar hervor. Es war ein leises Keuchen.

»Hallo«, brummte der Felsblock. Er bewegte sich ein wenig, so daß Ochovar bemerkte, daß es sich dabei in der Tat um einen Drachen handelte – und zwar um einen sehr großen Drachen. »Was führt dich her, Mensch? Wenn du auf einen Kampf aus bist, dann muß ich dir sagen, daß ich nun wirklich keine Lust dazu habe, und daß es mir lieber wäre, wenn du dich zurückzögest – ich kämpfe nämlich nicht gern mit vollem Magen. Wenn du hierhergekommen bist, um Selbstmord zu begehen oder dich zum Wohle deines Dorfes zu opfern – wo immer es auch sein mag –, dann fürchte ich, daß der Zeitpunkt sehr ungünstig gewählt ist; denn, wie ich bereits erwähnte, habe ich gerade gegessen und bin sehr satt. Wenn du morgen zurückkommen könntest, oder lieber nächste Woche – ich kann dir gerne einen Termin geben.«

Der Drache streckte die Vorderklauen aus, von denen jede einzelne wesentlich größer war als Ochovar, und stellte die katzenlangen Krallen zur Schau.

»Das ist vollkommen in Ordnung«, stieß Ochovar hervor. »Es macht nichts, wenn Ihr mich nicht essen wollt!«

Die Ansprache des Drachen hatte einen Teil seiner Furcht von ihm genommen; er war nun nur noch vollkommen verängstigt statt völlig von Panik erfüllt.

»Gut«, sagte er Drache. »Würdest du dann bitte gehen und mich mein Verdauungsschläfchen halten lassen?« Er schloß die Augen und legte den Kopf bequem auf die Vordertatzen.

»Ähm ... das würde ich sehr gern, aber ...«

»Aber was?« Ein goldenes Auge öffnete sich wieder, und Ochovar gefiel der Ausdruck darin nicht im geringsten.

»Nun, Ihr müßt mich entschuldigen ...«

»Aber gern.«

»... aber ...«

»Aber was?« Eine gelbe Flamme zuckte zwischen den Kiefern des Monstrums hervor, und das laute Geräusch und die Hitzewelle brachten Ochovar zum Wanken. Als er sich erholt hatte, waren die Augen des Drachen weit aufgerissen, er hatte den Hals ausgestreckt und blitzte ihn aus etlichen Fuß Höhe an.

Mehrere Sekunden lang konnte Ochovar nur zur Bestie zurückstarren; dann, als ihm klar wurde, daß dies sie nur noch mehr gegen ihn aufbrachte, fragte er schnell: »Heißt Ihr Bernice?«

Der Drache blinzelte.

»Ob mein Name *wie* lautet, hast du gefragt?«

»Bernice«, sagte Ochovar.

»Soll *Bernice* etwa ein Name sein für einen Drachen mit auch nur einem Funken Selbstachtung?« knurrte der Drache.

»Nun ... eigentlich ... nein«, stammelte Ochovar. »Es ist der Name eines ... Schafes ...«

»Der Name eines ...«

Der Drache unterbrach sich mitten im Satz und fixierte Ochovar mit einem Auge. Er schielte nach dem Höhleneingang, wo Ochovars Gefährten sich in auffallender

Weise rar gemacht hatten, dann zurück auf den verängstigten jungen Mann.

»Nun gut«, sagte das Monstrum. »Üblicherweise würde ich dich spätestens jetzt rösten und zum Nachtisch essen, aber ich weiß genau, täte ich's, müßte ich's später bereuen. Ich bekäme ganz sicher Bauchschmerzen, und fände mit Sicherheit nicht heraus, was im Namen der sechsundvierzig grünen und purpurnen Höllen der Alten du hier willst. Daher werde ich mein Temperament beherrschen, ob mein Schläfchen nun unterbrochen wurde oder nicht, und hier sitzen und zuhören, wie du mir erklärst, *worüber um alles in der verdammten Welt du sprichst*, und wenn mir diese Erklärung nicht gefällt, dann *werde* ich dich rösten! Nun, würdest du also die Güte haben, mir zu erläutern, was *ich* mit einem Schaf zu schaffen haben soll oder irgend jemand anderem, der *Bernice* heißt?«

Ochovar schluckte, dann begann er zu erklären: nicht nur, daß sie einen Drachen namens Bernice suchten, der einst eine Zibbe gewesen sei; eins führte zum anderen, und er berichtete dem Drachen von der gorgorischen Invasion Hydrangeas und des Schwarzen Wiesels tapferer, entschlossener und furchtloser Widerstandsbewegung, von König Bratzens verbürgtem Dahinscheiden, dem Zauberer, der etwas vollkommen Unzaubererhaftes tat, indem er *nützliche* Magie ausübte, und den ganzen Rest.

Schließlich versagte ihm die Stimme, und er stand nur da und sah jammervoll zum Haupt der Bestie auf.

Der Drache erwiderte den Blick, dann seufzte er – glücklicherweise, ohne Flammen auszustoßen, wenn Ochovar sich auch unter dem Schwall heißer, übelriechender Luft krümmte.

»Eine bemerkenswerte Geschichte«, sagte der Drache. »Schlichtweg bemerkenswert. Und nein, ich bin nicht diese Bernice, nach der du suchst – ich bin Antirrhinum der Wißbegierige, und ich bin ein echter Drache, als solcher geboren und aufgewachsen, Abkömmling von mindestens einem Dutzend Generationen ehrenwerter reinblütiger Drachen.«

»Aha. Nun, in diesem Fall bin ich zutiefst zerknirscht, Euch gestört zu haben, Lord Antirrhinum, Herr.« Ochovar verbeugte sich und begann, sich rückwärtsschreitend langsam zum Höhleneingang vorzuarbeiten.

»Das solltest du sein«, versetzte Antirrhinum in leicht geistesabwesender Weise.

Es war in diesem Augenblick, daß das Silberne Eichhörnchen abrupt in die Höhle taumelte und den Weg hinabrollte, um wenige Fuß entfernt liegenzubleiben.

Er lag einige Sekunden lang benommen da, dann erblickte er Ochovars besorgtes Gesicht.

»Ach, da bist du ja«, sagte er. »Ocho, wir machten uns langsam Sorgen. Was hat dich denn so lange aufgehalten?«

»Der Drache«, antwortete Ochovar, und nun erst bemerkte das Eichhörnchen das Geschöpf, das Ochovar mit mildem Interesse über die Schulter blickte.

»Oh«, machte das Eichhörnchen mit einer Stimme, die ungefähr die Lautstärke einer aufgeregten Laus hatte.

»Lord Antirrhinum, dies ist mein Gefährte, der Silbernes Eichhörnchen genannt wird. Eichhörnchen, dies ist Antirrhinum der Wißbegierige. Wir befinden uns in seiner Höhle.« Ochovar schaute den Gastgeber an und fügte überflüssigerweise hinzu: »Er ist ein Drache.«

»Oh«, machte das Eichhörnchen erneut, diesmal mit einer etwas lauteren Stimme. Er schluckte, dann fragte er: »Das ist nicht Dunwins Bernice, oder? Er ist ein echter Drache?«

»Außerordentlich echt«, bestätigte Antirrhinum trokken.

»Äh ... wollt Ihr uns vielleicht trotzdem helfen, das Königreich zurückzuerobern?« fragte das Eichhörnchen.

»Ich fürchte, nein«, antwortete Antirrhinum. »Ich hatte bereits etwas anderes vor. Dennoch, danke der Nachfrage.«

»Oh«, machte das Eichhörnchen wieder.

»Und nun möchte ich, wenn ihr nichts dagegen habt, mein Schläfchen wirklich *gern* fortsetzen«, sagte der Drache.

»Selbstverständlich«, antwortete Ochovar, ergriff hastig die Hand des Eichhörnchens und riß ihn hoch auf die Beine. »Wir gehen sofort, und vielen Dank!«

»Ja, danke«, sagte das Eichhörnchen, während Ochovar ihn schon den Höhlengang hinaufzerrte. »Habt vielen herzlichen Dank.«

Sie waren kaum aus der Höhle heraus und in Sicherheit, als das Eichhörnchen sich seinem Mitpatrioten zuwandte und fragte: »Wofür haben wir ihm eigentlich gedankt?«

»Dafür, daß er uns nicht gefressen hat, du Idiot!« rief Ochovar und gab dem Eichhörnchen eins hinters Ohr. Dann glitten sie gemeinsam die Böschung zu ihren wartenden Gefährten hinunter.

Antirrhinum beobachtete aus dem behaglichen Inneren seiner Höhle ihren Abgang, dann streckte er sich aus, rollte sich wieder zur Form eines Felsblocks zusammen und versuchte zu schlafen.

Aber der Schlaf wollte nicht kommen. Statt dessen ließen ihn die Gedanken an Ochovars Bericht nicht los.

Gorgoren in Hydrangea? Vor Jahrzehnten hatte Antirrhinum einmal einen Gorgoren gefressen – sie waren recht schmackhaft, aber man mußte sie vor dem Fressen sorgfältig putzen. Und Zauberer, die Schafe in Drachen verwandelten? In seinem ganzen langen Leben hatte er von so etwas noch nicht gehört – üblicherweise war der einzige Vorgang, der Lammkoteletts in Drachenfleisch verwandelte, die Verdauung. Es hatte etwas Perverses an sich, fand Antirrhinum, ein lebendes Schaf in einen Drachen zu verwandeln. Mit diesem Zauberer mußte vielleicht einmal ein ernstes Wort gesprochen werden. Obwohl die Welt durchaus ein paar Drachen mehr brauchen konnte – es war ja doch ein wenig einsam geworden in letzter Zeit, besonders nachdem vor einem Jahrhundert Heroismus und Rittertum wieder in Mode gekommen waren –, wäre es nicht gut, wenn ein Haufen drachenartiger Emporkömmlinge sich über das Land ausbreitete, das Vieh fraß und den verdienten Abkömmlingen der alteingesessenen Familien das Futter vor den Nüstern wegschnappte.

Und es mochte ganz amüsant sein, sich diesen bevorstehenden Bürgerkrieg anzusehen. Diese Menschen nahmen solche Dinge ja immer so fürchterlich ernst.

Er würde sich das alles näher betrachten. In der Tat war das Leben in letzter Zeit doch etwas langweilig geworden, und ein kleiner Ausflug zur hydrangenischen Hauptstadt mochte genau das richtige sein, um dem täglichen Einerlei ein wenig zu entfliehen.

Er *würde* sich das alles genauer ansehen – sobald er sein Schläfchen gemacht hatte.

Nach diesem Entschluß gähnte er, stieß dabei einen großen Ball scharlachroten Feuers aus und schlief ein.

Kapitel 27

»Ich sehe keine Höhle«, sagte Pelwyn – der auch als Grüner Maulwurf bekannt war, wenn er nicht inkognito reiste – mißtrauisch, als er den felsigen Hang hinaufsah.

»Natürlich nicht«, antwortete seine ortskundige Führerin, die Armetta hieß. »Es ist eine Zaubererhöhle, oder etwa nicht? Also ist sie, *wieheißtdasdochgleich*, unübersehbar.«

Pelwyn wandte sich um, um statt des Hügels sie anzustarren. »Sie ist *was*?«

»Unscheinbar?« Armetta runzelte die Stirn. »Ah, verdammt, du weißt doch genau, welches verdammte Wort ich meine – man kann sie verdammt noch mal nicht sehen.«

»Unsichtbar?« schlug der Maulwurf vor.

»Das war's!« Armetta setzte wieder ihr vertrautes Lächeln auf.

»Woher wißt Ihr denn, daß sie da ist, wenn Ihr sie nicht sehen könnt?« wollte Pelwyn wissen.

»Ach, ganz einfach – weil dort der Zauberer wohnt.«

»Woher wißt Ihr das?«

»Weil er dort hingeht, wenn er nach Hause geht, ist doch klar.«

»Ihr habt ihn in die unsichtbare Höhle gehen sehen?«

Armetta dachte über die Frage nach. »Nein«, gab sie schließlich zu, »das kann ich nicht behaupten.«

»Nun, woher wißt Ihr dann, daß er dort hingeht?«

»Na, irgendwohin muß er ja schließlich gehen.«

»Ja, aber woher wißt Ihr, daß es hierher ist?«

»Weil es so ist.«

»Aber ... ach, egal.« Er trat gegen einen Stein, nur um bei dieser Handlung festzustellen, daß es sich dabei nicht etwa um einen *losen* Stein gehandelt hatte, sondern vielmehr um einen, der fest in den Untergrund verankert war, aus dem er hervorragte.

»Kann ich nun gehen?« fragte Armetta. »Ich muß mich um die Wirtschaft kümmern.«

»Nur zu«, antwortete Pelwyn, während er den Drang niederkämpfte, seinen verletzten Fuß festzuhalten und heulend auf dem anderen Bein herumzuhüpfen, bis der Schmerz nachließ. Er hätte nie damit gerechnet, daß er wirklich einmal allen Ernstes versucht sein könnte, etwas Derartiges zu tun. Der Drang dazu jedenfalls war außerordentlich stark und vertrieb jede Überlegung, Armetta vielleicht doch noch eine Weile bei sich zu behalten. Der Schmerz im Fuß überzeugte ihn wie alles andere auch davon, daß er niemals ein vernünftiges Wort aus ihr herausbekommen würde.

Daß keinerlei logischer Zusammenhang bestand zwischen seinem geprellten Zeh und den Denkprozessen der Wirtin, das störte ihn nicht; er war viel zu sehr damit beschäftigt, beide Füße auf dem Boden zu halten.

Armetta stapfte die Böschung hinab und überließ Pelwyn und die beiden anderen Wagemutigen Waldbewohner seiner Suchgruppe ihren Aufgaben.

»Ich sehe keine Höhle«, sagte der Zinnoberrote Sperling.

»Ich sehe keinen *Zauberer*«, fügte das Fuchsienfarbene Frettchen hinzu.

Pelwyn funkelte beide an.

»Der Zauberer ist wahrscheinlich sowieso unsichtbar, genauso wie seine verdammte Höhle«, verkündete er.

»Woher sollen wir dann wissen, daß dort überhaupt ein Zauberer ist?« fragte das Frettchen.

»Das können wir nicht«, antwortete Pelwyn, »und was mich betrifft, kann dieser dämliche Zauberer meinetwegen in seiner unsichtbaren Höhle verfaulen.«

»Das würde dem Schwarzen Wiesel aber nicht gefallen«, stellte der Sperling heraus.

»Ich weiß, ich weiß, Dunci ... ich meine, Sperling«, seufzte Pelwyn. Er betrachtete die Hügelflanke eine Weile, aber er machte nichts aus, was auch nur annähernd an einen Höhleneingang erinnerte. Sie hatten die Gegend tagelang abgesucht, bevor sie Armetta angeheuert hatten, und nichts gefunden. Immer noch nichts zu finden, nachdem sie sie angeheuert hatten, war eine große Enttäuschung.

Armetta war sich andererseits so sicher gewesen; die Höhle *mußte* also hier irgendwo sein.

»Also gut, also gut, hört zu«, sagte Pelwyn. »Wenn wir den Zauberer nicht finden können, dann müssen wir dafür sorgen, daß *er uns* findet, nicht wahr, Jungens? Wie in dem alten Sprichwort: ›Man kann ein Pferd zum Berg führen, aber den Berg kann man nicht aus einem Maulwurfshügel machen.‹«

Der Sperling und das Frettchen sahen einander befremdet an.

»Wie bitte?« fragte der Sperling.

»So kenn' ich das aber nicht«, sagte das Frettchen.

»Aha?« Pelwyn sah seinen langjährigen Gefährten spöttisch an. »Und wie hast du, o großer Gelehrter, es denn gehört?«

»Es drehte sich irgendwie darum, daß man ein Pferd nicht zähmen kann, ohne daß es in einen Maulwurfshügel tritt, oder so ähnlich wenigstens.«

»Aber war nicht doch irgend etwas mit Bergen darin?« fragte der Sperling.

»Ach das«, sagte das Frettchen. »Nein, du meinst: ›Wenn du nicht einen schönen Berg besteigen kannst, dann besteige gar keinen.‹«

»Nein, das heißt doch: ›Wenn du keinen Berg besteigen kannst, dann bleib neben mir sitzen‹, oder?«

»Ruhe!« brüllte Pelwyn. »Vergeßt die Sprichwörter! Was wir tun müssen, ist, den Zauberer dazu zu bringen, herauszukommen, damit wir ihn sehen können!«

»Ach, wie den Vielfraß am Vielfraßtag?« fragte der Sperling. »›Wenn er nur seinen Schatten sieht, frißt er deinen Fuß ab‹?«

»Nein, ›wenn er nur *deinen* Schatten sieht, frißt er deinen Fuß ab‹«, korrigierte das Frettchen.

»Ist es nicht sein eigener Fuß?«

»Nein, das war mit irgendwelchen Fallen ...«

»*Ruhe!*« In Pelwyns Aufschrei schwang ein warnendes

Element der Hysterie mit. Das Paar hielt den Mund und betrachtete den Anführer in müdem Schweigen.

Nach einem Augenblick des Stummbleibens, in welchem die lautesten Geräusche das Rascheln der Blätter und der Schrei eines weit entfernten Vogels waren, hatte der Grüne Maulwurf sich hinreichend gefaßt, um sagen zu können: »Also, wir müssen diesen Zauberer irgendwie aus seiner Höhle hervorlocken. Hat einer von euch eine Idee, wie wir das anstellen könnten?«

Der Sperling und das Frettchen schauten einander an und zuckten gleichzeitig mit den Schultern.

»Nix«, sagte das Frettchen.

»Äh«, sagte der Sperling.

Pelwyn sah dem Zinnoberroten Sperling ins Auge. »Äh?« fragte er.

»Nun, mir ist da so eine Art Gedanke gekommen ...«, begann der Sperling.

»So eine Art Gedanke ist auch das einzige dieser Art, was dir jemals kommen wird«, murmelte Pelwyn vor sich hin.

» ... ich habe gedacht, Zauberer machen doch was mit Magie, oder in der Art, nicht war? Ich meine, manchmal.«

»Ich müßte dem zustimmen«, antwortete der Grüne Maulwurf. »Unsichtbare Höhlen könnten zum Beispiel für so eine Art Magie gehalten werden, würde ich sagen. Warum fragst du?«

»Ja, also, sollten wir dann nicht vielleicht etwas Magisches machen, damit der Zauberer kommt? Ich meine, Dämonen machen Magie, und um einen Dämonen erscheinen zu lassen, müsse man alle Arten von Zauberei tun, hat mein Opa immer gesagt, und selbst dann, hat er gesagt, bestände noch eine gute Chance, daß der Dämon einem einfach den Kopf abbeißt, und deshalb hat er uns auch immer davon abgeraten, Dämonen zu beschwören.«

»Ich glaube nicht, daß man das vergleichen kann«, erwiderte Pelwyn, »aber vielleicht hast du gar nicht mal unrecht.« Er strich sich über den Bart, überlegte, und fragte schließlich: »Weißt denn einer von euch etwas über Magie? Zum Beispiel etwas, das ihr von euren Großvätern aufgeschnappt habt?«

Seine beiden Kameraden schüttelten energisch den Kopf.

»Vielleicht können wir es vortäuschen«, sagte Pelwyn mehr zu sich selbst als zu den anderen.

»Als ich noch ein Junge war«, sagte das Frettchen, »da hatte ich ein Frettchen – seht ihr, so bin ich auch zu meinem Namen gekommen, als ich mich meldete –, jedenfalls, mein Frettchen war in ein Rattenloch geschlüpft und wollte nicht mehr herauskommen, deshalb haben wir eine tote Maus davor gelegt und gewartet, bis es Hunger kriegte und herauskam.«

»Ein Köder, um es herauszulocken«, nickte Pelwyn, »das ist ebenfalls eine gute Idee.«

Das Frettchen lächelte stolz.

»Aber mit welcher Sorte Köder lockt man einen Zauberer?« fragte Pelwyn.

Das Lächeln auf dem Gesicht des Frettchens verschwand.

»Magie?« schlug der Sperling zaghaft vor.

»Wir haben keine«, klärte Pelwyn ihn auf. Er runzelte die Stirn. »Aber wenn mein Onkel Bins fischen ging, nahm er oft Fliegen aus Federn, Zweigen und Draht als Köder, und sie funktionierten, als wären es echte Fliegen. Vielleicht können wir die Magie ja fälschen.«

Die beiden anderen nickten enthusiastisch.

»Wie also fälschen wir Zauberei?« fragte der Sperling.

»Sprich wirres Zeug, und wedle mit deinen Händen umher«, schlug das Frettchen vor. »Ich habe mal gesehen, wie das ein Schauspieler in einem Stück machte, in dem er einen Zauberer spielte.«

»Und benutzen sie nicht Zauberstäbe und solches Zeug?« fragte der Sperling.

Das Frettchen nickte. »Und sie kochen Zeugs in großen Kesseln.«

»Wir können aus den Ästen dort Zauberstäbe machen«, sagte der Maulwurf und deutete.

»Los geht's!« quiekte das Frettchen, urplötzlich überwältigt von Enthusiasmus.

Fünf Minuten später tanzten sie alle am Fuße des Hügels, schwangen Stöcke durch die Luft und intonierten Unsinn im Falsett. Sie lachten und grinsten dabei. Pelwyns schmerzende Zehe war vergessen.

Fünfundvierzig Minuten später machten sie abwechselnd Pausen; die Gesänge waren weniger enthusiastisch und eher eintönig geworden – Pelwyn gab nur noch: »Kumm *raus* du *Mißt* kärl, kumm *raus* du *Mißt* kärl« von sich.

Eine Stunde später stand der Sperling allein am Fuße des Hügels, fuchtelte müde mit seinem Stock herum und rezitierte: »Zauberer *komm*, Zauberer komm *her*, Zauberer *zeig* dich, Zauberer, beweg deinen Hintern *her*, Zauberer *komm*, Zauberer komm *her*, Zauberer *zeig* dich, Zauberer, beweg deinen Hintern *her* ...«

Und kurz darauf schmiß er den Stock zu Boden und rief: »Zur Hölle damit! Maulwurf, hier gibt's keinen Zauberer!«

Pelwyn schreckte aus dem Schlaf. »Wa ...?« fragte er.

»Hier gibt's keinen Zauberer«, wiederholte der Sperling.

»Oder wenn einer hier ist, dann kommt er zumindest nicht raus«, fügte das Frettchen hinzu.

»Wenn wir noch länger hier bleiben, verpassen wir die Krönung!« warnte der Sperling. »Welchen Sinn sollte das haben? Wenn das Schwarze Wiesel die Gorgoren bei der Krönung überwinden will, wird er jeden Mann brauchen, den er kriegen kann – sogar uns!«

»Darum braucht er ja auch den Zauberer«, gab der Maulwurf zurück.

»Aber wir können den Zauberer doch nicht finden«, beharrte der Sperling. »Und selbst wenn wir ihn fänden, hilft uns das wirklich weiter? Vielleicht kann er nichts anderes als Schafe in Drachen zu verwandeln – was hilft uns das gegen die Gorgoren? Nach allem, was ich gehört habe, halten sie gar keine Schafe in der Stadt, nur Pferde und Ochsen. Also, selbst wenn wir diesen Zauberer finden könnten, hätten wir nichts davon!«

»Außerdem«, machte das Frettchen ihn aufmerksam, »wenn die anderen Bernice gefunden haben, wird sie den Zauberer vielleicht gar nicht in der Nähe haben wollen. Wahrscheinlich würde sie ihn sowieso einfach fressen.«

Pelwyn hielt das nicht für sehr wahrscheinlich, war aber andererseits genausosehr gelangweilt wie seine Gefährten.

»Also gut«, lenkte er ein. »Vergessen wie den Zauberer. Auf zur Hauptstadt!«

Das Frettchen und der Sperling jubelten laut.

»Und vorher essen wir etwas Gutes in der Schenke von Stinkbeerendorf!«

Die Jubelrufe wurden noch lauter. Gemeinsam stiefelten die drei Männer die Böschung hinab.

Hinter ihnen bewegte sich ein Steinhaufen ein wenig, und Klutie spähte den Aufbrechenden hinterher.

Eine Krönung?

Das Schwarze Wiesel?

Bernice?

Das klang alles sehr interessant. Als der Trottel gegen Kluties Türklinke getreten hatte, da war der Zauberer der Meinung gewesen, es wäre schon wieder ein junger Idiot aus dem Dorf, der unbedingt ein Aphrodisiakum oder andere Liebestrünke kaufen wollte, und hatte das Trio ignoriert. Das Tanzen und Singen war dann zwar lustig anzuschauen gewesen, nach einer Weile aber langweilig geworden.

Mit Sicherheit war es jedenfalls kein Anreiz gewesen, hinauszugehen und mit ihnen zu reden; Klütie legte großen Wert auf seine Privatsphäre.

Es war reiner Zufall, pures Glück gewesen, daß er noch einmal nachgesehen hatte, ob sie schon verschwunden waren, als der Jüngste von ihnen auch gerade die Nase voll hatte; sonst hätte er das abschließende Gespräch höchstwahrscheinlich versäumt.

Wie interessant das Gespräch doch gewesen war.

Eine Krönung?

Das Schwarze Wiesel?

Bernice? *Dunwins* Bernice, das in einen Drachen verwandelte Schaf?

Das war zu gut, um es zu verpassen, beschloß der Zauberer. Er wandte sich um und ging tiefer in die Höhle, um eine Tasche zu packen.

Er hatte an einer Krönung teilzunehmen und, wer weiß, vielleicht eine gorgorische Dynastie zu stürzen. Das Schwarze Wiesel hätte sicherlich Verwendung für den Verwandlungszauber!

Kapitel 28

»Da bist du ja, Liebes«, flüsterte die Königin, als eine kapuzenverhüllte Gestalt in der *Hehren Halle der Weihevollen und Kontinuierlich-Legitimen Königlichen Inthronisation* zu ihr schlich und sich auf den Platz neben ihr setzte. »Ich habe mir solche Sorgen gemacht. Wo bist du gewesen?«

Wulfrith fühlte sich immer noch völlig benebelt. Er

erinnerte sich, den rechtmäßigen Thronerben im Besitz des Turmgemachs verlassen zu haben. Er erinnerte sich, die beiden Wächter in Hamster verwandelt zu haben. Er erinnerte sich, wie er sehr zufrieden mit sich selbst die gewundene Turmtreppe hinabgehüpft war und dabei immer zwei Stufen auf einmal genommen hatte.

Aber besonders erinnerte er sich, wie durch all das Hüpfen seine Maske ganz ohne Warnung verrutscht war. Er war mitten in einem Hüpfer, als die Hälfte seines Sichtfeldes plötzlich verdeckt wurde, was seine Tiefenwahrnehmung ruinierte und ihn statt mit den Füßen auf der nächsten Stufe mit dem Gesicht an der Turmwand landen ließ.

Dies wiederum beschleunigte seine Abstiegsgeschwindigkeit von recht schnell auf schneller als ein rollendes Bierfaß, und er war die Treppe bis an ihren Fuß hinuntergepurzelt. Erst vor wenigen Stunden war er aus seiner Bewußtlosigkeit erwacht und hatte die Zeit damit zugebracht, herauszufinden, in welchem Saal das Krönungsritual abgehalten wurde – er hatte sich nämlich nie die Mühe gemacht, die vielen ornamentalen hydrangenischen Namen für die zahlreichen Kammern und Säle zu lernen –, und ob er es am Ende sogar verpaßt hatte.

Und er hatte Schmerzen.

»Mein liebes Kind, was ist mit dir los?« drängte die Königin auf Antwort und tätschelte sanft Wulfriths Handgelenk. »Und was im Namen der dreitausendvierhundert unterschiedlichen Stile, ein Sonett zu verfassen, trägst du am Leibe?«

Wulfrith sah an sich hinab. Er war immer noch in die reichverzierte Tunika gekleidet, die dem Zukünftigen König vorbehalten war, denn weder er noch Arbol hatte daran gedacht, neben den Identitäten auch die Garderobe zu tauschen.

»Äh ... ich dachte, ich ziehe mir etwas an, das dem

Anlaß angemessen ist«, versuchte er zu erklären. Die Entschuldigung klang sehr dünn, aber sie paßte zu seiner Stimme.

Die Königin furchte die Augenbrauen. »Du beabsichtigst doch sicherlich nicht, eine Szene zu machen, oder?«

»Wer, ich?«

»Du mußt mir schwören, nichts zu tun, was die Rituale unterbricht, bevor die Krönung selbst abgeschlossen ist.«

»Oh – ich schwöre.« Wulfrith machte das arkane Zeichen des Zaubersiegels der Wahrheit, indem er mit Zeige- und Mittelfinger der rechten Hand ein großes X über seinem Herzen beschrieb.

»Schließlich«, fuhr Artemisia fort, »weiß ich ja, wie gern du König werden möchtest, und ...«

»Nein, will ich gar nicht«, fiel Wulfrith ihr ins Wort, »nicht wirklich. Siehst du, ich habe darüber nachgedacht und bin zu dem Schluß gekommen, daß ich für diese Aufgabe einfach nicht aus dem rechten Holz geschnitzt bin.«

Das Stirnrunzeln der Königin verstärkte sich. Ein Ausdruck tiefempfundenen Mißtrauens ätzte sich seinen bitteren Weg über ihr Gesicht. »Geht es dir auch gut, Liebes?« fragte sie argwöhnisch. »Du hast dir nicht zufällig den Kopf gestoßen, oder?«

Bevor Wulfrith eine Lüge vorbringen konnte, erklangen Trompetenfanfaren und das Rumpeln vieler Bronzeräder auf dem Mittelgang der Hehren Halle. Fünf schneeweiße Milchziegen kamen in Begleitung von sieben hellhaarigen Jungfrauen herein, letztere in Blau gekleidet. Sie alle zogen die größte, glänzendste, verzierteste marmorne Badewanne des ganzen Königreiches. Jungfrauen und Ziegen trugen die gleichen Girlanden aus rosa und weißen Blumen, aber nur die Jungfrauen sangen die althydrangenische Hymne an den Neuen König.

Die Ziegen hätten es wahrscheinlich besser gekonnt.

Die Badewanne gelangte an ihrem Ziel an, einer baldachinüberwölbten, damastdrapierten Plattform am Kopf der Hehren Halle. Dort wurden Jungfrauen und Ziegen durch elf stramme Gardisten von ihrer Verantwortung entbunden. Die Gardisten waren durchweg Gorgoren und hoben die Wanne auf die Plattform. Die Wanne wankte ein wenig, doch nur sehr wenig des schäumenden Inhalts schwappte über die Kante. Der Duft von Orangenblüten und Rosenwasser füllte die Halle und übertönte das Aroma der Ziegen, Jungfrauen und Gorgoren.

Da Wulfrith neben der Königin auf einem der Ehrenplätze saß, welche für den alten hydrangenischen Adel reserviert waren, hatte er eine hervorragende Sicht auf das Geschehen. Als die Wanne an Ort und Stelle war, teilten sich die Vorhänge dahinter, und drei Männer traten vor. Wulfrith erkannte sofort den jungen Lord Alsike, der ein Szepter hielt, den übereifrigen vormaligen Lehrling Lichtgaden, der ein Schwert in der Hand hatte, und einen verdrießlich dreinblickenden Bulmuk, der die große königliche Krone von Hydrangea, landläufig als *Heilige Königliche und Uralte Krone Volnirius' des Indirekten* bekannt, auf einem Kissen vor sich her trug.

»Sieh dir das nur an!« schnaufte die Königin angeekelt. »Diese unmöglichen Gorgoren haben einen Wimpel aus Ochsenhaut in die Krone geflochten, und – bei den Göttern, sag mir, daß das *kein* Ochsenschwanz ist, was da von Szepter herabbaumelt!«

Das konnte Wulfrith ihr leider nicht sagen, denn es handelte sich ohne jeden Zweifel um einen Ochsenschwanz. »Es ist nur ein kleiner«, versuchte er sie zu beruhigen.

Artemisias Zähne machten ein quietschendes Geräusch, als sie aufeinanderknirschten. »Wenn sie sich mit den Krönungsinsignien noch mehr Freiheiten herausgenommen haben, dann werde ich …«

Sie vollendete die Drohung nicht, denn in diesem Augenblick teilten sich die Vorhänge erneut, und der Prinz trat vor. Seine imposante und althydrangenische Erscheinung ließ keinen Wunsch der Königin offen. Arbol trug eine lange, gürtellose Robe aus Goldtuch, das in exquisiter Weise mit Brokat in einem Muster aus Granatäpfeln und Pfauen besetzt war. Silberne Pantoffeln bedeckten die Füße des Prinzen, ein schmales diamantenbesetztes Diadem schmückte seine Stirn – kleine Fische im Vergleich mit den Ornamenten aus Edelsteinen, Draht und Samt, die die Krone des Volnirius bildeten, egal ob daran nun eine Hutschnur aus Ochsenhaut hing oder nicht.

Die Vorhänge teilten sich ein letztes Mal, als ein alter Mann zum Rand der Plattform stolperte und fast hinunterfiel. Nur die schnellen Reflexe des Prinzen retteten ihn vor dem Sturz. »Ja, ja, schon gut, alles in Ordnung«, krächzte er und nickte der Versammlung zu. »Genau das richtige zu dieser Jahreszeit, so ein kleines, heißes ... oh!« Er blinzelte, als erwachte er gerade erst, dann sah er Lord Alsike fragend an. »Das ist jetzt echt, oder?«

»Ja, allerdings, fahrt *fort*!« antwortete der junge hydrangenische Lord.

»Ja, ja.« Der Graubärtige wiegte den Kopf und konnte damit nicht mehr aufhören, bevor Arbol ihm einen saftigen Schlag auf den Rücken versetzte.

»Geliebtes Volk!« schrie der Weise, und wie durch ein Wunder füllte seine schwankende Stimme die Hehre Halle. »Seht euren zukünftigen König! Seht, daß er zu euch kommt und sich in edler Weise all der Pflichten, Aufgaben, Herausforderungen und Nachweise des Königtums entledigt hat, die sich ihm in den Weg stellten! Seht, daß er ein würdiger Herrscher ist! Seht, daß er hier vor euren Augen ins rituelle Bad steigen und sich von jedem Makel und jeder Torheit seines früheren Lebens befreit! Seht, daß sein Vertrauen in euch, in sein

Volk, ohne Mangel und Makel ist, wie auch sein königlicher Körper ohne Mangel und Makel ist ...«

Die Rede des alten Mannes enthielt noch weitere *Seht*s, aber Wulfrith verpaßte sie, weil Artemisia ihm plötzlich einen spitzen Ellbogen in die Seite rammte und zischte: »*Ich habe dir doch befohlen, sie zu töten!*« Der Finger der Königin deutete quer über den Mittelgang auf Lady Ubri, die dem Fortschreiten der Krönung lächelnd zusah.

»Äh ... wollte ich ja«, begann Wulfrith, »aber ich mußte mich doch umziehen, und ...« Er fragte sich, warum die Königin Lady Ubri wohl tot sehen wollte.

»Liegt es *daran*, daß du dich jetzt zierst und mir sagst, daß du gar nicht mehr König werden willst?« fuhr Artemisia ihn an, und ihre Augen versprühten dabei Blitze. »Denn wenn es so ist, dann laß es dir gesagt sein, daß nicht nur Könige ein Versprechen halten müssen, das sie ihrer Mutter gegeben haben. Warte nur, bis das vorbei ist und ich dich allein erwische! Dann wirst du zu *hören* bekommen ...«

Doch es war Wulfrith nicht bestimmt, noch ein Wort mehr über die Sohnesverpflichtung zu erfahren, auf Wunsch der Mutter Morde zu begehen. Der alte Mann auf der Plattform war ans Ende seiner Ansprache gekommen. Diener eilten herbei, um die Pantoffeln des Prinzen zu entfernen; andere erschienen hinter ihm und standen bereit, die goldene Robe zu entfernen, als der Alte ausrief: »*Seht euren König!*«

Die Robe wurde entfernt. Die Leute sahen. Ein sehr lautes Schweigen setzte ein, und dann ...

»Der König ist ein *Mädchen*!« bellte jemand. Es war Bulmuk. Arbol haute ihm in den Magen, trat ihn dorthin, wo es Punkte machte, knallte ihn beide Fäuste in den Nakken, als er sich daraufhin krümmte, und riß ihm das Schwert aus der Hand, als er zusammenbrach.

»Nenn mich noch mal so, und ich sorge dafür, daß es dir leid tut!« schrie sie.

»Aber ... aber er ist ein Mädchen!« stammelte der Alte. »Ich meine, *sie* ist. *Ihr* seid eins, Eure Majestät. Schlagt mich nicht! Ach, du liebe Zeit. Also, so etwas sehen die Rituale gar nicht vor!«

Wilder Tumult erhob sich in der Zuhörerschaft. Die althydrangenische Aristokratie war geschlossen auf ihren Sitzen erstarrt und atmete nur in angestrengtem Keuchen. Die Gorgoren waren in zwei gleich große Parteien gespalten: Die einen machten grobe Bemerkungen über ihren »König«, während sie *sie* schamlos angafften, die anderen murmelten, machten seltsame Handbewegungen und schielten mißtrauisch zu den gorgorischen Frauen hinüber.

»Ach, du liebe Zeit«, sagte der alte Mann. »Ach, du liebe Zeit.«

Die Königin nutzte die Gunst der Stunde, erhob sich und schrie auf.

»*Hexenwerk!*« kreischte sie und rang die Hände. »Boshaftes Hexenwerk! Seht, wie es meinen geliebten Sohn entmannt hat, euren rechtmäßigen Prinzen, euren König! Oh boshafte, verabscheuungswürdige, heimtükkische Niedertracht! Oh verzweifelter Schachzug höchst scheußlichen, teuflischen Vorsatzes, der meinen geliebten Sohn zu einem Weibe gemacht hat, wohl oder übel!«

Von den Qualen der Königinmutter aufgerüttelt, war es das allererste Mal, daß man hörte, wie sich Hydrangener und Gorgoren in aller Öffentlichkeit einstimmig äußerten, indem sie unisono antworteten: »*WER?*«

»*Sie* war's!« rief Artemisia aus und wies auf Lady Ubri.

Die Wächter nahmen die schockierte Gorgorin fest, der Prinz wurde entwaffnet und an einen unbekannten Ort gebracht, und die ganze so wundervoll geplante Krönungszeremonie schlug zur Amateurnacht des Igelschlachtfestes um. Inmitten des Chaos warf Wulfrith einen Blick auf die Königin, um zu sehen, wie sie alles aufnahm.

Er hätte Tränen der Hysterie gut verstehen können. Er hätte hysterisches Gelächter verstanden.

Von hysterischem Purzelbaumschlagen hatte er noch nie gehört.

Kapitel 29

Müde und ein wenig schwindlig stieg Klutie vor der Schenke »Zur Wunderbar Verdaulichen Kost« vom Pferd. Nachdem er einen Augenblick nachgedacht hatte und nichts sah, wo er das Tier anbinden konnte, nahm er ihm den selbstgemachten Zaum ab und ließ das arme, verängstigte Tier frei.

Er verspürte ein Schuldgefühl, daß er die elende Kreatur nicht wieder in den Hasen zurückverwandeln konnte, der sie einst gewesen war, doch noch hatte er keine Möglichkeit gefunden, den Zauber rückgängig zu machen. Er hatte auch noch nicht herausgefunden, wie er vorhersagen konnte, in was sich das Opfer verwandeln würde; es hatte sechsundzwanzig Anläufe bedurft, bevor er etwas erhalten hatte, auf dem er reiten konnte, und die erfolglosen Versuche hatten eine erstaunliche Artenvielfalt in der Umgebung von Stinkbeerendorf zurückgelassen.

Da es vorher ein Hase gewesen war, hatte das Pferd natürlich die Angewohnheit besessen, für eine Weile stur geradeaus zu laufen, um dann völlig unerwartet im rechten Winkel abzubiegen und in eine andere Richtung weiterzuflitzen. Das improvisierte Zaumzeug hatte an dieser Eigenart nicht viel ändern können, und daher kam das Schwindelgefühl des Zauberers. Sein Reiseweg zur

Hauptstadt hatte mit einer geraden Linie nur sehr entfernte Ähnlichkeit besessen.

Aber dafür hatte das Tier ihn sehr schnell hierhergebracht. Außerdem versuchte ein Hase niemals, jemanden anzugreifen, nicht einmal jemanden, der auf seinen Rücken kletterte und ihn trat, was sicherlich einen großen Vorteil darstellte.

Auf dem Weg hatte es natürlich dennoch Ablenkungen gegeben – zum Beispiel jedesmal, wenn das Tier eine Häsin gerochen hatte. Wenn jemand diesen Enthusiasmus von der alten Spezies auf die neue lenken konnte, dachte Klutie, dem würde das Pferd ein Vermögen an Deckgebühren einbringen. Doch da er nun die Hauptstadt erreicht hatte, benötigte er kein schnelles Transportmittel mehr, also hatte er das Geschöpf freigelassen und war in die Schenke gegangen, um zu essen, zu trinken und Neuigkeiten zu erfahren.

Eine Frage war von besonderem Interesse: War er rechtzeitig zur Krönung eingetroffen?

Er hätte einfach fragen können, doch er wollte auf keinen Fall Aufmerksamkeit auf sich lenken, selbst das geringe Interesse nicht, das eine solche Frage wecken mochte. Wenn er einfach nur zuhörte, würde es schon jemand erwähnen – eine Krönung war schließlich ein ganz besonderes Ereignis und mußte Gegenstand des Klatsches sein.

Er fand an einem beinahe leeren Tisch Platz; es gab keine, die völlig unbesetzt waren. Der Tisch war klein und hatte noch zwei freie Stühle und einen bewußtlosen alten Mann, dessen Kopf auf die Tischplatte gesunken war. Klutie konnte von seinem schlafenden Gefährten wenig mehr sehen als den zerlumpten Mantel, einen mitgenommenen, breitkrempigen Hut und zwei runzlige Hände, von denen eine eine leere Flasche umkrallte. Aus Höhe und Neigung des Hutes schloß Klutie, daß sein Besitzer mit dem rechten Ohr auf der Tischplatte lag;

unter der schlaffen Kopfbedeckung drangen gedämpfte Schnarchgeräusche hervor, und ein Ende der Hutkrempe vibrierte ungleichmäßig zur Antwort. Die Schnarcher wurden von einem recht ranzigen Geruch begleitet.

Wer auch immer der Kerl war, gegen Kluties Anwesenheit erhob er keine Einwände. Der Zauberer setzte sich auf einen Stuhl, wandte sich um, hob einen Finger, um den Wirt auf sich aufmerksam zu machen, dann suchte er in seiner Börse nach einer Münze. Als er eine fand, tippte er damit auf den Tisch und lehnte sich zurück, um zu lauschen.

Er hörte Stimmengemurmel von den umstehenden Tischen, während er auf sein Bier wartete. Eine lebhafte Diskussion war im Gange; Klutie konnte ihr nicht zuhören, ohne offensichtlich zu lauschen, aber er fing Bruchstücke auf.

» ... verrückte Gorgorin ...«

»Wahrscheinlich hat sie nichts vom Bad gewußt – vielleicht hat sie geglaubt, sie könnte ihre Ränke spinnen, wenn wir ein Mädchen zum König hätten ...«

»... hätte nicht gedacht, daß diese Hexen einem so etwas antun können ...«

»Ganz schön erschreckend, diese Vorstellung, so ein gorgorisches Miststück auf mich wütend zu machen, und eines Morgens wache ich auf, und in meiner Hose zieht's, wenn du verstehst, was ich meine ...«

»Ich glaub' gar nicht, daß es eine von diesen dämlichen Hexen gewesen is«, verkündete ein Mann sehr laut. »Ich glaub, es war so'n Trick von unseren alten hydrangenischen Zauberern, um es Bratz heimzuzahlen, daß er sie alle umgebracht hat.«

»Ach, sei doch still, Luschbert«, erwiderte einer seiner Kumpane. »Wenn die Zauberer es getan hätten, warum hätten sie sich an Bratzens Sohn gerächt und nicht an ihm selbst?«

»Weil, wie lange dauerten denn ihre ganzen Zauber immer, hä?« antwortete Luschbert. »Die haben wahrscheinlich all die fünfzehn Jahre dran gearbeitet, seit die Gorgoren das erste Mal hier aufgetaucht sind! All unserer althydrangenischer Kram läuft doch so; ich meine, guckt euch doch mal all dieses dußlige Brimborium an, das alle gemacht haben, statt einfach zu sagen: ›So, Arbol, hier hast du die Krone, du bist jetzt König.‹«

»Na, wenn es nicht alles ordnungsgemäß abgelaufen wäre, dann hätte es kein öffentliches Bad gegeben, und wir wüßten nicht, daß der König ein Mädchen ist, oder?« wandte jemand ein. »Die alten Bräuche haben schon ihren Sinn, glaub mir – also, Luschbert, wenn man dich so reden hört, könnte man manchmal meinen wollen, daß du zur Hälfte ein Gorgore bist.«

Klutie hörte sich das alles mit höchster Verwirrung an.

König Arbol war ein Mädchen?

Wenn sie schon bis zum königlichen Bad gekommen waren, dann mußte die Krönung bereits vorüber sein – aber wenn jemand Arbol in ein Mädchen verwandelt hatte ...

Gerade in diesem Augenblick machte der alte Mann auf der anderen Seite des Tisches ein Geräusch wie ein Tornado, der Schlamm aufsaugt und bewegte sich gerade genug, um das Gewicht seines Hauptes aufs linke Ohr zu verlagern.

»Sage, Freund«, sprach Klutie ihn an und tippte ihm auf die mehltaubedeckte Schulter. »Weißt du etwas über diese Sache mit dem König?«

»Murmpff«, antwortete der Alte.

»Das Unglückselige Bad, so nennen die Gelehrten es bereits «, sagte jemand direkt hinter Klutie; erschrocken drehte er sich um und verschüttete fast den Krug voller Bier, das der Wirt ihm brachte.

»Oh?« fragte Klutie.

»So ist es«, antwortete der Schankwirt. »Jemand hat

den Prinzen gestern abend in ein Mädchen verwandelt, bei der Krönung, gerade als er sich anschickte, ins Bad zu steigen – mit einem Lichtblitz und lauten Donner, heißt es.«

»Wirklich? Und was geschah dann?«

»Nun, Königin Artemisia beschuldigte gleich die gorgorischen Frauen, und alle liefen schreiend herum und schlugen sich gegenseitig, jemand stieß gegen die Krone, warf sie zu Boden, und jemand trat darauf, und dann war die Krönung vorüber. Niemand weiß genau, wie es nun weitergehen soll. Da sind die Gorgoren, die sagen, sie müssen aus ihren Reihen einen neuen König bestimmen, indem sie einen Wettkampf abhalten, wer die meisten Bauern tötet – sie haben das früher getan, indem sie sich gegenseitig abgeschlachtet haben, aber nun sind sie zivilisiert geworden, nachdem sie so lange Zeit unter uns gelebt haben. Die meisten wenigstens. Dann sind da die Hydrangener, die sagen, man müßte den königlichen Stammbaum zurückverfolgen und einen anderen mit Anspruch auf den Thron finden, außer denen, die sagen, wir könnten auch eine Königin haben, genau wie vor dreihundert Jahren mit Königin Nilemia. Im Moment hat niemand das Sagen, und es steht auf der Kippe, ob der Krieg wieder ausbricht und die Gorgoren anfangen, jeden zu töten, nicht nur die Bauern.«

»Faszinierend«, sagte Klutie. Eine Lage wie diese würde mit Sicherheit jemandem Gelegenheit geben, sich hervorzutun; und während der Zauberer sein Bier schluckte, überlegte er, was er selbst dabei für sich herausschlagen konnte.

Dann hob der alte Mann, da er Alkohol roch, den Kopf und starrte Klutie an.

Der Zauberer senkte den Krug, leckte sich die Lippen, und dann durchfuhr ihn die Erkenntnis. Er kannte den Alten. Er starrte zurück.

»Bei allen kleinen Göttern, die in der Dunkelheit herumkriechen«, sagte er. »Das ist der alte Odo!«

Es war wirklich Odo, der Schafhirt; er starrte Klutie an, und der Erinnerungsprozeß kam langsam in Gang.

»Du«, sagte er. »Du bist es!«

»Es ist schön, Euch wiederzusehen«, antwortete Klutie, der nicht beabsichtigte, auf Odos plumpe Vertraulichkeit einzugehen. »Habt Ihr vielleicht Euren Dunwin gefunden? Oder habt Ihr Wulfrith irgendwo gesehen?«

»*Du!*« kreischte Odo. Er sprang auf die Füße, wobei er seinen Stuhl umstieß, und stand leicht schwankend da. Anklagend deutete er mit dem Finger auf Klutie. »Du bist der stinkende Zauberer, der das Schaf meines Jungen in einen Drachen verwandelt hat. Du hast ihn dazu gebracht, wegzulaufen und mein Leben zerstört!«

»Das war ein Unfall«, protestierte Klutie.

Ein plötzliches Schweigen legte sich über den Schankraum, als alle anderen Wirtshausgäste sich den beiden Reisenden zuwandten und sie anstarrten. Odo wandte sich wiederum ihnen zu und verkündete undeutlich lallend: »Das is der Zauberer, der das Schaf meines Jungen in ein'n Dra-drachen verw ... gemacht hat!«

Dann übermannte ihn wieder die Trunkenheit, er torkelte nach vorn und sank mit ausgebreiteten Armen zu Boden.

»Was hat er gesagt?« fragte jemand.

»Er sagte, der Kerl da ist ein Zauberer«, antwortete jemand.

»Hat gesagt, daß er seinen Jungen im Schlaf in etwas verwandelt hat.«

»Und er hat gesagt, es wäre ein Drama.«

»Ich dachte, er hätte gesagt, in eine Dame.«

»Er hat einen Jungen in eine Frau verwandelt?«

»Was hat er getan?«

»Er hat einen Jungen in ein Mädchen verwandelt.«

»Du meinst, den König?«

»Was, den König?«
»Ist er es gewesen?«
»*Er* hat den König in ein Mädchen verwandelt?«
»*Er* hat den König in ein Mädchen verwandelt!«
»*Er war's! Er war's!*«
»Schnappt ihn euch!«
»Zwingt ihn, sie wieder zurückzuverwandeln!«
»Haltet ihn auf, er will fliehen!«
»Hängt ihn!«
»Verbrennt ihn!«

Klutie hatte einfach nicht die Zeit, einen zusammenhängenden Protest zu formulieren, bevor die Menge sich auf ihn stürzte.

Er dachte schnell nach und legte den Verwandlungszauber auf den vordersten Angreifer; unglücklicherweise wurde er zu einem Gorilla, und niemand bemerkte einen Unterschied. Der zweite Schläger wurde zu einer sehr überraschten Schlange und war in der Lage, sich unter einen Tisch zu verziehen; ein dritter fand sich plötzlich im Körper eines Wombats wieder, was sich in den kommenden Monaten als besonders beklagenswert erweisen sollte, weil er niemanden finden konnte, der in der Lage war, ihm zu verraten, was er nun eigentlich war, denn Wombats waren in Hydrangea und den umliegenden Gebieten unbekannt. Für den Unglücklichen waren Dinge wie angemessene Ernährung und angemessenes Verhalten auf immer ewige Mysterien, und so viel Mühe er sich auch gab, er konnte die Befürchtung nicht loswerden, seiner angenommenen Art vielleicht Schande zu bereiten.

Im Augenblick jedoch folgte der Wombat dem Beispiel der Schlange und versuchte einfach nur, aus dem Weg zu kommen, genauso wie eine neuerschaffene Taube und eine unerwartete Ameise. Die Ameise schaffte es leider nicht, und wenn Klutie die Zeit besessen hätte, dem Geschehen Aufmerksamkeit zu schenken, wäre er möglicherweise dankbar gewesen, zu erfahren, daß der Verwandlungszauber in der Tat permanent wirkte und durch das Totquetschen eines Opfers nicht beendet wurde.

Der Zauberer hatte indes keine Zeit, sich um handwerkliche Finessen Gedanken zu machen; er wollte nur genügend Ablenkung erzeugen, um bis zur Tür zu kommen. Als er gerade glaubte, eine Chance zu haben, rief jemand, der viel zu klug war, als gut für ihn sein konnte: »Packt seine Arme! Es ist sein Herumfuchteln, was die Leute in Tiere verwandelt!«

Der Gorilla folgte diesem Vorschlag, und die Verwandlungen wurden eingestellt. Klutie schaute in die großen gelben Augen, betrachtete die großen gelben Zähne, und entschied sich gegen jeden weiteren Widerstand.

Jemand fand ein Seil, und ein Geschirrtuch gab einen zufriedenstellenden Knebel ab; wenige Augenblicke später war der Zauberer fest eingewickelt: Er hatte einen Knebel im Mund, seine Hände waren hinter dem Rücken gefesselt, die Beine von den Fußgelenken zu den Knien zusammengebunden und die Arme an den Seiten festgemacht.

Nachdem die Arbeit vollbracht war, trat die Meute zurück und betrachtete ihr Kunstwerk. Klutie schaute die Leute (und den Gorilla) an und bedauerte, jenen Idioten außerhalb seiner Höhle jemals zugehört zu haben. Wenn er nur zu Hause geblieben wäre ...

»Und jetzt?« fragte jemand.

Niemand hatte weitergedacht.

»Nun«, schlug jemand vor, »bringen wir ihn dazu, daß er den König in einen Jungen zurückverwandelt.«

»Richtig!«

»Genau!«

»Ja!«

Dutzende zustimmender Stimmen erklangen. Jemand

kniete sich vor Klutie nieder und verlangte zu wissen: »Wirst du den König zurückverwandeln?«

Klutie antwortete: »Mrmf.«

Der Sprecher riß den Knebel aus dem Mund des Zauberers und wiederholte: »Wirst du den König zurückverwandeln?«

»Das kann ich nicht«, bedauerte Klutie. »Ich will damit sagen, ich würde schon gerne, aber ich weiß nicht, wie.«

Aus der Meute erhob sich ärgerliches Gemurmel, und Klutie fiel plötzlich auf, daß er besser gelogen hätte. Wenn er mit den Händen gefuchtelt und Unsinn gesungen und gesagt hätte: »So, alles in Ordnung«, dann hätten sie ihn vielleicht gehen lassen. Aber nein, er mußte ja unbedingt die Wahrheit sagen!

Doch da es nun einmal so war, dachte er, konnte er genausogut so weitermachen. »Hört zu«, sagte er daher, »ich könnte sie vielleicht in *etwas anderes* verwandeln – einen Frosch, oder eine Katze, oder ein Pferd, oder etwas anderes. Brächte euch das weiter?«

Die Meute zog dies in Erwägung, entschied sich am Ende jedoch dagegen, das Angebot anzunehmen – die entscheidende Stimme kam von jemandem weiter hinten, der rief: »Ich nehme von einer verdammten Schmusekatze keine königlichen Befehle entgegen!«

Klutie beschloß, nun die Ehrlichkeit beiseite zu lassen, und wollte gerade erklären, er sei sehr gerne bereit, die Männlichkeit des Königs wiederherzustellen, wenn man ihm ein Viertelpint Jungfrauenblut und eine Drachenleber gäbe, er habe gerade nicht die nötigen Zutaten zur Hand, doch bevor er noch ein Wort hervorbringen konnte, hatte der Sprecher der Meute ihm schon wieder den Knebel in den Mund gestopft. Während Klutie Geräusche der Unzufriedenheit machte und sich gegen seine Fesseln aufbäumte, fragte der Sprecher: »Was sollen wir nun mit ihm tun? Er will sie nicht zurückverwandeln.«

»Tötet ihn!«

»Aber dann bekommen wir den König nie zurück.«

»Bringt ihn zum Palast. *Dort* werden sie ihn schon dazu bringen, sie zurückzuverwandeln!«

»Bringt ihm zum Palast!« Der Einzelruf wurde zu einem begeisterten Chor.

»Zu wem im Palast?« fragte der Sprecher. »Zu den Gorgoren, oder zu wem?«

»Zu wem immer wir begegnen«, antwortete jemand. »Laßt sie sich doch darum kümmern.«

»Das hört sich gut an.«

»Finde ich auch.«

»Also gut«, sagte der Sprecher. »Ich nehme seine Arme, zwei von euch nehmen seine Beine, und auf geht's.«

Wie ein Mann ergoß die Meute sich auf die Straße, etwa dreißig Leute (und ein Gorilla); gemeinsam schleppten sie Klutie fort und ließen die Taverne in der Obhut des mürrischen Wirtes, eines bewußtlosen Schafhirten, einer Schlange, einer Taube und eines sehr verstörten Wombats zurück.

Kapitel 30

Eine kleine, aber feine Gruppe gorgorischer Frauen hatte sich im kühlen Licht des Morgens außerhalb des Palastes versammelt. Sie waren als formelle Delegation für die Freilassung von Lady Ubri gesandt, und als solche trugen sie fast alles, was sie an formeller Kleidung besaßen. Als gute Gorgorinnen hatten sie den Großteil ihres Lebens in Zelten verbracht, und als Folge davon versuchten sie, wenn sie sich schick machten, Zelten so ähnlich zu sehen wie möglich. Von Kopf bis Fuß waren sie in Schicht um Schicht reich brokatbesetzten und bestickten Tuchs gehüllt, in durchsichtige Schleier und gute alte Kopftücher, bis sie aussahen wie der Boden von Königin Artemisias Kleiderschrank, wenn diese eine ihrer Ichhab-*überhaupt*-nichts-anzuziehen-Launen durchmachte.

»Ich glaube nicht, daß sie herauskommt, Bungi«, sagte ein Kleiderhaufen.

»Doch, sie wird herauskommen, Jigli«, antwortete ein anderer. »Mein Mann hat mir befohlen, meinen Hintern hierherzuschieben und sie in Empfang zu nehmen. Es kommt schließlich nicht alle Tage vor, daß sie eine Frau gehen lassen, nur weil sie das Verbrechen nicht begangen hat.«

Die anderen Gewebehügel murmelten zustimmend. Wenn es Frauen betraf, verfuhr das altüberlieferte gorgorische Recht nach dem Grundsatz: *Nun, selbst wenn sie* das *nicht getan hat, ist sie nun wahrscheinlich so wütend, daß sie später etwas* noch *Schlimmeres tut, also töten wir sie trotzdem, um sicherzugehen.* Unter den Gorgoren gab es nur wenige Kriminelle weiblichen Geschlechts, oder jedenfalls nicht viele, die dumm genug waren, sich erwischen zu lassen. Seit es sich herumgesprochen hatte, daß man Ubri freilassen würde, waren alle Gorgoren – sowohl Männer als auch Frauen – sehr beeindruckt.

»Ich bin so froh, daß man diesen Zauberer festgenommen hat!« Der Hügel namens Jigli erzitterte vor Erleichterung.

Ein dritter Haufen verschwenderischer Flicken schlich herüber, um zu fragen: »Hat er den Prinzen schon wieder zurückverwandelt?«

»Er behauptet, das könne er nicht.«

»Soll das heißen, wir haben demnächst eine Königin?«

Einem Kleiderbündel ist es unmöglich, spöttisch zu grinsen, doch Gorgorinnen hatten so viel Erfahrung darin, Körpersprache durch neunundzwanzig Kleiderschichten zu pressen, daß Jigli dies doch gelang. »Du bist doch eine verheiratete Frau, Crosbi, und stellst solche Fragen?«

»Oh. Stimmt.« Crosbis eingewickelter Körper ließ die Schultern hängen. »Trotzdem wäre es schön. Stellt euch vor, unsere Männer wären gezwungen, sich von einer Frau Befehle erteilen zu lassen.«

»Vorher hacken sie ihr den Kopf ab.«

»Nach allem, was ich gehört habe, wäre das gar nicht so einfach. Prinz Arbol ist eine Meisterin der Schwertkunst, und ihre Gefährten sind der mörderischste Haufen von Halbstarken, den ihr je gesehen habt. Sie alle haben den Eid des Blutes und des Spuckens in die Handfläche abgelegt, als sie Gefährten des Prinzen wurden, und außerdem fürchten sie sie mehr als den Tod.«

»Das war, als sie noch ein ›*er*‹ war«, stellte Bungi richtig. »Glaubt ihr denn, ein junger Krieger, ob Hydrie oder Gorgore, würde jemals zugeben, vor einem Mädchen Angst zu haben?« Ihre Augen fügten hinzu: *Und das ist ihr Fehler.*

»Was ist jetzt also mit dem Prinzen?«

Das Tuch hob und senkte sich wieder, als Bungi die Achseln zuckte. »Das muß Lady Ubri uns mitteilen. Nachdem sie nun wieder auf freiem Fuß ist, hat es wenigstens ein Ende mit diesen Aufständen der Stadttrottel, die uns alle auf den Scheiterhaufen bringen wollten.«

»Diese Dussel«, stimmte Jigli zu. »Eine kleine magische Entmannung ihres Prinzen, und schon befindet sich das ganze verdammte Königreich auf Hexenjagd! Nicht, daß sie wüßten, was sie mit einer Hexe zu tun hätten, wenn sie in der Lage wären, eine zu fangen. Die eine Hälfte will jede Gorgorin verbrennen, die sie auftreiben, die andere kommt nachts an die Rückwand unserer Zelte geschlichen und versucht, unsere großartige magische Unterstützung zu erkaufen, um ihre Feinde zu entmannen.«

»Ich habe damit fast genug Geld verdient, um einen zuverlässigen Meuchelmörder anzuheuern, daß er meinem Mann die Kehle durchschneidet«, erwähnte Crosbi zurückhaltend.

»Das stimmt doch überhaupt nicht, du verlogenes Stück!«

»Und ob das stimmt.« Sie sprang auf der Stelle auf und ab und klimperte mit den Münzen, die sie am ganzen Leibe versteckt hielt. Die anderen Frauen spitzten die Ohren von Expertinnen, um den Wert des Geräusches abzuschätzen.

»Crosbi, Liebste, du bist viel zu bescheiden«, sagte Jigli. »Dafür kannst du dir einen feinen Mörder mieten. Geh einfach zur Gildenhalle der Stellmacher und Totengräber und frage nach einer Empfehlung. Du besitzt mehr als genug, um die Gebühr zu bezahlen.«

»Das schon, aber ich pflege reichlich Trinkgeld zu geben.«

Bevor Jigli antwortete konnte, öffnete sich das Haupttor des Palastes, und Lady Ubri kam heraus. Sie war immer noch in ihre Palastgarderobe gekleidet, die ihren Mitgorgorinnen gleichermaßen unsittlich-skandalös und zu kühl vorkam. Sie hoben unverzüglich an, sie in Tuchbahnen zu wickeln, die sie den eigenen Gewändern entnahmen, bis Lady Ubri sich vorkam, als wäre sie von einer Gruppe selbstschälender Artischocken umstellt.

»Hört auf damit!« befahl sie und riß die Schleier herunter. »Mit mir stimmt alles.«

»Dich nur anzusehen, macht mich frösteln. Zieh dir was an!« wies Bungi sie zurecht.

Crosbi schlich sich zu Ubri und machte sehr umständlich eine Hand frei, um die Kleidung zu berühren. »Konntest du sie denn nicht dazu bewegen, dir etwas zum Anziehen zu geben?«

»Das ist, was ich *immer* anziehe«, fauchte Ubri. »Wozu

ich diese verfluchte Artemisia nicht bewegen konnte, war, mir meine Stellung bei Hofe wiederzugeben.«

»Artemisia? Die Königin?«

»Artemisia, das Miststück auf Rädern. Es war entwürdigend!« Ubris Augenbrauen verengten sich zum rechten Zeitpunkt. »Sie ließ mich aus den Verliesen in den zweitbesten Audienzsaal schleppen. Der Thron selbst war natürlich leer, aber daneben saß sie mit ihrem fetten Hintern auf einem bequemen alten Stuhl, um mein Urteil zu sprechen. Meine Wärter schleuderten mich vor ihren Füßen zu Boden. Als ich mir endlich wieder die Haare aus dem Gesicht gestrichen hatte, sah ich, daß ich dort nicht die einzige war.«

»Wo, im zweitbesten Audienzsaal?«

»Nein, du blöde Ziege, zu Artemisias Füßen. Natürlich war der Saal vollgestopft mit *Männern*.« Sie ließ das Wort klingen wie »*Ratten*«, nur nicht so appetitlich. »Gorgoren und Hydrie haufenweise, und sie starrten mich an wie ein Schwarm an Verstopfung leidender Eulen. Und neben mir im Zentrum des Geschehens war der Zauberer.«

»Ein echter althydrangenischer Zauberer«, sagte Bungi sinnend. »Allein der Gedanke, daß noch einer davon lebt.«

»Nicht mehr lange«, antwortete Ubri grimmig. »Artemisia sagte zu mir in diesem rotzigen Tonfall, der so typisch für sie ist, weil der Zauberer nicht bereit sei, meine Komplizenschaft einzugestehen, und in Anbetracht der Tatsache, daß er vor Zeugen einen Verwandlungszauber benutzt habe, stünde es mir frei, zu gehen, und je früher ich aufbräche und je weiter ich fortginge, desto besser. Zumindest habe ich nun den Hals aus der Schlinge.«

»Was ist mit dem Prinzen?« fragte Crosbi.

»Der Zauberer verwandelt ihn nicht zurück – das könne er nicht, behauptet er. Zuerst hat er gesagt, er wolle es versuchen, wenn nur jemand die Güte besäße, ihm ein Viertelpint Jungfrauenblut und eine Drachenleber zu bringen. Aber dann sagte Bulmuk, daß es keine Drachen in der Umgebung gäbe, und Jungfrauenblut nur funktioniere, wenn die Spenderin älter sei als zwölf Jahre, also viel Glück! Schließlich lebten wir in der Stadt!«

»Das tut uns so leid, Liebste«, gurrte Bungi. »Wir hatten alle gehört, du und der Prinz, ihr wäret, nun ...«

»Ich hatte ihn schon, verdammt noch mal!« schrie Ubri. »Ich hatte ihn hier in meinen eigenen Händen.«

»Ach, da hattest du ihn«, gurrte Crosbi.

Ubri ignorierte den gehässigen Spott. »Alles war eingefädelt: Sobald er zum König gekrönt war, wäre ich zu seiner Königin ernannt worden, aber nun ...« Sie spuckte aus.

» ... ist die Verlobung gelöst, was?« sagte einer der Kleiderhaufen in einem Anfall von Sarkasmus.

»Der Prinz ist ein *Mädchen*.« Ubri schaute alle Haufen mit gleicher Wut an. »Das macht unsere ... voreheliche Vereinbarung nach altem Hydriegesetz und altem Gorgorenbrauch null und nichtig. Jedenfalls, einer meiner Wärter hat mir folgendes erzählt: Man hat Arbol gefragt, ob er – *sie* – ins Verlies kommen und seiner – *ihrer* – Ex-Verlobten nicht Lebewohl sagen wolle, und Arbol antwortete: ›Wem?‹ Als mein Name fiel, machte diese elende Welpe Würggeräusche und sagte, er – *sie* – sei doch nicht komplett verrückt geworden.«

»Nun, offenbar hat der Bann des Zaubers den Sinn des Prinzen ebenfalls geändert«, vermutete Bungi.

»Oder seinen Geschmack verbessert«, murmelte Crosbi.

»Ist euch Flickensäcken eigentlich schon einmal der Gedanke gekommen, was es bedeutet hätte, wenn es mir gelungen wäre, mich zur Königin zu machen?« knurrte Ubri. »Was es für alle Gorgorinnen bedeutet hätte?«

»Nein.«

»Sag schon.«

»Zum einen kann eine Frau großen Einfluß auf ihren Mann ausüben, selbst wenn er der König ist«, sagte Ubri und verschränkte die Arme vor der Brust.

»Bis er dir eine runterhaut«, erinnerte Jigli sie.

»Arbol ist zur Hälfte Hydrie, und Hydries schlagen nicht.«

»Nein?« Jigli begann nachzudenken, ein Phänomen, das nur wahrgenommen werden konnte, wenn man sich lauschend nahe genug an ihre Schleier wagte, um einen schwachen Summlaut zu vernehmen. »Wißt ihr, ich habe selbst ein paar Münzen zur Seite gelegt. Vielleicht sollte ich mich selbst an die Gilde der Stellmacher und Totengräber wenden. Diese Hydriemänner sehen nicht schlecht aus, und sie riechen besser.«

»Ach, welche Tore ich uns geöffnet hätte!« rief Ubri aus. »Nun liegt alles in Trümmern. In *Trümmern*!« Die Falte auf ihrer Stirn vertiefte sich, und sie schüttelte die Faust gegen die Palasttürme. »Achte auf meine Worte, Artemisia: Wenn ich jemals die Gelegenheit erhalte, dir Schaden zuzufügen, dann wird es so enden, daß deine Untertanen sich deine herausgerissenen Innereien über die Köpfe werfen und dabei *jubilieren*!«

»Hmpf!« machte Bungi. »Wahrscheinlich bekommst du diese Chance sowieso nicht. Die Dinge haben sich nun wieder ein wenig beruhigt, obwohl es eine Weile so aussah, als würde alles in Chaos versinken. Chaos ist etwas Fürchterliches, Unordentliches. Es breitet sich überallhin aus, und das nächste, was geschieht, ist, daß Leute mit einem unmöglichen Geschmack, was ihre Bekleidung angeht, durch die Straßen paradieren und die Häupter der königlichen Familie auf Pikenschaften vor sich her tragen.«

»Pikenschäften«, verbesserte Jigli.

»Sitz auf einer davon, dann reden wir noch mal darüber«, entgegnete Bungi.

Ubri stieß ein Wort hervor, das selbst aus dem Mund eines männlichen Gorgoren unanständig gewesen wäre. Dann brach sie in Tränen aus. Die Kleiderstapel scharten sich um sie und klopften ihr auf den Rücken, bis sie Schluckauf bekam.

»Na, na, meine Liebe, nun quäle dich nicht«, sagte Crosbi. »Bald werden sich schon wieder neue Möglichkeiten ergeben.«

»Zum Beispiel?« Ubris Stimme war unbeugsam. Der Schluckauf verschwand wie Tau in der Wüste.

»Ach, ich weiß es nicht. Etwas Ekelhaftes, worüber die Königin in Ohnmacht fällt, oder daß du wenigstens etwas findest, wohin du heute nacht dein Haupt betten kannst. Tatsächlich war's nur als leere Worte des Trostes gemeint, weißt du. Ich habe nicht den leisesten Schimmer einer blassen Ahnung, was dich aufheitern könnte, oder ob so etwas überhaupt existiert.«

»DRACHE!« brüllte der Reiter, der an dem Bündel Gorgorinnen vorbeigaloppierte und fast gegen das große Tor des Palastes geprescht wäre. Der Hengst ging auf die Hinterhand und fuhr mit den Vorderläufen durch die Luft, die eisenbeschlagenen Hufe rissen Splitter aus dem Holz des geschlossenen Durchgangs.

»Hey! Paß auf dein Tier auf, ja?« rief ein Wächter aus einem nahe gelegenen Turmfenster. »Das Tor ist gerade erst frisch abgeschliffen und neu lackiert!«

»DRACHE!« wiederholte der Reiter aus vollem Halse. »Dort! Dort!« Er gestikulierte wild mit der Reitpeitsche, ohne in eine spezielle Richtung zu weisen.

»Wo?« Der Wächter hielt die Hand über seine Augen.

»Dort, wo der schwarze, ölige Rauch in der Luft hängt, du Idiot! In den Außenbezirken der Stadt vor den Mauern!«

»Den Armenvierteln?«

»In den Außenbezirken gibt es keine Armenviertel, Tölpel! Dazu zahlt man viel zuviel für ein Landhaus außerhalb der Stadt mit dem Privileg, so weit von der Regierung entfernt zu sein wie möglich und trotzdem öffentliche Brunnen zu haben! Jetzt öffne das verdammte Tor!«

Das Gesicht des Wächters verschwand von dem Fenster. Er murmelte etwas davon, daß Drachen überhaupt nicht in seiner Stellenbeschreibung stünden. Als er das Tor erreichte, hatten mehrere weitere Bewaffnete sich ihm angeschlossen, ein paar davon Hydrangener.

»Würdest du das noch einmal langsam wiederholen?« fragte der erste Wächter. »Damit die Eingeborenen es auch verstehen können?«

»Ich sagte ...«, der Reiter holte tief Luft, » ... DRACHE!«

Sämtliche Wächter, ob Hydrangener oder Gorgoren, stimmten darin überein, daß überhaupt kein Grund bestünde, zu schreien. Der Reiter, der nun sehr rot im Gesicht war, gab einen detaillierteren Bericht, während Ubri und ihre Gorgorinneneskorte sich näherschlichen, um mitzuhören – unbemerkt und unbelästigt.

»Es war im *Viertel der Atemzüge Der Anhaltenden Glückseligkeit* vor dem Stadttor, dort ist es geschehen«, berichtete der Reiter.

»Ach ja«, warf ein Hydrangener ein. »In der Nähe der Gerbereien.«

»Es ist wirklich ein hübsches kleines Stadtviertel – das heißt, das war es, bevor es in Schutt und Asche versank. Ich besaß dort draußen einen Mietstall und kümmerte mich gerade um die Pferde, da sah ich es die Straße herunterkommen, so groß wie meine Frau und doppelt so häßlich, aber ein Drache.«

»Was, nur ein Drache?« kicherte der Hydrangener boshaft. »Wurde er etwa nicht von anderen magischen Geschöpfen aus Mythos und Legende begleitet? Keine rosa Elefanten? Keine gelb gestreiften Vielfraße? Keine Wombats?«

Den wütenden Blick des Reiters hätte man auch gut zum Abbeizen von Farbe verwenden können. »Was diesen Drachen begleitete, war der heruntergekommenste Haufen des ungepflegtesten und staubigsten herumstreunenden Abschaums, den ich je gesehen habe. Alle waren sie fußkrank und beschwerten sich über riesengroße Blasen.«

»Warum sind sie denn nicht einfach auf dem Drachen geritten?« fragte ein Gorgore und hielt sich die Seiten, während er brüllendes Gelächter ausstieß.

»Ich möchte sehen, wie ein Mann auf einem Drachen reitet!« spuckte der Reiter hervor. »In dieser Welt wird so etwas wohl kaum vorkommen. Jedenfalls erblickten die Begleiter des Drachen das Schild über meinem Stall, und einer von ihnen schlenderte herbei – dreist und götterfürchtig – und verlangte, daß ich ihm ein Sandwich mache, im Namen der Freiheit.«

»Ein was im Namen von was?«

»Na, ich hab' ihm jedenfalls gesagt, daß ich kein Speiselokal führe. Der Kerl deutete auf das Schild und meinte, wenn jemand dieses Ende eines Pferdes zur Schau stellt, dann mache er entweder Werbung für original gorgorische Küche – welche er nicht möge, doch er sei zu hungrig, um wählerisch zu sein – oder aber Philosophielektionen. Als ich ihn darüber aufklärte, was das Schild denn nun zu bedeuten habe, da änderte er seine Meinung und verlangte, daß ich ihm dann eben ein *Pferd* geben solle, im Namen der Freiheit.«

»So ein unverschämter Mistkerl!«

»Ich brauche wohl nicht eigens zu erwähnen, was ich ihm statt dessen gegeben habe, im Namen der Freiheit«, sagte der Reiter und schaute sehr zufrieden drein. Das hielt jedoch nur einen Augenblick an, dann machte er ein langes Gesicht und fuhr fort: »Dann standen alle um mich herum, alle verlangten sie Pferde, und kein Mensch kümmerte sich währenddessen um den verdammten

Drachen! Das Viertel der Atemzüge *Der Anhaltenden Glückseligkeit* ist nicht sehr dicht besiedelt – nicht viele Menschen fühlen sich außerhalb der Mauern der Hauptstadt wirklich sicher, wißt ihr –, aber es ist auch keine Wüste. Während der Pöbel also auf mich einredete, versammelten sich die Kinder aus der Nachbarschaft, um sich das Biest anzusehen.«

Der Rest der Geschichte war kurz und schmerzlich. Eins der Kinder, welches im ganzen Viertel dafür bekannt war, mit Schoßtieren immer nur Pech zu haben, versuchte, Feuerwerkskörper unter dem Bauch des Drachen anzuzünden. Der Drache schaute hinunter auf den Versuch des Jungen, witzig zu sein, grinste höhnisch, pinkelte großzügig über den Jungen und sein Feuerwerk, und verkündete: »Du legst also gerne Feuer, ja, du mieser kleiner Haufen Hasenköttel auf der Weidewiese des Lebens? Nun, ich auch!«

Was er dann auch unter Beweis stellte.

Mittlerweile waren die Rauchsäulen, die vom Viertel der *Atemzüge Der Anhaltenden Glückseligkeit* aufstiegen, so dick geworden, daß selbst der kurzsichtigste Wächter sie nicht länger übersehen konnte. Rauch von einem Herdfeuer war nicht fettig-schwarz, Laubfeuer rochen besser, und wie alle zivilisierten Menschen steckten die Stadtbewohner ihren Müll niemals in Brand, sondern warfen ihn in den nächsten Fluß. Außerdem näherte sich eine große Staubwolke. Gorgoren wie Hydrangener wußten, daß diese Art Staubwolken immer dann entstanden, wenn eine große Anzahl Menschen sich rasch über die Straße bewegte, um etwas sehr Unangenehmem zu entkommen.

»Drache, hast du gesagt?« fragte der erste Wächter, und seine Zunge war plötzlich trocken wie Papier.

»Und auf dem Weg hierher, habe ich gesagt«, bestätigte der Reiter.

Ein lauter, unartikulierter Schrei, der klang, als drehte

jemand Dachse durch die Mangel, ließ alle Männer zusammenfahren. Das Pferd stieß ein verschrecktes Wimmern aus, warf den Reiter ab und preschte in den Palasthof, wobei es die verstörten Wächter beiseite stieß. Das Heulen wurde immer noch stärker und ging über mehrere Tonleitern hoch und wieder herunter, bis sie sich wieder aufgerappelt hatten.

Es kam von Ubri. Sie hatte den Kopf in den Nacken geworfen und die Augen verdreht, bis nur noch das Weiße zu sehen war. Offenbar erlitt sie entweder einen hysterischen Anfall oder betrieb Volkstanz.

»Oh, die Vision! Die Vision!« heulte sie. »O dunkelstes Schicksal vollständiger drachenverursachter Vernichtung! O Feuersnot, die auf unsere fragile Festivität fällt!«

»Was ist denn mit der da los?« wandte sich der geschundene Reiter an eine der verhüllten Frauen.

»Sie hat eine heilige Vision«, erklärte die Dame. »Wir, die Frauen meines Stammes, wir haben die Macht, in die Zukunft zu sehen. Manchmal. Ein wenig. Einige mehr als andere. Nichts Besonderes, versteht Ihr, keine Garantien, wir sind keine Prahlerinnen, und wenn es manchmal nicht eintritt, was wir verkünden, dann liegt das daran, daß auch ihr daran glauben müßt, sonst ...«

»Der Drache steht vor den Toren!« verkündete Ubri und sah beeindruckend aus mit ihrer schmutzigen Tracht, den wilden Augen und dem wirren Haar. »Die Stadt, das *Königreich* kann gegen seine Macht nicht bestehen. Wir sind alle dem Untergang geweiht, verdammt dazu, daß er uns das Fleisch von den Knochen brennt, daß unser Blut sich aus den kopflosen Hälsen ergießt, während der Drache uns die Eingeweide herausreißt!«

»Augenblick mal«, warf der erste Wächter ein. »Wie kann der Drache denn vor allen Toren gleichzeitig stehen? Außerdem, wie kann er uns die Eingeweide herausreißen, mit dem spritzenden Blut und so weiter, wenn er uns schon vorher das Fleisch von den Knochen gebrannt hat?«

Ein anderer gorgorischer Wächter gab ihm einen herzhaften Klaps in den Nacken und sagte: »Es ist ʻne heilige Vision, du Dummkopf! Eine heilige Vision muß doch nicht immer Sinn ergeben!«

»Ach Schmerz, o Schmerz!« jammerte Ubri. Eine Menschenmenge hatte begonnen, sich mehr und mehr zusammenzudrängen, auch wenn keiner darin aussah, als wollte er länger bleiben, sobald ihm klar wurde, was hier vor sich ging. Mit jeder furchtbaren Prophezeiung von Ubris Lippen rückten die Leute weiter ab, traten von einem Fuß auf dem anderen und schauten sich unsicher um, um zu sehen, ob vielleicht schon jemand anderer ging. Doch keiner von ihnen hatte den Mut, den ersten Schritt zu machen, also blieben alle da und litten.

Das ging noch für einige Zeit so weiter.

Als die Vision langsam den Reiz des Neuen verlor und Ubri die finsteren Vorhersagen ausgingen, faßte ein hydrangenischer Wächter sich tatsächlich ein Herz und verkündete: »Nun, das ist ja alles sehr schön und bildhaft und eine gute Wiedergabe dieser traditionellen gorgorischen Folklore vom dämlichen Weiberkram, aber es bleibt die Tatsache bestehen, daß ein Drache sich nähert, um uns seinen Besuch abzustatten. Hat jemand einen praktischen Vorschlag zu machen, wie wir nun verfahren sollen?«

»Praktisch?« staunte der gorgorische Hauptmann der Wache. »Du, ein Hydrie, fragst uns nach etwas Praktischem? Bist du sicher, daß du dir nicht den Rest des Tages frei nehmen willst, um ein Gedicht darüber zu schreiben oder so was?«

»Ich möchte den Rest des Tages frei nehmen, um mein Haus feuersicher zu machen und davonzurennen, das ist aber auch alles«, gab der Hydrangener zurück.

»Ich habe gehört, sie hätten die Stadttore verrammelt

und verriegelt«, piepste jemand aus den hinteren Reihen von Ubris Zuschauermenge.

»Von den Toren hängen nur noch deren Überreste an den Angeln!« rief Ubri. »Das Drachenfeuer läßt sie rauchend im Staub zurück. O ihr Narren, Narren seid ihr zu glauben, daß einfache Tore, geschaffen von Menschenhand, einem so gewaltigen Monstrum je widerstehen könnten! Die dümmste Schnecke, die über den Boden schleimt, weiß es besser, als zu versuchen, einen Drachen von seinem Ziel ablenken zu wollen.«

Diese letzte Ankündigung erregte neue Furcht und neues Interesse an Lady Ubris Worten. Vorschläge kamen von hierher und dorther, als die Menge versuchte, die Antwort auf die Frage zu finden, wie man einen Drachen ablenken könnte. Die meisten Versuche wurden im gleichen Moment niedergeschrien, in welchem sie geäußert wurden, und der Unglückliche, der vorschlug, eine Truppe Straßenmusikanten auszusenden, wurde bewußtlos geprügelt.

»*Nein*, ihr Trantüten!« schrie Ubri, als sie wie durch ein Wunder aus der Trance ihrer heiligen Vision erwachte. »Das hilft alles nicht. Sagt mal, hört ihr auf dem Marktplatz denn nie fahrenden Geschichtenerzählern zu? Jeder Drache will eine hübsche Jungfrau königlichen Geblüts, die an einen Pfahl gebunden wird, um seinen Gelüsten zu dienen.«

»Eine Jungfrau *königlichen* Geblüts, Ma'am?« Der Hauptmann der Wache rieb sich angestrengt die Stirn. »Wenn ich mich recht erinnere, kümmern sich Drachen überhaupt nicht um den Stammbaum des armen Mädels ...«

»*Königlich*.« Ubri zeigte jeden Zahn in ihrem Mund bei einem Grinsen, das die meisten Vielfraße jaulend in ihre Höhlen zurückgejagt hätte. »Die Bestie würde den Unterschied merken, und ihr Zorn wäre groß, und Jammern und Wehklagen und das Geräusch mahlender Zähne fiele über das Land, gefolgt von einer furchtbaren Plage Kröten, welche am Krupp leiden, und ...«

»Ja, aber eine Jungfrau königlichen Geblüts ...!« Der Hauptmann schürzte die Lippen. »Es ist ja nun nicht so, daß wir besonders viel davon hätten. Es ist schließlich schon schwierig genug, eine *Frau* königlichen Geblüts zu finden. Königin Artemisia war immerhin mit Bratz verheiratet, und auf keinen Fall werden wir sie so ausstaffieren können, daß der Drache glaubt, sie wär' immer noch ...«

»Aber, aber, liebe Freunde, seht ihr's denn nicht?« Ubri breitete die Arme aus und strahlte die Menschenmenge an. »Die Götter sind gnädig. Sie haben diese Not vorhergesehen und in ihrer Güte die Lösung zu euch gesandt, noch bevor die Not überhaupt hereinbrach.«

»Das war aber nett von ihnen«, bemerkte jemand.

»Ja, ausnahmsweise mal nett«, erwiderte ein anderer. »Das ist wirklich mal eine angenehme Abwechslung vom üblichen Zerschmettern und Verfluchen und was sie sonst so auf unsere Häupter herabbeschwören.«

»Wo ist denn diese Lösung, die uns die Götter gesandt haben?«

»Der Prinz!« rief Ubri aus und wies auf den Palast. »Die *Prinzessin*, meine ich! Arbols Verwandlung, die der Hexenkraft zugeschrieben wurde, durch eine Närrin königlichen Geblüts – ich will keine Namen nennen, doch ihrer beginnt mit *A-r-t-e-m-i-s-i-a* –, diese Verwandlung ist in Wahrheit ein Geschenk der Götter! O weises und edles Volk, nun werdet ihr deutlich den Weg vor euch sehen, den einzig möglichen Weg, euer Leben zu retten und die Leben eurer Anverwandten und eure wertvollen Besitztümer.«

»Werden wir?«

»Ehrlich?«

»Ich hab' ja nichts dagegen, mein Leben zu retten, aber muß ich denn auch das Leben meines Schwagers retten?«

»Mein wertvollster Besitz ist eine Kohlrübe, die noch nicht angeknabbert ist!«

Als Ubri dieses Mal gen Himmel heulte, geschah es aus echter Verzweiflung. Doch entgegen dem Anschein entging nicht allen Anwesenden die Bedeutung ihrer Worte. Der Hauptmann und seine Leute wußten genau, was zu tun war, besonders, nachdem die Hydrangener unter ihnen einige lokale Mythen erzählt hatten, die sich damit befaßten, was mit denen geschah, die die Geschenke der Götter mißachteten.

»Ich habe noch nie von himmlischen Vielfraßen gehört«, sagte ein Gorgore, als sie in den Palast marschierten, um zu tun, was getan werden mußte.

Es gab natürlich einigen Widerstand, doch Königin Artemisia war leicht überwunden und Prinz – *Prinzessin* – Arbol konnte gegen so viele Wächter nicht bestehen, vor allem, weil sie gezwungen worden war, ein langes Kleid zu tragen und Artemisia ihr die Lieblingswaffen weggenommen hatte, weil Schwerter undamenhaft wirkten.

Deshalb wurden Bernice und ihr Kontingent aus Wagemutigen Waldbewohnern, als sie sich der Stadt näherten, von einem riesigen Banner begrüßt, auf dem »Willkommen ›Drache‹ stand, und das man über das Stadttor drapiert hatte. Die Wagemutigen Waldbewohner kamen in die Stadt herein und fanden alle Straßen verlassen vor. Von Balkonen und aus Fenstern hingen weitere Banner, die meisten mit Sprüchen wie: Wir grüßen Euch mit einem freiwilligen Opfer; hier geht's zum Festmahl; Schade, daß Ihr nach dem Essen schon wieder gehen müßt und mein Schwager ist eine Jungfrau königlichen Geblüts, falls ihr hinterher noch Hunger haben solltet.

»Welch ein Haufen von Idioten«, stellte Bernice fest, nachdem einer der des Lesens mächtigen Wagemutigen Waldbewohner ihr die Banner vorgelesen hatte.

»Das kommt nur vom Leben in der Stadt«, antwortete der Blaue Dachs.

»Aber ich werde wirklich hungrig«, sprach Bernice. »Und die Banner behaupten, man hätte ein Festmal vorbereitet. Ich glaube, für mich. Wie nett von ihnen.«

»Du kannst noch nicht essen!«

Bernice wandte langsam ihr riesiges Haupt und sah dem Blauen Dachs in die Augen. »Wer will mir das verbieten?«

»Wenn du zuviel ißt, wirst du schwerfällig!«

»Und?«

»Und ein schwerfälliger Drache ist uns im Kampf um die Freiheit keine Hilfe.«

»Frag mich doch mal, ob mich das kümmert.«

»Du hast versprochen, nichts zu unternehmen, bevor wir als Schwarze Wiesel nicht wieder getroffen haben.«

»Versprechen sind nur Worte.«

»Dann wärst du für nichts und wieder nichts hierhergekommen.«

»Nicht, wenn das Festmahl gut ist.«

Aus den Augen des Blauen Dachses blitzte Bauernschläue. »Schwerfällige Drachen sind leicht zu erschlagen, weißt du.«

»Oh.« Bernice verstummte abrupt.

»Komm schon, nimm's nicht so schwer«, redete der Dachs auf den Drachen ein. »Sobald wir das Schwarze Wiesel finden, nehmen wir einen leckeren Imbiß zu uns, und dann befreien wir das Königreich. Danach schmeißen wir wahrscheinlich eine Riesenfete, und du kannst so viel essen, wie du willst.«

»Also gut«, grummelte Bernice. »Ich werde auf das Schwarze Wiesel warten.«

»Das hast du ja auch versprochen.«

»Ich habe gesagt, ich werde warten! Reicht dir das etwa nicht? Denn wenn nicht ...« Bernices ohnehin schon schmale Augen verengten sich noch mehr.

»Schon gut, schon gut. Laß uns weitergehen.«

Und weiter gingen sie, wenn auch nicht sehr viel weiter, denn bald erreichten sie einen großen Platz. Eine Menschenmenge hatte sich dort versammelt – auf der anderen Seite des Platzes. Eine Kompanie sehr nervös wirkender Wächter hielt die Menge zurück.

In der Mitte des Platzes stand eine Plattform, und auf der Plattform stand ein Pflock, und an diesem Pflock hingen eiserne Handschellen, und mit diesen Handschellen gefesselt war Prinzessin Arbol in einem weißen Samtkleid. Sie fluchte abwechselnd auf hydrangenisch und gorgorisch; beide Sprachen beherrschte sie fließend. Als sie den Drachen sah, fluchte sie nur noch lauter und brüllte, jemand möge ihr ein Schwert geben, damit sie ihn erschlagen könne.

Das große Banner, das über dem Kopf der Prinzessin den ganzen Platz überspannte, lautete: Guten Appetit Und lebewohl!

»Nein!« rief der Blaue Dachs und packte Bernice an einer Schuppe. »Das Wiesel ist noch nicht da! Du hast versprochen, auf das Wiesel zu warten!«

Die Prinzessin warf dem Drachen ein Schimpfwort zu. Es war ein so gemeines Schimpfwort, daß es Bernice zum Erröten brachte, und das ist bei einem Drachen gar nicht so einfach.

»Ich werde warten«, sagte sie und zog die Brauen zusammen. Sie setze sich mit einem donnernden Geräusch, dessen Druckwelle mehrere Wagemutige Waldbewohner von den Füßen riß. »Aber ich werde nicht ewig warten.«

Die Prinzessin warf dem Drachen ein anderes Schimpfwort zu.

»Küßt du mit diesem Schandmaul deine Mutter?« grollte Bernice.

Die Jungfrau königlichen Geblüts schenkte ihrer Möchtegern-Verdauerin nur ein verächtliches Schnauben.

Kapitel 31

Wenn Königin Artemisia ihm doch nur die Frage beantworten würde! Schließlich handelte es sich um eine so einfache Frage.

War Arbol schon immer ein Mädchen gewesen?

Zwar nahm offenbar jeder an, daß sie ein Junge gewesen war, doch Wulfrith erschien das unmöglich. Er mochte nur ein Adept sein, der bei einem Buschzauberer lernte, welcher in den Bergen eine Höhle bewohnte, und nicht bei einem der großen Magier des königlichen Hofes, aber ein wenig kannte er sich doch mit Magie aus und sah keine Möglichkeit, wie Arbol ohne großen Aufwand und Vorbereitungen – beides schwer zu verbergen – in ein Mädchen verwandelt worden sein sollte.

Nachdem er in der Palastbibliothek noch ein paar eher reißerische Liebes- und Abenteuerromane gelesen hatte, war auch er mit dem Gedanken vertraut, daß Mädchen sich manchmal als Jungen verkleideten und Könige Söhnen vor Töchtern den Vorzug gaben.

War Arbol also schon immer ein Mädchen gewesen?

Er hatte Königin Artemisia gleich nach dem Unglückseligen Bad danach gefragt, und sie hatte ihn, ohne zu antworten, zum Schweigen gebracht. Er hatte sie später am Abend erneut gefragt und zur Antwort erhalten, sich um solche Albernheiten keine Gedanken zu machen – was keine Antwort war.

Wulfrith wußte nicht genau, was vor sich ging, doch er hatte unbestreitbar den Eindruck, daß Arbol in Schwierigkeiten – in *großen* Schwierigkeiten – steckte, *weil* sie ein Mädchen war. Er verspürte jedesmal Gewissensbisse, wenn er daran dachte; wenn er sich nur die Instruktionen der albernen Ritualmenschen noch einmal vor Augen geführt hätte, dann hätte er Arbol vielleicht vor dem Bad gewarnt, und alles wäre anders gekommen.

Nicht, daß er davon gewußt hätte, daß sie ein Mädchen war, aber er hatte den Eindruck, daß sie nicht gern badete.

Und nun war die Königin unterwegs, um Leute zu schikanieren, oder etwas Ähnliches zu tun; seit Stunden war sie fort. Mit den Worten, sich bedeckt zu halten, hatte sie ihn in die gleichen Gemächer geführt, in denen er während der Vorbereitung auf die Krönung festgehalten worden war. Es erschien so unsinnig: Warum nur brachte sie ihn hierher? Ob männlich oder weiblich, Arbol war Erbe/Erbin des Throns.

Vielleicht glaubte die Königin, er wäre an diesem Ort vor Schwierigkeiten sicher. Und wenigstens mußte er hier nicht diese dämliche Maske tragen. Er seufzte und zupfte Fäden aus dem roten Samtpolster der Armlehne seines Sessels.

War Arbol schon immer ein Mädchen gewesen, oder spielte Magie hier doch eine Rolle? Vielleicht besaßen die Gorgorinnen wirklich fremdartige Zauberkünste, die nichts mit dem zu tun hatten, worüber er Bescheid wußte.

Das mochte interessant sein; er fragte sich, ob es eine Möglichkeit gab, ein wenig davon zu erlernen. Ob Ubri ... aber nein, sie würde vermutlich geköpft oder verbrannt oder den Vielfraßen vorgeworfen werden, irgend etwas in der Art.

Auch wenn es interessant sein mochte, dem zuzusehen, kam es ihm wie Verschwendung vor. Er hatte gesehen, was er von Ubri alles lernen konnte. Das Studium von Büchern konnte einfach nicht ersetzen, bei Experimenten selbst Hand anzulegen.

Er seufzte wieder, da flog die Tür auf.

»Wulfrith?« fragte Artemisia beim Hereinstürmen.

Er setzte sich auf und lächelte sie an.

»Gut, du bist immer noch da«, sagte sie. »Alles in Ordnung?«

»Jawohl, Eure Majestät«, antwortete er. »Ich meine, wenn man davon absieht, daß Arbol ein Mädchen ist und ...«

»Ja, also ...«

»Ist sie schon immer ein Mädchen gewesen, Eure Majestät?« fragte Wulfrith schnell, bevor er den Mut verlieren konnte.

Mit einem leisen, nervösen Lachen begann Königin Artemisia in einer Kommode zu kramen, ohne den Jungen anzusehen. »Schon immer ein Mädchen, Wulfrith? Natürlich nicht, welch dumme Frage.«

»Also haben Ubri und diese anderen Frauen sie wirklich verwandelt?«

»Nun, das denke *ich*«, erwiderte Artemisia; obwohl ihre Stimme durch den Inhalt der zweiten Schublade gedämpft wurde, fand Wulfrith, daß sie nicht sehr glaubhaft klang.

»Denken das alle?«

Artemisia richtete sich auf, wandte sich ihm zu und starrte ihn böse an.

»Nein, das ist nicht so«, antwortete sie. »Dieser verfluchte Zauberer mußte ja auch unbedingt zur unpassendsten Zeit auftauchen – man bedenke, nach fünfzehn Jahren im Exil – und unter Beweis stellen, daß er Menschen in diverse Tiere verwandeln kann. Natürlich macht man nun ihn für Arbols Verwandlung verantwortlich, läßt diese alte Schreckschraube Ubri laufen und wirft den Zauberer an ihrer Statt in den Kerker. Aber das ist jetzt nicht wichtig.«

Wulfrith blinzelte. »Ist es nicht?« Ubri gerettet, und an ihrer Stelle ein Zauberer im Verlies? Wie konnte das nicht wichtig sein?

Ein Zauberer ...

»Nein, ist es nicht«, bekräftigte Artemisia und wandte

sich erneut den Schubladen zu, »weil im Moment nämlich davon geredet wird, deine Schw ... ich meine, Prinz Arb ... ich meine, Prinzessin Arbol einem Drachen zu opfern, und ich muß einen Weg finden, das zu verhindern. – Verdammt!« Sie schloß die Schubladen durch einen gezielten Tritt. »Benutzen sie denn in keiner dieser Zeremonien Drachenbann? Ich hätte schwören können, daß er irgendwo benutzt wird.«

»Ich wüßte nicht, wobei«, sagte Wulfrith.

»Aha«, antwortete Artemisia und sah sich wütend im Zimmer um.

»Wie sieht Drachenbann denn aus?« fragte Wulfrith.

»Ach, das weiß ich doch nicht«, schnappte Artemisia. »Ich nehme an, grün. Vielleicht sollte ich in den Kräutergärten suchen.« Sie drehte sich um und stürmte, bevor Wulfrith sie aufhalten konnte, aus dem Raum.

Er hatte gerade die Türklinke gepackt, als er hörte, wie sich der Schlüssel im Schloß drehte; er blieb stehen, starrte auf die Tür und begann zu fluchen, als die Schritte der Königin auf dem Korridor langsam leiser wurden.

Er blieb noch einen Moment stehen und funkelte die Tür an.

Drachenbann! Drachenbann war eine Sage, ein Ammenmärchen, behauptete Klutie. So etwas würde Arbol nicht vor einem Drachen retten.

Andererseits gab es gar keine Drachen in der Nähe der Hauptstadt, schon seit Jahrhunderten nicht mehr. Jeder wußte das. Wenn man Arbol einem Drachen opfern wollte, dann mußte man sie erst einmal ins Gebirge schaffen, wo die nächsten Drachen lebten.

Wulfrith entschied, daß die Last der vergangenen Tage – der Tod des Königs, der Austausch der Thronfolger, das Unglückselige Bad – die Königin in den Wahnsinn getrieben haben mußten. Warum sollte jemand die Mühe auf sich nehmen, Arbol ins Gebirge zu verschleppen, um sie dort einem Drachen vorzuwerfen, nur weil sich herausgestellt hatte, daß sie ein Mädchen war? Das war Irrsinn.

Was war mit dem Rest? Hatte man wirklich einen Zauberer ins Verlies geworfen?

Nun, das war im Grunde ebenso irrsinnig, denn der einzige überlebende hydrangenische Zauberer war Klutie, und Klutie ...

Wulfriths Wut schmolz dahin, und er mußte heftig schlucken.

Klutie konnte Menschen in diverse Tiere verwandeln, genau wie Artemisia gesagt hatte. Klutie war fünfzehn Jahre lang im Exil gewesen.

Und Klutie war vielleicht in die Stadt gekommen, um seinen verschwundenen Adepten wiederzufinden.

Und wenn das der Fall war, dann lag Wulfriths geliebter Meister nicht nur im Kerker des Palastes, sondern Wulfrith war darüber hinaus auch noch daran schuld!

Er mußte dort hinunter und nachsehen – und zwar so schnell wie möglich, bevor sie dem armen Klutie etwas Furchtbares antaten! Er rüttelte an der Türklinke, schlug verzweifelt gegen das Paneel, doch ohne Wirkung. Er mußte hier raus, egal, was die Königin gesagt hatte.

Aber er wußte, daß es keinen Weg hinaus gab – er hatte Wochen hier eingesperrt verbracht ...

Nein, wo waren nur seine Gedanken? Er war hier schon hinausgekommen! Er hatte doch den Schloßöffne-Zauber!

Aber wenn ihn jemand aufgriff, wie er ohne Maske im Palast umherirrte? Was sollte er dann sagen? Man würde ihn für Arbol halten, und Arbol sollte einem Drachen vorgeworfen werden. Der einzige Weg, sie davon zu überzeugen, daß er nicht Arbol war, wäre dann, ihnen zu beweisen, daß er männlich war, und wie die Dinge in diesem Irrenhaus liefen, würden sie ihn dann wahrscheinlich zum König machen wollen.

Er wollte nicht gesehen werden, beschloß er – und

dank Arbol wußte er auch, wie er das zu bewerkstelligen hatte.

Eilig schlüpfte er in den Geheimgang hinter dem Gobelin.

Eine Stunde später, nach etlichen Umwegen, unzähligen Türen, Korridoren und Treppenhäusern sowie zwei Verwandlungszaubern, die zwei Wächter eliminiert und eine Ratte und einen Kanarienvogel hervorgebracht hatten, fand Wulfrith sich in einem schmalen und unangenehm feuchten gemauerten Gang etwa zwanzig Fuß unter der Erde wieder, welcher nur durch eine übelriechende, rauchenden Fackel erhellt wurde.

Wenn das nicht der Palastkerker war, mußte sich ein Innenarchitekt gewaltig auf dem Holzweg befunden haben.

Wulfrith arbeite sich langsam vor und schlich so leise, wie er nur konnte, durch viele Korridore, spähte durch Zellentüren und war immer auf der Hut vor Wächtern. Zwar hatte er den Verwandlungszauber bereit, und bisher hatte dieser ihm auch gute Dienste geleistet, doch früher oder später mußte er etwas Unangenehmes damit erzeugen, das war nur eine Frage der Zeit. Meistens produzierte der Zauber ja kleine, ungefährliche Geschöpfe, doch das lag nur daran, daß der Großteil aller Tiere klein und ungefährlich war. Jeder, der die Augen aufmachte, konnte sehen, daß die Welt voller Käfer, Würmer und Nager aller Art war, während Raubtiere mit Krallen und Zähnen und einer Größe, die sie gefährlich machte, relativ selten waren.

Dennoch gab es sie aber. Und *vollkommen* zufällig waren die Ergebnisse der Verwandlungen auch nicht: Säugetiere kamen viel häufiger vor, als die Wahrscheinlichkeit vorgab. Wulfrith wußte nicht, was das Endergebnis bestimmte, aber er war sich sicher, daß er, wenn er mit dem Verwandeln von Menschen weitermachte, egal ob mit dem ursprünglichen Zauber oder der wechselhaften Variante, früher oder später einem Löwen gegenüberstehen würde – oder einem Vielfraß.

So etwas konnte sich als ernsthafte Bedrohung seiner Gesundheit herausstellen.

Daher war es vorzuziehen, so leise wie möglich durch die Verliese zu schleichen.

Und er fürchtete, daß ihm noch einiges an Herumschleicherei bevorstand, denn die Verliese schienen sich in alle Richtungen endlos fortzusetzen, schmale Seitenkorridore zweigten unerwartet ab, es gab überflüssige Windungen und Ecken, unnötige Stufen führten hinauf und wieder herunter. Es gab jede Menge Zellen, die inspiziert werden mußten, doch bisher war jede, in die er geschaut hatte, leer gewesen.

Aus einer der Zellen konnte er einen Schrei hören; es klang nicht wie Klutie, doch Wulfrith eilte in die Richtung, aus der das Geräusch gekommen war. Zumindest lebte dort jemand, der kein Wärter war. Jemand wurde dort gefoltert, und *falls* es doch Klutie war ...

Der Schrei ertönte erneut, und Wulfrith konnte sagen, aus welcher Zelle er gekommen war; er spähte durch das winzige vergitterte Fenster und erwartete, ein höllisches Tableau menschlicher Grausamkeit zu erblicken.

Ein bärtiges Gesicht sah erschrocken zu ihm auf und sagte ein wenig gereizt: »Zur Seite, bitte! Ihr steht im Licht!«

»Entschuldigung«, sagte Wulfrith und lehnte sich so weit zur Seite, wie er konnte, um immer noch in die Zelle schauen zu können.

Sie war klein, doch recht sauber, frisches Stroh lag auf dem Fußboden, und in der Ecke stand ein Eimer. Der Insasse saß im Schneidersitz mitten auf dem Boden; er trug eine zerlumpte weiße Robe, von der das meiste unter wogendem Bart und Haar verborgen war.

»Danke«, sagte der Mann in der Zelle. »Haltet Euch die Ohren zu; ich schreie jetzt wieder.« Bevor Wulfrith darauf antworten konnte, stieß der Mann einen Schrei aus, der einem das Blut in den Adern gerinnen lassen konnte.

Als es in Wulfriths Ohren nicht mehr dröhnte, wollte er wissen: »Warum tut ihr das?«

»Weil's meine Aufgabe ist«, erklärte der Gefangene.

»Eure was?«

»Es ist meine Aufgabe.«

»Was ist das für eine Aufgabe?« wollte Wulfrith ärgerlich wissen.

»Was wäre es für ein Kerker, wenn sich darin nicht wenigstens ein armer Wicht die Seele aus dem Leib schreien würde?« konterte der Gefangene.

Wulfrith öffnete den Mund und schloß ihn wieder. Den Schreier ergriff Mitgefühl, und er erklärte: »Das grundlegende Problem, versteht Ihr, ist, daß die Gorgoren nicht sehr talentiert sind im Foltern von Menschen.«

»Sind sie nicht?« Das stimmte nicht damit überein, was Wulfrith zuvor gehört hatte.

»Nein, nicht wirklich. Nun, sie sind recht gut bei öffentlichen Spektakeln und kurzen Prozessen, Scheiterhaufen und dieser Geschichte mit den Vielfraßen, und so weiter, aber ihnen fehlt die Geduld fürs Langfristige, für das, was ein Verlies monatelang in Gang hält und eine gute, beständige Versorgung mit angemessenem Geschrei und Gewimmer aufrechterhält. Sie haben's gar nicht so mit Gefängnissen, sie töten lieber und belassen's dabei. Wenn etwas länger als eine Woche dauert, langweilen sie sich und ziehen los, um sich zu betrinken, oder sie hacken dem Opfer einfach den Kopf ab.«

»Ich verstehe, was Ihr meint«, gab Wulfrith zu.

»Nicht wahr, so kann man einfach kein anständiges Verlies unterhalten: lauter leere Zellen, das ist alles. Wie Ihr seht, sind die meisten Zellen hier leer. Ich tue mein Bestes, um ein wenig Atmosphäre zu vermitteln, aber ich sage Euch, mein Junge, einfach ist das nicht.«

»Also ... ich meine, wie seid Ihr denn zu dieser Beschäftigung gekommen?«

»Ja nun, ich war Gefangener hier, als die Gorgoren vor fünfzehn Jahren die Herrschaft übernahmen. Sie ließen eine Reihe Gefangene frei, politische Gefangene eben, und anderen hauten sie den Kopf ab, aber sie wußten nicht, was sie mit mir tun sollten, weil sich niemand daran erinnern konnte, warum ich überhaupt hier war.«

»Warum wart Ihr denn hier?«

Der Gefangene zuckte die Schultern. »Ich habe nicht die leiseste Idee«, antwortete er. »Ich hab's vor langer Zeit vergessen. Ich bin hier, seit ich ein Junge war.«

»Oh.«

»Jedenfalls stritten sie darüber, was sie mit mir anfangen sollten, und es sah ganz danach aus, als würden sie mir den Kopf abschlagen, nur zur Sicherheit, wißt Ihr, und da habe ich vorgeschlagen, daß sie mich doch einfach hierlassen könnten, um dem Verlies ein wenig Stil zu verleihen. Es kostete mich all meine Überredungskunst, das kann ich Euch sagen, aber schließlich willigten sie doch ein.« Er lächelte stolz.

Wulfrith lächelte schwach zurück.

»Seitdem bin ich hier und schreie professionell für sie. Sie geben mir regelmäßig frisches Stroh und leeren den Eimer, oder ich streike und schreie nicht mehr. Es mag nicht die beste Stellung sein, aber sie ist bei Hofe, und ich bin damit zufrieden.«

»Oh.« Es erschien Wulfrith, als verschwendete er seine Zeit. »Nun«, sagte er daher, »es war schön, mit Euch zu plaudern, aber ich muß einen Zauberer sprechen, von dem ich weiß, daß man ihn hierhergebracht hat.«

»Ein Zauberer?« Der Gefangene legte den Kopf auf die Seite. »Ihr sucht nach dem Zauberer, den man gerade hierhergeschafft hat? Der ist in Nummer dreiundvierzig – diesen Gang entlang, links die Treppen hinunter, dann die sechste Tür rechts.«

Wulfrith blinzelte erstaunt.

»Oh«, sagte er.

»Ich dachte, so spart Ihr ein wenig Zeit«, fügte der Gefangene hinzu.

»Danke«, erwiderte Wulfrith.

»Nun geht mir bitte aus dem Licht.«

»Jawohl, mein Herr.«

Wulfrith zog sich den Korridor entlang zurück, während hinter ihm Schreie durch das Gemäuer drangen, und folgte der Wegbeschreibung.

Der Treppenabsatz war hinter einem Haufen alter Ketten halb versteckt, und wenn er ihn nicht gesucht hätte, hätte Wulfrith ihn vielleicht nie gefunden und wäre nie zu Zelle dreiundvierzig gelangt; doch so brach er fünf Minuten später das rostige Schloß auf und versicherte dem gefesselten und geknebelten Klutie, daß er ihn sofort befreien würde.

Kapitel 32

Die drei staubbedeckten Gestalten schlüpften durch das Stadttor, hielten inne und schauten sich verwirrt dabei um.

Die Straßen lagen verlassen da. Das stimmte nicht mit ihren Erwartungen überein und paßte in keinen der Pläne, die sie auf dem Weg hierher geschmiedet hatten.

Das war nicht die erste Überraschung; festzustellen, daß eine Vorstadt oder auch zwei im Rahmen der Krönungsfeierlichkeiten niedergebrannt worden waren, hatte sie etwas erschreckt.

»Ich wußte gar nicht, daß die Gorgoren so etwas immer noch tun«, hatte das Purpurne Opossum gesagt.

»Ich hatte gehört, daß sie sich mittlerweile gut im Griff hätten und dem feineren Geschmack der Hydrangener etwas duldsamer gegenüberträten.«

»Ach, sei still«, hatte das Schwarze Wiesel erwidert. Das war seine übliche Reaktion gewesen, seit sie in Witwe Giligips Haus aufgewacht waren. Als das Purpurne Opossum sich beklagt hatte, man könne solcherlei Verhalten als unhöflich bezeichnen, wenn es sich beim Schwarzen Wiesel nicht um einen abgesetzten König handele, da hatte das Schwarze Wiesel sich beinahe entschuldigt und seine schlechte Laune auf Kopfschmerzen zurückgeführt, die einfach nicht nachlassen wollten.

Und nun, als sie fassungslos auf die Stadt starrten, schmerzte sein Kopf um so mehr.

»Ach seht, dort ist die *Straße der Genüsse Über die Man In Gesellschaft von Damen Nicht Spricht*«, sagte das Purpurne Opossum und deutete darauf. »Ich dachte, ich würde sie nie wiedersehen.«

Das Schwarze Wiesel brummelte etwas, doch es befahl dem Purpurnen Opossum nicht, still zu sein. Auch er genoß den Anblick der Stadt, aus der er vor so langer Zeit geflohen war.

»Wozu hängt das Banner dort oben?« fragte Dunwin und deutete auf das Tor hinter ihnen. »Hängt es immer dort?«

»Welches Banner?« fragte das Schwarze Wiesel.

»Das, auf dem steht: ›WILLKOMMEN, DRACHE!‹«, erwiderte Dunwin.

Das Wiesel und das Opossum sahen einander an.

»Hast du ein Banner gesehen?« fragte das Wiesel.

»Nein, mein Herr«, gab das Opossum zurück. »Ich war in den Anblick der Vorstadtarchitektur vertieft. Habt Ihr bemerkt, daß man Häuser gebaut hat, die in ihrer Form an gorgorische Feldzelte erinnern?«

»Ich habe verdammt noch mal gar nichts bemerkt«, fauchte das Wiesel, »weil es in meinem Kopf dröhnt, als wäre dort ein Schmied zugange, der einen königlichen Termin einzuhalten hat, und halte die Augen zu Boden gerichtet, damit der Sonnenschein ihn nicht noch schlimmer dröhnen läßt.«

»Wir könnten zurückgehen und es uns ansehen«, schlug das Opossum vor.

»Da drüben sind noch mehr Banner«, machte Dunwin sie aufmerksam und deutete darauf.

»Stimmt«, stimmte das Opossum erschrocken zu. Er betrachtete die eilig gemalten Transparente, die entlang der Hauptstraße zum Palast hier und dort hingen. Das Schwarze Wiesel vergaß für einen Augenblick die Kopfschmerzen und tat dasselbe.

»Ein Festmahl«, sagte er. »Vielleicht haben wir die Krönung doch nicht verpaßt.«

»Oder vielleicht haben sie die Banner hinterher hängengelassen«, vermutete das Opossum. »Aufräumen ist schließlich nicht gerade die starke Seite der Gorgoren.«

»Wenn sie zur Krönung hier hängen«, warf Dunwin ein, »warum stand auf dem großen dort draußen ›WILLKOMMEN, DRACHE!‹?«

Das Opossum zuckte die Schultern. »Vielleicht ein symbolischer Verweis auf den neuen König?«

»Vielleicht ist es Bernice«, hoffte Dunwin.

»Die Gorgoren führen einen Ochsen im Wappen«, überlegte das Wiesel, »und das königliche Haus ist immer von einem Sallet dargestellt worden, nie von einem Drachen. Ich glaube, der Junge hat recht – sie meinen es wörtlich, und Bernice ist vor uns hier angekommen.«

»Worauf warten wir dann noch?« rief Dunwin. Er drehte sich um und stürmte die Straße hinauf in die Richtung, die durch hilfreiche Pfeile auf verschiedenen Bannern gewiesen wurde.

Als er an ihm vorbeiwollte, streckte das Purpurne Opossum einen Fuß vor; Dunwin stolperte darüber, stürzte und knallte mit dem Kopf auf die Pflastersteine. Benommen blieb er liegen.

Das Wiesel sah das Opossum an; das Opossum schaute zurück und zuckte die Schultern. »Wir sollten lieber nichts überstürzen«, sagte er.

»Oh, dem stimme ich vorbehaltlos zu«, antwortete das Wiesel. »Trotzdem glaube ich, müssen wir herausfinden, wozu diese Banner gut sein sollen.«

»Ja, mein Prinz«, erwiderte das Opossum. »Ich fürchte, das müssen wir.«

»Weißt du«, sagte das Wiesel und spähte mißtrauisch über die leeren Straßen, »ich fürchte, unser Plan geht nicht auf.«

»Nein?«

»Ich sehe kein Zeichen meiner Männer, und diese Banner scheinen anzudeuten, daß das Stadtvolk den Drachen unter Kontrolle hat. Die Krönung muß nun vorüber sein, nachdem wir all die Zeit damit verbracht haben, in Eimer zu speien, weil dieser Idiot Euphorbius uns vergiftet hat. Ich fürchte, der günstigste Augenblick ist vorbei.«

Das Opossum dachte darüber nach und strich sich gedankenverloren den dünnen Bart.

»Sollten wir uns vielleicht wieder in den Wald zurückziehen und auf eine neue Gelegenheit warten?« fragte er.

Das Wiesel erschauerte. »Willst du vielleicht weitere fünfzehn Jahren zwischen den Büschen zubringen?«

»Ich glaube«, sagte das Opossum und betrachtete bei seinen folgenden Worten den Gesichtsausdruck seines Herren ganz genau, »daß ich eher auf die Nachsicht Eures Neffen vertrauen würde ...«

»Ja, ich auch, verflucht noch mal. Und es gibt immer noch die Geheimgänge, weißt du – ich glaube, ich bin besser bei Palastintrigen aufgehoben als bei diesem In-den-Bergen-verstecken-Unfug. Es liegt einfach mehr auf der Linie meiner Familie, weißt du.«

»Was sollen wir nun also tun?«

»Zuallererst sollten wir herausfinden, was im Namen der neunzehn farblich aufgelockerten Höllen der verbotenen Götter von Dhum hier vor sich geht.«

»Und wie sollen wir das tun, Eure Hoheit?«

Das Schwarze Wiesel, der tapfere, schneidige Anführer der Wagemutigen Waldbewohner, seufzte tief. »Wir klauben Dunwin auf und gehen zu diesem Festmahl, denke ich.«

Das Purpurne Opossum schien plötzlich etwas überaus Faszinierendes an einem Balkon in der Nähe zu finden, gemessen an der Intensität, mit der er ihn betrachtete, während er fragte. »Müssen wir Dunwin denn mitnehmen? Obgleich der Junge durchaus Qualitäten aufweist, hat er auch seine Nachteile. Zum Beispiel neigt er zu fixen Ideen wie dieser Sache mit seiner verlorenen Bernice. Wenn dieser Drache wirklich Bernice ist, dann, fürchte ich, wird sein Benehmen vollkommen unkontrollierbar sein – was uns natürlich ungelegen käme.«

Das Schwarze Wiesel betrachtete nachdenklich die zusammengesackte Gestalt zu ihren Füßen. »Da könntest du recht haben«, sagte er. »Komm, laß uns gehen.«

Gemeinsam gingen die beiden die Straße entlang, dem Weg folgend, den die Banner wiesen, und ließen Dunwin zurück.

Sie waren höchstens eine Minute lang außer Sicht, als Dunwin sich aufrappelte und den Kopf schüttelte, um wieder klar zu werden. Als er feststellte, daß er allein war, sah er sich verwirrt um, erblickte die Banner und erinnerte sich an alles.

»Bernice!« rief er.

Er wußte nicht, wohin das Schwarze Wiesel und das Purpurne Opossum gegangen waren, und im Grunde war es ihm auch egal; er wollte Bernice. Er machte sich auf den Weg.

Währenddessen begann die Menschenmenge auf dem

großen Platz sich zu langweilen. Es hatte zunächst so ausgesehen, als wäre die komplette Stadtbevölkerung in begieriger Erwartung am Rande des Platzes versammelt gewesen, doch mittlerweile waren wegen der langen Wartezeit viele gegangen, und die Zurückgebliebenen hatten sich auf das Pflaster gesetzt. Einige saßen auf Dekken oder Kissen, die sie von zu Hause mitgebracht hatten, andere auf den nackten Steinen.

Bernice ihrerseits war mittlerweile äußerst gereizt. Über eine Stunde lang hatte sie hier nun gesessen und hatte Arbol zugehört, wie sie eine erstaunliche Flut von Beschimpfungen über sie ausgoß. Aus der Menge erklangen inzwischen immer wieder Stimmen.

»Na los, friß sie!«

»Mach schon, Räucheratem!«

Bernice achtete kaum darauf; trotz ihrer Verärgerung war sie fasziniert von Arbols Fähigkeit, ein Schimpfwort nach dem anderen auszustoßen, ohne sich ein einziges Mal zu wiederholen. Obwohl sie die allermeiste Zeit ihres Lebens bei dem alten Odo verbracht hatte, war ihr nicht einmal annähernd so etwas untergekommen.

Der Blaue Dachs saß unglücklich neben Bernices Vordertatze und versuchte zu ergründen, was nun eigentlich schiefgelaufen war.

»Er ist vor uns aufgebrochen«, sagte er zum fünfundsiebzigsten Mal. »Er *muß* die Stadt vor uns erreicht haben. Er *muß* sich hier irgendwo in der Nähe verstekken. Er *muß* wissen, was hier vor sich geht!«

»Wenn er sich nicht verirrt hat«, wandte der Purpurrote Mungo zum dreiunddreißigsten Mal ein. »Oder etwas schiefgegangen ist.«

»Warum lassen wir Bernice sie nicht einfach fressen?« fragte Wennedel. »Dann wäre die gorgorische königliche Familie am Ende, und sie müßten einen Hydrangener krönen.«

»Aber wir wollen, daß sie das Schwarze Wiesel krönen«, erklärte der Dachs, »und nicht irgendeinen Vetter dritten Grades vom alten Fumarius.« Er zögerte, dann fuhr er fort: »Davon einmal abgesehen kenne ich mich mit diesem Politikkram sowieso nicht aus, und deshalb möchte ich nichts Entscheidendes tun, bevor das Wiesel aufkreuzt und sagt, es gehe in Ordnung.«

»Aber wenn er nicht auftaucht? Wenn er nicht bald kommt, dann wird Bernice ... nun ...«

»Das weiß ich!« rief der Dachs. »Aber er wird kommen! Er ist vor uns aufgebrochen. Er *muß* die Stadt vor uns ...«

Die Diskussion ging weiter.

Auf der anderen Seite des Platzes war eine andere Diskussion im Gange.

»Ich bin dafür, wir töten den Drachen und befreien ihn ... ich meine, sie«, sagte Penstemon.

»Warum?« fragte ein gorgorischer Soldat.

»Weil sie der rechtmäßige König ist!«

»Sie is 'n Mädchen – hab' ich selbst gesehn«, gab der Soldat zurück. »'n Mädchen kann nich König sein.«

»Mann, sie kann doch nichts dafür, daß sie ein Mädchen ist!« rief Penstemon und fuchtelte wie wild mit einem Arm herum. »Ich bin ein Gefährte des Prinzen, und das heißt, daß ich gehalten bin, ihn zu verteidigen und nicht hier herumzustehen, während sie ihn einem Drachen vorwerfen ... ich meine, sie.«

»Sie ist gar kein Prinz, wenn's eine ›sie‹ ist«, stellte jemand richtig.

»Aber sie war mal einer!« brauste Penstemon auf.

»Wie soll'n wir denn den Drachen erschlagen – immer vorausgesetzt, daß wir das überhaupt wollen, und da bin ich mir nich sicher«, wollte ein Soldat wissen.

»Haut ihm den Kopf ab!« brüllte Penstemon.

Der Soldat zuckte die Schultern. »Du hast 'n Schwert«, sagte er. »Dann geh mal vor.«

Penstemon funkelte ihn an, aber er zog nicht sein Schwert. Ein Gedanke traf ihn wie ein Blitz.

»Pfeile!« rief er. »Wir könnten ihm mit Pfeilen die Augen ausschießen, und dann ...«

»Dann wird er durchdrehen und sich herumwälzen und die halbe Stadt dabei niederreißen«, sagte der Gorgore. »Mein Urgroßvater hat das mal mit 'nem Sumpfdrachen versucht, hat er jedenfalls immer erzählt, aber da war auch eine Klippe in der Nähe, von der der Drache runterfallen konnte. So was haben wir hier mitten in der Stadt natürlich nicht zur Hand, soweit ich weiß.«

Penstemon sah sich um und mußte zugeben, daß sich in der Mitte des Platzes keine Klippe befand. Er stellte dabei auch gleich fest, daß die Schwingen des Drachen durchaus so wirkten, als könnte er sie benutzen, und hatte den Verdacht, daß damit eine Klippe sowieso nicht sehr effektiv sein würde.

Genau in diesem Augenblick traten das Schwarze Wiesel und das Purpurne Opossum von der Straße auf den Platz. Sie befanden sich nur wenige Schritte hinter dem Drachen, und der Purpurrote Mungo bemerkte sie sofort.

»Seht!« rief er. »Da ist ja das Schwarze Wiesel!«

Arbol kreischte eine Obszönität, die mit Gemüse und weiblichen Vorfahren zusammenhing; Bernice legte gedankenverloren den Kopf schräg und wiederholte Arbols Äußerung noch einmal. Dann nickte sie.

»Erwischt«, sagte sie. »Vor zwanzig Minuten hat sie das schon einmal gesagt. Ich wußte doch, daß sie es nicht in alle Ewigkeit durchhalten könnte.«

Dann registrierte sie den Ruf des Mungos und warf den Kopf herum, um die heruntergekommenen Neuankömmlinge zu betrachten.

»Ist er das?« fragte sie.

»Nun, ja«, gab der Blaue Dachs zu. »Das ist das Schwarze Wiesel. Nun, jetzt warte noch ein Weilchen, und dann wird er uns sicher sagen, was wir tun sollen ...«

»Warten?« schnarrte Bernice, und der Blaue Dachs spürte, wie sein Haar versengt wurde. »*Warten?* Ich habe hier über eine Stunde gewartet, während diese mistige kleine Kröte mich fortwährend beleidigt hat, und nun fängt sie an, sich zu wiederholen, also gibt es nichts mehr zu lernen, und dein Schwarzes Wiesel ist da, und *du* hast gesagt, du hast *gesagt*, sobald er da ist, darf ich sie fressen!«

Bernice erhob sich.

»Du hast gesagt, warte, bis das Wiesel da ist; jetzt ist er da, und jetzt fresse ich das fiese kleine Stück.«

Ohne besondere Hast setzte sie an, den Platz zu überqueren.

Dunwin rannte beinahe, als er den Platz erreichte; er stürmte an dem Schwarzen Wiesel und dem Purpurnen Opossum vorbei, ohne sie überhaupt wahrzunehmen, und an den anderen Wagemutigen Waldbewohnern, die sinnlos hinter Bernice herriefen.

Er hatte Augen nur für sie. Endlich, *endlich* hatte er sie gefunden!

»Bernice!« rief er.

In dem Lärm, den die Wagemutigen Waldbewohner machten, verhallte sein Ruf ungehört. Er stürmte auf den Platz, der sich mit gorgorischen Soldaten und Stadtvolk zu füllen begann, die alle versuchten, etwas Sinnvolles zu tun, ohne die leiseste Idee zu haben, was.

Eine Bogensehne schnellte mit vibrierendem Ton zurück; Penstemon hatte schließlich doch noch jemanden überredet. Ein Pfeil schoß nur wenige Zoll von Bernices Gesicht durch die Luft. Sie blieb erschrocken an der Plattform mitten auf dem Platz stehen.

Arbol spuckte sie an, und Bernice grollte. Sie machte noch einen Schritt vorwärts, und drei weitere Pfeile flogen; einer davon ging fehl, die beiden anderen prallten von harten grünen Schuppen ab.

»Nein!« schrie Dunwin, stürzte vor und beinahe hin,

als er versuchte, sein Schwert zu ziehen, ohne langsamer zu rennen. »Nein, tut ihr nichts! Warte, ich rette dich!«

Ein plötzliches »*Pssst!*« erklang, als Dunwin wie wahnsinnig und mit dem Schwert fuchtelnd auf den Drachen zustürmte.

»Er rettet die Prinzessin!« schrie jemand.

»Er erschlägt den Drachen!« ein anderer.

»Macht Platz! Macht Platz für den Drachentöter!« erklang es aus mehreren Kehlen.

Bernice beachtete das alles nicht; von allen Anwesenden hatte allein sie Dunwin noch nicht wahrgenommen. Sie kümmerte sich nur um ihr potentielles Abendessen und die nervtötenden kleinen Pfeile, die sie umsurrten. Sie erhob sich über die Plattform und schaute auf Arbol hinunter.

Die Prinzessin fuhr mit ihren Schmähungen fort, und Bernice grinste bei dem Gedanken, ihr das Schandmaul ein für allemal zu schließen.

Und genau in diesem Moment sprang eine andere Gestalt mit dem Schwert in der Hand auf die Plattform. Sich verschwommen und mit einem unangenehmen Gefühl an das erinnernd, was der Blaue Dachs von Drachentötern erzählt hatte, wandte Bernice ihre Aufmerksamkeit von Arbol ab und dem Eindringling zu. Sie senkte das Haupt, um genauer hinsehen zu können und in Feuerspeireichweite zu kommen, bereit, den Kopf im gleichen Moment zurückzuziehen, in dem das Schwert herabfuhr.

»Bernice!« schrie Dunwin. »Ich bin's!«

Bernice blinzelte; erstaunt fiel ihr die Kinnlade herunter, dann beugte sie sich vor, um noch genauer hinzusehen.

»Er spuckt gleich Feuer!« kreischte jemand in der Menschenmenge.

Dunwin, der sah, wie Bernices schuppenbedecktes

grünes Gesicht näherkam, ließ das Schwert fallen und umschlang ihren Hals in einer kräftigen Umarmung.

»Oh Bernice«, hauchte er ihr ins Ohr, »es ist so schön, dich wiederzusehen!«

»Bei allen Göttern!« rief jemand. »Er erwürgt den Drachen mit bloßen Händen!«

»Wer ist das?« fragte eine andere Stimme.

»Welch ein Held!«

»Welch ein *Idiot*!«

»Wo ist da der Unterschied?«

Und vor den Augen der ganzen Stadt hob Bernice, der Drache, den Kopf; Dunwin hielt immer noch ihren Hals umfaßt; seine Füße zappelten in der leeren Luft.

Kapitel 33

Wulfrith mochte es überhaupt nicht, respektlos zu erscheinen oder gar so zu handeln, und wußte, daß er seinen Meister mit angemessener Höflichkeit und Ehrerbietung zu behandeln hatte, aber dennoch fand er es ein wenig rücksichtslos von Klutie, einfach ohnmächtig zu werden, bevor sie auch nur die Zellentür passiert hatten.

Der alte Zauberer hatte einen enormen Seufzer der Erleichterung ausgestoßen, als Wulfrith den Knebel entfernte, gestöhnt, als seine Fessel zerschnitten und beiseite geschleudert wurden, und dann war er in Ohnmacht gefallen. Wulfrith war einfach nicht in der Lage gewesen, ihn wieder zu wecken.

Also hatte der Junge sich Klutie auf die Schultern gepackt und ihn aus der Zelle heraus und durch die Korridore der Kerkeranlage zum Ausgang geschleppt.

Jedenfalls hatte er geglaubt, auf den Ausgang zuzusteuern. Nach einer Weile stellte er fest, daß er wirklich nicht wußte, wo er war. Er hatte weder daran gedacht, den Schreier nach dem Weg aus den Verliesen zu fragen, noch hatte er sich gemerkt, wo er sie betreten hatte.

Dazu kam, daß Wulfrith immer müder wurde, je länger er durch die Gänge wanderte. Schändlich wie es war, sich mit etwas derart Profanem abzugeben, wünschte er doch, daß Klutie jene Pfunde wirklich abgenommen hätte, die er immer abnehmen wollte.

Dennoch stapfte er voran. Was blieb ihm anderes übrig? Es gab hier niemanden, den er nach dem Weg fragen konnte; seit der Befreiung Kluties hatte er keinen Wächter mehr gesehen, nur endlose dämmrige graue Gänge, hier von einer rauchenden Fackel und da von einer Spur Sonnenlicht erhellt, das irgendwie von oben den Weg herunter gefunden hatte. Spinnweben schmückten Wände, Decken und bald auch Wulfies Haar und Hände und bedeckten Klutie mit einem dünnen grauen Flechtwerk. Dick lag Staub auf dem Boden. Wasser und andere Flüssigkeiten tropften und sickerten hier und dort herab und sorgten dafür, daß der Boden schlüpfrig blieb.

Es schien, als wäre er stundenlang umhergeirrt; nach einiger Zeit sah er keine Zellen mehr, sondern nur noch einen endlosen, gemauerten Gang mit nackten Wänden. Wenn der Weg nicht so einheitlich dunkel und unbehaglich geblieben wäre, hätte Wulfrith geglaubt, die Verliese hinter sich gelassen zu haben.

Tatsächlich hatte er die Verliese vielleicht wirklich hinter sich gelassen, aber er hatte nicht die leiseste Ahnung, wo er nun war. Er ging weiter.

Endlich gelangte er an eine große, verschlossene Tür, die den Gang versperrte. Er starrte sie ein Weilchen an. Schon mehrmals hatte er sich in Sackgassen wiedergefunden, wo er umdrehen und den Weg zurückgehen mußte. Er hoffte wirklich, daß dies nicht schon wieder eine war – aber: die anderen hatten vor Mauern und nicht vor Türen geendet.

Und obwohl er sich nicht vollkommen sicher sein konnte, weil eine beträchtliche Menge Tageslicht durch ein kleines Gitter in diesen Korridor fiel, meinte er doch, unter der Tür Licht durchschimmern zu sehen.

So etwas hatte er hier bisher nicht gesehen. Und so dachte er, daß er am Ende vielleicht doch einen Weg nach draußen gefunden hatte.

Die Tür war natürlich abgeschlossen, doch das konnte ihn nicht aufhalten. Seine Magie wurde mit den allermeisten Schlössern spielend fertig.

Der Schloß-öffne-Zauber war so einfach, daß er Klutie nicht einmal absetzen mußte, um ihn auszuführen. Mit einer Hand machte er die erforderliche Geste und brachte die Beschwörung hervor, ohne zu grunzen.

Die Tür öffnete sich knarzend, und blendend helles Sonnenlicht strömte hindurch; während er noch das Gewicht seines Meisters besser verteilte, trat Wulfrith blinzelnd durch die Tür.

Er hatte damit gerechnet, daß er aus dem Labyrinth in den Palastkeller gelangen würde oder in einen anderen Korridor oder einen Wachraum; aber offenbar hatte er sich darin getäuscht. Er befand sich nun in einem engen kleinen Innenhof, mit Wänden auf allen vier Seiten, aber unter freiem Himmel, und mit einer schmalen Tür auf der anderen Seite. Nicht allzu weit entfernt konnte er Stimmen hören und Lärm – die typischen Geräusche der Stadt.

Er sah sich um und stellte fest, daß er hinter keiner der vier Wände den Palast erblicken konnte; er nahm an, einen geheimen Fluchtweg gefunden zu haben, wie es sie in den alten Geschichten gab, einen, der irgendwo in der Stadt endete.

Einen Augenblick wunderte er sich, daß keiner der hydrangenischen Adligen den Tunnel benutzt hatte, als vor fünfzehn Jahren die Gorgoren in die Stadt gekommen waren, um zu plündern, zu morden und zu schänden. Warum war der alte König Fumarius nicht dadurch ins Exil geflohen?

Ihm fiel ein, daß der alte König aller Wahrscheinlichkeit nach nicht in der Lage gewesen war, den Fluchttunnel zu *finden*. Er war schließlich nicht gerade gut ausgeschildert oder leicht zu benutzen. *Paßt zu den alten Hydrangenern, die Dinge möglichst kompliziert zu machen,* dachte er.

Er trat in den Hof hinaus und ging zu der schmalen Tür.

Dabei fiel ihm auf, daß die Geräusche, die er hörte, wahrscheinlich nicht die Laute der Stadt waren, wenn in ihr alles seinen geregelten Lauf ging – jedenfalls war ihm bisher nicht aufgefallen, daß der geregelte Lauf der Dinge so viel Geschrei und Gebrüll mit einschloß. Mit Sicherheit ging etawas dort vor sich. Wulfrith beschleunigte seinen Schritt.

Die schmale Tür war ebenfalls verschlossen; verärgert wiederholte er den Schloß-öffne-Zauber und lief rasch durch die Tür, ohne darauf zu achten, was dahinter lag.

Er fand sich auf einem großen Platz wieder, wo es vor Leuten nur so wimmelte, die einander anschrien. In der Mitte des Platzes stand eine Plattform, und auf der Plattform stand ein Pflock, und an den Pflock gekettet ...

»Arbol!« rief Wulfrith laut. »Bist du das?«

Arbol schenkte ihm keine Beachtung, wahrscheinlich konnte er ihn über all dem Lärm und Durcheinander gar nicht hören. Plötzlich bemerkte Wulfrith, worauf Arbol starrte. Zuerst hatte er es für eine Art grünen Hintergrund gehalten; nun sah er auf und sah, daß der grüne Hintergrund ein Drache war, ein Drache, dem etwas am Halse hing, gewiß im verzweifelten Kampf um Leben und Tod mit der Bestie.

Und Arbol war ganz offensichtlich als Drachenköder dort angekettet.

Allerdings fügte sie sich nicht gerade im klassischen Stil in die Rolle. »Jemand schneide mich frei, und ich bringe ihn um!« kreischte sie; zum ersten Mal und zum außerordentlich unpassendsten Zeitpunkt wurde Wulfrith bewußt, daß Arbols Stimme sich nie verändert hatte. Vielleicht war sie *doch* schon immer ein Mädchen gewesen.

Er torkelte voraus, Kluties Hände baumelten schlaff herab und boxten ihm in die Seiten, und dabei nahm er immer mehr Details wahr.

Der Drache machte – Geräusche, so als redete er. Konnten Drachen denn reden? Und der Junge, der an seinem Hals hing, sagte ebenfalls etwas; Wulfrith konnte allerdings kein Wort davon verstehen.

Außerdem standen dort gorgorische Soldaten und stritten sich um irgend etwas.

Dazu kam eine weitere Gruppe von Leuten hinter dem Drachen, die in alberne Kostüme aus grünen Strumpfhosen, braunen Jacken und komischen Hüten gekleidet waren – oder manchmal auch braune Strumpfhosen sowie grüne Jacken, und einer war ganz in Schwarz gekleidet, aber alle hatten sie diese komischen Hüte auf. Sie stritten sich ebenfalls.

Auf einer der Straßen, die zum Platz führten, näherte sich eine Gruppe Gorgorinnen, und Lady Ubri führte sie an.

Königin Artemisia stand an einer Seite und wurde von Phrenk, Mungli und einigen anderen Leuten, die Wulfrith nicht erkannte, zurückgehalten, darunter einem großen Gorgoren.

Fast die komplette Stadtbevölkerung schien sich auf dem Platz versammelt zu haben, um den Kampf des jungen Fremdlings gegen den Drachen zu beobachten.

Auf der Plattform lag ein Schwert; der Krieger, der mit

dem Drachen rang, mußte es verloren haben, entschied Wulfrith. Er sah nach oben und stellte fest, daß es keine Möglichkeit gab, es dem jungen Mann zurückzugeben.

Wer immer er war, er war sehr tapfer, fand Wulfrith, und verdiente es nicht, verdaut zu werden.

»Nehmt mir diese dämlichen Dinger ab!« schrie Arbol.

Wulfrith runzelte die Stirn. Arbol verdiente es ebensowenig, verdaut zu werden. Wulfrith führte den Schloßöffne-Zauber durch.

Die eisernen Handschellen sprangen auf und fielen von Arbols Handgelenken.

Es war die Sache eines Augenblicks, daß der ehemalige Prinz auf die Plattform abtauchte und mit dem Schwert wieder hochkam. Sie stand mit gespreizten Beinen da und schwang die Klinge über ihrem Kopf.

»So, Drache!« rief sie und reckte sich. »Setz den Idioten ab und stelle dich!«

Kapitel 34

»Arbol, *augenblicklich* legst du das Schwert weg!« brüllte Königin Artemisia. Sie riß sich aus dem Griff Phrenks und Munglis los, wurde aber gleich von Lord Bulmuk abgefangen, dem befohlen worden war, bis zum Ende der Opferung ein Auge (und beide Hände) auf der Königin zu haben. Wütend und frustriert schlug und trat Artemisia um sich, doch es half nichts; sie mußte sich damit begnügen, ihrer Tochter herrisch zuzurufen: »So benimmt eine Dame sich nicht!«

»Nur noch ganz kurz, Mama«, brüllte die Prinzessin zurück, wobei sie die Augen nicht vom Drachen nahm. »Bis ich diese häßliche Bestie getötet habe!«

Da er sich immer noch an Bernices Hals klammerte, konnte Dunwin diese Worte Arbols nicht überhören. »Meint sie etwa mich?« fragte er seine verloren geglaubte Gefährtin.

»Benimm dich nicht wie ein Idiot«, antwortete Bernice und zog sich mehrere Schritte zurück. »Sie meint mich, und das kleine Miststück hat recht: Ich bin wirklich häßlich.«

»Mir wirst du immer schön vorkommen, Bernice«, sagte Dunwin stolz und streichelte ihre Schuppen. »Wenn du mir ohne Wolle auch recht seltsam vorkommst.«

»Was soll ich dann wohl erst sagen?« Bernice trat einen Schritt zur Seite, als Arbol nach ihr ausholte. »Aber das Leben steckt voller kleiner Wechsel. Man gewöhnt sich daran.«

»Ich glaube nicht, daß ich mich jemals daran gewöhnen werde, wie groß du geworden bist.«

»Größe ist nicht alles.«

»Kam es mir nur so vor, oder hast du mir schon immer geantw ... *ullp!*« Dunwin hatte beinahe den Halt um den Drachenhals verloren, als Bernice wieder eilig zur Seite gesprungen war, um einem Hieb Arbols auszuweichen. »Laß das doch, bitte«, bat er.

»Na klar, ich bleibe stehen und lasse mich tranchieren«, entgegnete Bernice trocken. »Mit Vergnügen.«

»Laß den armen Trottel gehen, du Feigling!« bellte die Prinzessin und lief rot an im Gesicht. »Stell dich wie ein Mann!«

Bernice antwortete Arbol nicht, doch der Sarkasmus in ihrem Gesicht hätte für eine ganze Brigade gorgorischer Hauptfeldwebel ausgereicht. »Dunwin«, kündigte sie ruhig an, »ich werde dich jetzt absetzen.«

»Aber ich habe dich gerade erst wiedergefunden!« protestierte er.

»Das weiß ich, Lieber«, antwortete Bernice. »Aber eine

andere Lehre fürs Leben lautet: Du kommst nicht weiter, wenn du keine Prioritäten setzt.«

»Was sind denn Prioritäten?« wollte er wissen.

»Das ist, als machtest du eine Liste, auf der steht, was du zuerst tun willst, als zweites, drittes und so weiter. Du weißt schon, zuerst suchst du dir eine saftige Wiese, dann grast du sie ab, dann kaust du wieder, dann verwandelst du dich in einen Drachen.« Arbol machte einen Satz auf sie zu, und Bernice wich so rasch zurück, daß Dunwin beinahe wieder den Halt verloren hätte. »Und im Augenblick, mein Lieber, lauten meine Prioritäten: Zuerst setzte ich dich ab, dann verschlinge ich die schandmäulige Magd mit dem Schwert, und *dann* kuscheln wir.«

»Du willst sie essen?« fragte Dunwin ungläubig. »Bernice, früher hast du niemals Leute gegessen.«

»Nein, das habe ich nie getan, nicht wahr.« Das war keine Frage, sondern eine Feststellung. Eine gefährlicher Unterton schlich sich in Bernices Stimme, als ihr eine zweite Tatsache zu Bewußtsein kam. »Wenn ich recht erinnere, war es vielmehr so, daß Leute mich zu essen pflegten. Nun, nicht konkret mich, doch da ist der furchtbare Fall von Kusine Veronica, die unglückliche Sache mit Tante Ingrid, der tragische Verlust von Großtante Fern, das unaussprechliche Kebabisieren von Kusine Kimberley, und darüber hinaus ...« Bernices Augen wurden bei jedem neuen Namen schmaler. Ein tiefes Grollen ertönte in ihrer Kehle, und dieses Grollen mündete in ein gebrülltes: *»Und jetzt rechnen wir ab!«*

Bevor er auch nur »Minzgelee« sagen konnte, wurde Dunwin von Hals des tobenden Drachen gefegt. Er landete klatschend in dem Teil der Menge, wo die Menschen am dichtesten standen. Als er sich von mehreren zu Boden gekegelten Bauern aufrappelte, strahlte er: »Seht ihr? Sie hat mich auf einer weichen Stelle landen lassen! Sie mag mich immer noch!«

»Es sieht aus, als möchte dieses Monstrum nur eins: unseren Prinzen töten«, murmelte der Bauer zuunterst. »Ich meine, Prinzessin.«

»Wenn das so ist«, antwortete der Mann über ihm, »dann wird das aber nicht so leicht, wie das Biest glaubt. Ich habe niemals ein Mädel ein Schwert so schwingen sehen!«

Die Anmerkung des Bauern war fast identisch mit etwas, das Lord Bulmuk, der Gorgore, zur gleichen Zeit sagte, nämlich: »Sie ist gut. Seid ihr sicher, daß sie wirklich kein Männer-Ding unter ihrem Rock hat?«

»Ganz sicher!« erwiderte einer der hydrangenischen Adligen echauffiert. »Ihr wart doch zugegen beim Unglückseligen Bad. Was habt Ihr da denn gedacht?«

Bulmuk dachte über die Frage nach und antwortete schließlich: »Ich dachte: ›Nette Dinger!‹«

Der Kampf zwischen Ex-Prinz und Ex-Schaf wurde nun ernst. Die Menge beobachtete mit einer Mischung aus Staunen, Bewunderung und Ehrfurcht, wie Arbol ihre Schwertkunst darstellte, eine perfekte Mischung aus hydrangenischer Eleganz und gorgorischer Effizienz. Selbst Bernice war beeindruckt.

»Nicht schlecht«, sagte sie und wich einem weiteren Hieb mit Leichtigkeit aus. »Für ein Mittagessen.«

»Feigling!« wiederholte Arbol keuchend. »Wenn ich nicht in diesen dämlichen Aufzug eingewickelt wäre, dann wärst du schon ein Stapel Koteletts!«

»Zum ersten Mal in meinem Leben bin ich sicher, daß ich niemals jemandes Kotelett sein werde«, gab der Drache zurück. Sie spuckte eine kleine Flammenzunge vor die Füße der Prinzessin. Der Saum von Arbols Rock begann zu kokeln, doch die Prinzessin löschte den Brand mit etwas gewöhnlicher Spucke. Bernice pfiff. »Genau ins Ziel. Guter Schuß.«

»Meine Gefährten und ich übten das Zielspucken von der Spitze des *Turm der Architektonischen Mißgriffe*«, antwortete Arbol und grinste dabei grimmig. »Ich konnte auf den Kopf eines beliebigen Arbeiters im Hof einen setzen, Trefferquote neun von zehn.«

Etwas Seltsames, Schafuntypisches regte sich in Bernices gepanzerter Brust. Wie sie Dunwin gesagt hatte, war das Leben voller Wechsel, doch auf diesen war sie nicht vorbereitet. Er ging weit über Gestalt und Größe hinaus, er wirkte auf die Lebenseinstellung. Schafe wollten einfach nur essen, schlafen, sich vermehren und Melker mit kalten Händen sowie Metzger mit scharfen Messern vermeiden. Sie wollten irgendwie weiterleben, wie, war ihnen egal.

Drachen waren da anders. Drachen schien ein natürlicher Hang zur ältesten hydrangenischen Tugend angeboren zu sein: dem Stil. Wenn der Stil überhandnahm, gelangte man zur Ritterlichkeit und konnte aus dummen Gründen getötet werden, aber so weit ließen Drachen es normalerweise nicht kommen.

Bernice wußte plötzlich lediglich, daß ein *fairer* Kampf auf Leben und Tod ihr zum ersten Mal in ihrem Leben am Herzen lag.

»Werde diesen Rock los, bevor du weitermachst, Tolpatsch«, wies sie die Prinzessin an. »Ich werde so lange warten.«

Arbol warf ihr einen mißtrauischen Blick zu, doch dann zerschnitt sie den schweren Rock mit dem Schwert. Es mußte schnell gehen, und danach war sie in eine zerlumpte Tunika gekleidet, die ihr knapp übers Knie reichte. Sobald ihre Beine frei waren, kickte sie sich die kunstvoll mit Juwelen besetzten Schuhe von den Füßen und sprang dann in Kampfstellung zurück. Sie war zu beschäftigt, um darauf zu achten, wo die fliegenden Schuhe landeten. Sie hatte einen Drachen zu erschlagen.

Ein Schuh segelte über die Köpfe der Menge hinweg und traf einen heruntergekommenen alten Trinker, der eine nahestehende Wirtshauswand abstützte. Der Effekt war weniger betäubend als stimulierend. Die Schuster, die an den hydrangenischen Hof lieferten, waren zu Recht berühmt, und unter Schuhliebhabern wie Fetischisten herrschte eine gleichermaßen große Nachfrage nach ihren Werken. Wenn man von einem Kunstwerk vor die Stirn getroffen wurde, *öffnete* es einem die Augen.

»Nanu«, hauchte Odo und rieb sich mit der einen Hand den Kopf, während er mit der anderen den glitzernden Schuh aufhob. »Wo kam der denn her?« Die Edelsteine schienen im Sonnenlicht zu tanzen. »Ein hübsches Sümmchen wird der schon wert sein«, sagte er sich. »Wenn ich versuche, das hier gegen einen guten Schluck einzutauschen, wird man mich schon nicht hinauswerfen, ganz sicher nicht.« Er funkelte die geschlossene Wirtshaustür an. »Also nimmst du keinen Tand, heh?« grollte er. Er griff in seinen Beutel und zog ein paar alte Medaillons hervor, in denen sich Miniaturportraits befanden. »Mir ins Gesicht zu sagen, das sei ›billiger Tand‹, hm?« Er hämmerte gegen die Tür, ohne Antwort zu erhalten. Während er seinen Rausch ausschlief, hatte der Wirt geschlossen, um sich das Drachenspektakel anzusehen. Brummelnd ging Odo weiter, bis er über einen Haufen Bauern stolperte.

»Was macht ihr denn hier, verstellt ihr ehrlichen Menschen den Weg?« brüllte er, weil er seine schlechte Laune gern an jemand anderem ausgelassen hätte.

»Jetzt mach mal halblang, Opa«, antwortete einer der dahingestreckten Bauern. »Auf uns ist gerade ein Held gelandet. Man braucht schon ein Weilchen, um sich davon zu erholen.«

»Ein Held?« wiederholte Odo. »Einer, der sich der rechtmäßigen Sache der Armen annimmt, des Abschaums der Erde, der zu Unrecht aus dem Wirtshaus geworfen wurde?«

»Könnte schon sein. Hat versucht, den Drachen mit bloßen Händen zu töten, also wird er wohl kaum vor einem Wirt zurückschrecken, denke ich. Da drüben, das ist er, er versucht, zum Drachen zurückzugehen.«

Odo schaute in die Richtung, in die der Kerl gezeigt hatte. Zwischen ihm und dem Genannten standen viele Menschen, doch Haupt und Schultern seines Ziels überragten die meisten. Odo konnte kaum fassen, was er sah. Er schlug sich ein paarmal mit dem Schuh der Prinzessin auf den Kopf, um sicherzustellen, daß er nicht träumte, dann sah er noch einmal hin.

»*Dunwin!*« rief er. Er begann, sich durch die Menge zu kämpfen, um zu seinem Jungen zu gelangen.

Inzwischen war Arbols zweiter Schuh hart auf Kluties Kopf gelandet. Der hydrangenische Zauberer stöhnte und regte sich, dann öffnete er langsam die Augen.

Als er sah, wo er war und was vor sich ging, schloß er sie rasch wieder. »Bei allen nutzlosen Göttern meiner Vorfahren«, murmelte er, »habe ich in jenen unnennbaren Verliesen den Verstand verloren?« Er entschied, daß er glücklicher sein würde, wenn er sich zusammenrollte und blieb, wo er war.

Das hätte er auch getan, wäre nicht dieser rücksichtslose Rüpel gewesen, der ihn bei den Schultern packte und gnadenlos schüttelte.

»Laßt mich allein, oder ich verwandle Euch in ein Stachelschwein«, drohte Klutie murmelnd.

»*Das* könntet Ihr? Ach, das wäre ja wundervoll!«

Da mußte Klutie doch die Augen öffnen, und wenn nur, um den Wahnsinnigen zu sehen, der den Rest seines Lebens als lebendiges Nadelkissen verbringen wollte. »Wulfrith?«

»Ich wußte gar nicht, daß Ihr herausgefunden habt, wie man den Verwandlungszauber kontrolliert«, fuhr Wulfie fort. »Das ist großartig! Und wartet, bis Ihr seht, was ich alles herausgefunden habe. In der Bibliothek gibt es einen Alkoven und eine Gorgorin und ...«

Ein ohrenbetäubendes Gebrüll holte etliche Dachpfannen von den umgebenden Häusern.

»... und ich glaube, das muß warten, bis die Sache mit dem Drachen vorüber ist«, beschloß Wulfrith. »Entschuldigt, aber ich muß Arbol helfen.« Er hastete davon, bevor Klutie auch nur aufstehen konnte.

»Undankbarer Bengel!« rief der Zauberer seinem Adepten hinterher und drohte mit dem Schuh, den die Prinzessin weggeworfen hatte.

»Sie sind doch alle gleich«, erklang eine süße, wenn auch müde Stimme. »Kinder! Wenn sie klein sind, trampeln sie Euch auf die Füße; wenn sie groß sind, trampeln sie auf Eurem Herzen herum. Und dann entblößen sie sich in aller Öffentlichkeit.«

Klutie wandte sich um und sah sich der Königin gegenüber, die wie durch ein Wunder ohne Begleitung war.

»Ich kenne Euch!« rief der Zauberer aus. »Ihr seid des alten Fumarius' Tochter! Bei meinem Verfahren wart Ihr die einzige, die versuchte, die anderen zu Verstand zu bringen!«

Artemisia warf dem Zauberer ihr charmantestes Lächeln zu. »Natürlich. Jeder mit auch nur einem Funken Verstand mußte Eure Unschuld erkennen.« Ihr Lächeln wirkte ein wenig gequält. »Unglücklicherweise hatten wir es mit Gorgoren zu tun. Ich bin so froh, zu sehen, daß ihr glücklich und heldenhaft entkommen konntet. Nichts Geringeres erwartete ich von einem Zauberer Eurer Fertigkeit. Von Eurem ungeheuerlich guten Aussehen will ich in diesem Zusammenhang gar nicht sprechen.«

Klutie hatte in den Guten Alten Prägorgorischen Tagen hinreichend Zeit im Palast verbracht, um zu erkennen, daß Artemisia etwas von ihm wollte und ihm deshalb Honig ums Maul schmierte. Dieses Geschäft schien sie zu verstehen.

Dennoch machte sie als Frau eine gute Figur, und

allein die Tatsache, daß ein Mann die besten Jahre seines Lebens in einem Berg verbracht hatte, bedeutete noch lange nicht, daß *alles* an ihm versteinert war.

»Ihr seid zu freundlich, Eure Majestät«, sagte er. »Ich bin sehr dankbar für alles, was Ihr für mich zu tun versucht habt.«

»Ich bin so froh, das zu hören«, erwiderte die Königin. Sie schaute nervös über die Schulter zurück. »Wäret Ihr vielleicht bereit, mir einen kleinen Gefallen zu erweisen?«

Klutie verbeugte sich tief, eine galante Bewegung, die ihm erlaubte, Artemisia vom Hals bis zu den Knien ausgiebig zu mustern. »Alles, was Ihr wollt, Eure Majestät. Wie kann ich Euch dienen?«

Die Menschenmenge hielt den Atem an, als eine Feuerwolke vom Kampfplatz aufstieg. Frauen schrien, und Männer jubelten, dann schrien Männer zu Abwechslung, und Frauen jubelten. Die Königin ergriff Kluties Hand. Ihr Gesicht war bleich.

»Es gelang mir, von meinem Wächter zu entfliehen, als Arbol sich den Rock abschnitt und ihre Beine zeigte«, erklärte sie. »Bulmuk sabberte sich auf die Hände, so konnte ich ihm entschlüpfen. In diesem Moment, da wir sprechen, schlingert die gorgorische Bestie durch die Menge und sucht nach mir. Ich kann einfach nicht ruhig dabeistehen, wenn mein Kind Gefahr läuft, zu sterben und unzüchtig entblößt zu werden. Ich muß zu ihr! Ich muß sie dazu bringen, sich etwas *anzuziehen*! Ich beschwöre Euch: Benutzt Eure Kräfte, um mich an ihre Seite zu bringen.«

Klutie zögerte nicht. »Sofort, Eure Majestät!« rief er und nahm Haltung an. Dann drängte er sich durch die Meute und zog Artemisia hinter sich her.

Sie kamen nicht leicht voran, aber sie waren entschlossen. Die meisten Frauen wichen zur Seite, wenn sie geschubst wurden, bei den Männern aber war es anders.

Hier half es, wenn Artemisia rief: »Platz für deine Königin!«

Wenn auch das nicht fruchtete, tippte Klutie dem starrköpfigen Gegenüber auf die Schulter und flüsterte: »Hallo, ich bin der Zauberer, der den Prinzen in eine Prinzessin verwandelt hat. Würdet Ihr gern für den Rest Eures Lebens Sopran singen?«

Das half. Binnen kurzem hatten sie die Menschenmenge durchquert und standen in vorderster Reihe mit einer exzellenten Sicht auf den Kampf.

Welcher sich dem Ende näherte. Auch ohne Röcke begann Arbol zu ermüden. Wenn Bernice dem Schwert der Prinzessin ausweichen wollte, brauchte sie nur zur Seite zu springen. Ein Sprung von Drachengröße brachte eine große Entfernung zwischen die Kämpfenden, eine Entfernung, die Arbol schnell zurücklegen mußte, wenn sie wieder angreifen wollte. Manchmal erlaubte Bernice der Prinzessin, wieder auf Schwertentfernung heranzukommen, manchmal spie sie Feuer und zwang Arbol, sich hastig zurückzuziehen. Es ging Rennen – Zuschlagen – Springen – Rennen – Flammenspucken – Wegrennen – Vorlaufen – Zuschlagen – und so weiter. Rennerei machte jeden Kämpfer mürbe, besonders, wenn es noch dazu galt, ein schweres Schwert zu schleppen.

»Sorgt dafür, daß sie aufhören!« rief die Königin voller Qual und stieß Klutie vor. »Benutzt Eure Magie, um den Drachen in etwas Harmloses zu verwandeln!«

Klutie versuchte es, doch der Zauber blieb wirkungslos. Der Gelehrte in ihm notierte sich mental diesen Beweis dafür, daß Lebewesen, die einmal verwandelt worden waren, sich nicht so leicht zurückverwandeln lassen – wenn das überhaupt möglich war. Der Mann in ihm spürte, wie ihm das Herz schwer wurde, weil er die arme, unglückliche Königin und Mutter enttäuschen mußte. »Es tut mir leid«, sagte er. »Ich hab's versucht.«

Arbol stützte sich gegen den Pflock, an dem sie jüngst

noch angekettet gewesen war und sammelte Kraft für einen letzten Vorstoß. Die anfeuernden Rufe ihrer Gefährten brandeten an ihr Ohr. Sie konnte hören, wie Penstemon rief, es sei egal, ob der Prinz ein Mädchen sei, was für ein *Kerl*!

Jemand anders brüllte zurück: »Jau, die Dame ist wirklich eine mutige kleine Biene!« Arbol schwor sich selbst für den Fall, daß sie den Kampf überlebte, herauszufinden, wer diese Person war, und sie zu töten.

Unglücklicherweise sah es nicht so aus, als bekäme sie Gelegenheit dazu. Der Drache war zurückgewichen, aber nicht aus Furcht, sondern aus Sportsgeist; er wollte ihr erlauben, wieder zu Atem zu kommen. Schweiß rann ihr in die Augen, trübte ihre Sicht, als sie sich ein letztes Mal auf dem Platz umsah. Da war dieser törichte Held, der versucht hatte, den Drachen zu erwürgen; er kämpfte sich nach vorne durch und brüllte dabei: »Tut ihr nichts! Tut ihr nichts!« Arbol wußte nicht, ob er sie oder den Drachen meinte.

Da war auch Wulfrith, der sie von den Handschellen freigezaubert hatte. Wo er das nur gelernt hatte, und kannte er noch mehr solche kleinen Tricks? Wenn ja, dann setzte er sie hoffentlich nicht gegen den Drachen ein. Dieser Kampf war Ehrensache. Nach dem konsternierten Ausdruck auf Wulfriths Gesicht zu urteilen, brauchte sie sich darüber keine Sorgen zu machen; nur darüber, am Leben zu bleiben.

Es war schon komisch: Wulfriths Gesicht sah dem des freiberuflichen Helden sehr ähnlich. Wulfies Gesicht war auch ihrem sehr ähnlich. »Später«, sagte Arbol bei sich. »Darüber mache ich mir später Gedanken.«

Wenn es ein ›Später‹ gab. Arbol hoffte, daß es so wäre. Es gab so viele Fragen, die sie Leuten zu stellen hatte – und ganz besonders ihrer lieben Frau Mama.

Wo sie gerade an sie dachte: dort stand Artemisia, gleich neben dem Zauberer, den sie der *Widerrechtlichen*

Verwandlung eines Prinzen angeklagt hatten. Arbol wußte, daß diese Anschuldigung töricht war: Sie war schon immer so ... geformt gewesen, jedenfalls seit sie alt genug war, auf solche Dinge zu achten. Nun erst wußte sie, daß diese ... Form ›weiblich‹ bedeutete. Sie begriff nur nicht, wieso Mama es ihr all die Jahre hindurch verschwiegen hatte.

Also war sie ein Mädchen. Na, das war kein großes, grünes, schuppenbedecktes Problem! Sie konnte immer noch jeden ihrer Gefährten niederschlagen, sie konnte immer noch weiter spucken, mehr trinken und schmutziger fluchen als die meisten Gorgoren, und sie wußte sogar, wie sie bei Ratssitzungen ihren Kopf durchsetzte. Dazu mußte sie nur so lange andere Köpfe abschlagen, bis die Überlebenden ihren Standpunkt annahmen. Der einzige Nachteil dabei, ein Mädchen zu sein, war, daß immer wieder ein Idiot auftauchen und sie als »mutige kleine Biene« bezeichnen würde.

Arbol wollte ihr Schwert heben und vorstürmen. Doch plötzlich war die Waffe zu schwer für sie. Ihre Muskeln fühlten sich an wie zerfetzt. Der Drache beobachtete sie und wirkte immer ungeduldiger, je länger er sie ansah. Die Bestie würde vermutlich nicht mehr lange abwarten, daß sie ihre Kräfte sammelte, sondern angreifen. Arbol stützte sich gegen den Pflock und bereitete sich auf den Tod vor.

Ein kaltes Lächeln spielte um Bernices lippenlosen Mund. Sie hatte nur Augen für Arbol. Sie bemerkte weder, daß fünf weitere Menschen sich aus der Menge gelöst hatten und beharrlich auf die Plattform zu rannten, um sich an die Seite der Prinzessin zu stellen, noch nahm sie den langen, seltsam geformten Schatten wahr, der mit einemmal auf den Platz fiel.

»Die Suppe ist fertig«, sagte der Drache, holte tief Luft und bereitete einen kräftigen Feuerstoß vor. Zwar hatte sie es noch nie probiert, doch Bernice glaubte, daß sie ihr Fleisch am liebsten gut durchgebraten mochte.

»Das würde ich nicht tun«, erklang eine Stimme, die ebenso kalt und herzlos war wie ihre eigene. Eine schwere Klaue fiel auf das drakonische Äquivalent einer Schulter, auf dieses kleine Gelenk gerade oberhalb der Stelle, an der die Schwingen entsprangen. Sie fuhr mit dem Hals herum und erblickte ein Gesicht, das genauso grün und schuppig war wie ihr eigenes.

Nach einer Schrecksekunde zischte sie abweisend: »Warum nicht?«

»Weil es Regeln gibt«, antwortete der andere Drache. Er senkte den Kopf und flüsterte ihr ins Ohr.

Unruhe erhob sich unter den Zuschauern. »Soll das heißen, daß wir noch eine zweite Jungfrau königlichen Geblüts auftreiben müssen?« wollte jemand wissen.

»Ha! Das wüßte ich aber!« Einer in der Menge brach in brüllendes Gelächter aus. »Wer zuerst kommt, mahlt zuerst, sage ich. Hey! Hey, du! Du anderer Drache! Verschwinde!«

Der zweite Drache schaute den Unverschämten kühl an. »Meine Name ist Antirrhinum, und sobald ich diesem bezaubernden Geschöpf einige Dinge erklärt habe, werde ich dir die Leber herausreißen. Dann können wir uns unterhalten.« Er richtete seine volle Aufmerksamkeit wieder Bernice zu, während der voreilige Sprecher hastig davonlief.

Die Fünf, die sich neben Arbol an den Pflock gestellt hatten, bildeten eine Kampfreihe, während die beiden Drachen leise konferierten. Auf dem entfernten Ende des Platzes sammelten sich Männer mit abgetragenen Jacken und Strumpfhosen in den Farben des Waldes, um ihre eigene Meute zu bilden. Sie alle gestikulierten, stritten und deuteten auf die Drachen. Schon bald wurde ihr Lärmen so laut, daß der restliche Mob eine Abordnung schickte, die sich bei den gorgorischen Adligen darüber beschwerte.

Bevor Lord Bulmuk und seine Kohorten aber irgend etwas zur Wiederherstellung von Ruhe und Ordnung tun konnten, hoben die beiden Drachen auf bedrohliche Weise die Köpfe. Totenstille senkte sich auf den Platz.

»Erbärmlich«, kommentierte Bernice. »Sieh nur, wie sie zittern. Einfach erbärmlich. Mir gefällt's.«

»So siehst du nun auch, warum wir diese unsere Regeln brauchen, meine liebe Bernice«, antwortete Antirrhinum. »Zum einen sind die meisten Menschen nicht gerade saftige Happen, doch gelegentlich macht es Spaß, sie zu hetzen, aber nur zum Sport. Es ist nicht angebracht, sie beliebig abzuschlachten, so einfach es auch wäre – wir brauchen jemanden, mit dem wir Konversation treiben können. Und es gibt gewisse Risiken, wenn einer von ihnen wirklich wütend wird – während ein einzelner Mensch, auch ein Held, normalerweise harmlos ist, können sie ganz schön raffiniert und bösartig sein, wenn sie sich zusammenscharen. Darf ich mit der Erklärung fortfahren?«

»Ja, bitte.« Bernice und Antirrhinum umklammerten einander mit den Vordertatzen und tappten ein wenig weiter fort.

»Hey!« rief Ubri, die zwischen den gorgorischen Adligen stand. »Hey, Drache, habt Ihr nicht etwas vergessen?«

»Zum Beispiel?« fragte Bernice.

»Zum Beispiel, den Prinzen zu fressen!«

»Prinzessin«, verbesserte Bernice sie. »Nein. Werd' ich nicht tun. Sobald eine Prinzessin einmal am Ort der Opferung durch einen schwertschwingenden Helden gerettet worden ist, der sich bereit erklärt, gegen den Drachen zu kämpfen, wird sie unantastbar.« Sie wandte sich Antirrhinum zu. »War das richtig?«

»Perfekt.« Der Drache nickte anerkennend.

»Aber ... aber dürft Ihr denn nicht den Helden fressen, der sie befreit hat?« wollte Ubri wissen.

»Klar doch. Und?«

»Na, da steht Euer schwertschwingender Held.« Die Gorgorin stieß mit einem Finger nach Arbol. »Freßt sie!«

Bernice überdachte sorgfältig diese Möglichkeit, dann verkündete sie: »Mmmmmnein. Kann ich nicht machen.«

»*Warum nicht?*« Ubris Gesicht war feuerrot angelaufen.

»Weil der Held die Prinzessin ist, die am Ort der Opferung gerettet wurde«, setzte Bernice ihr auseinander, »und unsereins ißt einfach keine ordnungsgemäß gerettete Prinzessin.«

Ubris Schrei brachte alle Glasscheiben im Umkreis von sieben Häuserblocks zum Zerspringen.

Kapitel 35

»Klutie!«

»Dunwin!«

»Odo!«

»Wulfrith!«

»Arbol!«

»Oh, Maaammmmmmmmmma!«

Die Gruppe am Pflock brachte nicht lange, um auseinanderzudividieren, in welche Lage sie sich befanden und was sie dazu gebracht hatte, sich an diesem Ort vereint gegen die Welt zu stellen. Wulfrith und Dunwin starrten sich einen Augenblick lang an, dann zuckten sie die Schultern und schüttelten ab, was nicht mehr als eine undeutliche Erinnerung war und schrieben ihre Ähnlichkeit dem Zufall zu. Sie verschwendeten einige Herzschläge, um Arbol anzustarren, die zurückstarrte, aber keiner der drei hatte die Zeit, Fragen zu stellen. Daß die Drachen gerade Ruhe gaben, bedeutete nicht, daß keine Gefahr mehr drohte.

Gefahr war eine häßliche Sache. Lord Bulmuk auch. Er pflügte durch die Menge, und in seinem Kielwasser schwamm die versammelte gorgorische Aristokratie, dann bezogen sie Stellung vor der Stätte der erfolglosen Opferung.

»Wirklich hübsche Dinger«, sagte er und deutete auf die nackten Beine der Prinzessin.

Lady Ubri stieß ihn zur Seite, dann wandte sie sich den verbleibenden gorgorischen Baronen zu. »Seht!« deklamierte sie.

Sie schauten hin.

Es war ein bewegender Anblick; Wulfrith, Dunwin und Arbol nebeneinander. Einer der Adligen rieb sich die Augen. Einer zog eine kleine Flasche aus dem Wams und schmiß sie aufs Steinpflaster.

Ein dritter hingegen verlangte zu wissen: »Was im Namen des geheiligten Ochsensallets geht hier vor?«

Königin Artemisia trat vor. »Ach, was soll's?« fragte sie. »Sobald die Drachen mit ihrer Besprechung fertig sind, enden wir vielleicht sowieso im Frikassee vereint, Hydrangener und Gorgoren gleichermaßen, warum also noch etwas vorspielen? Wenn ich daran denke, was ich alles aufgeben mußte wegen kindischen Aberglaubens ...« Sie warf einen stolzen, reuevollen Blick auf ihre Kinder, dann seufzte sie und bereitete sich darauf vor, gefaßt einer Herausforderung zu entgegenzutreten, die schrecklicher war als Drachen und Gorgoren zusammengenommen: die Wahrheit beichten.

Während sie sprach, wurde es sehr ruhig auf dem Platz. Die einzigen Geräusche, die außer ihrer Stimme noch vernommen wurden, stammten von Antirrhinum, der Bernice die Regeln erklärte, nach denen Drachen leben, und von Bernices gelegentlichem Kichern, wenn Antirrhinum sie unter dem Kinn kitzelte.

»... und ich habe bis vor kurzem nicht gewußt, was aus meinen Söhnen geworden ist«, schloß Artemisia ihr Geständnis ab. »Dabei habe ich sie so vermißt! Ich habe immer noch den Talisman, die diese blöde alte Kuh von Ludmilla aus Versehen ans Handgelenk meiner Tochter gebunden hat.« Sie fischte ein Goldkettchen aus ihrem Ausschnitt zeigte jedem Umstehenden das Portrait Prinz Heleniums des Weisen.

Die Menge keuchte.

»Arrrh, das ist noch gar nichts.« Odo trat vor. »Das ist nur ein billiger Tand. Ich hab gleich zwei Tands!« Stolz präsentierte er die Namensschildchen mit den Portraits von Lord Helianthus dem Rechtgeber und Königin Avena der Vielgeliebten und berichtete, was vor all den Jahren nach jenem letzten fatalen Techtelmechtel mit Ludmilla geschehen war. Klutie warf ab und zu etwas ein, um Odos Erzählung zu bestätigen, und fügte seine eigenen Erlebnisse hinzu.

»Helenium?« wiederholte Wulfrith angewidert, nachdem die Königin die Identitäten der Personen, die auf den Miniaturen dargestellt waren, ihren Kindern zugeordnet hatte. »Ihr habt mich *Helenium* genannt? Würg!«

»Helianthus?« lachte Dunwin. »Sie würden einen auf einer Stange aus Stinkbeerendorf heraustragen, wenn man einen so weibischen Namen wie den hätte!«

»*Avena.*« Arbol sprach den Namen mit überwältigender Verachtung aus. Sie spannte die Hand um den Schwertgriff für den Fall, daß jemand auf den Gedanken verfiele, sie mit diesem Blödsinn anzusprechen.

»Wißt ihr, all das wäre nicht geschehen, wenn ihr Gorgoren euch nur die Zeit nehmen würdet, euch Zwillinge einmal genauer anzusehen«, sagte Artemisia. »Wenn zwei gleichzeitig geborene Kinder sich ähneln wie ein Ei dem anderen, wie können sie dann zwei verschiedene Väter haben? Selbst wenn sie nicht identisch sind, gibt es immer noch eine starken Familienähnlichkeit. Jetzt seht euch meine Lieblinge an! Den einen Jungen könnt ihr nicht vom anderen unterscheiden, und sie sehen ihrer Schwester so ähnlich, daß ich Arbol mehrere Male vor eurer Nase gegen Wulfrith austauschen konnte – keiner hat's gemerkt, nicht einmal mein – den Göttern sei Dank – verstorbener Ehemann.«

Bulmuk rieb sich das stoppelige Kinn. »Ich muß zugeben, sie sehen dem alten Bratz wirklich ähnlich.«

»Seid Ihr wahnsinnig?« kreischte Ubri. »Drei Kinder bei einer Geburt bedeuten drei verschiedene Väter. Das wißt Ihr doch!«

»Aber sie sehen alle aus wie Bratz«, beharrte Bulmuk.

Ubri schnaubte verächtlich. »Kaum irgendwelche Ähnlichkeit vorhanden. Nur ein vollkommener Trottel könnte sie nicht auseinanderhalten.««

»Ach ja?« sagten Arbol und Wulfrith gleichzeitig und warfen der Lady Blicke zu, die Bände sprachen. Wissendes Geflüster brandete durch die Menge. Einzelheiten der Umstände, die Ubris zeitlich begrenzte Verlobung mit dem Prinzen betrafen, waren in Hütten und auf Marktplätzen Allgemeingut. Die Lady errötete und zog sich zurück.

»Also sind sie alle drei Bratzens Erben. Das ist keine Kleinigkeit«, sagte Lord Ingruk. »Wir müssen nun feststellen, welcher davon Bratzens rechtmäßiger *Erbe* ist!« Die anderen Adligen nickten zustimmend.

Wulfrith sah Dunwin an. »Willst du König sein?«

Dunwin sah Wulfrith an. »Nö. Ich fühle mich im Freien viel wohler. Und du?«

Wulfrith schüttelte den Kopf. »Ich hätte gar nicht die Zeit, mich dieser Aufgabe zu widmen. Es gibt noch so viel Magie, die ich gern lernen würde, und in der Bibliothek sind noch so viele Bücher, von denen ich noch nicht einmal die Rücken gelesen habe.«

»Ich mach den Job«, sagte Arbol und hielt ihr Schwert in einem bedrohlichen Winkel. »Oder was?«

Die Brüder zuckte die Schultern und sagten unisono: »In Ordnung.«

»Nein, das geht nicht in Ordnung!« grollte Lord Ingruk. »Denn so lange wie ich Gorgore bin und Männer habe, die an meiner Seite kämpfen, weigere ich mich, von einer Frau regiert zu werden!«

»Ach, komm schon, Ingruk«, sagte Bulmuk. »Probier's doch mal aus. Erinnerst du dich, wie Bratz mit Frauen umgesprungen ist? So wird sie mit Männern umspringen. Und mein lieber Mann, sie hat wirklich ein paar hübsche Dinger.«

Der Älteste der gorgorischen Barone, Lord Womgup, erhob ebenfalls Einwände. »Wenn Ihr gestattet, daß eine Frau uns regiert, dann werden wir so weich und degeneriert wie diese verabscheuungswürdigen Hydries!«

»Wer ist hier weich?« rief Penstemon. »Ich bin ein Hydrie, und ich wette, daß ich dir die Schnauze polieren kann, alter Mann!«

»Kannst du auch meine Leibtruppen besiegen?« schrie Womgup zurück. »Ich schwöre, daß ich nicht erlauben werde, daß diese Magd auf dem Thron sitzt, solange diese meine Hand den Griff dieses meinen Schwertes umfassen kann! Wer ist mit mir?« Er griff nach seiner Waffe.

»Ich, und mit mir all *meine* Leibtruppen!« schrie Lord Ingruk und griff nach seinem Schwert.

Klutie hatte schon längere Zeit das Gefühl gehabt, daß er etwas Nützliches unternehmen sollte, und hier bot sich offenbar die ideale Gelegenheit. Er gestikulierte und sprach dazu einige merkwürdige Worte.

Lord Womgup verwandelte sich in einen Armadillo.

»Jetzt kann seine Hand nicht mehr den Griff seines

Schwertes umfassen, oder?« fragte der Zauberer, sehr zufrieden, hilfreich gewesen zu sein.

»Meine Männer zu mir!« bellte Lord Ingruk.

»Bernice!« Dunwin bellte lauter.

Bernice sah Antirrhinum an. »Darf ich, Liebling?«

Der alte Drache schenkte ihr ein nachsichtiges Lächeln. »Nur zu, mein Süßschüppchen«, sagte er.

Lord Ingruk erhielt immerhin noch die Chance, ein letztes Mal mit seinem Schwert zu fuchteln, doch er traf nichts als Luft. Dann fraß ihn Bernice auf.

Kapitel 36

»Eure Majestät«, winselte der Protokollminister als letzten Versuch, wenigstens einige Traditionen beizubehalten, »können wir Euch nicht wenigstens in die Chroniken als Königin Avena eintragen. Es ist ja nun nicht so, daß jemand sie jemals lesen würde …«

Die neue Monarchin der Hydrangener funkelte ihn an. »Mein Name lautet Arbol«, antwortete sie kalt.

»Aber Eure Majestät …«

Die neue Königin starrte ihn finster an. »Bemerkt Ihr Leute denn einfach nicht, daß all Eure Rituale und Zeremonien und Mummenschanz Euch beinahe umgebracht hätten? Wenn Ihr mehr Wert auf die Realität statt auf Traditionen gelegt hättet, dann hätten die Männer meines Vaters hier vielleicht gar nicht erst einmarschieren und den Laden übernehmen können!«

Der Minister war schockiert. »Ja, aber nur mit angemessenem Respekt für die Traditionen …«

»Zur Hölle mit den Traditionen!« erwiderte die neue Königin. »Ich werde mich daran halten, wenn es mir sinnvoll erscheint, solange es niemanden behindert oder verwirrt, aber das ist alles! Ist das klar?« Sie ließ die Hand an die Stelle fallen, wo sich der Griff ihres Schwertes befunden hätte, wäre es ihrer Mutter nicht gelungen, sie davon zu überzeugen, unbewaffnet zur Krönung zu erscheinen.

Der Minister erzitterte vor der königlichen Wut, aber er widerstand. »Eure Majestät, *bitte*«, sagte er. »Wir haben die Ansprüche Eurer Brüder, Eures Onkels Mimulus und selbst Eurer eigenen Mutter übergangen, wir haben sogar die Zeremonie des Bades eliminiert, wir haben das rituelle gorgorische Frühstück mit aufgenommen, wir haben die Krönung aus dem Palast hinaus ins Freie verlegt, um den ... äh, Raumbedürfnissen der Drachen Genüge zu tun – ist das denn nicht genug praktisches Denken? Müssen wir Euch denn in die offiziellen Chroniken mit einem männlichen Namen eintragen? Eure Brüder erlaubten uns, sie als Helianthus und Helenium ...«

»Das haben sie?« fragte die Königin erschrocken.

»Ja, Eure Majestät«, bestätigte der Minister heftig nikkend. »Da könnten wir doch auch ...«

»Das war aber ganz schön blöd von ihnen«, sagte Arbol.

Der Mund des Ministers öffnete sich, doch kein Laut drang heraus. Arbol drängte sich an ihm vorbei und ging die Stufen des eilends errichteten Podests hoch, das nun an einer Seite des *Platzes der Generösen Segnungen Derjenigen Götter, Die Unserer Aufmerksamkeit Würdig Sind* stand.

Die versammelte Menschenmenge vor dem Podest applaudierte spontan – wenigstens die meisten Menschen. Einige Parteien mußten überredet werden.

Doch andererseits gab es genügend Leute, die das Überreden gern übernahmen. Abgesehen von den erwarteten Segnungen durch eine Königin, die sowohl gorgorischen als auch althydrangenischen Blutes war und bekanntgegeben hatte, kein Volk dem anderen vorzuziehen, wollte niemand eine Monarchin verärgern, die nicht nur einen, sondern *zwei* Drachen auf ihrer Seite hatte; für die nicht nur ein, sondern *zwei* mächtige Zauberer arbeiteten; und die trotz ihres Geschlechts wahrscheinlich von allen im Reiche am besten mit dem Schwert umgehen konnte – und all das zusätzlich zu den üblichen Anhängern und Advokaten.

Zugegebenermaßen war nicht unbedingt jedem klar, wie Arbol den Sprung vom königlichen Opfer zur schwertschwingenden Heroine geschafft hatte und von einer Gegnerin des Drachen zu einer Freundin desselben, aber es hatte andererseits auch nicht jeder gleich verstanden, wie es kam, daß der Prinz ein Mädchen war.

»Man weiß einfach nie, woran man ist mit diesen Leuten«, murmelte ein Bauer finster. »Halb Mädchen, halb Junge, halb Hydrie, halb Ochsenfreund, kann sich nicht entscheiden, ob sie den Drachen nun küssen oder killen will ...«

»Ach, halt den Rand und juble«, sagte seine Frau und stieß ihm in die Rippen. Ihr Applaus war laut und enthusiastisch.

Hinter der Menschenmenge kuschelte Bernice sich behaglich an die Palastmauer; im näheren Umkreis stand kein Mensch außer Dunwin, der auf den Zinnen saß, sich vorbeugte und Bernice an dem juckenden Fleck hinter den Ohren kratzte, an den auch ein Drache nicht leicht selbst hinlangen kann. Sein Gesichtsausdruck war zutiefst finster.

»Es wird bestimmt viel Freude machen, eine Schwester zu haben«, sagte er mit einer Stimme, die nicht klang, als wollte er dieser Freude in nächster Zukunft teilhaftig werden. »Besonders eine, die Königin ist. Ich bin froh, daß du sie nicht gefressen hast, Bernice.«

»Ich auch«, antwortete Bernice gelassen. »Sie hätte wahrscheinlich noch schlimmer als dieser Ingrukkerl geschmeckt. Es lag am Schwert und den schmutzigen

Stiefeln, nehme ich an, aber Antirrhinum hat recht, ihr Menschen seid nicht so schmackhaft wie Fingerhirse, von einer guten Butterblume oder einem Flecken Klee ganz zu schweigen. Nur zu sportlichen Zwecken zu gebrauchen seid ihr.«

Dunwin zögerte, denn er wußte nicht, wie er das Thema anschneiden sollte, das ihm durch den Kopf ging. Schließlich fragte er unglücklich: »Bist du sicher, daß du nicht hier bleiben willst? Ich bin sicher, daß Arbol nichts dagegen hätte.«

Bernice schnaubte, und die Zuschauer in den hintersten Reihen zuckten gleichzeitig zusammen, so als hätten sie es einstudiert.

»Was sollte ich denn hier *tun*?« fragte sie. »Nein, nein, Antirrhinum hat eine hübsche kleine Höhle – wir sind schon mal hingeflogen, und er hat sie mir gezeigt, während ihr hier alles vorbereitet habt. Wir heiraten nächste Woche, und die Flitterwochen – nun, Rhiney sagt, daß Drachen sich Zeit lassen mit so etwas; es könnte sein, daß du mich erst in ein paar Jahren wiedersiehst.«

»War ja 'ne kurze Freiung, was?« fragte Dunwin ohne Hoffnung in der Stimme. Er hielt die Tränen zurück, die bei dem Gedanken an den Verlust seiner Gefährtin in ihm aufstiegen.

Bernice zuckte die Schultern, was die Bewegung einer großen Fläche Schuppen beinhaltete. »Warum warten? Es ist nicht so, daß es in dieser Gegend so viele Drachen gäbe; Rhiney glaubte, er sei der letzte von uns in Hydrangea. Darum ist er hergeflogen.« Mit einem leicht gekünstelten Lächeln fügte sie hinzu: »Ich bin froh, daß es so gekommen ist.«

»Aber was ist mit *mir*?« fragte Dunwin und schniefte leich. »Bernice, ich werde dich so sehr vermissen!«

Bernice stieß einen drakonischen Seufzer aus, und mehrere Zuschauer entschieden, sich neue, weit entfernte Plätze zu suchen.

»Dunwin«, sagte Bernice so leise wie es einem Drachen möglich war, »für jeden kommt die Zeit, erwachsen zu werden. Ich bin kein Schaf und du bist kein kleiner Junge mehr. Du warst dort oben in den Bergen einsam, und wir waren Freunde – aber nun habe ich jemand anderen gefunden, jemanden von meiner Art. Und du bist nun ein Prinz, lebst hier im Palast – meinst du nicht, daß es an der Zeit ist, dir jemanden von deiner Art zu suchen?«

»Aber ich liebe *dich*, Bernice ...«

»Dunwin, ich bin ein Drache, und du bist ein Prinz. Es würde nicht halten.«

»Ich weiß, aber ...« Er schniefte.

»Du mußt tapfer sein, Dunwin. Gibt es denn gar keine Menschenfrauen, die deine Begierde wecken? Ich weiß, sie haben diese komischen Hubbel und sind lange nicht so schön wie Schafe, aber kannst du nicht wenigstens ein wenig Ablenkung finden?«

»Weiß ich nicht«, antwortete Dunwin – aber er hörte mit dem Schniefen auf. Der Gedanke, Frauen kennenzulernen, wies eine gewisse Attraktivität auf. Er hatte seinen lange verlorenen Bruder mit dieser Ubri-Person beobachtet.

»Nun, denke darüber nach, Dunwin. Denn ich gehe fort mit Antirrhinum, und du willst doch sicher nicht, daß ich mir die Flitterwochen verderbe, weil ich mir Sorgen um dich mache, oder?«

»Nein, natürlich nicht ...«

»Dann suche dir andere Freunde. Triff dich mit Mädchen und versuche einfach, nicht auf diese dämlichen Hubbel zu achten.«

Dunwin sah von seinem Sitzplatz zur Menge hinunter – um genauer zu sein, auf einige der jüngeren weiblichen Mitglieder dieser Menge. Die Sicht von oben bot einige interessante Einblicke, zumal die angemessene Tracht bei Krönungen sehr tiefe Ausschnitte vorsah.

»Ich hatte mir bisher nie Gedanken darum gemacht«, sagte er langsam und in den Anblick versonnen. »Weißt du, ich glaube, ich könnte diese Hubbel fast mögen.«

»Na also«, sagte Bernice erleichtert. »Dann laß dir nach der Zeremonie doch einfach einige davon etwas genauer vorführen, hm?«

Dunwin nickte nachdenklich, schaute immer noch auf die Menschenmenge, und es war nicht nur so, daß seine Tränen rasch trockneten, er vergaß auch völlig, Bernice am Kopf zu kratzen.

Die Jubelrufe verebbten allmählich, und die Teilnehmer an der Zeremonie nahmen ihre Plätze ein. Arbol stand selbstverständlich in der Mitte, und hydrangenische Funktionäre umgaben sie von hinten im Halbkreis. Artemisia, die Königinmutter, hatte den Ehrenplatz zur Rechten der neuen Königin; Prinz Wulfrith, der neuernannte Hofzauberer, stand links von ihr.

Neben und einen Schritt hinter Wulfrith stand Ubri und flüsterte: »Ich bin immer noch der Meinung, du hättest die Krone nicht einfach so aufgeben dürfen, Wulfie. Liebling, ich finde, ein Mann wie du verdient es einfach, König zu sein ...«

»Ubbie«, flüsterte Wulfrith zurück, »ich würde mir eher die Gurgel durchschneiden, bevor ich versuchte, König zu werden, und wenn du noch mal davon anfängst, verwandle ich dich in ein Warzenschwein.«

Ubri rümpfte die Nase und warf den Kopf in den Nakken. »Warzenschwein, also wirklich! Wenn du so von mir denkst ...«

»O nein, nicht wirklich«, entgegnete Wulfrith grinsend. »Hast du in der Bibliothek jemals das Buch gesehen mit dem Titel *Einhundertundeine faszinierende amouröse Alternativen*? Es ist von drei Königen in Folge auf den Index gesetzt und von der Hebammengilde verdammt worden. Ich glaube, du würdest Nummer Einundsiebzig mögen ...«

Artemisia sah quer über das Podest zu Klutie hinüber. »Seid Ihr sicher, daß Ihr nicht bleiben wollt?« rief sie. Sie vertraute Wulfriths Magie nicht völlig – schließlich war ihr Sohn immer noch ein Jüngling –, und ganz sicher hatte sie kein Vertrauen in die Loyalität der Leute zu ihrer Tochter – ein Reservezauberer in der Nähe konnte sich vielleicht ganz nützlich erweisen.

»Ganz sicher«, rief Klutie zurück. »Ich habe mich so sehr an die alte Höhle gewöhnt, wißt Ihr. Darin ist das Leben so viel *einfacher*, als es in der Stadt je gewesen ist.« Er lächelte. »Aber nun, da ich mich nicht mehr verstekken muß, ist Euer Besuch höchst willkommen, Eure Hoheit.«

Neben ihm rief Odo: »Ich bleibe, Euer Großzügige Gnaden!« Er ließ ein zahnloses Grinsen sehen.

Artemisia schloß einen Moment lang die Augen, öffnete sie wieder und richtete die volle Aufmerksamkeit auf ihre Tochter.

Lord Bulmuk, den Arbol zum Kommandanten der Palastgarde ernannt hatte, und Prinz Mimulus, vielleicht besser bekannt als das Schwarze Wiesel, brachten die Doppelkrone heraus – der einfache Reif des Königtums der Gorgoren war auf die *Heilige Königliche und Uralte Krone Volnirius' des Indirekten* gleich über den Streifen Ochsenhaut gelötet worden. Der dürre Rahmen der volnirischen Krone hatte schon vor einem Jahrhundert oder zweien angefangen, langsam unter dem eigenen Gewicht zusammenzusacken und aus der Form zu geraten; die rüde Behandlung beim Unglückseligen Bad hatte ihr vollends den Rest gegeben. Durch den hinzugefügten Reif war die ursprüngliche Form recht gut wieder hergestellt; er verlieh ihr festen Halt, während die Krone gleichzeitig dem relativ einfachen und unbeeindruckenden gorgorischen Reif dekorativen Schwung verlieh.

Arbol hatte die Hüter abgeschafft und entlassen, und sodann für die Krönung neue Amtspersonen ernannt.

Zwei von ihnen sahen einander unter den vereinigten Kronen durch in die Augen.

Während er seine Seite des Kissens, auf dem die Krone ruhte, abstützte, betrachtete Lord Bulmuk eingehend Prinz Mimulus. »Ihr seid Euch sicher, daß Ihr nichts anstellen wollt?« murmelte er. »Habt nicht ein Messer verborgen unter all dem prächtigen Stickzeug, in dem Ihr steckt?«

Prinz Mimulus seufzte. »Nein, mein guter Bulmuk«, antwortete er, »ich plane nichts. Ich bin zufrieden zuzuschauen, wie meine Nichte gekrönt wird.«

»Das ist gut. Ich habe ein gewisses Interesse an dem Mädel und möchte nicht, daß ihr was zustößt. Ihr seid Euch sicher?«

»*Absolut* sicher«, erwiderte Mimulus. »Ich glaube nicht, daß ich nach fünfzehn Jahren im Wald dem Regieren des Reiches noch gewachsen bin – vor allem, nachdem ich ein Wunder benötigen würde, um einen Anschlag auf Königin Avena zu überleben.«

»Arbol«, verbesserte Bulmuk.

Mimulus seufzte. »Arbol«, stimmte er zu. »Nein, nein, Bulmuk, wenn diese Zeremonie vorüber ist, nehme ich die Rolle ein, für die ich geschaffen wurde: die des Beraters meiner Nichte.«

Bulmuk fuhr dennoch fort, ihn mißtrauisch zu beobachten, und das einstmalige Schwarze Wiesel tat sein Bestes, um gelangweilt und unschuldig zu wirken, als das ungleiche Paar Kissen und Krone auf dem Tischchen hinter Arbol absetzte. Mimulus verstand den Verdacht. Trotzdem bezweifelte er, daß der Gorgore ahnte, daß die Rolle, für die hydrangenische Prinzen geschaffen sind, darin bestand, im Palast herumzuschmollen und auf eine Gelegenheit zur Verkürzung der Thronfolge-Warteschlange zu hoffen.

Natürlich war Arbol gefährlich, wenn sie ein Schwert in der Hand hielt. Sie hatte Verbündete, und das schloß sogar Mimulus' eigene Schwester mit ein. Sie hatte diese beiden Brüder. Sie hatte es einen Weg gefunden, Hydrangener und Gorgoren vereint hinter sich zu stellen. Tatsächlich war sie beim größten Teil des Volkes schon überaus beliebt, noch bevor sie gekrönt war, weil sie viele Rechte der Hydrangener und des alten hydrangenischen Adels wiederhergestellt und gleichzeitig die Gorgoren besänftigt hatte, indem sie dieser im Adelsstand beließ. Ihrem Bruder Wulfrith ließ sie freie Hand, alles zu tun, was ihm zur Wiederherstellung der Gelehrsamkeit und der Zauberei auf die alten Standards notwendig erschien. Sie hatte sogar für alle Wagemutigen Waldbewohner Posten gefunden.

Es war wirklich faszinierend; mit dem Rat ihrer Mutter und der Hilfe ihrer Verbündeten schien Arbol so gut wie jeden zufriedengestellt zu haben. Eine solche Monarchin zu ... entfernen und zu ersetzen, ohne wegen Hochverrats hingerichtet zu werden – oder von einem wütenden Mob aufgehängt oder in einen pelzigen Vierbeiner verwandelt –, erschien vollkommen unmöglich. Es sah für Arbol und ihre Freunde ganz nach einem guten Ende aus.

Mimulus lächelte, als er die Krone anhob und sie seiner Nichte aufs Haupt setzte.

Einer echten Herausforderung hatte er noch nie widerstehen können.

ENDE

Über die Autoren

Lawrence Watt-Evans' Großvater mütterlicherseits, Jock Evans, ging im Alter von fünfzehn Jahren zur See und wurde – ja, wirklich – ein schottischer Schiffsingenieur. Watt-Evans' Großmutter mütterlicherseits, Florrie Watt, wachte einmal mitten in der Nacht in ihrer Schlafwagenkoje auf und war sich so sicher, daß der Zug entgleisen würde, daß sie sich anzog, um nicht im Nachthemd aus dem Wrack gerettet zu werden; der Zug entgleiste *wirklich*, allerdings wurde niemand dabei verletzt. Sein Großvater väterlicherseits, ›Poker‹ Evans, brachte die Klasse von 1897 in Princeton in Verruf, als er einer fundamentalistischen Bibelgruppe erlaubte, ihre Gebetsstunde in seiner Wohnung abzuhalten, solange sie damit nicht das Kartenspiel im Hinterzimmer störten. Seine Großmutter väterlicherseits, Beatrice Anne Briley, bestand darauf, daß ihr Mittelname zwei Silben aufweise. Watt-Evans' Großonkel ist allem Anschein nach während des Goldrausches am Yukon von Räubern ermordet worden. Seine Eltern wirkten beide beim Manhattan-Projekt mit und erhielten einen streng geheimen Aschenbecher als Hochzeitsgeschenk.

Nach alledem mußte Watt-Evans einfach Fantasyautor werden; nichts konnte so bizarr und klischeeüberladen sein wie seine Familiengeschichte.

Im Gegensatz dazu trugen Esther M. Friesners Vorfahren dummerweise nichts Weltbewegendes für diesen sonst so schillernden biographischen Abriß bei, außer, daß sie in Polen Pferde züchteten, in New York Zigarren herstellten, in Brooklyn an dieversen Schulen unterrichteten und während der zahlreichen ›religiösen Diskussionen‹ über die europäische Geschichte nicht getötet wurden. Keiner von ihnen kam mit der *Mayflower*, denn mit den Worten ihres Vaters ›Wir waren nie rechtzeitig angezogen‹. Aus dem gleichen Grund kämpfte kein einziger ihrer direkten Vorfahren in irgendeinem der Kriege, die die Vereinigten Staaten von Amerika je führten (›Wir kämpfen nie; wir kommen mit allen aus.‹ – *Vater der Autorin*). Aber wenn es Sie beruhigt: Einer der Vorfahren ihres Ehemanns arbeitete während der Amerikanischen Revolution als Spion für die amerikanische Seite, und andere fochten während des Amerikanischen Bürgerkrieges auf welcher Seite sie auch wollten.

Das alles bot Esther Friesner die ideale Voraussetzungen, sich in einer Vorstadt Connecticuts anzusiedeln und weder mit ihrem Ehemann zu streiten noch mit den beiden Kindern und auch nicht mit einer in Ehren ergrauten Katze und einer fluktuierenden Population von Hamstern. Die Hamster streiten sich mit allen.